ON THE DESERTS
Traveling, Exploring and Conquering

驼峰间

旅行、探险与征服

［美］大卫·达姆罗什（David Damrosch）　陈永国
主　编

北京大学出版社
PEKING UNIVERSITY PRESS

图书在版编目(CIP)数据

驼峰间：旅行、探险与征服 /（美）大卫·达姆罗什，陈永国主编 . —— 北京：北京大学出版社，2025.3

（哈佛 – 清华文学课：世界文学经典）

ISBN 978-7-301-31035-9

Ⅰ.①驼… Ⅱ.①大… ②陈… Ⅲ.①世界文学 – 作品综合集 Ⅳ.① I11

中国版本图书馆 CIP 数据核字 (2020) 第 074151 号

书　　　名	驼峰间：旅行、探险与征服 TUOFENG JIAN: LÜXING、TANXIAN YU ZHENGFU
著作责任者	（美）大卫·达姆罗什　陈永国　主编
策 划 编 辑	于海冰
责 任 编 辑	李书雅
标 准 书 号	ISBN 978-7-301-31035-9
出 版 发 行	北京大学出版社
地　　　址	北京市海淀区成府路205号　100871
网　　　址	http://www.pup.cn　新浪微博：@ 北京大学出版社 @阅读培文
电 子 邮 箱	编辑部 pkupw@pup.cn　总编室 zpup@pup.cn
电　　　话	邮购部010-62752015　发行部010-62750672　编辑部010-62750112
印 刷 者	天津联城印刷有限公司
经 销 者	新华书店
	660 毫米 × 960 毫米　16 开本　28 印张　333 千字 2025 年 3 月第 1 版　2025 年 3 月第 1 次印刷
定　　　价	89.00元（精装）

未经许可，不得以任何方式复制或抄袭本书之部分或全部内容。
版权所有，侵权必究
举报电话：010-62752024 电子邮箱：fd@pup.cn
图书如有印装质量问题，请与出版部联系，电话：010-62756370

目　录

i / 序

001 / 玄奘（602—664）
　　大唐西域记　004

022 / 马可·波罗（Marco Polo，1254—1324）
　　马可·波罗行纪　026

045 / 伊本·白图泰（Ibn Battuta，1304—1368）
　　伊本·白图泰游记　049

079 / 松尾芭蕉（Matsuo Bashō，1644—1694）
　　奥州小道　083

112 / 吴承恩（1506—1580）
　　西游记　116

149 / 威廉·莎士比亚（William Shakespeare，1564—1616）
　　暴风雨　154

231 / 卡蒙斯（Luís Vaz de Camões，1524—1580）
　　卢济塔尼亚人之歌　234

261 / 阿芙拉·贝恩（Aphra Behn，1640—1689）
　　王子的奴隶生涯　265

333 / 伏尔泰（François-Marie Arouet [Voltaire]，1694—1778）
　　老实人　337

序

达姆罗什　文

陈永国　译

　　世界文学与人在世界中的旅游始终有着千丝万缕的联系。许多伟大的故事和诗歌都是作家与异地的人们、异地的风俗、异地的历史和异地的故事相遇时产生的。反过来，旅行者也把他们自己的故事带到异地，或是由于在漫长旅途中寻求消遣，或是作为贸易买卖的对象。意大利作家伊塔洛·卡尔维诺在《看不见的城市》（1972）中妙笔生花，描述了这个过程。卡尔维诺的书基于本章所选的游记之一——《马可·波罗行纪》。马可·波罗是中世纪的一位威尼斯商人，广游亚细亚，在忽必烈汗的宫廷里当过官，回国后写出了这部著名游记。他也许夸大了他在帝国宫廷里的实际角色，声称是忽必烈汗的使节。卡尔维诺对波罗的历史游记进行了后现代主义的改造，让波罗访问了中国周围的城市，回到宫廷后向皇帝描述了一系列越来越离奇的城市，而皇帝所要了解的是一片硕大的、他本人无法全面看到的疆土。马可·波罗描写的首批城市是商业中心：

> 迎着西北风走上八十英里，你就会到达欧菲米亚，每年的冬夏至和春秋分，七个国家的商人都会聚集此地。载着生姜和棉花驶来的船只，扬帆而去时满载的是开心果和罂粟籽，刚卸下肉豆蔻和葡萄干的商队，又把一批批金色薄纱装入行囊，准备回程上路。(《看不见的城市》)

欧菲米亚（Euphemia）在希腊文中的意思是"讲得好听"，而在那里交换的最宝贵的东西不是商品，是故事：

> 到欧菲米亚来绝非只为做买卖，也为了入夜后围着集市四周点起的篝火堆，坐在口袋或大桶上，或者躺在成沓的地毯上，聆听旁人所说的词语，诸如"狼""妹妹""隐蔽的宝藏""战斗""疥癣""情人"等，篝火旁的每个人都要讲述一个关于狼、妹妹、隐蔽的宝藏、战斗、疥癣和情人的故事。当你离开欧菲米亚这个每年冬夏至和春秋分都有人来交换记忆的城市时，你知道在归程的漫漫旅途上，为了在骆驼峰间或平底帆船舱内的摇摇晃晃中保持清醒，你会再度翻出所有的记忆，那时你的狼会变成另一只狼，你的妹妹会成为另一个妹妹，你的战斗也变成了另一场战斗。(《看不见的城市》)

本书核心是前现代时期旅行与讲故事的交织，在现代全球化开始的一千年前，人们就开始进入遥远地区的冒险。本书把几部历史游记和几部虚构作品汇集在一起，如我们将看到的，"真实"和"虚构"这两个范畴将在这些作品中继续相互融合。这个时期最清醒的旅游者随意讲述最离奇的故事，并将其与对外国风俗的最入微的观察并置起来。反过来，像莎士比亚、吴承恩和伏尔泰这样的想象性作家也把去往远方的旅行作为探讨家乡现实问题的方式，通过与异乡风景构成对比来重新审视自己社会的风俗和关怀。

本书开篇是前现代时期三位最非凡的旅行家的游记：中国僧人玄奘（602—664）、威尼斯商人马可·波罗（约1254—1324）和摩洛哥法学者伊本·白图泰（1304—1368）。在著名的寻找佛经的17年"西行"中，玄奘寻找优秀的佛经以改进国人对梵语的有限理解。虽然他远不是第一位到印度的中国旅行者，但却是世界史上最有影响的经典引入者和译者，他回国后用几十年的时间翻译梵语经典，使中国人对佛经的理解发生了划时代的变化。他的游记《大唐西域记》本身就极具文学性，是当时就已确立的游记文学体裁的组成部分。玄奘步另一位文学前辈的后尘，这位前辈就是法显，他早玄奘200年徒步去印度寻找佛经，也写出了自己的游记。玄奘在游记中详细记述了一路的距离和条件，洋洋12卷的游记也成了历史和文化观察的一个金矿。

仅就这次旅行的目的而言，玄奘自然特别注意他途经亚细亚和印度时访问的佛教社区。但是，除了提供不同国家佛教僧人的数量和佛像的大小外，他还描述了不同民族的穿着打扮和他们使用的各种硬币。然而，他把非常准确的个人观察与并不非常确定的细节结合起来，比如，他访问了一座寺庙，庙里存放着一块带有佛祖脚印的玉石。他描述说每逢戒斋日，这块玉石都会发出耀眼的光。但在另一座庙里，他说只有笃信佛祖的人才能见到那些物体发出的光。其实见到或见不到光并无区别。他还清楚地告诉后人，如果走他所走过的路，千万不要穿红衣服，因为那会招惹那些作恶的恶龙。

早期游记往往是密切观察、可疑的传言和完全虚构的结合，马可·波罗和伊本·白图泰的游记就属于这类。马可·波罗的叙述特别具有想象力，实际上是在一个叫比萨的鲁斯蒂谦（Rustichello da Pisa）的人的帮助下写成的，此人是一位虚构传奇的作家，似乎把自己的一些故事放进马可·波罗的游记里了。虽然该书今天以《马可·波罗行纪》著称，但最初用法文出版时却用的是《世界上的奇迹》这个标题。本书收录的各位旅行家都把他们听到的或摘自他们访问城市的"历史记录"的传奇故事编进他们的游记，于是，他们的书就成了小规模的世界文学选集，是你现在所读到这部选集的先驱。

在玄奘写出《大唐西域记》的几百年后，马可·波罗和伊本·白图泰甚至比那位勇敢的僧人走得更远，然而，如玄奘一样，他们走过的核心地带是"丝绸之路"，从中国到亚细亚到地中海。显然，这三位旅行家都去过乌兹别克斯坦古都撒马尔罕，联合国教科文组织将其列为"世界遗产"，称其为"文化的交叉路口"。对于世界文学史来说，撒马尔罕也许是西方人最先了解到中国造纸术的地方。

佛教为玄奘的旅行提供了一个社区链，对摩洛哥法学者伊本·白图泰来说，他对伊斯兰法律的精通给了他进入穆斯林法庭的门票，从波斯到印度北部，到锡兰和马尔代夫群岛，他还做了几年法官。马可·波罗旅行的动机是纯商业性的，但在去往中国的途中他对散居的基督教社区非常感兴趣，并说忽必烈汗急于了解基督教。从这三部游记中可以清楚地看到，世界性旅游和世界文学一样，早就与世界宗教相得益彰。

随着游记成为既定的文学体裁，它开始成为诗歌和宗教旅行的基础。这就是17世纪日本的大诗人松尾芭蕉写诗体日记的两大动机，他的《奥州小道》在本书前半部分的游记与后半部分纯粹虚构的游记之间搭起了桥梁。《奥州小道》变换地使用诗歌和散文文体，描写了朝向佛教顿悟的一次精神旅行，也深刻地思考了日本人和中国人去著名的"诗歌圣地"的朝圣传统。芭蕉的创作过程就是旅行的过程：

　　　　于须贺川驿站访等穷，留居四五日。主人首先问及"过白河关有何佳作？"答曰："长途辛劳，身心疲惫，兼之耽迷景色，怀旧断肠，未能走笔成章，难成妙思。然过关竟无一句，实为憾事。乃吟一句以就教。"

　　　　　　　　越过白河关，
　　　　　　　　踏入奥州路，
　　　　　　　　僻地插秧歌，
　　　　　　　　风流第一步。

芭蕉的诗是他个人对大地景物的深切回应，但这个回应也是通过一个社会关系网络传递的。正是他的友人的友好询问，才刺激诗人克服疲惫，把零散的思绪集结成诗，而这首诗反过来促成了他与同伴轮番合作的诗。在这个情节中如同在整个叙事中一样，芭蕉内心充满了"往事"，这不完全是他个人的往事，而是他在庙宇碑林中遇到的数百年的历史，尤其是使他前往朝拜的著名圣地的数百年的诗歌史，正是唐代诗人使这些圣地名垂千古。对芭蕉来说，诗歌为昙花一现的世界提供了避难之所，旅行本身是尘世旅行者的家，他在《奥州小道》中开篇就说道：

> 日月乃百代之过客，周而复始之岁月亦为旅人也。浮舟生涯，牵马终老，积日羁旅，漂泊为家。古人多死于旅次，余亦不知何年何月，心如轻风飘荡之片云，诱发行旅之情思而不能自已。

与几乎一千年前的玄奘一样，芭蕉对他访问过的人和地方都给以密切观察和叙述，他的旅行便成了一种精神自律的模式。他的旅行对他获得彻悟非常重要，就如同旅行后写出的文本一样——不是玄奘从印度带回中国的梵语经文，而是芭蕉和同伴在沉思周围景色时写下的诗歌。

继芭蕉对亲身经历和诗歌创造的卓越结合之后，本书转向纯虚构的旅行和自我发现的作品。玄奘的《大唐西域记》已经是介于游记与虚构作品之间的一个文本了，数百年来激励许多人写出纯粹想象性的作品，最著名的就是吴承恩的小说《西游记》。玄奘叙事中已经出现的奇异因素在吴承恩喧闹的冒险故事中得到了戏剧性的强化，掌握了法术的猴王孙悟空能在空中飞行，改变身体形状，用毛发制造千军万马；他施展超自然力保护三藏不受各种妖魔鬼怪的伤害。使故事更具戏剧性的是，师徒几人不仅在异国他乡遇到妖魔鬼怪，而且在距离京城几天的旅程之内就遇到了。然而，尽管表面上欢快轻松，该小说的基本世界观却浸透着深刻的佛教思想，观音菩萨是整个故事的主宰，常常介入拯救三藏师徒。而且，故事中虽然有许多离奇因素和宗教的彼岸主题，但小说却是极端现实主义的，在许多方面是务实的。吴承恩详尽描写了尘世的烦恼和旅途的艰难，而玉皇大帝的天庭则成为严厉讽刺人间政治的机会。玉皇大帝的臣子们无法制服不受管束的孙悟空，就好像吴承恩时代的皇帝难以控制强势的军阀。甚至在小说的高潮，当三藏终成正果，佛陀本人允许他把经文带回家乡时，他的请求几乎被拒绝，因为天上的官僚们都想从中获得好处。

与吴承恩远隔万里、但只在几十年之后，威廉·莎士比亚也给到远处巫术魔幻之地的一次旅行赋予了政治内涵。《暴风雨》部分基于旅行者到美洲探险和征服"新世界"的叙述，莎士比亚讲述一位被流放的意大利公爵普洛斯佩罗，他会魔法，因此征服了以前由一位巫师统治的一座岛屿，并收她的儿子卡利班为奴，"卡利班（Caliban）"这个名字派生于"食人魔（Cannibal）"一词。该剧开始时，普洛斯佩罗发起一场暴风雨，令篡夺他位置的弟弟的船只遇难漂流到岛上，他弟弟正与那不勒斯国王阿隆索去往北非参加阿隆索女儿的婚礼。在岛上的精灵爱丽儿（他的法力不次于孙悟空）的帮助下，普洛斯佩罗夺回了领地，策划把女儿米兰达嫁给阿隆索的儿子腓迪南。在这出传奇剧中，欧洲的殖民政治给该剧的喜剧情节赋予了严肃的政治格调。当米兰达第一次在遭遇灾难的人中见到漂亮的腓迪南和其他人——除了年迈的父亲和丑陋的卡利班外，这是她从小到大看到的第一批人——时，她热烈地惊呼："啊，新奇的世界，竟有这么出色的人物！"父亲却并非如此激动："对于你这是新奇的。"他淡淡地说。

莎士比亚要比吴承恩世俗得多，但他也把到远方岛屿的航海旅行看作进行心理和道德启蒙的机会。摆脱了家里的日常生活，摆脱了文艺复兴时期的意大利臭名昭著的权力争斗，剧中人物能够获得一种彻悟的自我认识。普洛斯佩罗的弟弟为他阴谋篡位而后悔；普洛斯佩罗本人也承认他由于研究魔法而忽略了治理米兰城邦的政务，他决定烧掉那些魔法书，于未来好好管理城邦。腓迪南和米兰达这对恋人学会了如何去爱，一个人物在剧终时说：

> 在一次航程中，克拉莉贝尔在突尼斯找到她的丈夫；她的兄弟腓迪南又在他迷失的岛上找到了一位妻子；普洛斯佩罗在一座荒岛上收回了他的公国；而我们大家呢，在迷失了本性之后，重新找到了各人自己。

《暴风雨》也许是莎士比亚最后一部完整的剧作，不久他就退出伦敦戏剧界，回到了家乡斯特拉福德，普洛斯佩罗在烧毁魔法书之前的告别词常常被认为是莎士比亚本人的告别词，总结了他作为剧作家的一生，也总结了整个诗歌传统，这是对殖民征服和掠夺的帝国叙事的一种文明的重写。

一个半世纪以后，伟大的启蒙运动哲学家伏尔泰也派天真的主人公老实人进行一次环球旅行，在极端不稳定的世界上寻找稳定。虽然伏尔泰没有刻意进行目击式的现实主义描写，但其快乐轻松的故事却把真实生活的事件（如1755年里斯本的毁灭性地震）与明晃晃的离奇场景结合起来，包括到神秘的亚马孙黄金国的旅行，那里宝石遍地，儿童拿宝石一起玩耍。

伏尔泰故事中的讽刺是直接针对基督教，针对德国哲学家莱布尼茨（1646—1716）的虔诚理论的，后者认为上帝已经把所有可能的世界中最好的世界给了人类。欧洲为伏尔泰提供了许多机会去揭示自然恣意的暴力以及所有宗教自寻的虚伪。但是，伏尔泰不满足于仅仅用从德国到葡萄牙到君士坦丁堡的旅行来说明他的主题，还把老实人和居内贡派到南美。这一新的旅行使伏尔泰有机会揭露欧洲人对非白人的虐待，他笔下善良的食人族完全不同于莎士比亚笔下野蛮的卡利班，是具有较高的道德水准的异族人的典范。

老实人和居内贡在南美的旅行屡遭危险，唯一的例外是在黄金国的理性主义宫殿里受到的优待。但即使有那个魔幻般的乌托邦场所，伏尔泰也同样犀利地描写了殖民帝国主义的野蛮，如老实人到荷兰殖民地苏里南的旅行所示。他在那里了解到奴隶劳动的现状："我们在糖厂里给磨子碾去一个手指，他们就砍掉我们的手；要是想逃，就割下一条腿：这两桩我都碰上了。我们付了这代价，你们欧洲人才有糖吃。"

伏尔泰的杰作写于现代的端倪，恰到好处地为本书画上了句号。

玄奘

(602—664)

玄奘三藏像

《大唐西域记》的作者系唐初佛教僧人玄奘,本姓陈,名祎,出生于位于少林寺西北的今河南偃师县陈河村。关于其生卒年,说法不一,但基本可以确定在公元602年至664年。玄奘七岁读《孝经》;大概十岁时父母相继去世,便随时已出家的二哥陈素到洛阳的净土寺,接受佛教知识的熏陶,十一岁能口诵《维摩》《法华》,十三岁正式剃度出家。

"西游"之前,他曾西行长安,经由汉中,南入成都。622年在成都受具足戒。此后,沿江下行,抵荆州(今湖北江陵),东行过古代吴地(今扬州等地),北行至赵州(今河北赵县),再转道相州(今河南安阳),后于公元625年回长安,住大觉寺。游学期间,每到一处,他或为听众讲论佛道,或受学于弘深之师,勤学好问,佛学精进。用汤用彤的话说,"其未西游以前,几已尽习中国之佛学"(《隋唐佛教史稿》)。

然而,随着佛教经论学习的深入,苦于当时经书典籍的缺乏,加之南北朝之后佛教宗派林立,各持己说,许多问题争论纷纭,几百年不得解决,玄奘虽"遍谒众师,备餐其说,详考其义,各擅宗途,验之圣典,亦隐显有异,莫知适从"(《慈恩传》卷一),遂决意西去印度,取经求法,以释众疑。

贞观元年(627)八月,玄奘"西游"成行。始离长安,过秦州(今天水)、兰州和凉州(今武威)。于凉州受阻,便潜行至瓜州。然后绕道玉门关,险过"沙河",抵达高昌,于628年年初离开高昌,离境西行。此行经中亚,进南亚次大陆西北,绕印度一周,又经中亚南部,从新疆南部回归长安,抵长安时已是贞观十九年(645)正月。月底,他去洛阳谒见唐太宗,受到礼遇,并受命撰写沿途地理民俗,次年(646)七月,书成,进呈太宗,《大唐西域记》于是产生。

《大唐西域记》据说由玄奘指导、辩机执笔,遵循"书行者,亲游践也;举至者,传闻记也"的原则,"亲践者一百一十国,传闻者二十八国","所见所闻,百有三十八国"。途中所及"二十余言",包括"吐火罗语"(又分甲种和乙种)等,均属印欧语系;当然,进入印度后,主要就是梵语了。而所谓"百有三十八国"中,有较大的国家,也有很小的城邦,后者往往是依附于大国而不能自立的弱小地区。

作为重要的历史和地理文献,《大唐西域记》所载一百三十八国中,其中一百零五国是玄奘亲历过的,详细记叙了所经地区的山川地貌、城邑关防、交通要道、风土人情、文化政治和气候物产等，其对中国西部历史和地理的记载以及对印度佛教之发展的翔实记叙，都是历史、地理和宗教研究不可或缺的原始资料，甚至印度史学家也认为要想编撰一部完整的印度佛教史，不参考玄奘的考察是不可能的。

《大唐西域记》的文学价值在于其声韵和谐，句法齐整，遣词讲究，用典恰当，叙述方法不拘一格，将历史、地理、宗教与各地风俗、神话传说和宗教训教结合起来，叙述生动，温文得体，值得细细品味。据说其文采多得益于其执笔者辩机，但更重要的是得益于玄奘作为伟大的佛经翻译家之厚重的翻译实践（达七十五部一千三百三十五卷），其"意思独断，出语成章，词人随写，即可批玩"（《唐高僧传》）的观理文句的能力，可谓前无古人，鲜有来者。自19世纪下半叶至今，《大唐西域记》已被译成法语、英语、日语、印度语等多种语言。而对中国文学来说，其更大的价值在于近千年之后中国第一部章回体神魔小说《西游记》的问世，可以说，没有玄奘的《大唐西域记》，便不会有吴承恩的《西游记》。

陈永国 / 文

参考文献

章巽、芮传明：《大唐西域记导读》，北京：中国国际广播出版社，2009年。
汤用彤：《隋唐佛教史稿》，北京：中华书局，1982年。

大唐西域记

卷二 三国

印度总述

一、释名

详夫天竺之称，异议纠纷，旧云身毒，或曰贤豆，今从正音，宜云印度。印度之人，随地称国，殊方异俗，遥举总名，语其所美，谓之印度。印度者，唐言"月"。月有多名，斯其一称。言诸群生轮回不息，无明长夜莫有司晨，其犹白日既隐，宵月斯继，虽有星光之照，岂如朗月之明！苟缘斯致，因而譬月。良以其土圣贤继轨，导凡御物，如月照临。由是义故，谓之印度。印度种姓族类群分，而婆罗门特为清贵。从其雅称，传以成俗，无云经界之别，总谓婆罗门国焉。

二、疆域

若其封疆之域，可得而言。五印度之境，周九万余里。三垂大海，北背雪山。北广南狭，形如半月。画野区分，七十余国。时特暑热，地多泉湿。北乃山阜隐轸，丘陵舃卤；东则川野沃润，畴陇膏腴；南方草木荣茂；西方土地硗确。斯大概也，可略言焉。

三、数量

夫数量之称，谓逾缮那。（旧曰由旬，又曰逾阇那，又曰由延，皆讹略也。）逾缮那者，自古圣王一日军程也。旧传一逾缮那四十里矣，印度国俗乃三十里，圣教所载惟十六里。穷微之数，分一逾缮那为八拘卢舍。拘卢舍者，谓大牛鸣声所极闻，称拘卢舍。分一拘卢舍为五百弓，分一弓为四肘，分一肘为二十四指，分一指节为七宿麦，乃至虱、虮、隙尘、牛毛、羊毛、兔毫、铜水，次第七分，以至细尘。细尘七分，为极细尘。极细尘者，不可复析，析即归空，故曰极微也。

四、岁时

若乃阴阳历运，日月次舍，称谓虽殊，时候无异，随其星建，以标月名。时极短者，谓刹那也。百二十刹那为一呾刹那，六十呾刹那为一腊缚，三十腊缚为一牟呼栗多，五牟呼栗多为一时，六时合成一日一夜，（昼三夜三。）居俗日夜分为八时。（昼四夜四，于一一时各有四分。）月盈至满，谓之白分；月亏至晦，谓之黑分。黑分或十四日、十五日，月有小大故也。黑前白后，合为一月。六月合为一行。日游在内，北行也；日游在外，南行也。总此二行，合为一岁。又分一岁以为六时。正月十六日至三月十五日，渐热也；三月十六日至五月十五日，盛热也；五月十六日至七月十五日，雨时也；七月十六日至九月十五日,茂时也;九月十六日至十一月十五日,渐寒也;十一月十六日至正月十五日,盛寒也。如来圣教,岁为三时。正月十六日至五月十五日,热时也;五月十六日至九月十五日,雨时也;九月十六日至正月十五日,寒时也。或为四时,春、夏、秋、冬也。春三月谓制呾逻月、吠舍佉月、逝瑟吒月,当此从正月十六日至四月十五日。夏三月谓頞沙荼月、室罗伐拿月、婆达罗钵陁月,当此从四月十六日至七月十五日。秋三月谓頞湿缚庾阇月、迦剌底迦月、末伽始罗月,当此从七月十六日至十月十五日。冬三月谓报沙月、磨袪月、颇勒窭拿月,当此从十月十六日至正月十五日。故印度僧徒依佛圣教,坐雨安居,或前三月,或后三月。前三月当此从五月十六日至八月十五日,后三月当此从六月十六日至九月十五日。前代译经律者,或云坐夏,或云坐腊,斯皆边裔殊俗,不达中国正音,或方言未融,而传译有谬。又推如来入胎、初生、出家、成佛、涅槃日月,皆有参差,语在后记。

五、邑居

若夫邑里间阎,方城广峙,街衢巷陌,曲径盘迂。阛阓当涂,旗亭夹路。屠、钓、倡、优、魁脍、除粪,旌厥宅居,斥之邑外,行里往来,僻于路左。至于宅居之制,垣郭之作,地势卑湿,城多叠砖,暨诸墙壁,或编竹木。室宇台观,板屋平头,泥以石灰,覆以砖墼。诸异崇构,制同中夏。苫茅苫草,或砖或板,壁以石灰为饰,地涂牛粪为净,时花散布,斯其异也。诸僧伽蓝,颇极奇制。隅楼四起,重阁三层,榱栌栋梁,奇形雕镂,户牖垣墙,图画众彩。黎庶之居,内侈外俭。隩室中堂，高广有异，层台重阁，形制不拘。门辟东户，朝座东面。至于坐止，咸用绳床，王族、大人、士庶、豪右，庄饰有殊，规矩无异。君王朝座，弥复高广，珠玑间错，谓师子床，敷以细氎，蹈以宝机。凡百庶僚，随其所好，刻雕异类，莹饰奇珍。

六、衣饰

衣裳服玩，无所裁制，贵鲜白，轻杂彩。男则绕腰络腋，横巾右袒。女乃襜衣下垂，通肩总覆。顶为小髻，余发垂下。或有剪髭，别为诡俗。首冠花鬘，身佩璎珞。其所服者，谓憍奢耶衣及氎布等。憍奢耶者，野蚕丝也。蒭摩衣，麻之类也。毾（墟严反。）钵罗衣，织细羊毛也。褐剌缡衣，织野兽毛也。兽毛细软，可得缉绩，故以见珍而充服用。其北印度风土寒烈，短制褊衣，颇同胡服。外道服饰，纷杂异制。或衣孔雀羽尾，或饰髑髅璎珞，或无服露形，或草板掩体，或拔发断髭，或蓬鬓椎髻，裳衣无定，赤白不恒。沙门法服，惟有三衣及僧却崎、泥缚些（桑个反。）那。三衣裁制，部执不同，或缘有宽狭，或叶有小大。僧却崎（唐言掩腋。旧曰僧祇支，讹也。）覆左肩，掩两腋，左开右合，长裁过腰。泥缚些那（唐言裙。旧曰涅槃僧，讹也。）既无带襻，其将服也，集衣为褶，束带以绦，褶则诸部各异，色乃黄赤不同。刹帝利、婆罗门清素居简，洁白俭约。国王、大臣服玩良异，花鬘宝冠以为首饰，环钏璎珞而作身佩。其有富商大贾，唯钏而已。人多徒跣，少有所履。染其牙齿，或赤或黑，齐发穿耳，修鼻大眼，斯其貌也。

七、馔食

夫其洁清自守，非矫其志。凡有馔食，必先盥洗，残宿不再，食器不传。瓦木之器，经用必弃。金、银、铜、铁，每加摩莹。馔食既讫，嚼杨枝而为净。澡漱未终，无相执触。每有溲弱，必事澡灌。身涂诸香，所谓旃檀、郁金也。君王将浴，鼓奏弦歌。祭祀拜祠，沐浴盥洗。

八、文字

详其文字，梵天所制，原始垂则，四十七言。遇物合成，随事转用，流演枝派，其源浸广。因地随人，微有改变，语其大较，未异本源。而中印度特为详正，辞调和雅，与天同音，气韵清亮，为人轨则。邻境异国，习谬成训，竞趋浇俗，莫守淳风。

至于记言书事，各有司存。史诰总称，谓尼罗蔽荼，(唐言青藏。)善恶具举，灾祥备著。

九、教育

而开蒙诱进，先导十二章。七岁之后，渐授五明大论：一曰声明，释诂训字，诠目疏别；二工巧明，伎术机关，阴阳历数；三医方明，禁咒闲邪，药石针艾；四曰因明，考定正邪，研核真伪；五曰内明，究畅五乘因果妙理。

其婆罗门学四吠陀论：(旧曰毗陀，讹也。)一曰寿，谓养生缮性；二曰祠，谓享祭祈祷；三曰平，谓礼仪、占卜、兵法、军阵；四曰术，谓异能、伎数、禁咒、医方。

师必博究精微，贯究玄奥，示之大义，异以微言，提撕善诱，雕朽励薄。若乃识量通敏，志怀逋逸，则拘絷反关，业成后已。

年方三十，志立学成，既居禄位，先酬师德。其有博古好雅，肥遁居贞，沉浮物外，逍遥事表，宠辱不惊，声问以远，君王雅尚，莫能屈迹。然而国重聪睿，俗贵高明，褒赞既隆，礼命亦重。故能强志笃学，忘疲游艺，访道依仁，不远千里。家虽豪富，志均羁旅，口腹之资，巡丐以济，有贵知道，无耻匿财。娱游惰业，偷食靡衣，既无令德，又非时习，耻辱俱至，丑声载扬。

十、佛教

如来理教，随类得解。去圣悠远，正法醇醨，任其见解之心，俱获闻知之悟。部执峰峙，诤论波涛，异学专门，殊途同致。十有八部，各擅锋锐；大小二乘，居止区别。其有宴默思惟，经行住立，定慧悠隔，喧静良殊，随其众居，各制科防。无云律论，絓是佛经，讲宣一部，乃免僧知事；二部，加上房资具；三部，差侍者祗承；四部，给净人役使；五部，则行乘象舆；六部，又导从周卫。道德既高，旌命亦异。时集讲论，考其优劣，彰别善恶，黜陟幽明。其有商榷微言，抑扬妙理，雅辞赡美，妙辩敏捷，于是驭乘宝象，导从如林。至乃义门虚辟，辞锋挫锐，理寡而辞繁，义乖而言顺，遂即面涂赭垩，身坌尘土，斥于旷野，弃之沟壑。既旌淑慝，亦表贤愚。人知乐道，家勤志学。出家归俗，从其所好。罹咎犯律，僧中科罚，轻则众命诃责，次又众不与语，重乃众不共住。不共住者，斥摈不齿，出一住处，措身无所，羁旅艰辛，或返初服。

十一、族姓

若夫族姓殊者，有四流焉：一曰婆罗门，净行也，守道居贞，洁白其操。二曰刹帝利，王种也，（旧曰刹利，略也。）奕世君临，仁恕为志。三曰吠奢，（旧曰毗舍，讹也。）商贾也，贸迁有无，逐利远近。四曰戍陀罗，（旧曰首陀，讹也。）农人也，肆力畴陇，勤身稼穑。凡兹四姓，清浊殊流，婚娶通亲，飞伏异路，内外宗枝，姻媾不杂。妇人一嫁，终无再醮。自余杂姓，实繁种族，各随类聚，难以详载。

十二、兵术

君王奕世，惟刹帝利。弑篡时起，异姓称尊。国之战士，骁雄毕选，子父传业，遂穷兵术。居则宫庐周卫，征则奋旅前锋。凡有四兵，步、马、车、象。象则被以坚甲，牙施利距，一将安乘，授其节度，两卒左右，为之驾驭。车乃驾以驷马，兵帅居乘，列卒周卫，扶轮挟毂。马军散御，逐北奔命。步军轻捍，敢勇充选，负大橹，执长戟，或持刀剑，前奋行阵。凡诸戎器，莫不锋锐，所谓矛、楯、弓、矢、刀、剑、钺、斧、戈、殳、长槊、轮索之属，皆世习矣。

十三、刑法

夫其俗也，性虽狷急，志甚贞质，于财无苟得，于义有余让，惧冥运之罪，轻生事之业，诡谲不行，盟誓为信，政教尚质，风俗犹和。凶悖群小，时亏国宪，谋危君上，事迹彰明，则常幽囹圄，无所刑戮，任其生死，不齿人伦。犯伤礼义，悖逆忠孝，则劓鼻、截耳、断手、刖足，或驱出国，或放荒裔。自余咎犯，输财赎罪。理狱占辞，不加刑朴，随问款对，据事平科。拒违所犯，耻过饰非，欲究情实，事须案者，凡有四条：水、火、称、毒。水则罪人与石，盛以连囊，沉之深流，校其真伪，人沉石浮则有犯，人浮石沉则无隐。火乃烧铁，罪人踞上，复使足蹈，既遣掌案，又令舌舐，虚无所损，实有所伤。懦弱之人不堪炎炽，捧未开花，散之向焰，虚则花发，实则花焦。称则人石平衡，轻重取验，虚则人低石举，实则石重人轻。毒则以一羖羊，剖其右髀，随被讼人所食之分，杂诸毒药置右髀中，实则毒发而死，虚则毒歇而苏。举四条之例，防百非之路。

十四、敬仪

致敬之式，其仪九等：一发言慰问，二俯首示敬，三举手高揖，四合掌平拱，五屈膝，六长跪，七手膝踞地，八五轮俱屈，九五体投地。凡斯九等，极惟一拜。跪而赞德，谓之尽敬。远则稽颡拜手，近则舐足摩踵。凡其致辞受命，褰裳长跪。尊贤受拜，必有慰辞，或摩其顶，或拊其背，善言诲导，以示亲厚。出家沙门，既受礼敬，惟加善愿，无止跪拜。随所宗事，多有旋绕，或唯一周，或复三匝，宿心别请，数则从欲。

十五、病死

凡遭疾病，绝粒七日，期限之中，多有痊愈。必未瘳差，方乃饵药。药之性类，名种不同。医之工伎，占候有异。

终没临丧，哀号相泣，裂裳拔发，拍额椎胸。服制无闻，丧期无数。送终殡葬，其仪有三：一曰火葬，积薪焚燎；二曰水葬，沉流飘散；三曰野葬，弃林饲兽。国王殂落，先立嗣君，以主丧祭，以定上下。生立德号，死无议谥。丧祸之家，人莫就食。殡葬之后，复常无讳。诸有送死，以为不洁，咸于郭外浴而后入。至于年耆寿耄，死期将至，婴累沉疴，生崖恐极，厌离尘俗，愿弃人间，轻鄙生死，希远世路。于是亲故知友，奏乐饯会，泛舟鼓棹，济殑伽河，中流自溺，谓得生天。十有其一，未尽鄙见。出家僧众，制无号哭，父母亡丧，诵念酬恩，追远慎终，寔资冥福。

十六、赋税

政教既宽，机务亦简，户不籍书，人无徭课。王田之内，大分为四：一充国用，祭祀粢盛；二以封建辅佐宰臣；三赏聪睿硕学高才；四树福田，给诸异道。所以赋敛轻薄，徭税俭省，各安世业，俱佃口分。假种王田，六税其一。商贾逐利，来往贸迁，津路关防，轻税后过。国家营建，不虚劳役，据其成功，酬之价直。镇戍征行，宫庐宿卫，量事招募，悬赏待人。宰牧、辅臣、庶官、僚佐，各有分地，自食封邑。

十七、物产

风壤既别，地利亦殊。花草果木，杂种异名，所谓庵没罗果、庵弭罗果、末杜迦果、跋达罗果、劫比他果、阿末罗果、镇杜迦果、乌昙跋罗果、茂遮果、那利蓟罗果、般橠娑果。凡厥此类，难以备载，见珍人世者，略举言焉。至于枣、栗、椑、柿，印度无闻；梨、柰、桃、杏、蒲萄等果，迦湿弥罗国已来，往往间植；石榴、甘橘，诸国皆树。

垦田农务，稼穑耕耘，播植随时，各从劳逸。土宜所出，稻、麦尤多。

蔬菜则有姜、芥、瓜、瓠、荤陀菜等。葱蒜虽少，啖食亦希，家有食者，驱令出郭。

至于乳酪、膏酥、沙糖、石蜜、芥子油、诸饼麨，常所膳也。鱼、羊、獐、鹿，时荐肴馔。牛、驴、象、马、豕、犬、狐、狼、师子、猴、猿，凡此毛群，例无味啖，啖者鄙耻，众所秽恶，屏居郭外，希迹人间。

若其酒醴之差，滋味流别。蒲萄、甘蔗，刹帝利饮也；麴蘖醇醪，吠奢等饮也；沙门、婆罗门饮蒲萄、甘蔗浆，非酒醴之谓也。杂姓卑族，无所流别。

然其资用之器，巧质有殊；什物之具，随时无阙。虽釜镬斯用，而炊甑莫知。多器坯土，少用赤铜。食以一器，众味相调，手指斟酌，略无匕箸，至于老病，乃用铜匙。

若其金、银、鍮石、白玉、火珠，风土所产，弥复盈积。奇珍杂宝，异类殊名，出自海隅，易以求贸。然其货用，交迁有无，金钱、银钱、贝珠、小珠。

印度之境，疆界具举，风壤之差，大略斯在，同条共贯，粗陈梗概。异政殊俗，据国而叙。

卷三　八国

乌仗那国

乌仗那国周五千余里，山谷相属，川泽连原。谷稼虽播，地利不滋。多蒲萄，少甘蔗，地产金、铁，宜郁金香，林树蓊郁，花果茂盛。寒暑和畅，风雨顺序。人性怯懦，俗情谲诡。好学而不功，禁咒为艺业。多衣白氎，少有余服。语言虽异，大同印度。文字礼仪，颇相参预。崇重佛法，敬信大乘。夹苏婆伐窣堵河，旧有一千四百伽蓝，多已荒芜。昔僧徒一万八千，今渐减少。并学大乘，寂定为业，喜诵其文，未究深义，戒行清洁，特闲禁咒。律仪传训，有五部焉：一法密部，二化地部，三饮光部，四说一切有部，五大众部。天祠十有余所，异道杂居。坚城四五，其王多治瞢揭厘城。城周十六七里，居人殷盛。

一、忍辱仙遗迹

瞢揭厘城东四五里有大窣堵波，极多灵瑞，是佛在昔作忍辱仙，于此为羯利王（唐言斗诤。旧云哥利，讹也。）割截肢体。

二、阿波逻罗龙泉及佛遗迹

薛揭厘城东北行二百五六十里,入大山,至阿波逻罗龙泉,即苏婆伐窣堵河之源也。派流西南,春夏含冻,晨夕飞雪,雪霏五彩,光流四照。此龙者,迦叶波佛时生在人趣,名曰殑祇,深闲咒术,禁御恶龙,不令暴雨,国人赖之,以稸余粮。居人众庶感恩怀德,家税斗谷以馈遗焉。既积岁时,或有遗课。殑祇含怒,愿为毒龙,暴行风雨,损伤苗稼。命终之后,为此地龙。泉流白水,损伤地利。释迦如来大悲御世,愍此国人独遭斯难,降神至此,欲化暴龙。执金刚神杵击山崖,龙王震惧,乃出归依。闻佛说法,心净信悟,如来遂制勿损农稼。龙曰:"凡有所食,赖收人田,今蒙圣教,恐难济给,愿十二岁一收粮储。"如来含覆,愍而许焉。故今十二年一遭白水之灾。

阿波逻罗龙泉西南三十余里,水北岸大磐石上,有如来足所履迹,随人福力,量有短长。是如来伏此龙已,留迹而去。后人于上积石为室,遐迩相趋,花香供养。顺流而下三十余里,至如来濯衣石,袈裟之文焕焉如镂。

三、醯罗山

薛揭厘城南四百余里,至醯罗山,谷水西派,逆流东上。杂花异果,被涧缘崖,峰岩危险,溪谷盘纡,或闻喧语之声,或闻音乐之响。方石如榻,宛若工成,连延相属,接布崖谷。是如来在昔为闻半颂(旧曰偈,梵文略也。或曰偈他,梵音讹也。今从正音,宜云伽他。伽他者,唐言颂,颂三十二言。)之法,于此舍身命也。

四、摩诃伐那伽蓝

蓸揭厘城南二百余里,大山侧,至摩诃伐那(唐言大林)。伽蓝。是如来昔修菩萨行,号萨缚达多王,(唐言一切施。)避敌弃国,潜行至此,遇贫婆罗门,方来乞丐。既失国位,无以为施,遂令羁缚,擒往敌王,冀以赏财,回为惠施。

五、摩愉伽蓝

摩诃伐那伽蓝西北,下山三四十里,至摩愉(唐言豆)。伽蓝。有窣堵波,高百余尺。其侧大方石上,有如来足蹈之迹。是佛昔蹈此石,放拘胝光明,照摩诃伐那伽蓝,为诸人、天说本生事。其窣堵波基下有石,色带黄白,常有津腻。是如来在昔修菩萨行,为闻正法,于此析骨书写经典。

六、尸毗迦王本生故事

摩愉伽蓝西六七十里,至窣堵波,无忧王之所建也。是如来昔修菩萨行,号尸毗迦王,(唐言与。旧曰尸毗王,讹。)为求佛果,于此割身,从鹰代鸽。

七、萨裒杀地僧伽蓝等及佛本生故事

代鸽西北二百余里,入珊尼罗阇川,至萨裒杀地,(唐言蛇药。)僧伽蓝。有窣堵波,高八十余尺。是如来昔为帝释,时遭饥岁,疾疫流行,医疗无功,道死相属。帝释悲愍,思所救济,乃变其形为大蟒身，僵尸川谷，空中遍告。闻者感庆，相率奔处，随割随生，疗饥疗疾。其侧不远，有苏摩大窣堵波。是如来昔日为帝释，时世疾疫，愍诸含识，自变其身为苏摩蛇，凡有啖食，莫不康豫。珊尼罗阇川北石崖边，有窣堵波。病者至求，多蒙除差。如来在昔为孔雀王，与其群而至此，热渴所逼，求水不获，孔雀王以觜啄崖，涌泉流注。今遂为池，饮沐愈疾。石上犹有孔雀踪迹。

呾叉始罗国

呾叉始罗国周二千余里，国大都城周十余里。酋豪力竞，王族绝嗣，往者役属迦毕试国，近又附庸迦湿弥罗国。地称沃壤，稼墙殷盛，泉流多，花果茂。气序和畅，风俗轻勇，崇敬三宝。伽蓝虽多，荒芜已甚，僧徒寡少，并学大乘。

一、医罗钵呾罗龙王池

大城西北七十余里，有医罗钵呾罗龙王池，周百余步。其水澄清，杂色莲花同荣异彩。此龙者，即昔迦叶波佛时坏医罗钵呾罗树苾刍者也。故今彼土请雨祈晴，必与沙门共至池所，弹指慰问，随愿必果。

二、四宝藏之一所

龙池东南行三十余里，入两山间，有窣堵波，无忧王之所建也，高百余尺。是释迦如来悬记，当来慈氏世尊出世之时，自然有四大宝藏，即斯胜地，当其一所。闻之先志曰：或时地震，诸山皆动，周藏百步，无所倾摇。诸有愚夫妄加发掘，地为震动，人皆蹎仆。傍有伽蓝，圮损已甚，久绝僧徒。

三、舍头窣堵波

城北十二三里有窣堵波，无忧王之所建也。或至斋日，时放光明，神花天乐，颇有见闻。闻诸先志曰：近有妇人，身婴恶癞，窃至窣堵波，责躬礼忏，见其庭宇有诸粪秽，掬除洒扫，涂香散花，更采青莲，重布其地。恶疾除愈，形貌增妍，身出名香，青莲同馥。斯胜地也，是如来在昔修菩萨行，为大国王，号战达罗钵剌婆，（唐言月光。）志求菩提，断头惠施。若此之舍，凡历千生。

四、童受论师制论处

舍头窣堵波侧有僧伽蓝，庭宇荒凉，僧徒减少。昔经部拘摩罗逻多（唐言童受。）论师于此制述诸论。

五、南山窣堵波及拘浪拿太子故事

城外东南，南山之阴有窣堵波，高百余尺，是无忧王太子拘浪拿为继母所诬抉目之处，无忧王所建也。盲人祈请，多有复明。

此太子正后生也，仪貌妍雅，慈仁夙著。正后终没，继室骄淫，纵其昏愚，私逼太子，太子沥泣引责，退身谢罪。继母见违，弥增忿怒，候王闲隙，从容言曰："夫呾叉始罗，国之要领，非亲弟子，其可寄乎？今者，太子仁孝著闻，亲贤之故，物议斯在。"王惑闻说，雅悦奸谋，即命太子而诫之曰："吾承余绪，垂统继业，唯恐失坠，忝负先王。呾叉始罗国之襟带，吾今命尔作镇彼国。国事殷重，人情诡杂，无妄去就，有亏基绪。凡有召命，验吾齿印。印在吾口，其有谬乎？"于是太子衔命来镇。岁月虽淹，继室弥怒，诈发制书，紫泥封记，候王眠睡，窃齿为印，驰使而往，赐以责书。辅臣跪读，相顾失图。太子问曰："何所悲乎？"曰："大王有命，书责太子，抉去两目，逐弃山谷，任其夫妻，随时生死。虽有此命，尚未可依。今宜重请，面缚待罪。"太子曰："父而赐死，其敢辞乎？齿印为封，诚无谬矣。"命旃荼罗抉去其眼。眼既失明，乞贷自济，流离展转，至父都城。其妻告曰："此是王城。嗟乎，饥寒良苦！昔为王子，今作乞人！愿得闻知，重申先责。"于是谋计，入王内厩，于夜后分，泣对清风，长啸悲吟，箜篌鼓和。王在高楼，闻其雅唱，辞甚怨悲，怪而问曰："箜篌歌声，似是吾子，今以何故而来此乎？"即问内厩："谁为歌啸？"遂将盲人而来对旨。王见太子，衔悲问曰："谁害汝身，遭此祸衅？爱子丧明，犹自不觉，凡百黎元，如何究察？天乎，天乎，何德之衰！"太子悲泣，谢而对曰："诚以不孝，负责于天，某年月日，忽奉慈旨，无由致辞，不敢逃责。"其王心知继室为不轨也，无所究察，便加刑辟。

时菩提树伽蓝有瞿沙（唐言妙音。）大阿罗汉者，四辩无碍，三明具足。王将盲子，陈告其事，惟愿慈悲，令得复明。时彼罗汉受王请已，即于是日宣令国人："吾于后日，欲说妙理，人持一器，来此听法，以盛泣泪也。"于是远近相趋，士女云集。是时阿罗汉说十二因缘，凡厥闻法，莫不悲耿，以所持器盛其沥泣。说法既已，总收众泪，置之金盘，而自誓曰："凡吾所说，诸佛至理。理若不真，说有纰缪，斯则已矣；如其不尔，愿以众泪，洗彼盲眼，眼得复明，明视如昔。"发是语讫，持泪洗眼，眼遂复明。王乃责彼辅臣，诘诸僚佐，或黜或放，或迁或死，诸豪世禄移居雪山东北沙碛之中。

从此东南越诸山谷，行七百余里，至僧诃补罗国。（北印度境。）

僧诃补罗国

僧诃补罗国周三千五六百里，西临信度河。国大都城周十四五里，依山据岭，坚峻险固。农务少功，地利多获。气序寒，人性猛，俗尚骁勇，又多谲诈。国无君长主位，役属迦湿弥罗国。

一、城附近寺塔及白衣外道本师初说法处

城南不远有窣堵波，无忧王之所建也，庄饰有亏，灵异相继。傍有伽蓝，空无僧侣。

城东南四五十里至石窣堵波，无忧王建也，高二百余尺。池沼十数，映带左右，雕石为岸，殊形异类。激水清流，汨㵧漂注，龙鱼水族，窟穴潜泳。四色莲花，弥漫清潭。百果具繁，同荣异色，林沼交映，诚可游玩。傍有伽蓝，久绝僧侣。

窣堵波侧不远，有白衣外道本师悟所求理初说法处，今有封记，傍建天祠。其徒苦行，昼夜精勤，不遑宁息。本师所说之法，多窃佛经之义，随类设法，拟则轨仪。大者为苾刍，小者称沙弥。威仪律行，颇同僧法。唯留少发，加之露形，或有所服，白色为异，据斯流别，

稍用区分。其天师像，窃类如来，衣服为差，相好无异。

二、大石门及王子舍身饲虎处

从此复还呾叉始罗国北界，渡信度河，东南行二百余里，度大石门，昔摩诃萨埵王子于此投身饲饿乌檡。（音徒。）其南百四五十步有石窣堵波，摩诃萨埵愍饿兽之无力也，行至此地，干竹自刺，以血啖之，于是乎兽乃啖焉。其中地土洎诸草木，微带绛色，犹血染也。人履其地，若负芒刺，无云疑信，莫不悲怆。

舍身北有石窣堵波，高二百余尺，无忧王之所建也。雕刻奇制，时烛神光。小窣堵波及诸石龛动以百数，周此茔域，其有疾病，旋绕多愈。

三、孤山中伽蓝

石窣堵波东有伽蓝，僧徒百余人，并学大乘教。

从此东行五十余里，至孤山，中有伽蓝，僧徒二百余人，并学大乘法教。花果繁茂，泉池澄镜。傍有窣堵波，高二百余尺，是如来在昔于此化恶药叉，令不食肉。从此东南山行五百余里，至乌刺尸国。（北印度境。）

马可·波罗

(Marco Polo, 1254—1324)

马可·波罗旅行途中

世界上所有游记中,马可·波罗的《马可·波罗行纪》内容比较丰富,富有传奇性,也较具文学性。自其问世之日起,这本游记就仿佛一面镜子,让读者看到了一个辉煌帝国的壮丽景象;仿佛一本童话书,让读者读到了一位虚荣心极强的商人所讲述的一个梦幻般的故事;也仿佛一本历史书,记录了中国元朝鼎盛时期的社会状貌和生活细节,是西方人向西方社会介绍中国的第一本详尽的具有历史意义的游记。

1254年,马可·波罗出生于威尼斯的一个商人之家。他在《马可·波罗行纪》的开头简要叙述了父亲尼古剌和叔叔玛窦从威尼斯到君士坦丁堡再到克里米亚的商务旅行,然后,继续前行抵达大汗忽必烈的新领地,据猜测是汗八里城,也就是现在的北京。书中说大汗派波罗兄弟二人回欧洲见教皇,要求他们带百名基督教学者和耶路撒冷救世主墓上的油灯里的一些灯油回来。当尼古剌于1269年回到威尼斯时，他已经离家十六年了，妻子已经过世，尚未见过面的儿子已经十五岁，他就是马可。两年后，十七岁的马可便随同父亲和叔叔登上了去往汗八里城的漫长旅程。这就是著名的《马可·波罗行纪》的始由。

虽然马可·波罗是否真的到过中国这个重大疑问现已不是疑问，但《马可·波罗行纪》中的确存有一些可怀疑处：他在扬州为官三年的事在中国古代文献中没有记载；他没有或极少提及具有中国文化特色的一些习俗，如使用筷子、女人裹脚、印刷术的发明，甚至长城的修建。对这些疑问虽然有不同的解释，但文本中确实没有令人信服的第一手证据。

然而，不管《马可·波罗行纪》中有多少与历史记载相左的内容，马可·波罗的中国之行早在他自己的生活时代就广为人知，而此后缘其行而走在丝绸之路上的各个时代的旅行者仍不时地识别出《马可·波罗行纪》中记叙的现象，证实了马可·波罗中国之行的真实性。今天的旅行者可以登上伊朗西北部现已成废墟的阿拉穆特城堡（阿剌模忒，鹰的巢），瞥见夹在山崖之间的麦门底司；沿塔克拉玛干沙漠南缘来到"盐卤遍地"的罗布泊和到处是"偶像"的敦煌，昔日沙丘中传来的魔鬼的嗥叫声现已断定是沙漠之风和恶劣的气候变化所致；昔日马可在培因州看到玉髓和碧玉，今日到和田的游客仍可看到把河底装饰得辉煌多彩的玉石；而在帕米尔高原，你仍然可以看见长着怪角的现已据"马可·波罗"命名的山羊，这座高原之巅仍然和昔日一样

"甚高""甚寒","行人不见飞鸟","燃火无光",烤煮不熟。再向北来到哈密州,你会看到这里的确"土产果实不少,居民恃以为生",但尽"皆美丽"的妇女已不像昔日那样"皆使其夫作龟"了。

马可·波罗记叙的奇闻逸事罩有幻想和想象的光环其实不足为奇。首先,他所处的历史时代与当今时代一样,世界充满了无限的可能性,各种各样的事件频仍发生,人们的现实经验已经与虚构的世界融为一体。所以,但凡叙述亲眼所见时,他就非常可信,而一旦转述道听途说的传闻或超出自己知识视野的东西时,他就难以驾驭了:如呼风唤雨的西藏巫师,可以叼起大象的巨鸟,或在大汗的宴席上可以随意让金杯上下跳动的魔术。其次,《马可·波罗行纪》是经他口述、由同狱难友比萨人鲁斯蒂谦笔录成书,而这位难友在此之前就已经由于写亚瑟王传奇而知名了。根据16世纪的一位传记家所说,马可·波罗当时在狱中口述中国见闻时,甚至可以要求从威尼斯寄来他当时的笔记,因此可以断定他自己的口述应该是属实的,但他的难友用当时流行的一种具有浓重文学色彩的御用法语写作。几年后,当《马可·波罗行纪》被译成拉丁语和意大利语之后,不但法文版中的奇侠传奇风格仍清晰可见,还徒增了后两种语言的戏剧性修辞和基督教思想。所以,很难说清楚哪些是马可·波罗原述,哪些是添枝加叶。在现存的一百四十种版本中,甚至找不出完全相同的两个版本:有的是年代对不上号,有的是章节被删减,还有的经过三四次转译,原文已经面目全非。但是,当1492年哥伦布扬帆驶向新大陆时,他的船上装着写有密密麻麻注解的《马可·波罗行纪》;而到了17世纪,马可·波罗也终于由编造东方故事的高手变成了威尼斯最伟大的探险家,成了家乡的天之骄子。

陈永国 / 文

参考文献

The Travels of Marco Polo: The Venetian, Translated by W. Marsden and revised by T. Wright, newly revised and edited by Peter Harris, with an Introduction by Colin Thubron, New York, London, and Toronto: Alfred A. Knopf, Everyman's Library, 2008.

Marco Polo and the Encounter of East and West, edited by Suzanne Conklin Aknari and Amilcare Iannucci, with the assistance of John Tulk, Toronto, Buffalo and London: University of Toronto Press, 2008.

Laurence Bergreen, *Marco Polo: From Venice to Xanadu*, New York: Alfred A. Knopf, 2007.

马可·波罗行纪

冯承钧　译

第七五章　大汗忽必烈之伟业

现在君临之大汗，名称忽必烈汗，今特述其伟业，及其朝廷一切可以注意之事实，并其如何保持土地、治理人民之方法。

今首先在本书欲言者，乃为现在（一二九八）名称忽必烈汗的大汗之一切丰功异绩。忽必烈汗，犹言诸君主之大君主，或皇帝。彼实有权被此名号，盖其为人类元祖阿聃（Adam）以来迄于今日世上从来未见广有人民、土地、财货之强大君主。我将于本书切实言之，俾世人皆知我言尽实，皆知其为世上从来未有如此强大之君主。君等将在本书得悉其故。

第七六章　大汗征讨诸父乃颜之大战

应知此忽必烈汗为成吉思汗之直系后人，世界一切鞑靼之最高君主,序在第六,前已言之。基督诞生后一二五六年时,彼始以睿智英武而得国。其为人也,公正而有条理,初即位时,诸弟与诸宗族与之争位,然彼以英武得之。且论权力与夫道理,彼为帝系之直接继承人,应得国也。自其即位以后,迄于现在基督诞生后之一二九八年,在位已有四十二年,其年龄约有八十五岁,则其即位时已有四十三岁矣。未即位前,数临戎阵,作战甚勇。但自为君以后,仅有一次参加战争。事在基督诞生后一二八六年时,兹请为君等叙述此战之缘由。

时有一鞑靼大君主名称乃颜(Nayan),乃此忽必烈汗之诸父。年事正幼,统治国土州郡甚多。自恃为君,国土甚大,幼年骄傲,盖其战士有三十万骑也。然在名分上彼实为其侄大汗忽必烈之臣,理应属之。

然彼自恃权重,不欲为大汗之臣,反欲夺取其国,遂遣使臣往约别一鞑靼君主海都(Kaidon)。海都者,乃颜之族而忽必烈之侄也。势颇强盛,亦怨大汗而不尽臣节。乃颜语之云:"我今聚全力往攻大汗,请亦举兵夹攻,而夺其国。"

海都闻讯大喜,以为时机已至,乃答之曰,行将举兵以应,于是集兵有十万骑。

兹请言闻悉此种叛事之大汗。

第七七章　大汗进讨乃颜

大汗闻悉此事之时,洞知彼等背理谋叛,立即筹备征讨,盖其为人英明,凡事皆不足使之惊异。并有言曰,若不讨诛此叛逆不忠之鞑靼二王，将永不居此大位。

筹备战事秘密迅速，十日或十二日间，除其近臣以外，无人能悉其事者。征集骑兵三十六万，步兵十万，所征士卒如此之少者，盖仅征集手边队伍。余军无数，曾奉命散戍各州各地，非短期中所能调集。若将一切兵力集中，其数无限，殆未能言之，虽言之亦无人信之。而此三十六万人仅为其养鹰人及左右之猎户也。

迨其征集此少数军队以后，命其星者卜战之吉凶，星者卜后告之曰，可以大胆出兵，将必克敌获胜，大汗闻之甚喜。遂率军行，骑行二十日，抵一大原野。乃颜率其全军四十万骑屯驻其中。大汗士卒薄晓倏然进击。他人皆未虞其至。缘大汗曾遣谍把守诸路，往来之人悉被俘掳。乃颜不意其至，部众大惊。大汗军抵战场之时，乃颜适与其妻共卧帐中。忽必烈汗预知其宠爱此妇，常与同寝，故特秘密进军，薄晓击之。

第七八章　大汗讨伐叛王乃颜之战

比曙，汗及全军至一阜上，乃颜及其众安然卓帐于此，以为无人能来此加害彼等。其自恃安宁不设防卫之理，盖因其不知大汗之至。缘诸道业被大汗遣人防守，无人来报。且自恃处此野地远距大汗有三十日程，不虞大汗率其全军疾行二十日而至也。

大汗既至阜上，坐大木楼，四象承之，楼上树立旗帜，其高各处皆见。其众皆合三万人成列，各骑兵后多有一人执矛相随，步兵全队皆如是列阵，由是全地满布士卒，大汗备战之法如此。

乃颜及其众见之大惊，立即列阵备战，当两军列阵之时，种种乐器之声及歌声群起，缘鞑靼人作战以前，各人习为歌唱，弹两弦乐器，其声颇可悦耳。弹唱久之，迄于鸣鼓之时，两军战争乃起，盖不闻其主大鼓声不敢进战也。

当诸军列阵弹唱以后，大汗鼓鸣之时，乃颜亦鸣鼓，由是双方部众执弓弩、骨朵、刀、矛而战，其迅捷可谓奇观。人见双方发矢蔽天，有如暴雨。人见双方骑卒坠马而死者为数甚众，陈尸满地。死伤之中，各处大声遍起，有如雷震，盖此战殊烈，见人辄杀也。

是战也，为现代从未见之剧战，从未见疆场之上战士、骑兵有如是之众者。盖双方之众有七十六万骑，可云多矣，而步卒之多尚未计焉。混战自晨至于日中，然上帝与道理皆以胜利属大汗。乃颜败创，其众不敌大汗部众之强，失气败走。乃颜及其诸臣悉被擒获，并其兵器执送大汗之前。乃颜为一受洗之基督教徒，旗帜之上以十字架为徽志，然此毫无裨于彼。盖其与诸祖并受地于大汗，既为大汗之臣，不应背主而谋叛也。

第七九章（一） 大汗之诛乃颜

大汗知乃颜被擒，甚喜。命立处死，勿使人见，盖虑其为同族，恐见之悯而宥其死也。遂将其密裹于一毡中，往来拖曳，以至于死。盖大汗不欲天空、土地、太阳见帝族之血，故处死之法如此。

大汗讨平此乱以后，乃颜所领诸州之臣民，悉皆宣誓尽忠于大汗。先是隶于乃颜之州有四，一名主儿扯（Ciorcia），二名高丽（Cauly），三名不剌思豁勒（Brascol），四名西斤州（Sighingiu），合此四州为一极大领土。

乃颜所领四州之民为偶像教徒及穆斯林，然其中亦有若干基督教徒。大汗讨灭乃颜以后，此四州之种种人民遂揶揄基督教徒及乃颜旗帜上之十字架，讥其不能持久，其语若曰："乃颜既奉基督教而崇拜十字架，汝辈天主之十字架援助乃颜，如是而已。"此语喧传，致为大汗所闻。

大汗闻知以后，严责揶揄基督教徒之人，而语基督教徒曰："汝等应自慰也，十字架未助乃颜，盖有其大理存焉。若为善物，其所行应当如是。乃颜叛主不忠，应当受罚。汝辈天主之十字架不助之为逆，甚是。"

大汗发言声音甚高，各人皆闻。基督教徒答曰："大汗之言诚是。我辈之十字架不欲援助罪人。其不助乃颜谋逆作乱者，盖其不欲助之为恶也。"自是以后，遂无人讥讽基督教徒。缘其已闻大汗对于基督教徒所言乃颜旗上之十字架未助乃颜之理也。

第七九章（二）
大汗对于基督教徒、犹太教徒、穆斯林、佛教徒节庆付与之荣誉及其不为基督教徒之理由

大汗得胜以后，盛陈卤簿，凯旋入其名称汗八里（Cambaluc）之都城，时在十一月之中也。驻跸此城迄于二月杪，或三月吾人复活节届之时，应知此节为吾人重要节庆之一。大汗届时召大都之一切基督

教徒来前，并欲彼等携内容四种福音之《圣经》俱来。数命人焚香，大礼敬奉此经，本人并虔诚与经接吻，并欲在场之一切高官大臣举行同一敬礼。彼对于基督教徒主要节庆，若复活节、诞生节等节，常遵例为之。对于穆斯林、犹太教徒、偶像教徒之主要节庆，执礼亦同。脱有人询其故，则答之曰："全世界所崇奉之预言人有四，基督教徒谓其天主是耶稣基督，穆斯林谓是摩诃末，犹太教徒谓是摩西（Mosïe），偶像教徒谓其第一神是释迦牟尼（Cakya-Mouni）。我对于兹四人，皆致敬礼，由是其中在天居高位而最真实者受我崇奉，求其默佑。"然大汗有时露其承认基督教为最真最良之教之意。盖彼曾云，凡非完善之事，此教决不令人为之。大汗不欲基督教徒执十字架于前，盖因此十字架曾受耻辱，而将一完善伟大之人如基督者处死也。

或曰，彼既以基督教为最良，缘何不皈依此教，而为基督教徒欤？曰，其理由如下：尼古刺、玛窦阁下二人常以基督教理语大汗，大汗曾遣之为使臣，往使教皇所。并告之曰："汝辈欲我为基督教徒，特未解我心。此国之基督教徒蠢无所知，庸碌无用。至若偶像教徒则能为所欲为。我坐于席前时，置于中庭之盏满盛酒浆者，不经人手接触，可以自来就我饮。天时不正时，此辈可以使之正。所为灵异甚多，汝辈谅已知之。其偶像能言，预告彼等所询之事。若我皈依基督之教，而成为基督教徒，则不识此教之臣民语我曰，汗因何理由受洗而信奉基督教，汗曾见有何种灵异何种效能欤？汝等应知此处之偶像教徒断言其能为灵异，乃由其偶像之神圣与威权而能为之。脱以此语见询，我将无以作答。此种偶像教徒既借其咒语、学识能为种种灵异,我若铸此大错,此辈不难将我处死。汝等奉命往谒教皇时,可求其遣派汝教中有学识者百人来此,俾其能面责此种教徒行为之非。并告之曰,彼等亦能为之,特不欲为者,盖因此为魔术耳。若能如是驳击偶像教徒,使此辈法术不能在彼等之前施行,复经吾人身亲目击,吾人行将禁止其教,放逐其人,而受洗礼。我受洗以后,我之一切高官大臣暨一切服从彼等之人必将效法,由是此国之基督教徒将较汝辈国中为多矣。"

教皇若曾派遣可能宣传吾辈宗教之人,大汗必已为基督教徒,盖其颇有此意,此事之无可疑者也。

第八〇章　大汗还汗八里城

大汗讨灭乃颜以后,还其汗八里都城,大行庆赏。别一鞑靼君主名海都者,闻乃颜败亡之讯,甚痛,遂止兵,盖其恐陷乃颜覆辙也。

大汗仅为一次亲征,前已言之,即此一役而已。盖其他一切诸役,皆遣其诸子或其诸臣代往,仅有此役不欲他人代行,缘此叛逆乃颜傲甚,事实重大而危险也。

兹置此事不言,请复言大汗之伟业。其血统及其年龄,前已言之。兹欲述者,奖赏诸臣战功之事。其为百夫长有功者升千夫长,千夫长升万夫长,皆依其旧职及战功而行赏。此外赐以美丽银器及美丽甲胄,加给牌符,并赐金银、珍珠、宝石、马匹。赐与之多,竟至不可思议。盖将士为其主尽力,从未见有如是日之战者也。

牌符之式如下,百夫长银符,千夫长金符或镀金符,万夫长狮头

金符,兹请言其重量及其意义如下:

百夫长及千夫长之牌符各重一百二十钱(gros),万夫长之狮首符亦重一百二十钱,诸符并勒文于其上曰:"长生天气力里,大汗福荫里,不从命者罪至死。"

凡持此种牌符者,皆有特权在其封地内为其所应为诸事。其有十万人之大藩主,或一大军之统帅,牌符重逾三百钱。其上勒文如前所述,文下勒一狮形,狮下勒日月形,再下勒此符付与之特权。符之背面则勒命令。凡持此贵重牌符者,每骑行时,头上应覆一盖,其名曰伞。以一长矛承之,表示其为显贵之意。每坐时,则应坐于一银座上。

有时给海青符于此诸大藩主。持有此符者,权势如大汗亲临。持此符之人欲遣使至某地,得取其地之良马及他物,惟意所欲。

兹置此事不言,请言大汗之体貌风仪。

第八一章　大汗之体貌风仪

君主名称忽必烈的大汗之体貌如下:不长不短,中等身材,筋肉四肢配置适宜,面上朱白分明,眼黑,鼻正。有妇四人为正妇,此四妇诞生之长子,于父死后依礼应承袭帝位。此四妇名称皇后,然各人别有他名。四妇各有宫廷甚广,各处至少有美丽侍女三百,并有勇武侍臣甚众,及其他男女不少,由是每处合有万人。

大汗每次欲与此四妇之一人共寝时,召之至其室内,有时亦亲往就之。尚有妃嫔不少,兹请为君等叙其选择之法。

鞑靼有一部落名称弘吉剌(Ungrat),其人甚美。每年由此部贡献室女百人于大汗。命宫中老妇与之共处，共寝一床，试其气息之良恶，肢体是否健全。体貌美善健全者，命之轮番侍主。六人一班，三日三夜一易。君主内寝之事，悉由此种侍女司之，君主惟意所欲。三日三夜期满，另由其他侍女六人更番入侍。全年如是。概用三日三夜六人轮番入侍之法。

第一〇三章（二） 汗八里城之星者

汗八里城诸基督教徒、穆斯林及契丹人中，有星者、巫师约五千人，大汗亦赐全年衣食，与上述之贫户同。其人惟在城中执术，不为他业。

彼等有一种观象器，上注行星宫位，经行子午线之时间，与夫全年之凶点。各派之星者每年用其表器推测天体之运行，并定其各月之方位，由是决定气象之状况。更据行星之运行状态，预言各月之特有现象。例如，某月雷始发声，并有风暴，某月地震，某月疾雷暴雨，某月疾病、死亡、战争、叛乱。彼等据其观象器之指示，预言事物如此进行，然亦常言上帝得任意增减之。记录每年之预言于一小册子中，其名曰《塔古音》（Tacuin）售价一钱（gros），其预言较确者，则视其术较精，而其声誉较重。

设有某人欲经营一种大事业，或远行经商，抑因他事而欲知其事之成败者，则往求此星者之一人，而语之曰："请检汝辈之书，一视天象，盖我将因某事而卜吉凶也。"星者答云：须先知其诞生之年月日时，始能作答。既得其人年月日时以后，遂以诞生时之天象，与其问卜时之天象，比较观之，夫然后预言其所谋之成败。

应知鞑靼人用十二生肖纪年：第一年为狮儿年，次年为牛儿年，三年为龙儿年，四年为狗儿年，其数止于十二。所以每询某人诞生之年时，其人则答以某儿年某日某夜某时某分。此种时刻曾由亲属笔之于册。计年之十二生肖既满，复用此十二生肖继续计之。

上第一〇三章（二）并出剌木学本第二卷第三章。

第一〇三章（三） 契丹人之宗教关于灵魂之信仰及其若干风习

其人是偶像教徒，前已言之。各人置牌位一方于房壁高处，牌上写一名，代表最高天帝。每日焚香礼拜，合手向天，扣齿三次，求天保佑安宁。所祷之事只此。此牌位之下，地上供一偶像，名称纳的该（Natigai），奉之如同地上一切财产及一切收获之神，配以妻子，亦焚香侍奉，举首叩齿祷之。凡时和年丰、家人繁庶等事，皆向此神求之。

彼等信灵魂不死。以为某人死后，其魂即转入别一体中。视死者生前之善恶，其转生有优劣。质言之，穷人行善者，死后转入妇人腹中，来生成为贵人。三生入一贵妇腹中，生为贵人。嗣后愈升愈高，终成为神。反之，贵人之子行恶者，转生为贱人之子，终降为狗。

其人语言和善，互相礼敬。见面时貌现欢容。食时特别洁净。礼敬父母，若有子不孝敬父母者，有一特设之公共法庭惩之。

各种罪人拘捕后，投之狱，而缢杀之。但大汗于三年开狱，释放罪人一次。然被释者面烙火印，俾永远可以认识。

现在大汗禁止一切赌博及其他诈欺方法，盖此国之人嗜此较他国为甚。诏令禁止之词有云："我既用兵力将汝曹征服，汝曹之财产义应属我。设汝辈赌博，则将以我之财产为赌注矣。"虽然如此，大汗从未使用其权擅夺人民产业。

尚不应遗漏者，大汗诸臣朝仪之整肃也。诸臣行近帝座，距离约有半英里时，各卑礼致敬，肃静无声。由是在场者不闻声息。既无呼唤之音，亦无高声谈话者。凡臣下莅朝时，皆持有一小唾壶，无人敢唾于地，欲唾时揭壶作礼而唾。彼等尚携有白皮之靴，其为君主召见之人，入殿时易此白靴，以旧靴付仆役，俾殿中金锦地衣不为旧靴所污。

第一〇四章　契丹州之开始及桑干河石桥

应知君主曾遣马可·波罗阁下奉使至西方诸州。彼曾志其经行之事于下：自汗八里城发足，西行亘四月程。所以我为君等述其在此道上往来见闻之事。

自从汗八里城发足以后，骑行十英里，抵一极大河流，名称普里桑干（Pulisangin, Pulisangan）。此河流入海洋。商人利用河流运输商货者甚多。河上有一美丽石桥；各处桥梁之美鲜有及之者。桥长三百步，宽逾八步，十骑可并行于上。下有桥拱二十四，桥脚二十四，建置甚佳，纯用极美之大理石为之。桥两旁皆有大理石栏，又有柱，狮腰承之。柱顶别有一狮。此种石狮巨丽，雕刻甚精。每隔一步有一石柱，其状皆同。两柱之间，建灰色大理石栏，俾行人不致落水。桥两面皆如此，颇壮观也。

兹述此美桥毕,请言其他新事。

第一〇五章 涿州大城

从此石桥首途,西行二十英里,沿途皆见有美丽旅舍、美丽葡萄园、美丽园囿、美丽田亩及美丽水泉。行毕然后抵一大而美丽之城,名曰涿州(Giogiu)。内有偶像教徒之庙宇甚众,居民以工商为业,织造金锦丝绢及最美之罗,亦有不少旅舍以供行人顿止。

从此城首途,行一英里,即见两道分歧:一道向西,一道向东南。西道是通契丹之道,东南道是通蛮子地域之道。

遵第一道从契丹地域西行十日,沿途皆见有环以城垣之城村,及不少工商繁盛之聚落,与夫美丽田亩,暨美丽葡萄园,居民安乐。惟其地无足言者,兹仅述一名太原府(Tainfu)之国。

第一〇六章 太原府国

自涿州首途,行此十日毕,抵一国,名太原府。所至之都城甚壮丽,与国同名,工商颇盛,盖君主军队必要之武装多在此城制造也。其地种植不少最美之葡萄园,酿葡萄酒甚饶。契丹全境只有此地出产葡萄酒,亦种桑养蚕,产丝甚多。

自此太原府城,可至州中全境。向西骑行七日,沿途风景甚丽,见有不少城村,环以墙垣:其中商业及数种工业颇见繁盛,有大商数人自此地发足前往印度等地经商谋利。

行此七日毕,抵一城,名平阳府城(Pianfu)。城大而甚重要,其中恃工商业为活之商人不少,亦产丝甚饶。

兹置此事不言,请言一名哈强府(Cacianfu)之大城。然欲述此城,须先言一名称该州(Caigiu)或太斤(Thaigin)之名贵堡塞。

第一〇七章　该州或太斤堡

从平阳府发足,西向骑行二日程,则见名贵堡塞该州。昔为此地一国王所筑,王名黄金王。堡内有一宫,极壮丽,宫中有一大殿。昔日此地国王皆有绘像列于其中,像作金色,并其他美色,颇为娱目。诸像之成,乃由君临本地之王陆续为之。

兹请据此堡人之传说,一述此黄金王与长老约翰之一故事。

据说昔日此黄金王与长老约翰战,黄金王据险要,长老约翰既难进兵,亦不能加害此王,缘是甚怒。长老约翰时有幼年骑尉十七人,相率建议于长老约翰,愿生擒黄金王以献。长老约翰答言极愿彼等为此,事成必厚宠彼等。

诸骑尉别其主长老约翰以后,结成一种骑尉队伍,往投黄金王所。及见王,遂语之曰:"彼等来自外国,愿仕王所。"王慰而录用之,不虞其有恶意也。由是此种怀有异心之骑尉,遂为黄金王臣,竭尽臣职,王甚宠之,置之左右。

彼等留王所亘二年,所行所为,毫不微露叛意。一日随王出游,其他扈从之人甚少,盖王信任彼等,而不虞有他故也。迨渡一河后,河距堡约有一英里,时仅彼等与王相随,遂互议曰:"执行所谋,此其时矣。"于是皆拔剑胁王立随彼等行,否则杀之。王见状,既惊且惧，语诸人曰："汝曹所言何事，欲余何往？"诸人答曰："往吾主长老约翰所。"

第一〇八章　长老约翰之如何待遇黄金王

黄金王闻言，忧郁几频于死，语诸人曰："我既宠待汝曹，何不悯而释我，俾不致陷敌手。若汝曹为此，则犯大恶而为不义矣。"诸人答言："势必出此。"遂拘之至其主长老约翰所。

长老约翰见黄金王至，大喜，而语之曰："汝既来此，将不获善待。"王不知所答。长老约翰立命人监守之，命其看守牲畜，然未加虐待，由是沦于牧畜之役矣。长老约翰怒此王甚，欲抑贱之，而表示其不足与彼相侔也。

如是看守牲畜垂两年。长老约翰招之来前，以礼待之，赐以华服，而语之曰："王，今汝知否势不我敌？"王答曰："固也。我始终皆知我力不足与君抗。"长老约翰乃曰："我别无他求。自今而后，将以礼待，而送君归。"于是赠以马匹鞍辔，命人护送归其本国。嗣后黄金王遂称藩而奉长老约翰为主君。

兹置此黄金王故事不言，请言他事，以续本书。

第一〇九章　哈剌木连大河及哈强府大城

离此堡后，向西骑行约二十英里，有一大河，名哈剌木连（Karamouren）。河身甚大，不能建桥以渡，盖此河流宽而深也。此河流入环绕世界全土之大洋，河上有城村数处，皆有城墙，其中商贾甚多,河上商业繁盛;缘其地出产生姜及丝不少,禽鸟众至不可思议,野鸡三头仅值威尼斯亚银钱(gros)一枚。

渡此河后,向西骑行二日,抵一名贵城市,名称哈强府(Cacianfu)。居民皆是偶像教徒。兹应为君等申言者,契丹居民大致皆属偶像教徒也。此城商业茂盛,织造种种金锦不少。

此外别无可述,兹请接言一名贵城市,此城是一国之都会,名曰京兆府(Quengianfu)。

第一一〇章 京兆府城

离上述之哈强府城后,西向骑行八日,沿途所见城村,皆有墙垣。工商发达,树木园林既美且众,田野桑树遍布,此即蚕食其叶而吐丝之树也。居民皆是偶像教徒,土产种种禽鸟不少,可供猎捕畜养之用。

骑行上述之八日程毕,抵一大城,即前述之京兆府是已。城甚壮丽,为京兆府国之都会。昔为一国,甚富强,有大王数人,富而英武。惟在今日,则由大汗子忙哥剌(Mangalay)镇守其地。大汗以此地封之,命为国王。此城工商繁盛,产丝多,居民以制种种金锦丝绢,城中且制一切武装。凡人生必需之物,城中皆有,价值甚贱。

城延至西,居民是偶像教徒。城外有王宫,即上述大汗子国王忙哥剌之居也。宫甚壮丽,在一大平原中,周围有川湖泉水不少,高大墙垣环之,周围约五英里。墙内即此王宫所在,其壮丽之甚,布置之佳,罕有与比。宫内有美丽殿室不少,皆以金绘饰。此忙哥剌善治其国,颇受人民爱戴,军队驻扎宫之四围,游猎为乐。

今从此国首途，请言一名关中（Cuncun）之州。州境全在山中，道路难行。

第一一一章　难于跋涉之关中州

离上述忙哥剌之宫室后，西行三日，沿途皆见有不少环墙之乡村及美丽平原。居民以工商为业，有丝甚饶；行此三日毕，见有高山深谷，地属关中州矣。其中有环墙之城村，居民是偶像教徒，恃地之所产及大林中之猎物以为生活。盖其地有不少森林，中有无数猛兽，若狮、熊、山猫及其他不少动物，土人捕取无数，获利甚大。由是逾山越谷，沿途见有不少环墙之城村、大森林及旅人顿止之大馆舍。

现从此州发足，将言别一地域，说详后方。

第一一二章　蛮子境内之阿黑八里大州

骑行逾关中诸山，行二十日，抵一蛮子之州，名阿黑八里（Acbalec）。州境全处平原中，辖有环墙之城村甚众，隶属大汗。居民是偶像教徒，恃工商为活。此地出产生姜甚多，输往契丹全境，此州之人恃此而获大利。彼等收获麦稻及其他诸谷，量多而价贱，缘土地肥沃，宜于一切种植也。

主要之城名称阿黑八里。

此平原广延二日程，风景甚丽，内有环墙之城村甚众。行此二日毕，则见不少高山深谷丰林。由此道西行二十日，见有环以墙垣之城村甚众。居民是偶像教徒，恃土之所出，及牲畜，与夫饶有之野兽猎物为活。亦有不少兽类产生麝香。

兹从此地发足，请依次历言其他诸地。

第一一三章　成都府

向西骑行山中，经过上述之二十日程毕，抵一平原，地属一州，名成都府（Sindufu，Sindafu），与蛮子边境为邻。此州都会是成都府，昔是强大城市，历载富强国王多人为主者垂二千年矣。然分地而治，说如下文：

此州昔有一王，死时遗三子，命在城中分地而治，各有一城。然三城皆在都会大城之内，由是此三子各为国王，各有城地，各有国土，皆甚强大。大汗取此三王之国而废其王。

有一大川，经此大城。川中多鱼，川流甚深，广半英里，长延至于海洋，其距离有八十日或百日程，其名曰江水（Quiansuy）。水上船舶甚众，未闻未见者，必不信其有之也。商人运载商货往来上下游，世界之人无有能想象其盛者。此川之宽，不类河流，竟似一海。

城内川上有一大桥，用石建筑，宽八步，长半英里。桥上两旁，列有大理石柱，上承桥顶。盖自此端达彼端，有一木制桥顶，甚坚，绘画颜色鲜明。桥上有房屋不少，商贾工匠列肆执艺于其中。但此类房屋皆以木构，朝构夕折。桥上尚有大汗征税之所，每日税收不下精金千量。

居民皆是偶像教徒。出此城后，在一平原中，又骑行五日。见有城村甚众，皆有墙垣。其中纺织数种丝绢，居民以耕种为活。其地有野兽如狮、熊之类不少。

骑行此五日毕，然后抵一颇遭残害之州，名称吐蕃，后此述之。

第一一四章　吐蕃州

行上述之五日程毕，入一极广森林，地属吐蕃州矣。此州昔在蒙哥汗诸战中，曾受残破，所见城村，业已完全摧毁。

其中颇有大竹，粗有三掌，高至十五步，每节长逾三掌。商贾旅人经行此地者，于夜间习伐此竹燃火，盖火燃之后，爆炸之声甚大，狮、熊及其他野兽闻之惊走，不敢近火。此州自经残破以后，不复有居民，遂致野兽繁殖。若无此竹燃火，爆炸作声，使野兽惊逃，则将无人敢经行其地。

兹请言此竹如何能发大声响之理。其地青竹甚多，行人伐之，燃其数茎，久之皮脱，直裂，爆炸作声，其声之巨，夜间十英里之地可闻。若有人未预知其事而初闻其声者，颇易惊惶致死，然熟悉其事者不复惊惧。其实未习闻此声者，应取棉塞耳，复取所能有之衣服蒙其头面，初次如此，嗣后且屡为之，迄于习惯而后已。

马匹亦然。设其未曾习闻此声，初次闻之，即断其索勒，如是丧失牲口者，已有旅客数人。如欲保存其牲口者，势须系其四蹄，蒙其首与眼耳，然后可能驾驭，马匹数闻此声以后，始不复惊。我敢断言初闻此声者，必以为世上可怖之声，无有逾于此者矣。复次虽有此种预防之法，有时不能免狮、熊及其他野兽之为大害，盖其地野兽甚众也。

如是骑行二十日，不见人烟，行人势须携带一切食粮，从来不免遭遇此种可畏而为害之野兽，末后始见环墙之城村。此类城民有一种婚俗，兹请为君等述之。

此地之人无有取室女为妻者，据称女子未经破身而习与男子共寝者，毫无足重。凡行人经过者，老妇携其室女献之外来行人，行人取之惟意所欲，事后还女于老妇，盖其俗不许女子共行人他适也。所以行人经过一堡一村或一其他居宅者，可见献女二三十人，脱行人顿止于土人之家，尚有女来献。凡与某女共寝之人，必须以一环或一小物赠之，俾其婚时可以示人，证明其已与数男子共寝。凡室女在婚前皆应为此，必须获有此种赠物二十余事。其得赠物最多者，证其尤为人所喜爱，将被视为最优良之女子，尤易嫁人。然一旦结婚以后，伉俪之情甚笃，遂视污及他人妻之事为大侮辱。

其事足述，故为君等言之。我国青年应往其地以求室女，将必惟意所欲，而不费一钱应人之请也。

居民是偶像教徒，品行极恶，对于窃盗或其他恶行，绝不视为罪过。彼等且为世上最好揶揄之人，恃所猎之兽、牲畜所产之物及土地所产之果实为生。尚有不少兽类出产麝香，土语名曰古德里（Gouderi）。此种恶人畜犬甚多，犬大而丽，由是饶有麝香。境内无纸币，而以盐为货币。衣服简陋，所衣者为兽皮及用大麻或粗毛所织之布。其人自有其语言，而自称曰吐蕃人。此吐蕃地构成一极大之州，后此将申言之。

伊本·白图泰

(Ibn Battuta,1304—1368)

伊本·白图泰

可与《马可·波罗行纪》相媲美的是摩洛哥旅行家伊本·白图泰的《游记》。1325年,二十一岁的法学者伊本·白图泰从摩洛哥北海岸的家乡丹吉尔出发,去麦加朝圣。在此后的二十九年中,他靠步行、骑马或骆驼游历五十多个国家,记录了非洲、亚洲、欧洲尤其是阿拉伯国家的伊斯兰文化,对于这一世界古老文明的传播和传承起到了不可磨灭的作用,正因如此,有些批评家认为白图泰的《游记》比马可·波罗或任何其他人的游记有过之而无不及。尤为重要的是,白图泰在《游记》中描写了一个真实的有血有肉的人,即他自己;如此真实,如此自然,以至于我们从这位前现代人身上看到了我们自己,看到了我们自己所生活的社会。他有一颗极强的好奇心,有非常广泛的兴趣;他不仅关心国王、政治、地理、财富和旅行路线,而且对食物和女人特别感兴趣（沿途曾多次结婚）。但作为一个真实的人，他也有偏见，有时甚至根深蒂固；但总体来说，他以同样不偏不倚的方式对待埃及、叙利亚、拜占庭、波斯、阿拉伯、印度、中国、意大利、西班牙和非洲的文化，这是他与美国和欧洲研究中世纪的学者的最大区别。我们在他的《游记》中看不到那种明显的欧洲中心主义。而这位旅行者的人格，我们在《游记》中看到，在商业亨通的时代里他随时慷慨解囊；在生命最为廉价的社会里他极具人性；在科学尚未充分认识自然的中世纪他勇于探险；在恪守宗教教规的同时他沉溺于世俗的欢乐，以至于他既是一个堕落于尘世的罪人，同时又是为神的事业献身的圣人。他用他的《游记》"启迪了人们的思想，唤醒了人们沉睡已久的思维"。

关于他的生平，我们同样知之甚少。根据《游记》的笔录者伊本·朱赞提供的信息，我们得知伊本·白图泰于1304年2月24日生于摩洛哥的丹吉尔；当游历二十九年回到摩洛哥后，于五十岁时被任命为一个城镇的法官，此后一直在那里生活，直至1368（或1369）年去世。他属于世代生活在昔兰尼加和埃及边境的一个游牧民族柏柏尔族的后代；他也属于作为当地主流社会群体的穆斯林，是上层宗教社会的成员，接受过经院神学教育，通晓当时流行的阿拉伯诗歌。他是出于神学和宗教信仰的目的才出发旅行的。那时候和现在一样，每一个穆斯林都必须在有生之年至少朝拜麦加一次。白图泰在旅行中至少两次去过麦加。对于他来说，这不仅仅是旅行重要的信仰义务，而且是在伊斯兰教中心接触各种宗教活动的极好机会。但他并未止步于此：他决心利用在麦加几年的学习成果去印度朝觐慷慨的素丹。但这次印度之行比他预计的时间长了许多，路途也充满了更多的险情。他在印度生活七年，享尽了荣华富贵，高官厚禄，但他决定抛弃一切官职和财产，出使中国。

白图泰《游记》也存在着《马可·波罗行纪》所面对的史料是否翔实的问题，由此也必然涉及他是否真的去过《游记》所及之地的问题，尤其是中国。有些批评家认为他去过君士坦丁堡和中国的说法值得怀疑。对于前者，他描述去往君士坦丁堡的路程时语焉不详；而且，他声称见过"前国王"，而按照他自己的编年史，此时前国王已经去世一年之久。他们到达黑海后，用两个星期的时间去了一个叫保尔加的地方，但那个地方离黑海竟然有一千六百公里的路途！在去往中国途中，他声称他们路过一个女人国，但历史学家至今没有找到它的地理位置。从中国回来途中，他们看见了一只像山一样大的巨鸟，多亏风向变了，巨鸟没有看见他们，否则他们将全被它吃掉。关于这些疑问，关于有人认为他是骗子的说法，在白图泰有生之年就流传着这样一个释疑的寓言：一个人和他的儿子被关进了监狱，儿子便跟着父亲在监狱里长大。有一天，儿子问父亲他们每天吃的肉来自哪些动物，父亲说是羊、牛和骆驼。但不管父亲怎样描述这些动物如何不同，儿子都认为这三种动物都是不同种类的老鼠，因为老鼠是他见过的唯一一种动物。诚如伊本·朱赞所说："心理健康的任何人都会坦诚地说这位教长（伊本·白图泰）是这个时代的旅行家，而说他是这个社会（伊斯兰社会）的最了不起的旅行家，那几乎就是事实。"

陈永国 / 文

参考文献

Said Hamdun and Noël King, *Ibn Battuta in Black Africa*, with a new foreward by Ross E. Dunn, Princeton: Markus Wiener Publishers, 2003.

Ibn Battuta, *Travels in Asia and Africa: 1325—54*, translated and selected by H. A. R. Gibb, with an Introduction and Notes, London: George Routledge & Sons, LTD., 1939.

伊本·白图泰游记

马金鹏 译

素丹命我出使中国

我静居达四十日后,素丹给我送来了鞍辔齐备的马匹、男女用人、衣服和生活费,我穿上他赐的锦衣去见他。我原有一件挂里的蓝布外衣,静居时我就穿着它,当我脱下旧的穿上素丹赐的锦衣时,自己都认不出自己来了。但我只要看到那件破外衣,便觉得内心里一片光明,所以我一直保存着那破衣,直至在海上遭到印度异教徒的洗劫为止。我来至素丹面前,素丹用前所未有的优待对待我,素丹对我说:"我召见你,是让你做我的使者赴中国国王处,我深知你爱好跋涉旅行啊!"于是素丹给我准备途中所需的一切,并指定同去的人。详情后叙。

向中国送礼的原因,随行人员和礼品

中国国王送给素丹男女奴隶百名,花缎五百匹,其中百匹系在刺桐①织造，百匹系在汗沙②织造。麝香五曼尼，镶宝锦衣五件，绣金箭袋五个，宝剑五把。要求素丹允许他在上述的盖拉格里山区修建佛庙，那地区名赛姆海里，中国人去那里朝圣。那里自被穆斯林大军进占后，那庙被破坏并被抢掠一空。当礼品送达素丹后，素丹复函称：该项要求按伊斯兰教规定碍难照准，因穆斯林地区只许缴纳人丁税的人修建教堂，如肯缴纳则允所请，祝愿遵从正道者获得安宁。

素丹用更好的礼品回赠，礼品是：鞍辔俱备的骏马百匹，男仆百名，印度异教徒女婢百名，这些女婢能歌善舞。贝赖米亚棉布百匹，这种布其美无比，每匹值一百第纳尔③，五彩丝绸衣料百件。以隋俩享耶著称的衣服一百零四套。毛绒布衣五百件：其中白色者百件，红色者百件，绿色者百件，蓝色者百件。另有罗马出产的麻布衣料百段，细毡百卷，彩篷一座，拱形帐幕六座，金质烛台四座，银质镶法蓝烛台六座，金质浴盆并壶一套，银盆六件，绣金素丹锦袍十件，绣金素丹头巾十顶，其一系镶宝珍品，绣金箭袋十件，其一系镶宝珍品。宝剑十把，其一是镶宝剑鞘，镶宝手套一副，男仆十五名。

素丹派定以下人员同我一起携带礼品登船，他们是：祖海尔丁·赞贾尼，他是一位高贵的学者。素丹的男仆卡夫尔，他是侍饮，所有礼品由他管理。还派出一千骑兵由长官穆罕默德·赫拉威率领，

---

① 即今之泉州（晋江）。
② 即今之杭州。
③ 第纳尔的名字来自罗马帝国的一种被称为 Denarius 的银币。Denarius 的意思是钱，这个词的含义在继承了 Solidus 金币之后变成了金币的意思。

护送至登船地点。随同我们的还有中国国王的使臣共十五人，为首的名叫图尔西，以及他们的仆役近百人。我们浩浩荡荡上路进发。素丹下令让沿途官员妥善招待，时在伊历 743 年（公元 1342 年）二月十七日。这是他们选定的日期，因他们登程上路都选定初二、初七、十二、十七、二十二、二十七。投宿的第一站是提勒帕特，离德里城为两法尔萨赫半。以后从此地出发至奥站，又去希卢站，又抵贝亚纳特城，这是一座房舍美丽，市街整洁的大城。当地的清真大寺形状新颖，围墙房顶皆系石砌，当地的长官是穆赞法尔·本·达耶，其母是素丹的接生婆。前任长官是穆吉尔·本·阿布赖札，他是一位大长官，前面已经谈道，他出身于古莱什①族人。但他为人刚愎自用，素多暴虐，曾杀害百姓多人，并且毁尸示众。我曾见到一个本地人，他仪表堂堂，坐在房内的廊下，竟是手脚全无的人。有一次素丹抵达该城，百姓纷纷控告穆吉尔的罪行。素丹下令将他逮捕，加上镣铐，让他于衙门内坐在宰相面前受审，百姓们告发他的条条暴政，素丹令他赎取原告者们的满意，他便出钱赎罪，于事后将他斩首。

当地的要人之一是学者伊玛目恩泽丁·祖拜尔，系先知弟子祖拜尔·本·阿瓦姆②的后裔，他是一位清廉的法学家，我曾于喀洛尤尔城在长官恩泽丁·贝奈塔尼处见到他，他以艾尔祖姆·麦利克闻名。后来从贝亚纳特出发抵达库勒城，这是一座具有花园的美丽城池，多数

---

① 这是地道的阿拉伯人。
② 他生年不详，死于伊历 36 年（公元 656 年），是一位英勇的门徒，是穆罕默德的姨表兄弟。

树木是芒果树。我们住于城外一宽场上。在该地会见了谢赫、清廉修道者舍姆斯丁，他向以伊本·塔柱·阿雷非尼著名，他双目失明，年老体衰。后来被素丹关在监内，死于囹圄之内，详情已如前述。

在库里参加战斗

到达库勒时，听说一批印度异教徒正在围攻贾拉里城，那里离库勒为七日程。我们便开往那里，那时城内百姓遭受围困濒于灭亡，异教徒不知我们袭来，要将他们一举消灭。他们约有骑兵千人，步兵三千人。我们将他们完全消灭，夺取了他们的马匹武器。我们的同伴中阵亡了二十三名骑兵，五十五名步兵。侍饮男仆卡夫尔牺牲了，他是管理礼品的，所以便将他牺牲的情况报告素丹，我们住下等候答复。在此期内，印度异教徒从当地险要的山岳间下来，骚扰贾拉里四郊，我们的同伴们每天都跟随各地区长官巡查，协助他们防守。

被俘脱险　遇助得救

在此期间我率一批同伴骑马外出，走进一座花园内午歇，因时在炎夏，突然听到喊声四起。我们慌乱上马，正赶上一帮异教徒侵袭贾拉里城的一个村庄，我们加紧追赶，他们四散逃走，我们也分头去追，同我在一起的只有五人，这时从藤苇丛中冲出一彪人马，我们见他们人多势众，便行撤退，但他们中约有十人对我们尾随不放。不久，只剩下三人追得我走投无路，而面前又是一片卵石，马蹄陷入石块内，我只得下马让马拔出前蹄后，再翻身上马。印度人经常携带两把宝剑，一把悬于鞍边,称作镫剑;另一把置于箭袋内,我的镫剑脱鞘落地,由于剑的饰纹是金的,我便下鞍取剑佩好,在敌人即将追到我时我才上马。不久,至一大沟,我便下至沟底躲藏。

后来,我从沟底走到一个树木交错的山谷中间,这里有一条小道。我便盲目地顺道前进,突然间约有四十名异教徒,手持弓箭将我围住,我担心他们怕我逃走而一齐放箭,当时我身上又没有甲胄,便下马伏俯地甘愿受俘,当地人对这样的人是不加害的。他们把我拿住,除了一件外衣、一件衬衫和一条裤子外,把我身上的东西统统抢去,把我带进树林,到他们坐息处,那里树林之间有一水池,他们给我拿来野豌豆饼,我吃了一些,又喝了些水。他们中有两个穆斯林,他们用波斯语同我谈话,并询问我,我只能告诉他们一点,而有关素丹方面的事,我只能秘而不宣,他二人对我说:"这些人或别人会杀害你的,这些人是他们同伙的先行。"他们派来了一个人,我借助穆斯林的翻译同这人谈话,并苦苦哀求他要慈悲为怀。于是他把我交给另外三个人,一个是一位老者,还有他的儿子;另一个是一名黑人,他颇奸诈。这三个人对我说话,我了解到他们是奉命杀害我的。晚上他们把我架到一山洞里。这时天遂人愿,那黑人发起烧来,他把两脚放在我身上。老头和他儿子都睡了。天亮后,他们商量了一阵,他们指示让我同他们一起到水池去。我明白这是要杀害我了,我便同老者谈话,哀求他宽恕,他很受感动。我便把衬衣的袖子撕下来交给他,以免在我逃脱后他受处分。正午时,听到水池边有人谈话,想是他们的同伴来了,他便让我随他们下去。下去后见是另外一帮人,这帮人邀他们搭伙同去，但他们拒不接受，他们三人便坐在我面前，我也面对着他们，他们把带来的一根麻绳在我的注视下放在地上，我心想，他们杀我时就用这条绳子绑我呀。就这样待了一会儿，俘我的人中又来了三人，他们一块谈话，好像在问："为什么还没杀掉他呀？"老头指了一下黑人，像是由于他害病的缘故。

后来的这三个人中有一位美丽的青年，他对我说："你想让我放了你吗？"我说："是的。"他说："那你就走吧。"我便把身上的外衣脱下来送给了他，他把一件破烂不堪的条纹衣服给了我，他指给我道路。我走后怕他们反悔来追我，便走进一片藤苇丛中，藏到日落西山，才走出藤苇丛，照青年指引的道路走去，到达一水泉边，喝了些水，趁黑赶路至半夜，行抵一山。在山下睡了一会儿，天亮后继续赶路，日上三竿时行抵一座高大石山，山上有阿拉伯胶树和槟枣树，我便摘些枣子充饥，结果被刺扎破了胳膊，伤疤至今还在。下山后至一棉花地，地里还有些蓖麻。那里有一眼石砌水井，台阶通至水面可以汲水，有的在中间或旁边还有石砌拱形建筑及天花板和坐息地。这是当地的君王、长官在沿途修建的水井，以后再来细谈。

我至该井时，便喝了些水。见井旁有一些芥菜薹，是洗时掉下的，我便吃了一些，收存下一些，便在蓖麻下睡去。猛地约有四十名顶盔挂甲的骑兵来井汲水，他们一部分人走进了庄稼地，不久又走开了。安拉使他们有目无珠，幸未发现我。不久，又来了约五十人，全副武装，也下井取水，有一人竟来到我藏身那棵树对面的一棵树下，他也未发现我。这时我才走进棉田，度过了那后半天。那些人一直待在井边，有人洗衣服，有人玩耍。夜临后，他们的声响才安静下来，我知道他们不是走了便是已入梦乡了。这时我才走出棉田，沿着马蹄踪迹，借着月光行进。终于到达一眼有拱形建筑的水井旁。我下到井内，喝了些水，吃了些身边携带的芥菜薹。然后，走进拱北，里面尽是鸟筑巢用的干草，我就在此睡觉，却觉得草下有什么在动，可能是蛇，但我已疲惫不堪，也顾不得这些了。天亮起来我走上一条宽敞的路，一直通到一座荒无人烟的村庄，我便走上另一条路，但所见也如此，我这样走了几天。有一天我到达一座茂密的树林，林中有一水池和房舍，池边长满了青草，如狗牙根等。我想坐一会儿等安拉派人把我带到有人烟之处。不久，觉得还有些力气，便起身走上一条有牛粪的路，路上发现一头公牛，备着软鞍，挂一镰刀，这条路却是通往异教徒村庄的。我便另选一路前进，结果却走到一个荒村，见到两名赤裸裸的黑人，我十分害怕，便藏在树下。等天黑进村，我在一院落里发现一个像储粮用的草棚，棚下有一洞可容一人，进洞见地上铺着干草，草上放一石块，我便把头放在石头上酣然入睡。棚上有一只鸟，多半夜都在扑打作响，想是害怕吧，真是害怕者无独有偶哇！我从被俘之日起，那天是安息日，就这样过了七天。

第七天，我行抵一异教徒聚居的村庄，村里有水池和青草，我向他们行乞，他们拒不施舍。在一井旁见到些萝卜缨，我拾起来吃了。我到村里发现一批异教徒的尖兵，他们招呼我，我拒不答话，坐在地上不动，这时他们中的一人抽出宝剑举了起来要砍我，我因为劳累已极，竟毫不介意，但他只搜查了我一下，他一无所得，竟把我那件撕去袖子的衬衣拿走了。

至第八日，我口渴缺水，至一荒村，村内并无水池，当地村庄的习惯是修筑水池积聚雨水，以供全年饮用。我便走上另一条道路，至一土井，井上有一草绳，但无汲水用具，我便将盖头布拴在绳上，浸沾井水后吸吮，但吸水太少不能解渴，我便拴上靴子取水，亦不顶事，再次取水时，草绳断了，靴落井中，我便拴上另一只靴子取水才喝足了。后来我弄断绳子，用井绳的一头和我找到的一些破布包扎起我的脚来。这时见一人影，仔细一看却是一名黑人走来，他手里拿着水壶和行杖，肩上扛着行袋，他对我说："祝你平安！"我对他说："祝你平安，求安拉恩赐你，使你吉祥如意。"他用波斯语对我说："知克斯？"意为你是谁？我说："我是迷路者。"他说："我也是。"一会儿他取出带来的绳子拴好水壶，汲取井水，取水后我还想喝，他对我说："稍等一会儿。"他便打开行袋，取出一捧炒熟的黑豌豆和少量大米，我吃了一点，喝了些水。他用水做了小净，礼了两拜，我也做了小净，礼了两拜，他问我叫什么名字，我说叫穆罕默德，我问他叫什么，他说叫盖洛布·法勒哈①。我听此名甚觉乐观，满心喜悦。不久，他对我说："以安拉尊名发誓，你愿同我搭伴吗？"我说："行啊。"我同他走了一会儿，觉得四肢无力，寸步难行，便坐在地上。他说："怎么啦？"我说："在遇到你之前我还能行走，但相遇之后却不能举步了。"他说："天哪！那你就坐在我脖子上吧！"我说："你也够弱的，那怎能行呢！"他

---

① 意为愉快的心。

说:"安拉会使我坚强起来的,你必须照办。"我便让他扛了起来,他说:"你要反复诵念'安拉是使我们满足的,他是优美的可靠者'呀!"我不断地诵念着,竟至合上了眼,直到倒在地上才醒了过来,醒来四处寻找,却不见那人的踪影,而自己却处身于一个人烟辐辏的村内。进村后才知道这里的百姓是印度人,长官是穆斯林,百姓们把我的情况报告了长官,他立即前来看我,我问他:"这里叫什么村子?"他说:"叫塔主普尔。"这里离我的同伙所在地库勒城仅两法尔萨赫。

这位长官把我抬回家去,让我吃了些热饭,洗了个澡,他对我说:"我这里有一位埃及阿拉伯人寄存的衣服和缠头巾,他原是库勒城麦罕莱特人。"我说:"请拿来让我借穿到素丹大本营。"他拿来我一看才知道那是我的衣服,是我们抵达库勒时送给他的,这使我惊奇不已。我回想那个把我扛起来的人,使我想起了大贤人艾布·阿卜杜拉·穆尔希德所告诉我的话,这些已在上册谈到了,兹不赘述。他曾对我说:"你将去印度,会在那里遇到我的一位兄弟,他会救你脱险的。"我记起我问他的名字时,他说是盖洛布·法勒哈,这时我才知道那就是我所遇到的他那位兄弟,原来他也是一个大贤人,可惜我和他搭伴只是上述的那么一段时间。

当天晚上我回到库里,告诉同伴们我已平安回来了,他们给我送来了马匹衣服,并向我祝贺。这时素丹的答复已到,另派一名男仆,名叫孙布里·扎姆达尔,来接替牺牲了的卡夫尔的职务。素丹还命令此行必须有始有终。同伴们对此行伊始就接连发生了我的和卡夫尔的变故,认为是不祥之兆,都想回去。

我看到素丹对此行已下决心，便鼓起勇气，不断地鼓励大家，可是他们说："君不见此行的伊始吗？素丹会原谅你的，让我们回去吧！或等素丹的复命到来后再走。"我对他们说："我们不能再住下去了，素丹的复命会追上我们的。"我们便从库勒出发，住宿在布尔主普尔。该地有一美好道堂，堂内的谢赫，品貌皆优，名叫穆罕默德·欧尔亚尼①，因他除了从脐至下体用布遮盖外②，一身赤条条的，他是居住在米素尔墓地上的清廉贤士穆罕默德·欧尔亚尼的徒弟。

谢赫的故事

他是一位贤士，履行摆脱世务的原则，他用一围裙遮盖羞体。据说他于宵礼后，将道堂内剩余的吃食、菜蔬和水，都取出分散给穷人，连灯芯也不留一根，他真是一无所有哇！而他的习惯却是每天早上给他的同伴们提供烤面饼和焖蚕豆，因烤面饼匠、蚕豆商都争着到他道堂去，任他取用足够全体修道者食用的东西。在鞑靼国王合赞统率大军去沙姆，占领了大马士革时，该城的城堡却固若金汤久攻无效。鞑靼人遭到纳绥尔国王率人马抵抗，两军相遇于离大马士革两日程的盖什哈卜地方时，当时纳绥尔国王年纪尚轻，缺乏战斗经验。而谢赫欧尔亚尼正随军出征，便取一羁绊，将纳绥尔国王的马腿绊定，以免年轻而临阵动摇，以免穆斯林军溃败。于是纳绥尔国王屹立未动，因当时采用水攻而鞑靼人遭受惨败，杀死淹毙者甚多。从此以后，鞑靼人

---

① 意为赤裸裸的。
② 按伊斯兰教规定，男子自肚脐至膝上，都是不可见人的羞体。

不敢觊觎伊斯兰地区了。这位谢赫的徒弟穆罕默德·欧尔亚尼曾告诉我说：他曾参加了那次战役，当时他年纪尚轻。

从布尔主普尔出发，住在一水井处，名为阿布西亚。不久，抵卡瑙季城，这是一座坚固而美丽的大城，物价低廉，食糖充足，运销德里，四面环以高城，详情前已谈过。谢赫穆尔农丁·巴赫尔则住在此城，承他款待。城长是法卢兹·贝宰赫沙尼，他是波斯国王库思老的同伴贝赫拉姆·朱尔的后代，当地还有一批以善行著称的高尚清廉人士，都称他们为舍赖夫·吉汉的子孙，他们的祖父原是道拉塔巴德的总法官，他是一位广济博施的善士，所以印度地区的领导权由他掌管。

姆勒爪哇的素丹

他是异教徒，我见他在宫外一拱形建筑下席地而坐，地上没有铺地毯，政府官员侍奉左右，军队步行受其检阅。当地的马匹，只有素丹才有，因他们都骑象和骑象作战。素丹得悉我的情况后，便召我去。见面时我对他说："祝遵从正道者安宁。"① 他们只懂得"安宁"一词。素丹对我表示欢迎，命人铺上一段布料让我坐下。我对翻译说："素丹席地而坐，我怎能坐在布料上啊？"他说："素丹谦恭下士，席地而坐已成习惯。而你是客人，又是来自一大素丹的，理应优礼款待。"我只得就座。素丹向我询问印度素丹的情况，所幸询问简单。他对我说："请你在我们这里居住三天，让我们尽东道情谊。期满请你就道。"

---

① 按照伊斯兰教的规定：穆斯林之间互道"色兰"以示问候，对非穆斯林，只能用"祝遵从正道者安宁"词句问候。

在素丹大厅内所见的怪事

在这位素丹的大厅里,我见到一位男人,手里拿着一把刀,把刀放在自己的脖颈上,口中喃喃自语,我一点也不懂,只见他双手一起握刀,砍进自己的颈子,因刀十分锐利和站立稳定,登时人头落地。我对此惊异不止。素丹对我说:"你们那里可有人这么干吗?"我对他说:"这我从未见过。"素丹笑着说:"这些是我的臣民,他们为热爱我而杀身。"素丹命人抬走尸体焚化。焚化时,代表们、官员们、军队百姓都出城参加。对死者的子女、家属和兄弟拨给丰厚的俸禄,并受到尊敬。大厅上在场的人告诉我说:"那人说的那些话,是表示对素丹的热爱,他将为热爱素丹而杀身,正像他的父亲为热爱素丹的父亲、他的祖父为热爱素丹的祖父而杀身一样。"不久,我便告辞了。素丹一连三天都送来了饭食。

我们航海出发,三十四日后抵达喀希勒①海,就是静海。这里幅员广阔,但无风浪,中国的艟克船可以三只船连在一起前进。详情已如前述。这时有的划行,有的被牵引。虽如此艟克船上约有二十只大如桅杆的大桨,每一桨前约有三十人聚拢在那里,分站成两排,面对面站着。大桨上系有两根粗绳,一排扯绳摇动大桨,将绳放松,另一排再划桨。他们划桨时,高声齐唱,歌声悦耳。

我们在此地海面上待了三十七天。水手们在此海域感到十分轻松,

---

① "喀希勒"一词并无静的意义。按,"喀希勒"一词意为肩胛。

他们在此海域四十至五十日，这对他们来说是最轻松不过的了。不久，我们到达塔瓦利西地区，这里幅员宽阔，当地的国王可与中国国王相比，他拥有许多艟克，用来同中国作战，中国人与他们议和纳款。当地居民膜拜偶像，面貌俊秀，形如土耳其人，肤色泛红，颇为骁勇，其妇女们善骑射，如男子一样能征善战。我们曾在他们的港口凯鲁凯尔城停泊，这是他们的最大最美城市之一。该城原由王太子驻守，我们在港内下锚后，他们的军队上船来，船主携带给太子的礼品下船，一打听才知道国王已派他镇守另一城市。现已派公主任该城长官，她名叫艾尔杜乍。

凯鲁凯尔的女王

到达凯鲁凯尔港后的第二天，该女王邀请船主、录事、商人、首领和士兵射手长，他们照例准备了宴席。船长希望我同他们去，我不肯答应，因他们是异教徒，他们的饭菜是不能吃的。其他人到场后，女王问道："你们中还有没来的吗？"船主回答："只有一位，他是法官，他不吃你们的饭菜。"女王吩咐快请他来。女王的仆从和船主的同伴来对我说："去回公主的话。"我只得去她的大厅里见她，见她面前有一群妇女，周围有一群坐着的妇女，这就是她的大臣们，她们坐在宝座下的檀香椅上，女王面前还有一些男子。

她的大厅铺设着丝绸，四周挂着丝幔，大厅的木料都是檀香木的，上面包着金叶，大厅里有一些雕花木台，上面摆着许多金器，大小不一，有的似瓶①。船主告诉我说:"这些瓶内满盛着用糖制造加入香料的饮料,供饭后饮用,香甜可口,提神化食。"我向女王请安致敬后,女王用土耳其语对我说:"你好哇!情况如何?"并让我坐在她的附近。女王还善于书写阿拉伯文。她对一位仆役说:"拿纸墨来!"拿来纸墨,她在纸上写出:"奉普慈特慈安拉之名。"她问:"这是什么?"我回答说:"是安拉的尊名。"她说:"很好。"又问我来自何方,我说:"来自印度地区。"她说:"是胡椒地区吗?"我说:"是。"她向我询问了印度的情况,我都回答了。她说:"我一定要攻夺那地区为我所有,因我对那里的财产和人马颇为欣赏。"我说:"那你就照办吧!"她命人送我许多衣料以及两只大象驮运的大米,两头母水牛和十只山羊,四磅蔷薇水和四大坛子咸菜,内满装着航海必需的腌鲜姜、胡椒、柠檬和芒果。

船长告诉我说:这位女王有一批由妇女、女仆、使女组成的娘子军,她们像男子一样征战。女王亲率全军,包括男子军队在内,袭击敌人,亲自上阵与敌人交锋。船主还告诉我说:一次与敌人进行激战,她的军队伤亡惨重濒于溃败,她亲自冲杀,突破敌阵,直杀到与她作战的那位君王面前,她一矛戳去,正中要害,敌人立即身亡,敌军因而大败。女王取下首级悬于矛上。后经丧主用巨额金钱赎去。她凯旋,其父将其弟兄驻守之城市让她驻节,并加封为女王。船主又告诉我说:王公子侄多来求婚,但她宣称:"凡敢与我交锋获胜者始可言嫁。"于是人人自危不敢与她交锋,以免自讨没趣。

---

① 阿拉伯人的贮水陶瓶,是小口、长颈、大肚的。盛放冷水,置于风道,清凉祛暑。

不久，离开塔瓦利西地区，正值风顺，一路航速加快，一切顺利，航行十七日到达中国。

中国地域辽阔，物产丰富，各种水果、五谷、黄金、白银，皆是世界各地无法与之比拟的。中国境内有一大河横贯其间，叫作艾布哈亚，意思是生命之水。发源于所谓库赫·布兹奈特丛山中，意思是猴山。这条河在中国中部的流程长达六个月，终点至中国的穗城。沿河都是村舍、田禾、花园和市场，较埃及之尼罗河，则人烟更加稠密。沿岸水车林立。中国出产大量蔗糖，其质量较之埃及蔗糖实有过之而无不及。还有葡萄和梨①，我原以为大马士革的奥斯曼梨是举世无匹的唯一好梨，但看到中国梨后才改变了这种想法。中国出产的珍贵西瓜，很像花剌子模、伊斯法罕的西瓜。我国出产的水果，中国不但应有尽有，而且还更加香甜。小麦在中国也很多，是我所见到的最好品种。黄扁豆②、豌豆亦皆如此。

中国瓷器

至于中国瓷器，则只在刺桐和穗城制造。系取用当地山中的泥土，像烧制木炭一样燃火烧制。其法是加上一种石块，加火烧制三日，以后泼上冷水，全部化为碎土，再使其发酵，上者发酵一整月，但亦不可超过一月；次者发酵十天。瓷器价格在中国，如陶器在我国一样或

---

① 原文为"印札素"有梨、杏、李、梅子之意，阿拉伯各地用以所指水果不同，故只选译为梨。因大马士革所产之梨至今有名。
② 一种扁形橙黄色的小豆。英文名叫 Lentils。

更为价廉。这种瓷器运销印度等地区,直至我国马格里布。这是瓷器种类中最美好的。

中国鸡

中国的母鸡、公鸡体躯肥大,比我国的鹅还要大,连鸡蛋也比我国的鹅蛋大。而当地的鹅却并不肥大。我们曾买了一只母鸡,烹煮时一锅竟盛不下,只得分两锅①煮。中国的公鸡大如鸵鸟,我初次看到中国公鸡是在奎隆港②,我以为它是一只鸵鸟,我深以为奇。鸡主人对我说:"在中国还有比这更大的呢。"我到中国后才知道他所告诉我的的确是实情。

中国人的一些情况

中国人是膜拜偶像的异教徒,像印度人一样火化尸体。中国的君王是鞑靼人唐吉斯汗③的后裔。中国各城市都有专供穆斯林居住的地区,区内有供举行聚礼等用的清真大寺。中国的异教徒食用猪狗之肉,并在市街上出售。他们生活富裕,但不讲究吃穿。你看他们中的一位资财富有的巨商,却披着一件粗布大衣。全体中国人都重视金银器皿。每人于走路时都持一手杖。当地产丝绸极多,所以丝绸是当地穷困人士的衣服。如没有商人贩运,则丝绸就一钱不值了。在那里一件布衣,可换绸衣多件。中国商人惯于将所有的金银熔铸成锭。每锭重一堪塔

---

① 原文为石锅,或译罐。
② 今印度南部海港,或译为"俱蓝""小葛蓝"或"呗喃"。
③ "成吉思汗",伊本·白图泰皆作"唐吉斯汗"。

尔①左右。置于门框上面②。有五锭者，可佩戴戒指一个，有十锭者，可戴戒指两个，有十五锭者，被称为赛蒂，等于埃及的喀勒米。

交易时通用的钞币

中国人交易时，不使用金银硬币，他们把得到的硬币，如上所述铸成锭块。他们交易时却使用一种纸币，每纸大如手掌，盖有素丹的印玺。如该项纸币旧烂，持币人可去像我国的造币局一样的机构，免费调换新纸币③，因局内主管人员都由素丹发给薪俸。该局由素丹派一大长官主持。如有携带金银硬币去市上买东西者，则无人接受。

代替木炭的泥土燃料

全体中国、契丹人，他们烧的炭，是一种像我国陶土的泥块，颜色也是陶土色，用大象驮运来，切成碎块，大小像我国木炭一样，烧着后便像木炭一样燃烧，但比木炭火力强。炭烧成灰，再和上水，待干后还可再烧，至完全烧尽为止。他们就用这种泥土，加上另外一些石头制造瓷器，详情已如上述。

---

① 埃及重量名，约等于44928克。
② 旧时我国北方有人于孩子成亲后，将两块包着红纸的砖连同两双筷子，用红线系好，摆在房门楼上。致使伊本·白图泰误认为是金、银铸块，此种推测不悉确否，待考。
③ 《元史》及马可·波罗所记，兑换新钞时，须贴水三分。

中国人的精湛技艺

中国人是各民族中最精于工艺者，这是远近驰名的，许多人在作品中已不惮其烦地谈到。譬如绘画的精巧，是罗马等人所不能与他们相比的。他们在这方面是得天独厚，具有天才的。我们在这里所见到的奇异，就是我只要走进一座城市，不久再回来时便看到我和同伴的像已被画在墙上、纸上，陈列在市场上。我曾去素丹的城市，经过画市，我率同伴们到达王宫，我们穿着伊拉克服装，傍晚从王宫回来，经过上述那一画市，便看到我和同伴们的像已画在纸上，粘在墙上，我们都面面相觑，丝毫不差。有人告诉我说，这是素丹下令画的，画家们在我们去王宫时早已来到，他们望着我们边看边画，而我们却未察觉，这也是中国人对过往人士的惯例。如外国人做了必须潜逃的事，便将他的画像颁发全国搜查，凡与图形相符者，则将他逮捕交官。

伊本·朱赞说：这很像历史中所说的波斯国多臂王萨布尔的故事，当时他化装闯进罗马人地区，并出席了国王举行的一次盛宴。原来他的像被画在一只器皿上，凯撒的一名仆人看到画像与萨布尔的面貌吻合，便悄悄对国王说："这一画像告诉我库思老[①]现同我们共聚一堂。"结果事实正如他所言。史书上对此有详细的记载。

---

① 是古代波斯国王的称号。

船舶登记律例

中国的律例是一只艟克如要出海，船舶管理率其录事登船，将同船出发的弓箭手、仆役和水手一一登记，才准拔锚出发。该船归来时，他们再行上船，根据原登记名册查对人数，如有不符唯船主是问，船主对此必须提出证据，以证明其死亡或潜逃等事，否则予以法办。核对完毕，由船主将船上大小货物据实申报，以后才许下船。官吏对所申报货物巡视检查，如发现隐藏不报者，全艟克所载货物一概充公。这是一种暴政，是我在异教徒或穆斯林地区所未见过的。还有在印度的情况近乎此。那就是如发现匿报货物，货主被处以原货价十一倍的罚款。素丹穆罕默德·汗于后来废除苛杂时已经废除了这种罚款。

防止商人堕落的惯例

穆斯林商人来到中国任何城市，可自愿地寄宿在定居的某一穆斯林商人家里或旅馆里。如愿意寄宿在商人家里，那商人先统计一下他的财物，代为保管，对来客的生活花费妥为安排。来客走时，商人如数送还其财物，如有遗失，由商人赔偿。如愿意住旅馆，将财物交店主保管，旅店代客人购买所需货物，以后算账。如来客想任意挥霍，那是无路可走的。他们说："我们不愿意在穆斯林地区听到他们在我们这里挥霍掉了钱财。"

沿途保护商旅

对商旅来说，中国地区是最安全最美好的地区。一个单身旅客，虽携带大量财物，行程九个月也尽可放心。因他们的安排是每一投宿处都设有旅店，有官吏率一批骑步兵驻扎。傍晚或天黑后，官吏率录事来旅店，登记旅客姓名，加盖印章后店门关闭，翌日天明后官吏率录事来旅店，逐一点名查对，并缮具详细报告，派人送往下一站，当由下一站官吏开具单据证明全体人员到达。如不照此办理，则应对旅客的安全负责。中国各旅站皆如此办理，自穗城至汗八里各旅站亦皆如此。此种旅店内供应旅行者所需的干粮，特别是鸡和米饭。至于绵羊，他们这里较少。

让我们谈谈我们的旅行吧！我们渡海到达的第一座城市是刺桐城，中国其他城市和印度地区都没有油橄榄①，但该城的名称却是刺桐。这是一巨大城市，此地织造的锦缎和绸缎，也以刺桐命名。该城的港口是世界大港之一，甚至是最大的港口。我看到港内停有大艟克约百艘，小船多得无数。这个港口是一个伸入陆地的巨大港湾，以至于与大江汇合。该城花园很多，房舍位于花园中央，这很像我国斯基勒马赛城②的情况。穆斯林单住一城。我们到达刺桐之日，遇到了那位携带礼品出使印度的使者，他曾同我们结伴，他所乘的艟克沉没。见面后他向

---

① 刺桐音近阿文的宰桐，即油橄榄。按，"刺桐"一词的闽南读音近乎宰桐。泉州在当时之所以名为刺桐，因西郊多种刺桐树。
② 该城位于马格里布境内，非斯城以南的地方。

我问好，并把我介绍给衙门的主管，承蒙他把我安置在一座美丽的住宅里。穆斯林的法官塔准丁·艾尔代威里来看望我，他是一位好义的高尚人士。巨商们来看望我，其中有舍赖奋丁·大不里士，他是我去印度时曾借钱给我的一位商人，待人甚好。他能背诵《古兰经》，并常诵不断。这些商人因久居异教徒地区，如有穆斯林来，都欢喜若狂地说："他是从伊斯兰地区来的呀！"便把应交纳的天课交给他①，他立即成了像他们一样的富翁。

当地的高尚谢赫中有鲍尔汗丁·卡泽龙尼，他在城外有一道堂，商人们在这里缴纳他们向谢赫艾布·易斯哈格·卡泽龙尼所许下的愿。衙门主管知道了我的情况后，便缮具文书呈报可汗，可汗是他们最大的君王，报告我是印度王派来的。我要求主管派人陪我去中国穗城，那里也叫作秦克兰，以便游历一番，等待可汗回信的到来。我们搭乘近似我国战舰的船只沿河出发，这种船只是划桨人都站在船中心划桨，船上的乘客则在船首和船尾，全船上搭有遮棚，是用当地出产的一种似麻非麻而比亚麻细致的植物编织成的。

我们在这条河上走了二十七天，每日中午船停靠沿河村镇，购买所需杂物，做晌礼拜，至夜晚下船投宿于另一村镇，就这样一直到达穗城，此地出产瓷器，亦在刺桐制造。艾布哈亚河于此处入海，所以这里也叫作海河汇合处。穗城是一大城市，街市美观，最大的街市是瓷器市，由此运往中国各地和印度、也门。城中央有一座九门大庙，

---

① 天课的用途之一是交给旅行者，故都把应交天课交给外来的穆斯林，他立即成富翁。

每一门内设有圆柱和台凳，供居住者坐息。第二与第三门之间有一地方，内有房屋多间，供盲人、残废者居住，并享受庙内供应的生活费和衣服。其他各门之间亦有类似的设备。庙内设有看病的医院和做饭的厨房，其中医生、仆役很多。据说，凡无力谋生的老人皆可向庙里申请生活费和衣物。一无所有的孤儿寡妇亦可申请。该庙是由一位君王修建的，并将该城及其附近的村庄的税收，拨充该庙的香火资金，这位君王的肖像画在庙里，供人参拜。城的一个地区是穆斯林居住区，内有清真大寺和道堂，并设有法官和谢赫。中国每一城市都设有谢赫伊斯兰①，总管穆斯林的事务。另有法官一人，处理他们之间的诉讼案件。我们寄住在奥哈德丁·希贾勒处，他是一位家资富有的善良人士，共住了十四天，法官和其他穆斯林在此期间络绎不绝地送来了珍奇礼品，每天举行宴会，请来歌手助兴。在此城以南，不论是穆斯林的，或是异教徒的，再无任何城市了。

奇异的故事

我在秦克兰时，听说有一位高龄老者，年逾二百岁，他既不吃不喝，也不大小便，但十分健壮。老人在城外一山洞里修炼。我曾去山洞看望他，在洞门前遇见了他。那老人身体消瘦，但皮肤红润，有飘飘欲仙之感，他却无胡须。我向他致意时，他握住我的手嗅了一下对翻译说："这位客人是来自天涯呀，就像我们处于海角一样。"他又对我

---

① 可理解为总教长。

说:"你见到怪事了吧！还记得你抵达一海岛,岛上有一庙,偶像间坐着一个人,那人给你十枚金第纳尔吗?"我说:"是呀!"老人说:"我就是那人!"我听后便亲吻他的手。但他沉思片刻,走进洞内再不出来了。老人似乎对说穿的事有些后悔。我们冲进洞内,结果没见到老人,只见到他的一位同伴拿着几张钞币说:"这是对你们的款待,请便吧!"我们说:"我们还要等老人呢。"那人说:"就是等候十年也见不着他了。老人的习惯是,如有一人发现了他的一件秘密,便永远也见不着他了。你切不要以为老人走了,而他却是同你在一起的。"我对此深为诧异,便走了。我把这事告诉了法官和谢赫伊斯兰·奥哈德丁·希贾勒。他们说:"老人对待异乡来客,惯于这样,谁也弄不清他信奉什么宗教。你们以为是老人的同伴的那人,实际上就是他呀!"他们告诉我说:"老人有时离开当地长达五十年,一年前他刚回来。素丹们、大臣们都来拜访。修道者们每天都来看望老人,老人便酌情赠送,而他的洞内却空空洞洞。老人谈论过去的事迹,提到先知[1],他说'我若能同先知在一起,我一定赞助他'。也提到欧麦尔和阿里两位哈里发,极力称赞他们;对耶济德·本·穆阿维叶[2]则咒骂不已,对穆阿维叶[3]则大加指责。"

这位老人的事迹,大家对我谈了很多,奥哈德丁·希贾勒告诉我说:"我曾到洞内去看望老人,他握住我的手,我竟觉得自己宛如置身

---

[1] 指穆罕默德。
[2] 伍麦叶王朝的第二位哈里发。
[3] 他是伍麦叶王朝的首创者。

于一大宫殿内，只见老人坐在宝座上，头戴皇冠，两边嫔妃成群，树上的水果不时落入河内，我似乎拿起一个苹果要吃，骤然间我才知道自己仍在老人面前，老人正看着我而微笑呢，从此我害了一场大病，几个月才好。我便再也不去看望这老人了。当地人认为这老人是穆斯林，但从来没有人见他做过礼拜，可是老人倒是常封斋的。"法官对我说："有一天我同老人谈到礼拜时，他对我说'你可知道我怎样办吗？我的礼拜，并不像你的礼拜呀！'"总之，他的情况都是奇怪的。

　　于拜会老人的第二天，我便返回刺桐城。回刺桐后数日，可汗的命令到达，他热情欢迎我去京都，可沿河乘船，否则便走旱路。我选定沿河乘船，他们给我准备了一艘华丽的官船，城长派其同伴护送。城长、法官和穆斯林商人送来了许多干粮。一路上备受款待，于一村用午饭，另一村供晚餐，出发十日后抵干江府①，这是一座宽阔美丽的城市，位于一大平原中间，四面绕以花园，恰似大马士革的欧塔郊区②。到达干江府时，法官、谢赫伊斯兰和商人们都出城迎接，他们携带彩旗、鼓号，率领歌手，还牵来马匹让我们骑坐，而他们却在我们面前步行，陪同我们骑马的只有法官和谢赫伊斯兰二人。城长率众仆役也出城迎接，因素丹的宾客是极受尊敬的。我们进了城。该城有城墙四道，第一与第二道城墙之间供素丹的奴隶们和日夜守城的人居住，

---

① 或译康阳府，但与阿文音不甚和谐。有人说干江府是江西之建昌府，也有人说是浙江上游之江山县。
② 大马士革之欧塔区，风景秀丽，景色宜人，向为休憩游览之胜地，作者于大马士革游历时，曾有详细之介绍，兹不赘述。

第二、第三道城墙之间供骑兵和城长居住，第三道城墙内由穆斯林们居住。我们即下榻于此，寄宿于他们的谢赫佐习伦丁·古尔俩尼家中。第四道城墙内居住着中国人，这是四城中最大者。两座城门之间的距离为三四米里，每一人都如上述，都有自己的花园、房屋和土地。

故　事

一天，我正在佐习伦丁·古尔俩尼家里，突然有一位受他们尊敬的法学家搭船到达，要求会见我，他们说："这是我们的毛拉盖瓦姆丁·休达。"我对他的名字颇觉新奇。会见问候，互相认识以后，我觉得和他曾有一面之识，我便详细端详了他一番。他对我说："你这样端详我，像是故交老友一般？"我问他说："贵籍何地？"他回答："是休达①。"我对他说："我是丹吉尔人。"他便重新见礼，他哭了，使我不禁落泪。我问他说："你到过印度吗？"他说："是的，我去过德里京城。"他这么一说，我才想起他来，我说："你就是布史雷吗？"他说："正是。"原来他是随其舅父艾布·卡辛·穆尔西到德里的，那时他年华正茂，两鬓无须，是一聪明学子，能背诵《穆宛塔圣训集》②。我曾将其情况汇报印度素丹，赏赐他三千第纳尔，并要求他常住下去，但他志在中国，故予拒绝。他在中国情况很好，谋得巨大资财。他告诉我说：他现有男女仆婢各五十名。后来，我在苏丹地方曾遇到他的弟兄。

---

① 休达城位于直布罗陀海峡附近，离丹吉尔很近，阿文读音为赛卜台。当地人有时读为"赛卜提"。
② 是一本穆罕默德的言行集，是六大圣训集之一。

我在干江府住了十五日，后离此出发。

中国地区尽管十分美丽，但不能引起我的兴趣，由于异教气味浓厚，反而使我心绪烦乱。只要出门，就看到许多不顺眼的事，使我惴惴不安，除非万不得已，我绝不外出。如在中国见一穆斯林，便像遇上亲骨肉一般。这位布史雷法学家一片深情厚谊，是他陪送我离开干江府，一直送我四日行程，直送到拜旺·古图鲁城①，这是一座小城，由中国士兵和商人居住。当地只有四户穆斯林，都是这位法学家的亲戚。我们寄宿在他们中一人的家里，共住了三天。

后来辞别了法学家，搭船启程。一路上，午餐于此村，晚餐于彼镇，行十七日抵达汗沙城②。该城名完全像是女诗人汗沙的名字③，我不知道它是阿拉伯文名字，或是同音巧合呢？该城是我在中国④地域所见到的最大城市。全城长达三日程，在该城旅行需要就餐投宿。该城的布局，正如我们谈过的那样，是每人有自己的花园，有自己的住宅。全城分为六个城市，详情后叙。我们到达时，有法官赫伦丁，当地的谢赫伊斯兰，以及当地的穆斯林要人——埃及人士奥斯曼·本·阿凡的儿子们，都出城迎接，他们打着白色旗帜⑤，携带鼓号。城长也列队出迎。该城共有六城，每城有城墙，有一大城墙环绕六城。

---

① 拜旺，音与鄱阳相近，地位亦合。
② 即今之杭州。
③ 女诗人汗沙生于公元575年，约卒于668年，是阿拉伯最伟大的女诗人，有《汗沙诗集》流传，多吊唁诗。
④ 作者提到中国时，有时指中国全部，有时指中国南方，因当时北方称作契丹。
⑤ 此乃白衣大食之标志。

全城的第一城由守城卫兵，在长官统率下居住。据法官等人告诉我说：士兵为一万二千名。进城后，当夜寄宿在军队长官的家中。第二日，由所谓犹太人进入第二城，城内居民为犹太和基督教人，以及崇拜太阳的土耳其人，他们人数很多。该城长官系中国人。第二日我们寄宿于长官的家里。第三日进第三城，穆斯林们住此城内，城市美丽，市街布局如伊斯兰地区的一样。内有清真寺和宣礼员①，进城时正当为晌礼宣礼时，声闻远近。在此城我们寄宿于埃及人士奥斯曼·本·阿凡之子孙的家中。他是当地一大巨商，他十分欣赏此地，因而定居于此，该城亦因此而出名。他的子孙在此地继承了他的声望，他们一仍其父辈的怜贫济困之风。他们有一道堂，亦以奥斯曼尼亚著名，建筑美丽，慈善基金很多，内有一批苏非修道者。奥斯曼还在该城修建一座清真大寺，捐赠该寺和道堂大量慈善基金，该城的穆斯林很多。我们在此城居住十五日，我们每日每晚都受到邀请，他们也十分讲究菜饭，并每天陪同我们骑马游遍全城。一天，他们陪我骑马走进了第四城，这是长官府所在地，总长官郭尔塔的府第在此，我进城门后，随行的人都退去，大臣迎了上来，把我带到总长官郭尔塔的府内，他就是拿走我那件大衣的人，这大衣是贤人哲拉鲁丁·设拉子送给我的。详情已如前述。

该城只供素丹的奴隶、仆役们居住，是六座城市中最为美丽的，有河流三条穿过，其一是一大江伸出的港湾，小艇运载食品和石炭来

---

① 清真寺设有宣礼尖塔，礼拜前有人登塔宣礼，是谓宣礼员。

城，港内亦有游艇。大厅位于该城的中央，建筑极其雄伟，长官府在其中心，四面由大厅围绕。城中还有许多工场，内有织造上等衣料和打造军器的。据郭尔塔告诉我说：他们共有一千六百名师傅，每一师傅带三四名徒工，他们皆是可汗的奴隶，都戴着脚铐。他们的住处在宫外。虽可以在城内市街上走走，但不许出城门。他们每日都一百人一百人地由长官检查，如有短缺，唯队长是问。他们的惯例是：凡服役十年者，去其镣铐，任从下列两点选其一：要么是去掉镣铐继续服役；要么是在可汗境内自由行动，但不准逃出境外。如年届五十，可免除服役，并供应生活费，一般人至五十岁者亦供给生活费。凡年届六十者，被认为情同孺子，免除刑罚。老年人在中国深受尊敬，称呼他们叫阿塔，意为父亲。

总长官郭尔塔

他是中国[①]的总长官，承蒙他于其府内备宴席招待，全城要人出席作陪。为此请来了穆斯林厨师，按伊斯兰教法宰牲治席。这位长官尽管地位极高，却亲手给我们布菜，亲手切肉待客，我受他款待一连三天。他还派他的儿子陪我们去港湾，搭乘游艇一艘，其状如火弹船[②]。长官的公子搭另一只船，他携带歌手乐师，他们用中国文，用阿拉伯文，也用波斯文演唱。而公子嗜爱波斯音乐。歌手们演唱一首波斯诗，

---

① 指当时的中国南部。
② 是一种能发射火油弹的战船。

公子命他们重复多遍，使我于倾听之后，竟熟记无误了。这支歌曲极其委婉动听。

港湾内船艇相接，帆樯蔽天。彩色风帆与绸伞，相映生辉。雕舫画艇，十分精致。游船相遇时，乘客多用柑橘、柠檬投报。我们至夜晚才回长官府，便寄宿于府内，晚上歌手乐师再次上演动人的妙曲。

魔术师故事

当天夜里，一位魔术师来了，他也是可汗的奴隶。长官吩咐他说："让我们看看你的拿手好戏吧！"魔术师拿出一个木球，球上有一洞眼，上面系着长绳，他把木球向空中一抛，球便扶摇直上，直至消失。这时天气炎热，我们都坐在大厅里。见他手里的绳子所剩不多时，魔术师让他的徒弟，缘绳而上，他爬着爬着也不见了，连喊他三声都未答应。他便气狠狠地抄起一把刀子，顺绳而上，他也看不见了。一会儿见他把那孩子的一只手丢在地上，一会儿又丢下来一只脚，不久又丢下来另一只手，不久又丢下来另一只脚，又丢下他的身体，最后丢下他的头。不一会儿他气喘吁吁地满身血污，凌空而降，翻身拜倒在长官的面前，口里说了一些中国话。这时长官吩咐赏他一点东西。他把孩子的肢体捡拾到一起，拼凑好，只见他用脚一踢，那孩子便毫发无损腾地站起。我见此大惊失色，心跳不止。正如我在印度素丹面前所见到的那样，直至他们给我喝了药才好了。这时法官法赫伦丁在我身旁说:"哪里有什么腾空、落地的解体,只不过是戏法而已。"①

翌日早上从第五城城门进城,这是最大的城市,由普通百姓居住,市街美丽,城内多能工巧匠,这里织造的绸缎以汗沙绸缎著称。当地的特产之一是用竹子制作的盘子,那是由碎块拼凑而成的,极为轻巧。上面涂以红漆,这类盘子一套十个,一个套在另一个中,乍看之下,以为是一个盘子,并制一盖子,可将全部盘子罩住。②当地人还用这种竹子制作一些奇巧的盘子,即使从高处落地,也不会碎裂。虽于盘中放置热菜热饭,也不会变形、褪色。此种盘子运销印度、呼罗珊等地。

我进入此城后,受城长款待并寄宿,第二日进入第六城,居民为水手、渔民、木匠、弓箭手和步兵,他们全是素丹的奴隶,此城除他们外,并无别人。他们人数众多。该城位于大江岸上。当夜寄宿于长官处,并受他款待。总长官郭尔塔,为我们准备了船一只,以及所需的干粮等物。

---

① 此类魔术极似《聊斋志异》一书卷一之《偷桃》一节,可见伊本·白图泰所记属实,并非虚构。
② 作者介绍的是我国著名的竹胎漆器。

松尾芭蕉

(Matsuo Bashō, 1644—1694)

松尾芭蕉　　松尾芭蕉旅行图

　　松尾芭蕉以前所未有的方式把中国散文、日本古典文学以及当地语言和题材结合起来，开创了一种新的文体，叫俳文（haibun）。芭蕉一生用俳谐写作，但只有在1690年，当去奥州旅行回来后不久，他才认真地考虑改用一种俳文写作，也就是具有俳谐精神的散文，最早面世的是1690年夏写的一封信。但直到1694年，他才写出《奥州小道》，其字面意思是"通往内部的狭窄小路"，而实际上则意在用旅行文学的形式探讨俳文的各种可能性，其对日本散文的影响之大只有镰仓时代（1185—1333）的"中日混合文体"可与之相媲美。作者有意在综合三种文体的基础上变换花样，时而用紧凑的古日语的措辞和风格（如"白河关"），时而用中文的文体和内容（如对松岛和象潟的描写）。芭蕉把以前出于不同目的写的一些文本加以重写，重新编排，把中文文体的一些段落置于高潮，结果使读者在语言和文体上经历了一次多样化的俳文旅行。

然而，芭蕉的《奥州小道》并非止步于语言和文体的实验，它也是一次灵魂之旅。文中描写了理想的诗意的世界；第一人称叙述者"我"并未明确指芭蕉本人，但却是芭蕉所向往的终身献给诗歌事业的一个人。其他关键人物要么未予命名，要么采用虚构的名字，体现了全文无中心、无特定视角的特点。故事的重点或高潮随着旅行路线随时出现，但即刻就被下一个所取代，也就是说，每一个"景点"都是中心或高潮，因而构成了一种多中心的无中心性。但旅行者所搜寻的目标基本上是清楚的：如西行法师修炼的佛教圣地，平泉古战场的历史遗迹。作者记叙了在这些圣地遇到的诗人和一些有趣的人，尤其是在佛教圣地经历的精神洗礼。芭蕉似乎说明，他的奥州之旅就是佛门之旅：这在启程之日清晨曾良做出"剃发""更衣"并改名为"宗悟"的决定时就已十分清楚了。接下来的一首俳句："潜入岩洞里，背面观瀑布，片刻心澄静，修行在夏初"，则直指佛教从 4 月 15 日到 7 月 15 日戒斋、诵经、闭门净化灵魂的修行期。旅行者站在瀑布后面，感觉到那水帘纯净的清凉洗净了外界肮脏的尘土。而当他走出光明寺"遥望夏日山"的时候，他才明白旅途之遥远：眼前庙宇周围的山，远处层峦叠嶂的群山都需要他"参拜高齿屐"，以求增进脚的力量，进而到达目的地，这也是佛教于"夏日山"中的一种修行。我们无须跟随芭蕉进入后来的山、寺、河、岛，就能体会出"奥州小道"之"内部"或"深处"的双重含义——夏日山的深处和灵魂的深处，因此也是对转瞬即逝的生命的深度沉思。

但这种灵魂之旅是不能孤立地进行的。《奥州小道》中的旅行者也是一位天涯客。他在水上任意地漂流，在陆地上无目的地行走，他的身体"随风飘动"。在《奥州小道》的开头，他就表白自己"浮舟生涯，牵马终老，积日羁旅，漂泊为家"，"心如轻风飘荡之片云，诱发行旅之情思而不能自已"。他命中注定要浪迹天涯，追寻古代圣贤的足迹。他的旅行是跨越时空的旅行，是从现在进入过去、从此地进入另一地的旅行；他要重新审视和重新绘制文化的地图。"室八岛"一段用同行曾良的解释暗示了他要打破既定的诗歌传统，不仅利用古典的诗歌联想，而且要实地考察，追寻历史之根，重塑文化丰碑。在这一点上，他的游记文学不同于探索未知领域和新世界，追求新知识、新视角和新经验的欧洲游记文学；而颇似中世纪的游记，旨在证实已经存在的文化丰碑，强化文化之根的记忆。这种游记通常访问古代和歌中歌咏过的名胜来再现诗歌传统的文化根源，诗人借此重蹈前辈的足迹，亲历前辈的生活，进而与他们一道诗意地歌颂那片大地的景色。芭蕉便是按照中世纪游记的范式进行这次灵魂之旅的：来到白河关，"实感古人之心情也"，"文人雅士，心系情恋。秋风之声犹响耳边，红叶之景若浮眼前"，"仿若踏雪过关之感觉"。芭蕉踏着西行法师和源赖政等先辈的足迹，向"深处"一直追溯到诗歌之根，在那里，他撒下了古代诗歌联想的大网，遍地洁白的溲疏，秋风中飒飒作响的树叶，令人眼花缭乱的野花，最后在从田间传来的插秧歌中体会到了诗歌的真谛。

陈永国／文

参考文献

Bashō and His Interpreters: Selected Hokku with Commentary, Compiled, Translated, and with an Introduction by Makoto Ueda, Stanford, California: Stanford University Press, 1991.

Haruo Shirane, *Traces of Dreams: Landscape, Cultural Memory, and the Poetry of Bashō*, Stanford, California: Stanford University Press, 1998.

Bashō's Journey: The Literary Prose of Matsuo Bashō, Translated with an Introduction by David Landis Barnhill, Albany: State University of New York Press, 2005.

奥州小道①

郑民钦　译

旅　思

日月乃百代之过客②，周而复始之岁月亦为旅人也。浮舟生涯③，牵马终老④，积日羁旅，漂泊为家。古人⑤多死于旅次，余亦不知自何年何月，心如轻风飘荡之片云，诱发行旅之情思而不能自已。乃流连于海滨，去秋⑥甫回江上陋屋⑦，扫除积尘蛛网。未久岁暮，新春迭至。

---

① 元禄二年（1689）二月下旬，芭蕉由曾良陪同，从江户出发，步行于关东、奥羽、北陆，经日光、白河、松岛、平泉、尾花泽、出羽三山、酒田、泉潟、云崎、金泽、福井、敦贺诸地，九月抵大垣，然后去伊势。旅程二千四百公里，历时六个月。《奥州小道》是这一段旅行的纪行文，于五年后，即1690年完成。
② 李白《春夜宴桃李园序》："夫天地者万物之逆旅也，光阴者百代之过客也，而浮生若梦。"
③ 指船夫。
④ 指马夫。
⑤ 芭蕉以日本的西行、宗祇，中国的李白、杜甫为风雅之道的先人，故称"古人"。西行于河内弘川寺、宗祇于箱根汤本、李白于宣城、杜甫于洞庭湖畔客死。
⑥ 芭蕉于贞享五年（1688）八月结束更科旅行回到江户。
⑦ 指江户隅田川畔深川的芭蕉庵。

每望霭霞弥天，即思翻越白川关隘[1]，心迷于步行神[2]，痴魔狂乱；情诱于道祖神[3]，心慌意乱。乃补缀紧腿裤，新换斗笠带，针灸足三里[4]，心驰神往于松岛之月[5]。遂将住处[6]让与他人，移居杉风别墅。[7]

> 草庵已换主，
> 女儿节里摆偶人，
> 欢乐满牖户。

作表八句[8]悬于草庵柱上[9]。

启 程

阴历三月二十七日，晓天朦胧，残月余辉，富士山峰隐约可见。念及此行不知何时重睹上野、谷中[10]之垂梢樱花，不禁黯然神伤。挚友

---

[1] 白川（白河）关，通往奥州的关隘。能因法师吟咏"云霞迷蒙京都天，秋风吹拂白河关"。
[2] 原文为"そぞろ神"，一般认为是民间信仰的俗神"步行神"，也有的认为是芭蕉为与下文的"道祖神"相对应的造语，是使人心神不定的神或诱人出门旅行的神。
[3] 保佑旅人平安的路旁神。
[4] 灸此处可健腿。
[5] 松岛，奥州最著名的风景。在宫城县松岛湾内，由二百六十多个岛屿组成。日本三景之一。吟咏松岛赏月的和歌最多。
[6] 指芭蕉庵。
[7] 杉风，即杉山杉风，芭蕉门人，名元雅，在江户日本桥经营鱼行。是芭蕉的经济后援者。别墅，指深川六间堀的采茶庵。
[8] 百韵连句中将发句及其后的七句写在第一张怀纸（书写和歌的一种日本纸）上，称为表八句。
[9] 将怀纸悬于柱上作为临别纪念是当时习惯。
[10] 上野、谷中，皆为江户赏花胜地。今东京都台东区内。

皆于前夕会聚，且登舟相送至千住①上岸，此去前途三千里②，思之抑郁凄楚，且向虚幻之世一洒离别之泪。

匆匆春将归，
鸟啼鱼落泪。

权以此句为纪行之首句，依然趑趄不前。众人伫列路上，似欲相送至不见余之背影。

草　加

今年是为元禄二年③，奥羽④之长途跋涉唯系心血来潮，即使备尝吴天白发之恨⑤，犹欲亲临虽耳闻尚未目睹之胜地。托生还于期待，寄心愿于虚幻，是日终抵草加驿站⑥。瘦骨嶙峋之双肩负重行囊，实为辛苦。本欲轻装上路，然一袭夜间御寒之纸衣⑦、浴衣、雨具、笔墨之类，兼之无法辞退之赠礼，难以割舍，遂成行旅之累赘，实无奈也。

---

① 奥州道的第一个驿站。今东京都足立区内。
② 《东关纪行》："李陵入胡，三千里道之感。"
③ 即 1689 年。时年芭蕉四十六岁。曾良四十一岁。
④ 陆奥、出羽的合称。指磐城、岩代、陆前、陆中、陆奥、羽前、羽后七国。
⑤ 南宋魏庆之《诗人玉屑·闽僧可士送僧诗》："笠重吴天雪，鞋香楚地花。"吴国，意指偏远之地。吴国降雪即将化作自己白发般的艰苦行旅，或言行旅偏远，旅愁萦怀，致使头发皆白。
⑥ 从江户出发后的第二个驿站。位于今埼玉县草加市。
⑦ 和纸涂柿漆做成的御寒挡雨的衣服。

室八岛

诣室八岛①。同行之曾良曰:"此神称木花开耶姬②,与富士之神③相同。传姬入无户之室,起誓,放火,乃生彦火火出见尊④。故名室八岛⑤。和歌吟咏八岛之烟,亦此之谓。"又,此地禁食鳑鱼⑥。此类缘起,流传于世。

佛五左卫门

三十日⑦,宿日光山麓⑧。店主云:"我名叫佛五左卫门。因做事正直,众人皆如此称呼。一夜旅宿,请宽心休息吧。"此乃何方神佛,显圣于浊世尘寰,竟能相助状如化缘巡礼僧侣之吾辈乎。细察店主举止,乃鲁钝粗疏而正直诚实之人,属刚毅木讷近于仁⑨之类。禀性纯朴,最为可敬。

---

① 室八岛,今枥木市惣社町大神神社,亦称室八岛明神。天和二年(1682)重建。
② 大山祇神的女儿,天孙琼琼杵尊的皇后。
③ 富士山本宫浅神社,在今富士宫市。与祭神相同,此谓一体分身。
④ 《日本书纪》记载,木花开耶姬与天孙成婚后,一夜怀孕,天孙怀疑所怀非自己之子。木花开耶姬为表示自己的清白,造一无户之室(四面墙壁,没有出入口的房间),入内发誓,如所怀非琼琼杵尊之子,即被火烧死,然后放火烧屋。结果在火中生出酢芹命、彦火火出见命、火明命三个神。
⑤ 室八岛神,俗称"灶神"。与木花开耶放火烧屋冒出的烟附会。
⑥ 民间传说,住在室八岛的一个美丽的姑娘正准备与恋人结婚时,被该国刺史看中。女子的双亲非常为难,就把鳑鱼装进棺木里火葬,因烧鱼的气味与烧尸的气味相同,谎称女儿已死,使她能与相爱的人成婚。因鳑鱼成为女子的替身,所以不吃。此传说的内容因地而异。
⑦ 元禄二年三月为小月,只有二十九天。据《曾良旅日记》记载,应为四月一日。
⑧ 上钵石町的五左卫门客栈。
⑨ 孔子《论语·子路》:"刚毅木讷,近仁。"

日 光

四月一日,参谒日光山。①往昔此山书为"二荒山"②,空海大师③开基④时,改称"日光"⑤。如此改名,或云大师洞察千载之后事,而今辉光⑥普天同照,恩泽被于八荒,四民⑦安居乐业。神山惶恐,不敢多言,就此搁笔。

初夏谒日光,

新叶嫩叶沐艳阳,

日光真辉煌⑧!

黑发山⑨云霞轻笼,依然白雪皑皑。

---

① 指参谒祭祀有德川家康的东照宫。
② 日光在弘仁年间以前就因观音净土补陀落山的发音称为二荒山,另外,因为山上有祭祀大己贵命的二荒神社,亦得此名。
③ 指弘法大师,平安时代的高僧。随遣唐使到中国留学三年,回国后创建真言宗。在宗教、文化等领域均有贡献。
④ 实为胜道上人开基,但空海在胜道修建神宫寺以后,受其委托撰写"沙门胜道上补陀落山碑"。
⑤ 《泷尾草创建立记》:(空海)"到彼掘穴,辟除结界,改名日光。"民间传说,山腰有岩洞,每年两次从洞中产生暴风,危害百姓,所以称"二荒山"(日语中的"荒"有毁坏、肆虐之意)。空海登山,镇服暴风,改名为"日光山"。
⑥ 指东照宫的灵光。
⑦ 指士农工商。泛指所有的人。
⑧ 此处的"日光"既指东照宫的威严灵光,也指初夏的阳光。
⑨ 日光山的主峰,即男体山。

> 剃发着缁衣,
>
> 来到黑发山,
>
> 今逢更衣日,
>
> 索性换袈裟。
>
> 　　　　　　　曾良

曾良姓河合,名惣五郎。居芭蕉庵近旁,助余操劳炊爨。此次乐于与余赏松岛、象潟,且解慰余羁旅之艰辛,乃于启程之日清晨,剃发,着缁衣,改惣五为宗悟,故有以上黑发山之句。"更衣"二字,尤觉有力。①

登山二十余町,有瀑布。从岩洞顶飞流直下百尺,坠落千岩错叠之碧潭。潜入岩洞,从背后观瀑布,此谓"内观瀑布"。

> 潜入岩洞里,
>
> 背面观瀑布。
>
> 片刻心澄静,
>
> 修行在夏初②。

---

① 曾良旅行前,特地剃掉黑头发,换上黑衣服,现来到黑发山,心有所感,又恰是换季日,心想这个样子,索性换上袈裟,芭蕉认为"更衣"不仅表示季节的变换,也是曾良出家遁世思想的体现。

② 僧侣在每年的四月十五日至七月十五日(即一夏九旬)不能外出,闭关在房间里修行,谓"夏行""夏安居""夏笼"。芭蕉言身在岩洞里,仿佛开始"夏行"的感觉,身心澄静。

那 须

那须黑羽①有相知②,欲穿越那须野,捷径前往。遥见一村,直奔而去,途中降雨,日色渐暮。便借宿农夫家,翌日清晨,又奔走于原野。见有放牧之马,乃向一割草之男子诉说行路之苦以求助。男子虽为山野村夫,亦通情达理,谓余曰:"此等情状,如何是好。原野歧路纵横,不谙熟之旅人极易误入歧途,令人担心。可骑此马去,马无法行走之时放回。"乃借马予余。幼童二人随马后奔跑。其一为女童,问其名,曰"阿重"。此名少见,然亦优雅。

> 芳名叫"阿重",
> 可爱小女娃。
> 若将瞿麦比,
> 重瓣瞿麦花③。　　　　　　　　　　曾良

不久,抵达村庄。将酬金系于马鞍放归。

---

① 大关信浓守增恒一万八千石的城下町,在日光东面六十四公里。位于今枥木县那须郡黑羽町。
② 指净法寺高胜,俳号桃雪。
③ 以瞿麦比喻少女是日本和歌的传统。

黑 羽

访黑羽馆代①净坊寺某人②，主人对余等不速之客突然造访甚为欣喜，昼夜共话，意犹未尽。其弟桃翠③，朝夕相伴，且邀余诣其家，亦访其亲戚居所。经数日，郊外消遣，略看骑马射犬之遗迹④，穿越那须原野之细竹丛，观看玉藻前⑤古坟。然后诣八幡宫⑥。闻与市射扇⑦之时祈祷下野国氏族之神正八幡保佑，正是此神社，感慨殊深。日暮，返桃翠宅。

有一座修验光明寺⑧，应邀前往参拜行者堂⑨。

> 参拜高齿屐，
>
> 走出行种堂，

---

① 代理领主。领主大关增荣不在时主事的家老。
② 指阵代家老净法寺图书高胜。
③ 应为翠桃。高胜之弟鹿子畑丰明俳号翠桃，与江户蕉门有交往。住黑羽郊外余濑。
④ 镰仓时代盛行的一种骑射竞技。把狗放进竹墙圈围的马场内，然后骑马射杀。谣曲《杀生石》描写为杀死逃到那须野的狐狸精玉藻前，先练习骑杀走狗。
⑤ 传为天竺斑足太子冢的金毛九尾狐，化为中国幽王之妃褒姒，后又来到日本，成为鸟羽院天皇的宠妃玉藻前。被安倍泰成镇服后，现出原形，逃到那须野，被三浦介、上总介射死。但其魂逸散，化为杀生石，鸟兽触石皆死，被源翁和尚用禅杖击碎。篠原稻荷神社内有狐冢。
⑥ 今大田原市南金丸马场的那须总社金丸八幡宫那须野神社。
⑦ 《平家物语》记述，寿永四年（1185）二月，平氏与源氏在屋岛大战时，平氏在船上竖一竿，竿上插一把扇子，源义经令那须人那须与一用弓箭射下扇子。那须与一射前祈祷"南无八幡大菩萨，我国之神明，日光权现、宇都宫、那须汤泉大明神保佑射中扇面"，一箭中的。
⑧ 余濑的即佛山光明寺。佛教一派修验道的寺院。
⑨ 祭祀有修验道始祖役行者穿着高齿木屐的塑像。还摆放着一齿的木屐。

遥望夏日山①，

健步旅途长。

云岩寺

下野国云岸寺②后面有佛顶和尚③山居遗迹。闻先师言，先师居山中时，曾以松木炭书一道歌于岩石之上：

蛰居此草庵，

横竖未盈五尺长。

倘若不下雨，

不要此庵又何妨。

余欲观其遗迹，拄杖前往云岩寺，众人呼朋唤侣，相诱同行，多为年轻人，一路谈笑风生，十分热闹，不觉来到云岩寺山麓。山谷幽深，谷道逶迤。松杉茂密幽暗，青苔清水滴落。虽为四月天气，犹觉寒冷。看尽十景④，过桥⑤入山门。

---

① 光明寺北面的八沟山脉。此处显示芭蕉不怕困难继续旅行的决心。
② 应为云岩寺。临经宗的寺院。在黑羽町。
③ 佛顶和尚，鹿岛根本寺等二十一代住持，常居住云岩寺。住在深川临川庵时与芭蕉交往，芭蕉的参禅师。
④ 《东山云岩禅寺旧记》载十景：灵石之竹林、海岸阁、十梅林、龙云洞、玉几峰、钵盂峰、玲珑岩、千丈岩、飞云亭、水分石。其实灵石之竹林在山门里面。
⑤ 云岩寺五桥之一的瓜铁桥。

山居遗迹究竟在于何处？攀后山，见石上建有小庵，背靠石窟，眼前如见妙禅师之死关①、法云法师之石室②。

> 声声啄木鸟，
> 惟有此庵啄不破，
> 盛夏树妖娆。

即兴一句，钉于柱上而去。

杀生石·游行柳

（自黑羽）往杀生石③。馆代派马相送。牵马人索句"求一诗笺"。马夫竟能如此风雅，遂吟一句：

> 骑马过原野，
> 杜鹃一声亮。
> 告诉牵马人，
> 马转鸟飞向。

---

① 妙禅师，中国南宋的原妙禅师，入杭州天目山张公洞，书挂"死关"匾额，闭居坐禅十五年。
② 法云法师，中国梁代高僧。晚年结庵于孤岩之上，终日讲经。
③ 杀生石，传为金毛九尾狐阴魂所变，在那须汤本，为一块"七尺四方、高四尺余"（《陆奥衙》）的辉石安山岩。附近有硫化氢、二氧化碳毒气喷出。

杀生石在温泉涌出之山阴，毒气至今未消，蜂蝶之类，死骸堆积遍地，未见黄土之色。

又，"清水潺潺"①之柳树依然存留于芦野村②之田埂上。此地郡守③户部某人④曾屡次劝余观看此柳。然不知树在何处，今日果然"伫立柳荫久"。

独立柳树下，

忽见农夫插完秧，

离地正回家。

白河关

数日心绪不宁，来到白川关⑤之际，方始平定踏实。古人吟咏"托人捎信告京都……"⑥，今来此地，实感古人之心情也。此关乃三关⑦之一，文人雅士，心系情恋。秋风⑧之声犹响耳边，红叶⑨之景若浮眼前，今见绿叶枝头，亦别有情趣。遍地溲疏白洁，兼以野花缭乱，仿

---

① 西行吟柳和歌："路旁清水潺潺流，伫立柳荫久。"通过谣曲《游行柳》演唱广为人知。
② 奥州道上的驿站。今栃木县那须町芦野。
③ 中国唐代官职，即为日本的领主。
④ 指领主芦野资俊民部。户部，中国唐代官职。即为日本的民部。
⑤ 白川关，亦称白河关，奥州三关的第一关。
⑥ 《拾遗集》载三十六歌仙之一的平兼盛到白河关的和歌："托人捎信告京都，今日已过白河关。"
⑦ 三关，指磐城白河关、常陆勿来关、羽前念珠关。
⑧ 《后拾遗集》载能因的和歌："云霞朦胧漫都城，秋风吹拂白河关。"
⑨ 《千载集》载源赖政的和歌："绿叶葳蕤满都城，红叶凋落白河关。"

若踏雪过关之感觉。据清辅笔载,古人过此,正冠盛装①。

且插溲疏作饰花,
权当盛装过关隘。　　　　曾良

须贺川

过白河关,继续前行,渡阿武隈川②。左边会津根③巍峨矗立,右边为岩城④、相马⑤、三春⑥,乃磐梯国与常陆、下野⑦之交界,山脉连绵。过影沼⑧,天阴,未映现物影⑨。

于须贺川驿站⑩访等穷⑪,留居四五日。主人首先问及"过白河关有何佳作?"答曰:"长途辛劳,身心疲惫,兼之耽迷景色,怀旧断肠,未能走笔成章,难成妙思。然过关竟无一句,实为憾事,乃吟一句以就教。"

---

① 藤原清辅,平安时代末期的和歌学者。他在《袋草纸》中说:"竹田大夫国行云者,下陆奥之时,过白川关日,特装束整饬而往。人问其故,答曰此乃古曾部入道(能因)吟咏'秋风吹拂白关'之处,焉能便装而过。"
② 阿武隈川,在白河关之北,经须贺川、福岛,在仙台以南流入太平洋。
③ 会津根,即磐梯山。
④ 岩城,今福岛县磐城市。
⑤ 相马,今福岛县相马市。
⑥ 三春,今福岛县相马市田村郡三春町附近。
⑦ 常陆,今茨城县。下野,今栃木县。
⑧ 影沼,亦称镜沼,在白河关以北约二十五公里的小沼泽。今福岛县岩濑郡镜石町。
⑨ 春夏晴日,可见海市蜃楼现象。
⑩ 仙台松前道的驿站,今福岛县须贺川市。
⑪ 等穷,即等躬,相良伊左卫门,贞门俳人,奥州俳坛重镇,与芭蕉有深交。

越过白河关。

踏入奥州路,

僻地插秧歌,

风流第一步。

于是此句乃成发句,(等穷、曾良)接续胁句、第三句,竟成三卷①。

驿站附近有一大栗子树。一遁世僧②于树下结庐而居。古人所吟"俯拾落橡子"③之深山乃如此幽静闲寂也。爰取诗笺,书曰:

栗字书作西木④,云与西方净土有缘。行基菩萨⑤一生,杖及柱皆用此木⑥。

此花世人不屑顾,

檐下偏植栗子树。

---

① 三卷,实为一卷三十六句的歌仙。接续在连句发句(第一句)后面的第二句称为胁句,然后为第三句,一直吟至三十六句,称为歌仙。
② 指可伸。俳号栗斋。俗名矢内弥三郎。
③ 西行《山家集》:"山深岩滴水,俯拾落橡子。"
④ "栗"字可拆写成"西""木"二字。当时的俳谐师往往称栗子为"西木"。
⑤ 奈良时代的僧侣。建造东大寺等,被圣武天皇授予大僧正称号。
⑥ 《法然上人行状绘图》记载,法然"书栗木为西木",且多年使用栗木手杖。日本学者认为此处是芭蕉误记。

浅香山·信夫村

出等穷宅,约五里,桧皮①驿站尽处,有浅香山②。离路边不远,此一带多沼泽。已近割菰时节,询问诸人何草为菰③,然无人知晓。遍寻沼畔。逢人即问"何为菰",不觉日薄西山。遂自二本松④右折,略观黑冢石窟⑤。宿福岛。

翌日,往忍村⑥,寻忍草印染之石⑦。远在山背后之小村里,见一石半埋地下⑧。村童走来,告余:"此石原在山上。路人常摘麦搓于石⑨,毁坏麦地。村人怒之,遂推石落谷,故石面朝下。"果有此事乎?

少女拔秧苗,

动作多灵巧。

不禁思往昔,

---

① 仙台松前的驿站。今福岛县安积郡日和田町。
② 也称安积山。位于桧皮北面的丘陵。今为安积山公园。
③ 原文为"胜见",菰(真菰)的异名,但芭蕉当时似不清楚,也含带指菖蒲。源于藤原实方被流放到陆奥后过端午节时以花菰代替菖蒲的故事。所以割菰时节也是端午节。
④ 桧皮以北五里,今福岛县二本松市。
⑤ 在二本松市东面,谣曲《安达原》中描写女鬼居住的石窟,抓住过往旅客,吸血食肉。
⑥ 即信夫村。大致在福岛市大字山口一带。
⑦ 中国名海州骨碎补。羊齿类植物。茎呈淡灰色,鳞毛密集,叶柄淡褐色,长五至十厘米。古时用陆奥国信夫郡生长的忍草的叶茎将布料搓拧出颜色花纹。此块石头据说用来搓染布料,石上有字,可搓染到布料上。在今福岛市文字摺观音堂内。
⑧ 据《奥羽观迹闻老志》记载,此石东西一丈一尺六寸,南北六尺九寸七分,地上高南为一尺七寸、北为六尺二寸。
⑨ 佐久间容轩《奥羽观迹闻老志》记载,传说将麦叶搓在石头上,石上会出现自己思念的人的影子。

染布搓忍草。

佐藤庄司遗址

过月轮渡①,出濑上②驿站。佐藤庄司③遗迹位于左面之山边,距此约一里半。闻其名为饭冢村鲭野④,乃边寻边往,终至一名为丸山⑤之小山。此即为庄司旧宅。依人所指,山下有大手⑥遗迹,随处观看,洒怀旧之泪。近旁之古寺⑦,残留佐藤家族之石碑。其中两个儿媳⑧的墓碑尤令人哀伤。虽为裙钗,其豪勇之气,留芳于世,不觉泪沾衣袖。坠泪碑⑨已不再远矣。入寺乞茶,此乃收藏义经之大刀、弁庆之笈以为寺宝⑩。

五月竖纸旗,
寺宝亦应同过节,

---

① 月轮渡,阿武隈川的渡口。今福岛市北郊。
② 仙台松前道的驿站。今在福岛市濑上町。
③ 佐藤庄司,即佐藤元治。平泉藤原秀树之臣,信夫、伊达两郡的庄司(领主)。
④ 饭冢村鲭野,今福岛市饭坂町。
⑤ 丸山,在佐场野(鲭野)。今饭坂町内的小山丘。当地人把庄司馆邸称为丸山城。
⑥ 大手,大手门,正面城门。
⑦ 指佐藤家的菩提寺,琉璃光山医王寺。在丸山城遗址南面的河对岸。
⑧ 佐藤元治之子继信、忠信兄弟的妻子。古净琉璃《八岛》描写,兄弟随源义经战死沙场后,他们的妻子身穿甲胄,扮演丈夫凯旋归来的样子以安慰病在床头的元治。
⑨ 《晋书·羊祜》记载,襄阳太守羊祜殁后,百姓怀其德,在岘山立碑。见者皆落泪。诗人杜预名之为坠泪碑。
⑩ 实际上该寺收藏的是义经的笈(装有佛具、衣服、食器等东西的箱子),弁庆书写的佛经。芭蕉未亲眼观看。

陈列大刀、笈①。

今日五月朔日②。

饭冢

当夜宿饭冢③。有温泉，入浴后，求宿，乃是在土地④上铺草席之贫穷农户。既无灯火，只得借地炉之火光铺床就寝。入夜，雷鸣，降雨不止。卧处上方漏雨，跳蚤、蚊子叮咬，不得入眠。而宿疴⑤复发，几迨昏厥。夜间短暂，天色渐明，又登旅途。然昨夜之病尚未痊愈，心绪忧郁。遂租马出桑折⑥驿站。此去路途遥远，虽病魔作祟，忐忑不安，然思羁旅于穷乡僻壤，怀俗世无常之心，抱舍生野曝之意，路毙亦乃天命⑦也。念及于此。气力有所恢复，勉力阔步越过伊达大木户⑧。

松岛⑨

说来老话，松岛佳景甲扶桑，不逊于洞庭、西湖⑩。海水深入东南

---

① 五月节是端午节，也是日本的男孩节。当时，此日挂纸做的鲤鱼旗。
② 实际上是五月二日。
③ 今饭坂温泉。
④ 日语称为"土间"。日本旧式住宅中不铺地板的泥土地房间。
⑤ 指疝气、痔疮，一说胆结石。
⑥ 桑折，仙台松前道的驿站，在饭坂东北面约七公里半。
⑦ 《论语·子罕》："且予纵不得大葬，予死于道路乎。"
⑧ 伊达大木户，佐藤庄司失败的古战场。文治五年（1189），为迎战源赖朝的军队，藤原泰衡的奥州军队在山顶构筑栅栏，现存遗迹。今伊达郡国见町大字大木户。从此地进入伊达国。
⑨ 松岛，今宫城县松岛町的松岛湾内各岛屿及其海岸一带。
⑩ 指中国的洞庭湖、杭州西湖。

陆地，形成海湾。湾内三里，澎湃如浙江潮①。岛屿无数，高耸者昂藏倚天，低伏者匍匐波面。或双层重叠，或三重架垒。左面分断独立，右面接续相连。如负如抱，爱抚儿孙②。苍松浓绿，因海风吹拂，枝干虬蟠，仿佛自然天成，妙不可言，此景窈深幽眇，若美人浓妆淡抹之玉容③，此乃远古神代大山祇④之所为乎？天工造化，谁者能形诸笔墨以尽其妙。

雄岛突伸海中，海滩多石，与陆地相连⑤。有云居禅师⑥之别室⑦遗迹、坐禅石等。偶见松荫有遁世者之草庵，燃烧松叶、松球之轻烟袅绕，未知何人悠闲居住，然亦感亲切，趋前造访。不觉月移海上，与白昼情趣迥异。回岸投宿，客栈二层⑧，临窗面海，仿佛卧寝于大自然之中，心情舒畅，不可思议。

杜鹃声声鸣松岛，
应向白鹤借羽毛。 曾良

---

① 指中国的钱塘江大潮。
② 杜甫《望岳》："西岳崚嶒竦处尊，诸峰罗立似儿孙。"
③ 苏轼《饮湖上初晴后雨》："水光潋滟晴方好，山色空蒙雨亦奇。欲把西湖比西子，淡妆浓抹总相宜。"
④ 大山祇，司山之神。
⑤ 实际上是通过一座渡月桥与陆地相连。
⑥ 云居禅师，土佐人，京都妙心寺僧侣，应伊达忠宗之邀，中兴瑞岩寺。
⑦ 指把不住庵。
⑧ 当时除妓院外，二层楼的建筑物十分罕见。这座旅馆很有名。

余难以成吟,欲眠却无法入睡。离旧庵①时,素堂吟松岛诗②、原安适吟松浦岛歌③相送。遂解袋,今宵以此为友。袋中亦有杉风、浊子④之发句。

平　泉

三代⑤荣华一梦中⑥,大门⑦遗迹在一里之外。秀衡之遗迹⑧已成田野,惟金鸡山⑨犹存。先登高馆⑩,北上川⑪收入眼底,乃流自南部⑫之大河。衣川⑬环绕和泉城⑭,于高馆下注入大河⑮。泰衡⑯等之遗迹在衣

---

① 指江户深川芭蕉庵。
② 山口素堂,名信章。《家云集》中载有他赠送芭蕉旅行的汉诗:"夏初松岛自清幽,云外杜鹃声未同。眺望洗心都似水,可怜苍翠对青眸。"
③ 原安适,江户的歌人。松浦岛是末之松山东北面的小岛。其赠芭蕉的和歌未详。
④ 浊子,本名中川甚五兵卫。大垣藩士。芭蕉门人。
⑤ 指藤原清衡、基衡、秀衡三代九十六年。
⑥ 引用中国"黄粱一梦"的典故。
⑦ 大门,似指平泉馆的南大门。
⑧ 指秀衡住宅伽罗御所,平泉馆的主要建筑。
⑨ 金鸡山,平泉馆西面的小山。秀衡模仿富士山形状建造,山顶上埋有雌雄黄金的鸡以镇护。
⑩ 高馆,中尊寺东南面的小山。传有源义经宅第遗迹。义经于泰衡进攻时在此自刃。
⑪ 北上川,发源于北上山脉的姬神岳,流经岩手县、宫城县南下注入石卷湾的奥州第一大河。衣川在平泉附近与北上川汇合。
⑫ 南部,平泉的北方,以盛冈为中心的南部氏的领地。
⑬ 衣川,发源于平泉西部的山中,在高馆北面与北上川汇合。
⑭ 和泉城,传为秀衡的三子和泉三郎忠卫的宅第。
⑮ 指北上川。
⑯ 藤原泰衡,秀衡的次子,被源赖朝所迫与源义经作战,但自己也受到源赖朝的攻击。

关①之外，似镇固南部门户②以防夷③。择忠臣义士④，据守此城，思功名显赫，过眼烟云。国破山河在，城春草木青⑤。不禁铺笠而坐，怀古落泪，不知时光流逝。

夏天草凄凉，

功名昨日古战场，

一枕梦黄粱。

遍地溲疏花，

若见兼房苍白发⑥。　　　　　　　　　　　　　　　　曾良

久闻二堂⑦揭帐拜佛⑧之盛事。经堂⑨供有三将之像⑩。光堂⑪放有

---

① 衣关，中古时期征伐虾夷的据点。在高馆以西约一百米。
② 从平泉通往南部领地的出入口。
③ 指防御虾夷入侵。
④ 源义经选择忠义之士，弁庆、兼房等皆是为义经殉烈的家臣。
⑤ 源自杜甫《春望》："国破山河在，城春草木深。"
⑥ 增尾十郎兼房是源义经的老臣，满头白发，拼死奋战，见义经夫妻自刃后，烧毁高馆，自己殉死。溲疏花白，曾良见此，想起兼房的苍苍白发。
⑦ 二堂，中尊寺的经堂和光堂。
⑧ 揭帐拜佛，打开佛龛，供人参拜佛像。
⑨ 藏有一切经一万六千卷等佛经。由清衡建造。建武四年（1337）上层毁于火。
⑩ 三将，指清衡、基衡、秀衡，但经堂里没有他们的塑像，摆放的是文殊菩萨、优阗大王、美哉童子之像。
⑪ 光堂，即金色堂。清衡建造，兼具阿弥陀堂与葬堂之意，费时十五年，天治元年（1124）完成。江户时期才称为光堂。

三代之棺①，摆置三尊佛像②。七宝③散失，珠门因风雨而损坏，金柱因霜雪而腐朽，既已支离破碎，野草荒芜，却仍四面围垣④，覆盖屋顶，以御风雨，且作千年之纪念也。

梅雨未曾洒光堂，

今日犹辉煌。

尿前关

遥望通往南部之道⑤，宿岩手村⑥。过小黑崎⑦、美豆小岛⑧，自鸣子温泉⑨过尿前关⑩，欲往出羽国⑪。此地旅人罕至，为关守⑫见疑，终获

---

① 光堂内有须弥坛三个，摆放清衡、基衡、秀衡的棺木。
② 指阿弥陀如来、观音菩萨、势至菩萨。
③ 七宝，佛教所说的七种珍宝：金、银、琉璃、玻璃（水晶）、砗磲（车磲）、赤珠、玛瑙。七宝说法不一。《妙法莲华经·普门品》："为求金银、琉璃、车磲、玛瑙、珊瑚、琥珀、真珠等宝入于大海。"
④ 正应元年（1288），镰仓第七代将军惟康亲王奉执权北条贞时之命，建造覆盖光堂的套堂（俗称"鞘堂"）。
⑤ 通往盛冈南部氏领地的道路。
⑥ 岩手，今宫城县玉造郡岩出山町。
⑦ 小黑崎，岩出山町西北十六公里，宫城县玉造郡鸣子町名生定的荒雄川北岸的小山。
⑧ 美豆小岛，小黑崎山的西南面，荒雄川中的岩石岛。
⑨ 鸣子温泉，小黑崎以西约四公里。今宫城县鸣子町。
⑩ 尿前关，鸣子以西约二公里，陆奥国伊达领地与出羽国新庄领地之间的关隘，由仙台藩管辖。传说是源义经的幼子第一次撒尿的地方。
⑪ 出羽国，东山道八国之一，和铜五年（712）设置。跨今秋田、山形两县。
⑫ 关守，守关的士兵。

通行。登大山，日已暮。见封人①家，求宿。然三日风雨剧烈，无奈滞留山中。

跳蚤虱子叮未眠，
更有马儿尿枕边。

主人云："此去出羽国，有大山阻隔，路途不详，应由向导带路为宜。"诚如斯言，请寻向导。恰有合适之年轻人，腰横短刀，手携柞杖，引路前行。余随其后，心忧今日定有危险，惴惴不安。果如主人所言，高山森然岑寂，不闻一声鸟啼，树木茂密阴翳，犹如夜行。仿佛云端霾雨②，拨竹丛循径而行，涉水绊石，冷汗透肌，终至最上庄③。向导言："此路定有意外危险发生，今能平安护送，实为大幸。"乃欣然告辞。闻之犹觉后怕。

尾花泽

于尾花泽④访清风⑤。彼殷富而不卑俗。在京⑥即常来往，善解羁旅

---

① 封人，国境守卫者。朱熹《论语集注·八佾》："封人掌封疆之官。盖贤而隐于下位者也。"但芭蕉投宿的是庄屋（村长）家。
② 杜甫《郑驸马宅宴洞中》："误疑茅堂过江麓，已入风磴霾云端。"霾雨，土蒙雾也。
③ 最上庄，最上氏的领地。今山形县尾花泽市、大石田町一带。
④ 尾花泽，通往仙台、山形、新庄的交通要道。今山形县尾花泽市。
⑤ 铃木清风，名道祐，通称岛田屋八右卫门，红花批发商，谈林派俳人。芭蕉的老朋友。
⑥ 京，指京都和江户。

之心，留宿数日，以宽慰风尘劳顿，关怀备至。

      夏日好凉爽，
      且将高堂当自宅，
      歇息心舒畅。

      蚕舍地板下，
      蟾蜍叫声响。
      快快爬出来，
      无须底下藏。

      姣妍红粉花开盛，
      犹忆佳人刷眉妆[①]。

      见此养蚕人，
      古风今犹存。   曾良

---

① 最上地方是日本最大的红粉花产地。红粉花用以制造口红。芭蕉联想到形状略似红粉花的刷眉化妆道具。

出羽三山

六月三日，登羽黑山①。访图司左吉②，谒代理别当③会觉阿阇梨④。宿南谷分寺⑤，热情款待，无微不至。四日，于本坊⑥举行俳谐会。余吟发句：

难得南谷羽黑山，
熏风送来冰雪爽。

五日，诣权现⑦。不知开山祖能除大师⑧为何代之人，延喜式⑨里有"羽州里山之神社"记载⑩。抄写易错，恐将"黑"字误记为"里山"，抑或将"羽州黑山"省略为"羽黑山"。《风土记》⑪记载，此地名为出

---

① 羽黑山，今山形县东田川郡羽黑町的修验道羽黑派本山。
② 图司左吉，羽黑山麓手向村的俳人，俳号吕丸。
③ 别当，管辖整个山寺的职务。因第五十代别当天宥被判流放，羽黑的别当就由江户东睿山宽永寺的僧侣担任，由和合院照寂在此代行职务。
④ 会觉阿阇梨，即和合院照寂。阿阇梨是天台宗、真言宗高僧的职称。
⑤ 南谷别院，在羽黑山山腰，有高阳院紫苑寺。
⑥ 本坊，住持的坊舍。若王寺宝前院。
⑦ 权现，羽黑权现，本地正观音。今羽黑神社。
⑧ 能除大师，崇峻天皇第三皇子。
⑨ 《延喜式》，平安时代初期律令的实施细则。记述朝廷年中仪式和制度等，共五十卷。
⑩ 《延喜式》没有记载，见于宽永本的《东鉴》。
⑪ 出羽国的《风土记》没有流传下来。不玉编《续尾集》的吕丸序云："自昔之风土记记载，此鸟羽毛乃为该国贡物。"

羽，乃因"鸟之羽毛①为此国贡物进献"。与月山②、汤殿山③合称三山。该寺属武江东睿④，天台止观⑤皓月光辉，圆顿融通⑥法灯明耀。僧舍连栋排列，佛法修行精勤。灵山灵地，佛力神验，人皆尊崇敬畏。此乃繁荣恒久、吉祥玉瑞之宝山也。

八日⑦，登月山。身披修行袈裟，头缠白布角巾，脚夫引路，于云雾烟岚山中，踏冰雪，登八里，疑入日月运行之云关⑧。气促体冻，攀至山巅，日没月明。乃铺细竹，枕修篁，卧以待旦⑨。俟日出云消，遂下汤殿。

谷旁有锻冶遗迹⑩。该国之铁匠，于此择神水，净身斋戒以铸剑，铭刻"月山"，著称于世。其剑淬火可比龙泉⑪，乃追慕干将、莫邪⑫

---

① 鸟羽，用作箭翎。
② 月山，高一千九百八十米，是出羽三山中的最高峰。祭祀月山大权现。
③ 汤殿山是月山一千五百零四米处的山谷。有温泉涌出。视为灵岩，整个山体作为神灵祭祀。山腰有祭祀大山祇命、大己贵命、少彦名命的汤殿山权现，日月寺祭祀大日如来。
④ 武江东睿，武藏野国江户的东睿山宽永寺。天台宗关东地区的总本山，德川家康的菩提寺。有誉（天宥）于宽永十八年（1641）将出羽三山改宗为天台宗，从此隶属宽永寺。
⑤ 天台止观，天台宗的根本教义。止妄念，静寂明智，观万法，心境澄彻，如明月光辉，大彻大悟。
⑥ 圆顿融通，天台宗的教义。圆顿指圆满顿悟，融通指诸法融通无碍。
⑦ 实为六日。
⑧ 云关，天门，喻日月运行的太空。
⑨ 实际上当晚住在山上的角兵卫的小屋里。
⑩ 指刀匠月山的遗迹。
⑪ 龙泉，中国湖南省汝南郡西平县的泉水。《史记·荀卿传》注："汝南西平县有龙渊水可用淬刀剑，特坚利。"
⑫ 《吴越春秋》："干将者，吴人也，与欧冶子同师，俱能为剑。越前来，献三枚，阖闾得而宝之。以故使剑匠作为二枚，一曰干将，二曰莫邪。莫邪，干将之妻也。"《太平记》说干将、莫邪同往吴山，以龙泉之水淬火，三年铸出雌雄两剑。

之道也。深感精通一道者锲而不舍之志也。坐岩石小憩，见三尺樱树蓓蕾半绽。埋于积雪之下，仍不忘春天，晚樱之心，殊深可贵，若见馨香飘溢之盛夏梅花①。忆行尊僧正和歌②之情趣，犹觉樱花韵致精妙。讳言此山之细节乃修行者之规，故搁笔不予记述。归舍，应阿阇梨之求，书三山巡礼之句于诗笺。

    静寂羽黑山，
    新月朦胧凉爽天，

    云雾几度散，
    明月照月山。

    讳言汤殿山，
    神秘敬畏感玉瑞，
    沾袖泪潸潸。

    参拜汤殿山，

---

① 《禅林句集》："雪里芭蕉摩诘画，炎天梅蕊简斋诗。"
② 行尊僧正，平安时代末期的天台宗寺门派大僧正。《金夜集》载其《于大峰不意见樱花开》的和歌："山樱与我融情趣，除君之外无知己。"

踩踏路上香火钱①,

感动泪沾衫。　　　　　　　　　曾良

酒　田

离羽黑,往鹤冈城下②,被迎至长山重行③家,吟咏俳谐一卷④。左吉⑤亦送余至此,然后乘舟往酒田之港口⑥,宿渊庵不玉⑦医师家。

南眺温海山,

北望吹浦滨⑧。

傍晚好乘凉,

壮景入胸襟。

滔滔最上川,

一日热天送入海。

---

① 此山不许拾取路上的东西,参拜汤殿山神社时,路上尽是香客洒落的纸钱,因不许拾取,只好踩着纸钱去参拜。
② 鹤冈,酒井左卫门尉忠直的十四万石俸禄的城下町。位于今山形县鹤冈市。
③ 长山重行,酒井藩士。通称"五郎右卫门"。俳号重行。在江户时入芭蕉门下。
④ 由芭蕉发句,与重行、曾良、露丸四人吟歌仙。
⑤ 图司左吉。
⑥ 最上川的河口,运载庄内的大米、红花的港口。
⑦ 渊庵不玉,本名伊东玄顺。俳号不玉,医号渊庵,酒田俳坛的核心。芭蕉在酒田时入其门下。
⑧ 温海山在酒田以南约四十公里,吹浦滨在酒田以北二十五公里。这是芭蕉在最上川乘凉的俳谐。

象　潟

　　阅过无尽山河水陆①之风光，于今象潟②萦绕于方寸之间。自酒田港往东北方向，翻山岭，沿海滩，踏软沙③，行十里。日渐倾斜，海风扬沙，细雨朦胧，鸟海④潜形。暗中摸索，若雨景亦奇妙⑤，雨后晴光则潋滟绮丽⑥。是夜，余宿于渔夫容膝之陋屋，以待雨霁天晴。

　　翌日清晨，天色晴朗，朝阳灿烂，乃泛舟象潟。先至能因岛⑦，访其闲居三年之地⑧。然后于对岸登陆，有和歌吟咏"钓舟花上行"⑨之古老樱树，尚存西行法师昔日之残影。岸上有皇陵，传为神功皇后⑩

---

① 指山（出羽三山等）河（名取川等）海（松岛等）陆（宫城县等）。
② 象潟，酒田东北面约五十公里。通往日本海的潟湖，南北四公里，东西二公里，中有九十九个小岛，与松岛齐名。但由于文化元年（1804）的地震，地壳隆起，景观消失。今秋田县由利郡。
③ 《唐宋千家联珠诗格·西湖》："西湖十里岸横斜，稳踏青鞋步软沙。"
④ 鸟海山，象潟东南面二十公里的高二千二百三十七米的休眠火山。在秋田县由利郡与山形县饱海郡的县境。亦称秋田富士。
⑤ 策彦周良《晚过西湖》："余杭门外日将晡，多景朦胧一景无。参得雨奇晴好句，暗中摸索识西湖。"
⑥ 苏轼《饮湖上初晴后雨》："水光潋滟晴方好，山色空蒙雨亦奇。"
⑦ 能因岛，传说能因闲居之地。今干满珠寺南面的小丘。能因，平安时代中期的歌人，中古三十六歌仙之一。俗名橘永恺。向藤原长能学习和歌，开歌道师承之先例。剃发为僧，称古曾部入道，曾云游奥州。
⑧ 能因似到过此地，但幽居乃传说。《后拾遗集》收有他的和歌："浮世如斯度，象潟渔夫小茅屋，为我作宿处。"
⑨ 《继尾集》载西行的和歌："象潟繁樱如波浪，渔夫钓舟花上行。"但这首是否西行之作尚存疑问。
⑩ 神功皇后，第十四代仲哀天皇的皇后，第十五代应神天皇的母亲。

之墓。有寺名干满珠寺①,然未闻皇后行幸此处,不知何故。坐该寺方丈②之内,卷帘眺望,风景尽收眼底。南③有鸟海山擎天矗立,倒影映海。西有有耶无耶关④,其路无尽。东筑堤坝,可遥通秋田⑤。北控大海,波涛涌入之处称为汐越⑥。湾面宽约一里⑦,状似松岛,却独有异趣。松岛含笑,象潟忧怨,岑寂悲凄,其地貌令人荡气断魂。

> 泉潟绰约姿,
> 雨里合欢花带愁,
> 婀娜似西施。⑧

> 汐越海滩上,
> 湖水涌来湿鹤胫,
> 大海好清凉。

---

① 干满珠寺,传神功皇后攻打百济回国途中,漂泊此地,以其所带的干珠、满珠两颗珠子可以随意祈祷海潮的涨落,因以寺名。先属天台宗,后属曹洞宗。
② 方丈,此指禅宗寺的大堂。
③ 实为东南,以下方位应分别为西南、东北、西北。
④ 有耶无耶关,指由利郡象潟町关的遗迹。
⑤ 秋田,佐竹义处的领地。今秋田地方。
⑥ 汐越,在象潟以西,沿海的低地。日本海的海水流入象潟湾的地方,也是当时村落的名称。此处泛指整个象潟。
⑦ 日本的一里约为四公里。
⑧ 苏轼《饮湖上初晴后雨》:"欲把西湖比西子,淡妆浓抹总相宜。"

祭典

正是象潟祭神时

不知食物是什么?①　　　　　　　　　　曾良

门板铺地上,

渔夫好乘凉。　　　　　　　　美浓国商人低耳②

岩上见雎鸠巢

筑巢山岩上,

岩高不怕波浪袭,

雎鸠恩爱长③。　　　　　　　　　　　　曾良

---

① 正好碰到汐越的守护神熊野权现的夏季祭祀,此地的神祭方式很古老,据说不吃鱼,不知道他们吃什么。
② 低耳,本名宫本弥三郎,岐阜长良人,在奥羽、北陆、美极一带经商。芭蕉门人。在芭蕉旅行中赶来与其相会。
③ 《诗经》:"关关雎鸠,在河之洲。窈窕淑女,君子好逑。"

吴承恩

(1506—1580)

明代世德堂本《西游记》插图

没有玄奘的《大唐西域记》，便不会有吴承恩的《西游记》，此话委实不假。玄奘在《大唐西域记》的"卷一"中介绍了印度佛教的世界构成说，即人类生存其上的小世界由四大洲组成：东边是毗提诃洲（《西游记》中的东胜神洲），西边是瞿陁尼洲（《西游记》中的西牛贺洲），南边赡部洲（《西游记》中的南赡部洲），北边拘卢洲（《西游记》的北俱芦洲），其中赡部洲（南赡部洲）就是玄奘"西行"之地，也是《西游记》中"九九八十一难"事发之地。此外，《大唐西域记》中记载的发生在古国高昌、古国龟兹和古国于阗的真人真事，在《西游记》中都被改写成了奇幻的神怪故事片段。这或许说明在《大唐西域记》问世后的近千年里，玄奘的"西行"在民间流传甚广，经过民间传说、吟唱、神怪故事等多种形式的传播和改写，最后经过"作者"吴承恩的艺术加工，集结成现有的百回章回体浪漫神魔小说《西游记》。

就文学而言，比《大唐西域记》更重要的，是由玄奘的两位弟子慧立和彦悰合作编纂的《大慈恩寺三藏法师传》（简称《慈恩传》），共十卷。前五卷由慧立完成，根据玄奘口述的西行故事编辑而成；后五卷由彦悰执笔，讲述玄奘回国后译经和逝世后的情形。如果说《大唐西域记》以风俗民情、地理状貌、宗教政治为中心，那么，《慈恩传》便以人的生平事迹、游学经历为中心，行文更为典雅，措辞更有特色，因此更具文学特色。梁启超曾赞该书为"古今所有名人谱传中，价值应推第一"。（《支那内学院精校本玄奘传书后》）

那么，作为神魔志怪游记，《西游记》的价值何在呢？在回答这一问题之前，可略述作者生平及创作以做铺垫。关于作者吴承恩，虽然学界早有争论，但主流认识却是一致的，所以，关于"华阳洞天主人"究系何人，作者的"三个或曰"，或"长春真人丘处机"之说等学术争议，就都无足轻重了。鲁迅根据《天启淮安府志》的记载，认定吴承恩为作者。该书之"淮贤文目"记载："吴承恩，《射阳集》四册□卷，《春秋列传序》，《西游记》"；另一处"人物志·二·近代文苑"中也有一段关于吴承恩的描写："吴承恩，性敏而多慧，博极群书，为诗文下笔立成，清雅流丽，有秦少游之风。复善谐剧，所著杂记几种，名震一时。数奇，竟以明经授县贰，未久，耻折腰，遂拂袖而归，放浪诗酒，卒。有文集存于家，丘少司徒汇而刻之。"

吴承恩生于1506年。十六岁进学，中淮安府学秀才，有"得一第如拾芥耳"之声誉。此后二十余年，曾参加六七次乡试，或许由于

"科场黑幕"而未中举。四十五岁时赴南京国子监读书，希望得一官职以恢复家族"业儒"身份，未果。五十九岁时，得年轻时老友、时任吏部尚书的李春芳的帮助，获长兴县丞一职，六十一岁时到任。翌年，因官场恶斗及政治文学观念"不谐"而被捕入狱。又得时已任内阁首辅的李传芳援手，恢复名誉，得蕲州荆王府纪善职，八品，闲差无事。用此闲隙，吴承恩回顾一生，重拾夙愿，成就《西游记》百回本。1570年，吴承恩回乡，诗文自娱又十年，于1580年逝世。

  从以上关于作者身份和生平的简要叙述中，我们或许可以看出《西游记》作为文学名著的价值。实际上，除《西游记》外，吴承恩还在应付乡试期间偷闲编撰了唐宋金元诗词选集《花草新编》，并写了一本志怪小说《禹鼎志》，此书虽已亡佚，其序却在《射阳先生存稿》中留存。据序中自叙，吴承恩对志怪神魔之奇幻故事，从"童子社学"时就"私求隐处读之"，甚至在科举激流中也心存冥想，欲作一书以对。而所对之要旨，就是"写形魑魅，欲使民违弗若"：把现实中的魑魅魍魉用文学形式表现出来，警醒百姓，以及时辨识，不受其害。在写法上，则"不专明鬼，时纪人间变异，亦微有鉴戒寓焉"。虽然形为神魔鬼怪，而实则人间世态变迁，其寓意仍在教育。此即《西游记》成书之宗旨。如是，承担社会责任，用故事（文学）寓讽时弊，教化人民，警醒后世，并寄寓作者自己的社会批判和人生理想，这便是一个"野史氏"的真正的道义追求，也是该书价值之根本所在。

陈永国 / 文

参考文献

蔡铁鹰:《西游记导读》,北京:高等教育出版社,2019年。

蔡铁鹰:《大道正果——吴承恩传》,北京:作家出版社,2016年。

西游记

第五回

乱蟠桃大圣偷丹　反天宫诸神捉怪

话表齐天大圣到底是个妖猴，更不知官衔品从，也不较俸禄高低，但只注名便了。那齐天府下二司仙吏早晚伏侍，只知日食三餐，夜眠一榻，无事牵萦，自由自在。闲时节会友游宫，交朋结义。见三清称个"老"字，逢四帝道个"陛下"。与那九曜星、五方将、二十八宿、四大天王、十二元辰、五方五老、普天星相、河汉群神，俱只以弟兄相待，彼此称呼。今日东游，明日西荡，云去云来，行踪不定。

一日，玉帝早朝，班部中闪出许旌阳真人，俯囟启奏道："今有齐天大圣，日日无事闲游，结交天上众星宿，不论高低，俱称朋友。恐后来闲中生事，不若与他一件事管了，庶免别生事端。"玉帝闻言，即时宣诏。那猴王欣欣然而至，道："陛下诏老孙，有何升赏？"玉帝道："朕见你身闲无事，与你一件执事。你且权管那蟠桃园，早晚好生在意。"大圣欢喜谢恩,朝上唱喏而退。

　　他等不得穷忙,即入蟠桃园内查勘。本园中有个土地,拦住问道:"大圣何往?"大圣道:"吾奉玉帝点差,代管蟠桃园,今来查勘也。"那土地连忙施礼,即呼那一班锄树力士、运水力士、修桃力士、打扫力士都来见大圣磕头,引他进去。但见那:

　　　　夭夭灼灼,颗颗株株。夭夭灼灼花盈树,颗颗株株果压枝。果压枝头垂锦弹,花盈树上簇胭脂。时开时结千年熟,无夏无冬万岁迟。先熟的酡颜醉脸,晚结的带蒂青皮。凝烟肌带绿,映日显丹姿。树下奇葩并异卉,四时不谢色齐齐。左右楼台并馆舍,盈空常见罩云霓。不是玄都凡俗种,瑶池王母自栽培。

大圣看玩多时,问土地道:"此树有多少株数?"土地道:"有三千六百株:前面一千二百株,花微果小,三千年一熟,人吃了成仙了道,体健身轻;中间一千二百株,层花甘实,六千年一熟,人吃了霞举飞升,长生不老;后面一千二百株,紫纹细核,九千年一熟,人吃了与天地齐寿,日月同庚。"大圣闻言,欢喜无任。当日查明了株树,点看了亭阁,回府。自此后,三五日一次赏玩,也不交友,也不他游。

　　一日,见那老树枝头桃熟大半,他心里要吃个尝新,奈何本园土地、力士并齐天府仙吏紧随不便。忽设一计道:"汝等且出门外伺候,让我在这亭上少憩片时。"那众仙果退。只见那猴王脱了冠服,爬上大树,拣那熟透的大桃摘了许多,就在树枝上自在受用,吃了一饱。却才跳下树来，簪冠着服，唤众等仪从回府。迟三二日，又去设法偷桃，尽他享用。

一朝，王母娘娘设宴，大开宝阁，瑶池中做蟠桃胜会，即着那红衣仙女、青衣仙女、素衣仙女、皂衣仙女、紫衣仙女、黄衣仙女、绿衣仙女各顶花篮，去蟠桃园摘桃建会。七衣仙女直至园门首，只见蟠桃园土地、力士同齐天府二司仙吏都在那里把门。仙女近前道："我等奉王母懿旨，到此摘桃设宴。"土地道："仙娥且住。今岁不比往年，玉帝点差齐天大圣在此督理，须是报大圣得知，方敢开园。"仙女道："大圣何在？"土地道："大圣在园内，因困倦，自家在亭子上睡哩。"仙女道："既如此，寻他去来，不可迟误。"土地即与同进，寻至花亭不见，只有衣冠在亭，不知何往。四下里都没寻处。原来大圣耍了一会，吃了几个桃子，变作二寸长的个人儿，在那大树梢头浓叶之下睡着了。七衣仙女道："我等奉旨前来，寻不见大圣，怎敢空回？"旁有仙吏道："仙娥既奉旨来，不必迟疑。我大圣闲游惯了，想是出园会友去了。汝等且去摘桃，我们替你回话便是。"那仙女依言，入树林之下摘桃。先在前树摘了三篮，又在中树摘了三篮。到后树上摘取，只见那树上花果稀疏，止有几个毛蒂青皮的。原来熟的都是猴王吃了。七仙女张望东西，只见向南枝上只有一个半红半白的桃子。青衣女用手扯下枝来，红衣女摘了，却将枝子望上一放。原来那大圣变化了，正睡在此枝，被他惊醒。大圣即现本相，耳朵里掣出金箍棒，幌一幌，碗来粗细，"咄"的一声道："你是那方怪物，敢大胆偷摘我桃！"慌得那七仙女一齐跪下道："大圣息怒。我等不是妖怪，乃王母娘娘差来的七衣仙女,摘取仙桃,大开宝阁,做蟠桃胜会。适至此间,先见了本园土地等神,寻大圣不见。我等恐迟了王母懿旨,是以等不得大圣,故先在此摘桃,万望恕罪。"大圣闻言,回嗔作喜道:"仙娥请起。王母开阁设宴,请的是谁?"仙女道:"上会自有旧规,请的是西天佛老、菩萨、圣僧、罗汉,南方南极观音,东方崇恩圣帝、十洲三岛仙翁,北方北极玄灵,中央黄极黄角大仙:这个是五方五老。还有五斗星君,上八洞三清四帝、太乙天仙等众,中八洞玉皇九垒、海岳神仙,下八洞幽冥教主、注世地仙,各宫各殿大小尊神,俱一齐赴蟠桃嘉会。"大圣笑道:"可请我么?"仙女道:"不曾听得说。"大圣道:"我乃齐天大圣,就请我老孙做个席尊,有何不可?"仙女道:"此是上会旧规,今会不知如何。"大圣道:"此言也是,难怪汝等。你且立下,待老孙先去打听个消息,看可请老孙不请。"

好大圣,捻着诀,念声咒语,对众仙女道:"住,住,住!"这原来是个定身法,把那七衣仙女一个个睖睖睁睁白着眼,都站在桃树之下。大圣纵朵祥云,跳出园内,径奔瑶池路上而去。正行时,只见那壁厢:

一天瑞霭光摇曳,五色祥云飞不绝。
白鹤声鸣振九皋,紫芝色秀分千叶。
中间现出一尊仙,相貌昂然丰采别。
神舞虹霓幌汉霄,腰悬宝箓无生灭。
名称赤脚大罗仙,特赴蟠桃添寿节。

那赤脚大仙觌面撞见大圣，大圣低头定计，赚哄真仙，他要暗去赴会，却问："老道何往？"大仙道："蒙王母见招，去赴蟠桃嘉会。"大圣道："老道不知，玉帝因老孙筋斗云疾，着老孙五路邀请列位先至通明殿下演礼，后方去赴宴。"大仙是个光明正大之人，就以他的言语作真，道："常年就在瑶池演礼谢恩，如何先去通明殿演礼，方去瑶池赴会？"无奈，只得拨转祥云，径往通明殿去了。

大圣驾着云，念声咒语，摇身一变，就变作赤脚大仙模样，前奔瑶池。不多时，直至宝阁。按住云头，轻轻移步，走入里面。只见那里：

> 琼香缭绕，瑞霭缤纷。瑶台铺彩结，宝阁散氤氲。凤翥鸾腾形缥缈，金花玉萼影浮沉。上排着九凤丹霞扆，八宝紫霓墩。五彩描金桌，千花碧玉盆。桌上有龙肝和凤髓，熊掌与猩唇。珍馐百味般般美，异果嘉肴色色新。

那里铺设得齐齐整整，却还未有仙来。这大圣点看不尽，忽闻得一阵酒香扑鼻，忽转头见右壁厢长廊之下，有几个造酒的仙官、盘糟的力士，领几个运水的道人、烧火的童子，在那里洗缸刷瓮，已造成了玉液琼浆，香醪佳酿。大圣止不住口角流涎，就要去吃，奈何那些人都在那里。他就弄个神通，把毫毛拔下几根，丢入口中嚼碎，喷将出去，念声咒语，叫："变！"即变作几个瞌睡虫，奔在众人脸上。你看那伙人，手软头低，闭眉合眼，丢了执事，都去盹睡。大圣却拿了些百味八珍，佳肴异品，走入长廊里面，就着缸挨着瓮，放开量痛饮一番。

吃勾了多时，酕醄醉了，自揣自摸道："不好，不好！再过会请的客来，却不怪我？一时拿住，怎生是好？不如早回府中睡去也。"

好大圣，摇摇摆摆，仗着酒，任情乱撞，一会儿把路差了，不是齐天府，却是兜率天宫。一见了，顿然醒悟道："兜率宫是三十三天之上，乃离恨天太上老君之处，如何错到此间？也罢，也罢！一向要来望此老，不曾得来，今趁此残步，就望他一望也好。"即整衣撞进去。那里不见老君，四无人迹。原来那老君与燃灯古佛在三层高阁朱陵丹台上讲道，众仙童、仙将、仙官、仙吏都侍立左右听讲。这大圣直至丹房里面寻访不遇，但见丹灶之旁，炉中有火。炉左右安放着五个葫芦，葫芦里都是炼就的金丹。大圣喜道："此物乃仙家之至宝，老孙自了道以来，识破了内外相同之理，也要炼些金丹济人，不期到家无暇。今日有缘，却又撞着此物，趁老子不在，等我吃他几丸尝新。"他就把那葫芦都倾出来，就都吃了，如吃炒豆相似。

一时间丹满酒醒，又自己揣度道："不好，不好！这场祸比天还大。若惊动玉帝，性命难存。走，走，走！不如下界为王去也！"他就跑出兜率宫，不行旧路，从西天门使个隐身法逃去。即按云头，回至花果山界。但见那旌旗闪灼，戈戟光辉，原来是四健将与七十二洞妖王在那里演习武艺。大圣高叫道："小的们！我来也！"众怪丢了器械，跪倒道："大圣好宽心！丢下我等，许久不来相顾。"大王道："没多时，没多时。"且说且行，径入洞天深处。四健将打扫安歇，叩头礼拜毕，俱道："大圣在天这百十年，实受何职？"大圣笑道："我记得才半年光景，怎么就说百十年话？"健将道："在天一日，即在下方一年也。"大圣道："且喜这番玉帝相爱，果封作齐天大圣，起一座齐天府，又设安静、宁神二司，司设仙吏侍卫。向后见我无事，着我去管蟠桃园。近因王母娘娘设蟠桃大会，未曾请我，是我不待他请，先赴瑶池，把他那仙品仙酒，都是我偷吃了。走出瑶池，踉踉跄跄，误入老君宫阙，又把他五个葫芦金丹也偷吃了。但恐玉帝见罪，方才走出天门来也。"众怪闻言大喜，即安排酒果接风，将椰酒满斟一石碗奉上。大圣呷了一口，即龇牙俫嘴道："不好吃，不好吃！"崩、芭二将道："大圣在天宫吃了仙酒仙肴，是以椰酒不甚美口。常言道：'美不美，乡中水。'"大圣道："你们就是'亲不亲，故乡人。'我今早在瑶池中受用时，见那长廊之下有许多瓶罐，都是那玉液琼浆，你们都不曾尝着。待我再去偷他几瓶回来，你们各饮半杯，一个个也长生不老。"众猴欢喜不胜。大圣即出洞门，又翻一筋斗，使个隐身法，径至蟠桃会上，进瑶池宫阙。只见那几个造酒、盘糟、运水、烧火的，还鼾睡未醒。他将大的从左右胁下挟了两个，两手提了两个，即拨转云头回来，会众猴在于洞中，就做个仙酒会，各饮了几杯，快乐不题。

却说那七衣仙女，自受了大圣的定身法术，一周天方能解脱，各提花篮，回奏王母，说："齐天大圣使术法困住我等，故此来迟。"王母问道："汝等摘了多少蟠桃？"仙女道："只有两篮小桃，三篮中桃。至后面大桃半个也无，想都是大圣偷吃了。及正寻间，不期大圣走将出来，行凶拷打，又问设宴请谁。我等把上会事说了一遍，他就定住我等，不知去向。直到如今，才得醒解回来。"王母闻言，即去见玉帝，备陈前事。说不了，又见那造酒的一班人，同仙官等来奏："不知甚么人搅乱了蟠桃大会,偷吃了玉液琼浆,其八珍百味亦俱偷吃了。"又有四大天师奏上:"太上道祖来了。"玉帝即同王母出迎。老君朝礼毕,道:"老道宫中炼了些九转金丹,伺候陛下做丹元大会,不期被贼偷去,特启陛下知之。"玉帝见奏悚惧。少时,又有齐天府仙吏叩头道:"孙大圣不守执事,自昨日出游,至今未转,更不知去向。"玉帝又添疑思。只见那赤脚大仙又俯囟上奏道:"臣蒙王母诏昨日赴会,偶遇齐天大圣,对臣言万岁有旨,着他邀臣等先赴通明殿演礼,方去赴会。臣依他言语,即返至通明殿外,不见万岁龙车凤辇,又急来此俟候。"玉帝越发大惊道:"这厮假传旨意,赚哄贤卿,快着纠缉灵官缉访这厮踪迹!"

灵官领旨,即出殿遍访,尽得其详细。回奏道:"搅乱天宫者,乃齐天大圣也。"又将前事尽诉一番。玉帝大恼,即差四大天王,协同李天王并哪吒太子,点二十八宿、九曜星官、十二元辰、五方揭谛、四值功曹、东西星斗、南北二神、五岳四渎、普天星相,共十万天兵,布一十八架天罗地网,下界去花果山围困,定捉获那厮处治。众神即时兴师,离了天宫。这一去,但见那:

黄风滚滚遮天暗,紫雾腾腾罩地昏。只为妖王欺上帝,致令众圣降凡尘。四大天王,五方揭谛。四大天王权总制,五方揭谛调多兵。李托塔中军掌号,恶哪吒前部先锋。罗睺星为头检点,计都星随后峥嵘。太阴星精神抖擞,太阳星照耀分明。五行星偏能豪杰,九曜星最喜相争。元辰星子午卯酉,一个个都是大力天丁。五瘟五岳东西摆,六丁六甲左右行。四渎龙神分上下,一十八宿密层层。角亢氐房为总领，奎娄胃昴惯翻腾。斗牛女虚危室壁，心尾箕星个个能。井鬼柳星张翼轸，抡枪舞剑显威灵。停云降雾临凡世，花果山前扎下营。

诗曰：

天产猴王变化多，偷丹偷酒乐山窝。
只因搅乱蟠桃会，十万天兵布网罗。

当时李天王传下令，着众天兵扎了营，把那花果山围得水泄不通。上下布了十八架天罗地网，先差九曜恶星出战。九曜即提兵径至洞外，只见那洞外大小群猴跳跃顽耍。星官厉声高叫道："那小妖！你那大圣在哪里？我等乃上界差调的天神，到此降你这造反的大圣。教他快快来归降！若道半个'不'字，教汝等一概遭诛！"那小妖慌忙传入道："大圣，祸事了，祸事了！外面有九个凶神，口称上界差来的天神，收降大圣。"

那大圣正与七十二洞妖王并四健将分饮仙酒，一闻此报，公然不理，道："今朝有酒今朝醉，莫管门前是与非。"说不了，一起小妖又跳来道："那九个凶神恶言泼语，在门前骂战哩！"大圣笑道："莫采他，诗酒且图今日乐，功名休问几时成。"说犹未了，又一起小妖来报："爷爷，那九个凶神已把门打破，杀进来也！"大圣怒道："这泼毛神，老大无礼！本待不与他计较，如何上门来欺我！"即命："独角鬼王领帅七十二洞妖王出阵，老孙领四健将随后。"那鬼王疾帅妖兵出门迎敌，却被九曜恶星一齐掩杀抵住，在铁板桥头莫能得出。正嚷间，大圣到了。叫一声："开路！"掣开铁棒，幌一幌，碗来粗细，丈二长短，丢开架子，打将出来。九曜星那个敢抵，一时打退。那九曜星立住阵势道："你这不知死活的弼马温！你犯了十恶之罪，先偷桃，后偷酒，搅乱了蟠桃大会，又窃了老君仙丹，又将御酒偷来此处享乐，你罪上加罪，岂不知之！"大圣笑道："这几桩事实有，实有，但如今你怎么？"九曜星道："吾奉玉帝金旨，帅众到此收降你，快早皈依，免教这些生灵纳命。不然，就踏平了此山，掀翻了此洞也！"大圣大怒道："量你这些毛神，有何法力，敢出浪言！不要走，请吃老孙一棒！"这九曜星一齐踊跃，那美猴王不惧分毫，抡起金箍棒，左遮右挡，把那九曜星战得筋疲力软，一个个倒拖器械，败阵而走。急入中军帐下，对托塔天王道："那猴王果十分骁勇，我等战他不过，败阵来了。"

李天王即调四大天王与二十八宿，一路出师来斗。大圣也公然不惧，调出独角鬼王、七十二洞妖王与四个健将，就于洞门外列成阵势。你看这场混战，好惊人也：

寒风飒飒，怪雾阴阴。那壁厢旌旗飞彩，这壁厢戈戟生辉。滚滚盔明，层层甲亮。滚滚盔明映太阳，如撞天的银磬；层层甲亮砌岩崖，似压地的冰山。大杆刀，飞云掣电；楮白枪，度雾穿云。方天戟，虎眼鞭，麻林摆列；青铜剑，四明铲，密树排阵。弯弓硬弩雕翎箭，短棍蛇矛挟了魂。大圣一条如意棒，翻来覆去战天神。杀得那空中无鸟过，山内虎狼奔，扬砂走石乾坤黑，播土飞尘宇宙昏。只听兵兵扑扑惊天地，煞煞威威振鬼神。

这一场，自辰时布阵，混杀到日落西山。那独角鬼王与七十二洞妖怪，尽被众天神捉拿去了，止走了四健将与那群猴，深藏在水帘洞底。这大圣一条棒，抵住了四大天神与李托塔、哪吒太子，俱在半空中。杀毂多时，大圣见天色将晚，即拔毫毛一把，丢在口中嚼碎了，喷将出去，叫声："变！"就变了千百个大圣，都使的是金箍棒，打退了哪吒太子，战败了五个天王。大圣得胜，收了毫毛，急转身回洞，早又见铁板桥头，四个健将领众叩迎着大圣，哽哽咽咽大哭三声，又唏唏哈哈大笑三声。大圣道："汝等见了我，又哭又笑，何也？"健将道："今早帅众将与天王交战，把七十二洞妖王与独角鬼王尽被众神捉了，我等逃生，故此该哭。这见大圣得胜回来，未曾伤损，故此该笑。"大圣道："胜负乃兵家之常。古人云：'杀人一万，自损三千。'况捉了去的头目，乃是虎豹狼虫、獾獐狐狢之类，我同类者未伤一个，何须烦恼？他虽被我使个分身法杀退，他还要安营在我山脚下。我等且紧紧防守，饱餐一顿，安心睡觉，养养精神。天明看我使个大神通，拿这些天将，与众报仇。"四将与众猴将椰酒吃了几碗，安心睡觉不题。

那四大天王收兵罢战，众各报功：有拿住虎豹的，有拿住狮象的，有拿住狼虫狐狢的，更不曾捉着一个猴精。当时果又安辕营，下大寨，赏犒了得功之将，分付了天罗地网之兵，各各提铃喝号，围困了花果山，专待明早大战。各人得令，一处处谨守。

此正是：妖猴作乱惊天地，布网张罗昼夜看。毕竟天晓后如何处治，且听下回分解。

第六回
观音赴会问原因　小圣施威降大圣

且不言天神围绕，大圣安歇。话表南海普陀落伽山大慈大悲救苦救难灵感观世音菩萨，自王母娘娘请赴蟠桃大会，与大徒弟惠岸行者同登宝阁瑶池，见那里荒荒凉凉，席面残乱，虽有几位天仙，俱不就座，都在那里乱纷纷讲论。菩萨与众仙相见毕，众仙备言前事。菩萨道："既无盛会，又不传杯，汝等可跟贫僧去见玉帝。"众仙依言随往。

至通明殿前，早有四大天师、赤脚大仙等众，俱在此迎着菩萨，即道玉帝烦恼，调遣天兵擒怪未回等因。菩萨道："我要见见玉帝，烦为转奏。"天师邱弘济即入灵霄宝殿，启知宣入。时有太上老君在上，王母娘娘在后。菩萨引众同入里面，与玉帝礼毕，又与老君、王母相见，各坐下。便问："蟠桃盛会如何？"玉帝道："每年请会，喜喜欢欢，今年被妖猴作乱，甚是虚邀也。"菩萨道："妖猴是何出处？"玉帝道："妖猴乃东胜神洲傲来国花果山石卵化生的。当时生出即目运金光，射冲斗府。始不介意，继而成精，降龙伏虎，自削死籍。当有龙王、阎王启奏，朕欲擒拿，是长庚星启奏，道三界之间凡有九窍者，可以成仙。朕即施教育贤，宣他上界，封为御马监弼马温官。那厮嫌恶官小，反了天宫。即差李天王与哪吒太子收降，又降诏抚安，宣至上界，就封他做个齐天大圣，只是有官无禄。他因没事干管理，东游西荡。

朕又恐别生事端，着他代管蟠桃园。他又不遵法律，将老树大桃尽行偷吃。及至设会，他乃无禄人员，不曾请他，他就设计赚哄赤脚大仙，却自变他相貌入会，将仙肴仙酒尽偷吃了。又偷老君仙丹。又偷御酒若干，去与本山众猴享乐。朕心为此烦恼，故调十万天兵，天罗地网收伏。这一日不见回报，不知胜负如何。"

菩萨闻言，即命惠岸行者道："你可快下天宫，到花果山打探军情如何。如遇相敌，可就相助一功，务必的实回话。"惠岸行者整整衣裙，执一条铁棍，驾云离阙，径至山前。见那天罗地网，密密层层，各营门提铃喝号，将那山围绕的水泄不通。惠岸立住，叫把营门的天丁："烦你传报！我乃李天王二太子木叉、南海观音大徒弟惠岸，特来打探军情。"那营里五岳神兵即传入辕门之内。早有虚日鼠、昴日鸡、星日马、房日兔将言传到中军帐下。李天王发下令旗，教开天罗地网，放他进来。此时东方才亮。惠岸随旗进入，见四大天王与李天王下拜。拜讫，李天王道："孩儿，你自那厢来者？"惠岸道："愚男随菩萨赴蟠桃会，菩萨见胜会荒凉，瑶池寂寞，引众仙并愚男去见玉帝。玉帝备言父王等下界收伏妖猴，一日不见回报，胜负未知，菩萨因命愚男到此打听虚实。"李天王道："昨日到此安营下寨，着九曜星挑战，被这厮大弄神通，九曜星俱败走而回。后我等亲自提兵，那厮也排开阵势，我等十万天兵与他混战至晚，他使个分身法战退。及收兵查勘时，止捉得些狼虫虎豹之类，不曾捉得他半个妖猴。今日还未出战。"

说不了，只见辕门外有人来报道："那大圣引一群猴精，在外面叫战。"四大天王与李天王并太子正议出兵，木叉道："父王，愚男蒙菩萨盼咐,下来打探消息,就说若遇战时,可助一功。今不才愿往,看他怎么个大圣!"天主道:"孩儿,你随菩萨修行这几年,想必也有些神通,切须在意。"

好太子,双手轮着铁棍,束一束绣衣,跳出辕门,高叫:"那个是齐天大圣?"大圣挺如意棒,应声道:"老孙便是!你是甚人,辄敢问我?"木叉道:"吾乃李天王第二太子木叉,今在观音菩萨宝座前为徒弟护教,法名惠岸是也。"大圣道:"你不在南海修行,却来此见我做甚?"木叉道:"我蒙师父差来打探军情,见你这般猖獗,特来擒你!"大圣道:"你敢说那等大话!且休走,吃老孙这一棒!"木叉全然不惧,使铁棒劈手相迎。他两个在那半山中,辕门外,这场好斗:

棍虽对棍铁各异,兵纵交兵人不同。一个是太乙散仙呼大圣,一个是观音徒弟正元龙。浑铁棍乃千锤打,六丁六甲运神功;如意棒是天河定,镇海神珍法力洪。两个相逢真对手,往来解数实无穷。这个的阴手棍,万千凶,绕腰贯索疾如风;那个的夹枪棒,不放空,左遮右挡怎相容。那阵上旌旗闪闪,这阵上鼍鼓冬冬。万员天将团团绕,一洞妖猴簇簇丛。怪雾愁云漫地府,狼烟煞气射天宫。昨朝混战还犹可,今日争持更又凶。堪羡猴王真本事,木叉复败又逃生。

这大圣与惠岸战经五六十合,惠岸臂膊酸麻,不能迎敌,虚幌一幌,败阵而走。大圣也收了猴兵,安扎在洞门之外。只见天王营门外大小天兵接住了太子，让开大路，径入辕门，对四天王、李托塔、哪吒气哈哈的喘息未定："好大圣，好大圣！着实神通广大！孩儿战不过，又败阵而来也！"李天王见了心惊，即命写表求助，便差大力鬼王与木叉太子上天启奏。

二人当时不敢停留，闯出天罗地网，驾起瑞霭祥云，须臾径至通明殿下。见了四大天师，引至灵霄宝殿，呈上表章。惠岸又见菩萨施礼，菩萨道："你打探得如何？"惠岸道："始领命到花果山，叫开天罗地网，拜见了父亲，道师父差命之意。父王道：'昨日与那猴王战了一场，止捉得他虎豹狮象之类，更未捉他一个猴精。'正讲间，他又索战，是弟子使铁棍与他战经五六十合，不能取胜，败走回营。父亲因此差大力鬼王同弟子上界求助。"菩萨低头思忖。

却说玉帝拆开表章，见有求助之言，笑道："叵耐这个猴精，能有多大手段，就敢敌过十万天兵！李天王又来求助，却将那路神兵助之？"言未毕，观音合掌启奏："陛下宽心，贫僧举一神，可擒这猴。"玉帝道："所举者何神？"菩萨道："乃陛下令甥显圣二郎真君，见居灌洲灌江口，享受下方香火。他昔日曾力诛六怪，又有梅山兄弟与帐前一千二百草头神，神通广大。奈他只是听调不听宣，陛下可降一道调兵旨意，着他助力，便可擒也。"玉帝闻言，即传调兵的旨意，就差大力鬼王赍调。

那鬼王领了旨，即驾起云，径至灌江口，不消半个时辰，直至真君之庙。早有把门的鬼判传报至里道："外有天使捧旨而至。"二郎即与众弟兄出门迎接旨意，焚香开读。旨意上云：

花果山妖猴齐天大圣作乱，因在官偷桃、偷酒、偷丹，搅乱蟠桃大会，见着十万天兵、一十八架天罗地网围山收伏，未曾得胜。今特调贤甥同义兄弟，即赴花果山助力剿除。成功之后，高升重赏。

真君大喜道："天使请回，吾当就去拔刀相助也。"鬼王回奏不题。

这真君即唤梅山六兄弟，乃康、张、姚、李四太尉，郭申、直健二将军，聚集殿前道："适才玉帝调遣我等往花果山收降妖猴，同去去来。"众兄弟俱忻然愿往。即点本部神兵，驾鹰牵犬，搭弩张弓，纵狂风，霎时过了东洋大海，径至花果山。见那天罗地网，密密层层，不能前进，因叫道："把天罗地网的神将听着：吾乃二郎显圣真君，蒙玉帝调来擒拿妖猴者，快开营门放行！"一时各神一层层传入，四大天王与李天王俱出辕门迎接。相见毕，问及胜败之事，天王将上项事备陈一遍。真君笑道："小圣来此，必须与他斗个变化。列公将天罗地网不要幔了顶上，只四围紧密，让我赌斗。若我输与他，不必列公相助，我自有兄弟扶持；若赢了他，也不必列公绑缚，我自有兄弟动手。只请托塔天王与我使个照妖镜，住立空中，恐他一时败阵，逃窜他方，切须与我照耀明白，勿走了他。"天王各居四维，众天兵各挨排列阵去讫。

这真君领着四太尉、二将军，连本身七兄弟，出营挑战；吩咐众将紧守营盘，收全了鹰犬。众草头神得令。真君直到那水帘洞外，见那一群猴，齐齐整整，排作个蟠龙阵势；中军里立一竿旗，上书"齐天大圣"四字。真君道："那泼妖怎么称得起齐天之职？"梅山六弟道：

"且休赞叹，叫战去来。"那营口小猴见了真君，急走去报知。那猴王即掣金箍棒，整黄金甲，登步云履，按一按紫金冠，腾出营门，急睁睛观看，那真君的相貌果是清奇，打扮得又秀气。真个是：

仪容清俊貌堂堂，两耳垂肩目有光。
头戴三山飞凤帽，身穿一领淡鹅黄。
缕金靴衬盘龙袜，玉带团花八宝妆。
腰挂弹弓新月样，手执三尖两刃枪。
斧劈桃山曾救母，弹打椶罗双凤凰。
力诛八怪声名远，义结梅山七圣行。
心高不认天家眷，性傲归神住灌江。
赤城昭惠英灵圣，显化无边号二郎。

大圣见了，笑嘻嘻的将金箍棒掣起，高叫道："你是何方小将，辄敢大胆到此挑战？"真君喝道："你这厮有眼无珠，认不得我也！吾乃玉帝外甥，敕封昭惠灵显王二郎是也。今蒙上命，到此擒你这反天宫的弼马温猢狲，你还不知死活！"大圣道："我记得当年玉帝妹子思凡下界，配合杨君，生一男子，曾使斧劈桃山的，是你么？我行要骂你几声，曾奈无甚冤仇；待要打你一棒，可惜了你的性命。你这郎君小辈，可急急回去，唤你四大天王出来。"真君闻言，心中大怒道："泼猴！休得无礼！吃吾一刀！"大圣侧身躲过，疾举金箍棒劈手相还。他两个这场好杀：

昭惠二郎神，齐天孙大圣。这个心高欺敌美猴王，那个面生压伏真梁栋。两个乍相逢，各人皆赌兴。从来未识浅和深，今日方知轻与重。铁棒赛飞龙，神锋如舞凤。左挡右攻，前迎后映。这阵上，梅山六弟助威风；那阵上，马流四将传军令。摇旗擂鼓各齐心，呐喊筛锣都助兴。两个钢刀有见机，一来一往无丝缝。金箍棒是海中珍，变化飞腾能取胜。若还身慢命该休，但要差池为蹭蹬。

　　真君与大圣斗经三百余合，不知胜负。那真君抖擞神威，摇身一变，变得身高万丈，两只手举着三尖两刃神锋，好便似华山顶上之峰，青脸獠牙，朱红头发，恶狠狠，望大圣着头就砍。这大圣也使神通，变得与二郎身躯一样，嘴脸一般，举一条如意金箍棒，却就是昆仑顶上擎天之柱，抵住二郎神。唬得那马、流元帅战兢兢，摇不得旌旗；崩、芭二将虚怯怯，使不得刀剑。这阵上康、张、姚、李、郭申、直健传号令，撒放草头神，向他那水帘洞外纵着鹰犬，搭弩张弓，一齐掩杀。可怜冲散妖猴四健将，捉拿灵怪二三千。那些猴抛戈弃甲，撇剑丢枪，跑的跑，喊的喊，上山的上山，归洞的归洞，好似夜猫惊宿鸟，飞洒满天星。众兄弟得胜不题。

　　却说真君与大圣变作法天象地的规模。正斗时，大圣忽见本营中妖猴惊散，自觉心慌，收了法象，掣棒抽身就走。真君见他败走，大步赶上道："那里走！趁早归降，饶你性命。"大圣不恋战，只情跑起。将近洞口，正撞着康、张、姚、李四太尉，郭申、直健二将军，一齐帅众挡住道："泼猴那里走！"大圣慌了手脚，就把金箍棒捏作绣花针，藏在耳内，摇身一变，变作个麻雀儿，飞在树梢头钉住。那六兄弟慌慌张张，前后寻觅不见，一齐吆喝道："走了这猴精也！走了这猴精也！"

正嚷处，真君到了，问："兄弟们，赶到那厢不见了？"众神道："才在这里围住，就不见了。"二郎圆睁凤目观看，见大圣变了麻雀儿钉在树上，就收了法象，撤了神锋，卸下弹弓，摇身一变，变作个饿鹰儿，抖开翅，飞将去扑打。大圣见了，"嗖"的一翅飞起去，变作一只大鹚老，冲天而去。二郎见了，急抖翎毛，摇身一变，变作一只大海鹤，钻上云霄来嗛。大圣又将身按下，入涧中，变作一个鱼儿，淬入水内。二郎赶至涧边，不见踪迹，心中暗想道："这猢狲必然下水去也，定变作鱼虾之类。等我再变变拿他。"果一变，变作个鱼鹰儿，飘荡在下溜头波面上，等待片时。那大圣变鱼儿顺水正游，忽见一只飞禽，似青鹞，毛片不青；似鹭鸶，顶上无缨；似老鹳，腿又不红，想："是二郎变化了等我哩！"急转头，打个花就走。二郎看见，道："打花的鱼儿似鲤鱼，尾巴不红；似鳜鱼，花鳞不见；似黑鱼，头上无星；似鲂鱼，腮上无针。他怎么见了我就回去了？必然是那猴变的。"赶上来，"刷"的啄一嘴。那大圣就蹿出水中，一变变作一条水蛇，游近岸，钻入草中。二郎因嗛他不着，他见水响中，见一条蛇蹿出去，认得是大圣，急转身，又变了一只朱绣顶的灰鹤，伸着一个长嘴，与一把尖头铁钳子相似，径来吃这水蛇。水蛇跳一跳，又变作一只花鸨，木木樗樗的立在蓼汀之上。二郎见他变得低贱，那花鸨乃鸟中至贱至淫之物，不拘鸾、凤、鹰、鸦都与交群，故此不去拢傍，即现原身走将去，取过弹弓拽满，一弹子把他打个踉跄。

那大圣趁着机会，滚下山崖，伏在那里又变，变一座土地庙儿：大张着口似个庙门，牙齿变作门扇，舌头变作菩萨，眼睛变作窗棂；只有尾巴不好收拾，竖在后面，变作一根旗竿。真君赶到崖下，不见打倒的鸨鸟，只有一间小庙，急睁凤眼，仔细看之，见旗竿立在后面，笑道："是这猢狲了！他今又在那里哄我。我也曾见庙宇，更不曾见一个旗竿竖在后面的。断是这畜生弄喧。他若哄我进去，他便一口咬住。我怎肯进去？等我掣拳先捣窗棂，后踢门扇！"大圣听得，心惊道："好狠，好狠！门扇是我牙齿，窗棂是我眼睛。若打了牙，捣了眼，却怎么是好！""扑"的一个虎跳，又冒在空中不见。

真君前前后后乱赶，只见四大尉、二将军一齐拥至道："兄长，拿住大圣了么？"真君笑道："那猴儿才自变座庙宇哄我，我正要捣他窗棂，踢他门扇，他就纵一纵，又渺无踪迹。可怪，可怪！"众皆愕然，四望更无形影。真君道："兄弟们在此看守巡逻，等我上去寻他。"急纵身驾云，起在半空，见那李天王高擎照妖镜，与哪吒住立云端。真君道："天王，曾见那猴王么？"天王道："不曾上来。我这里照着他哩。"真君把那赌变化、弄神通、拿群猴一事说毕，却道："他变庙宇，正打处，就走了。"李天王闻言，又把照妖镜四方一照，呵呵的笑道："真君快去，快去！那猴使了个隐身法，走出营围，往你那灌江口去也。"二郎听说，即取神锋，回灌江口来赶。

却说那大圣已至灌江口，摇身一变，变作二郎爷爷的模样，按下云头，径入庙里。鬼判不能相认，一个个磕头迎接。他坐中间，点查香火，见李虎拜还的三牲，张龙许下的保福，赵甲求子的文书，钱丙告病的良愿。正看处，有人报："又一个爷爷来了！"众鬼判急急观看，无不惊心。真君却道："有个甚么齐天大圣才来这里否？"众鬼判道："不曾见甚么大圣，只有一个爷爷在里面查点哩。"真君撞进门，大圣见了，现出本相道："郎君不消嚷，庙宇已姓孙了。"这真君即举三尖两刃神锋，劈脸就砍。那猴王使个身法让过神锋，掣出那绣花针儿，幌一幌，碗来粗细，赶到前，对面相还。两个嚷嚷闹闹，打出庙门，半雾半云，且行且战，复打到花果山。慌得那四大天王等众提防愈紧。这康、张太尉等迎着真君，合心努力，把那美猴王围绕不题。

话表大力鬼王既调了真君与六兄弟提兵擒魔去后，却上界回奏。玉帝与观音菩萨、王母并众仙卿，正在灵霄殿讲话，道："既是二郎已去赴战，这一日还不见回报？"观音合掌道："贫僧请陛下同道祖出南天门外，亲去看看虚实何如？"玉帝道："言之有理。"即摆驾同道祖、观音、王母与众仙卿至南天门，早有些天丁、力士接着。开门遥观，只见众天丁布罗网围住四面，李天王与哪吒擎照妖镜立在空中，真君把大圣围绕中间，纷纷赌斗哩。菩萨开口对老君说："贫僧所举二郎神如何？果有神通，已把那大圣围困，只是未得擒拿。我如今助他一功，决拿住他也。"老君道："菩萨将甚兵器，怎么助他？"菩萨道："我将那净瓶杨柳抛下去打那猴头，即不能打死，也打个一跌，教二郎小圣好去拿他。"老君道："你这瓶是个磁器，准打着他便好；如打不着他的头，或撞着他的铁棒，却不打碎了？你且莫动手，等我老君助他一功。"菩萨道："你有甚么兵器？"老君道："有，有，有。"捋起衣袖，左膊上取下一个圈子，说道："这件兵器乃锟钢抟炼的，被我将还丹点成，养就一身灵气，善能变化，水火不侵，又能套诸物。一名金钢琢，又名金钢套。当年过函关，化胡为佛，甚是亏他，早晚最可防身。等我丢下去，打他一下。"话毕，自天门上往下一掼，滴流流径落花果山营盘里，可可的着猴王头上一下。猴王只顾苦战七圣，却不知天上坠下这兵器，打中了天灵，立不稳脚，跌了一跤，爬将起来就跑；被二郎爷爷的细犬赶上，照腿肚子上一口，又扯了一跌。他睡倒在地，骂道："这个亡人！你不去妨家长，却来咬老孙！"急翻身爬不起来，被七圣一拥按住，即将绳索捆绑，使勾刀穿了琵琶骨，再不能变化。

那老君收了金钢琢，请玉帝同观音、王母众仙等俱回灵霄殿。这下面四大天王与李天王诸神，俱收兵拔寨，近前向小圣贺喜，都道："此小圣之功也！"小圣道："此乃天尊洪福，众神威权，我何功之有？"康、张、姚、李道："兄长不必多叙，且押这厮去上界见玉帝，请旨发落去也。"真君道："贤弟，汝等未受天箓，不得面见玉帝。教六甲神兵押着，我同天王等上界回旨，你们帅众在此搜山，搜净之后，仍回灌口。待我请了赏，讨了功，回来同乐。"四大尉、二将军依言领诺。这真君与众即驾云头，唱凯歌，得胜朝天。不多时，到通明殿外。天师启奏道："四大天王等众，已捉了妖猴齐天大圣了，来此听宣。"玉帝传旨："即命大力鬼王与天丁等众押至斩妖台，将这厮碎剁其尸！"

咦！正是：欺诳今遭刑宪苦，英雄气概等时休。毕竟不知那猴王性命何如，且听下回分解。

第七回
八卦炉中逃大圣　五行山下定心猿

富贵功名,前缘分定,为人切莫欺心。正大光明,忠良善果弥深。些些狂妄天加谴,眼前不遇待时临。问东君因甚,如今祸害相侵?只为心高图罔极,不分上下乱规箴。

话表齐天大圣被众天兵押去斩妖台下,绑在降妖柱上,刀砍斧剁,枪刺剑刳,莫想伤及其身。南斗星奋令火部众神放火煨烧,亦不能烧着。又着雷部众神以雷屑钉打,越发不能伤损一毫。那大力鬼王与众启奏道:"万岁,这大圣不知是何处学得这护身之法,臣等用刀砍斧剁,雷打火烧,一毫不能伤损,却如之何?"玉帝闻言道:"这厮这等妖力,如何处治?"太上老君即奏道:"那猴吃了蟠桃,饮了御酒,又盗了仙丹。我那五壶丹有生有熟,被他都吃在肚里,运用三昧火煅成一块,所以浑作金钢之躯,急不能伤。不若与老道领去,放在八卦炉中,以文武火煅炼,炼出我的丹来,他身自为灰烬矣。"玉帝闻言,即教六丁、六甲将他解下,付与老君。老君领旨去讫。一壁厢宣二郎显圣,赏赐金花百朵,御酒百瓶,还丹百粒,异宝明珠,锦绣等件,教与义兄弟分享。真君谢恩,回灌江口不题。

那老君到兜率宫,将大圣解去绳索,放了穿琵琶骨之器,推入八卦炉中,命看炉的道人、架火的童子将火扇起煅炼。原来那炉是乾、坎、艮、震、巽、离、坤、兑八卦。他即将身钻在巽宫位下。巽乃风也，有风则无火。只是风搅得烟来，把一双眼熁红了，弄作个老害病眼，故唤作火眼金睛。

真个光阴迅速，不觉七七四十九日，老君的火候俱全。忽一日，开炉取丹。那大圣双手揞着眼，正自揉搓流涕，只听得炉头声响，猛睁睛看见光明，他就忍不住将身一纵，跳出丹炉，"唿喇"的一声，蹬倒八卦炉，往外就走。慌得那架火、看炉与丁甲一班人来扯，被他一个个都放倒，好似癫痫的白额虎，风狂的独角龙。老君赶上抓一把，被他一摔，摔了个倒栽葱，脱身走了。即去耳中掣出如意棒，迎风幌一幌，碗来粗细，依然拿在手中，不分好歹，却又大乱天宫，打得那九曜星闭门闭户，四天王无影无形。好猴精！有诗为证，诗曰：

混元体正合先天，万劫千番只自然。
渺渺无为浑太乙，如如不动号初玄。
炉中久炼非铅汞，物外长生是本仙。
变化无穷还变化，三皈五戒总休言。

又诗：

一点灵光彻太虚，那条拄杖亦如之。
或长或短随人用，横竖横排任卷舒。

又诗：

> 猿猴道体配人心，心即猿猴意思深。
> 大圣齐天非假论，官封弼马是知音。
> 马猿合作心和意，紧缚牢拴莫外寻。
> 万相归真从一理，如来同契住双林。

这一番，那猴王不分上下，使铁棒东打西敌，更无一神可挡，只打到通明殿里，灵霄殿外。幸有佑圣真君的佐使王灵官执殿，他看大圣纵横，掣金鞭近前挡住道："泼猴何往？有吾在此，切莫猖狂！"这大圣不由分说，举棒就打，那灵官鞭起相迎。两个在灵霄殿前，厮浑一处。好杀：

> 赤胆忠良名誉大，欺天诳上声名坏。一低一好幸相持，豪杰英雄同赌赛。铁棒凶，金鞭快，正直无私怎忍耐！这个是太乙雷声应化尊，那个是齐天大圣猿猴怪。金鞭铁棒两家能，都是神官仙器械。今日在灵霄宝殿弄威风，各展雄才真可爱。一个欺心要夺斗牛官，一个竭力匡扶玄圣界。苦争不让显神通，鞭棒往来无胜败。

他两个斗在一处，胜败未分。早有佑圣真君，又差将佐发文到雷府，调三十六员雷将齐来，把大圣围在垓心，各骋凶恶鏖战。那大圣全无一毫惧色，使一条如意棒，左遮右挡，后架前迎。一时见那众雷将的刀枪剑戟、鞭简挝锤、钺斧金瓜、旄镰月铲来的甚紧,他即摇身一变,变作三头六臂,把如意棒幌一幌,变作三条。六只手使开三条棒,好便似纺车儿一般,滴流流在那垓心里飞舞,众雷神莫能相近。真个是:

圆陀陀,光灼灼,亘古常存人怎学?入火不能焚,入水何曾溺。光明一颗摩尼珠,剑戟刀枪伤不着。也能善,也能恶,眼前善恶凭他作。善时成佛与成仙,恶处披毛并带角。无穷变化闹天宫,雷将神兵不可捉。

当时众圣把大圣攒在一处,却不能近身,乱嚷乱斗,早惊动玉帝。遂传旨着游奕灵官同翊圣真君,上西方请佛老降伏。那二圣得了旨,径到灵山胜境雷音宝刹之前,对四金刚、八菩萨礼毕,即烦转达。众神随至宝莲台下启知,如来召请。二圣礼佛三匝,侍立台下。如来问:"玉帝何事,烦二圣下临?"二圣即启道:"向时花果山产一猴,在那里弄神通,聚众猴搅乱世界。玉帝降招安旨,封为弼马温。他嫌官小反去。当遣李天王、哪吒太子擒拿未获,复招安他,封作齐天大圣。先有官无禄,着他代管蟠桃园,他即偷桃;又走至瑶池,偷殽偷酒,搅乱大会;仗酒又暗入兜率宫,偷老君仙丹,反出天宫。玉帝复遣十万天兵,亦不能收伏。后观世音举二郎真君同他义兄弟追杀,他变化多端,亏老君抛金钢琢打重,二郎方得拿住。解赴御前,即命斩之。刀砍斧剁,火烧雷打,俱不能伤。老君奏准领去,以火煅炼。四十九日,开鼎,他却又跳出八卦炉,打退天丁,径入通明殿里,灵霄殿外,被佑圣真君的佐使王灵官挡住苦战；又调三十六员雷将把他困在垓心，终不能相近。因此玉帝特请如来救驾。"如来闻说，即对众菩萨道："汝等在此稳坐法堂，休得乱了禅位，待我炼魔救驾去来。"

如来即唤阿傩、迦叶二尊者相随，离了雷音，径至灵霄门外。忽听得喊声振耳，乃三十六员雷将围困着大圣哩。佛祖传法旨："教雷将停息干戈，放开营所，教那大圣出来，等我问他有何法力。"众将果退。大圣也收了法象，现出原身近前，怒气昂昂，厉声高叫道："你是那方善士，敢来止住刀兵问我？"如来笑道："我是西方极乐世界释迦牟尼尊者，南无阿弥陀佛。今闻你猖狂村野，屡反天宫，不知是何方生长，何年得道，为何这等暴横？"大圣道："我本：

天地生成灵混仙，花果山中一老猿。
水帘洞里为家业，拜友寻师悟太玄。
炼就长生多少法，学来变化广无边。
因在凡间嫌地窄，立心端要住瑶天。
灵霄宝殿非他久，历代人王有分传。
强者为尊该让我，英雄只此敢争先。"

佛祖听言，呵呵冷笑道："你那厮乃是个猴子成精，怎敢欺心，要夺玉皇上帝尊位？他自幼修持，苦历过一千七百五十劫，每劫该十二万九千六百年，你算他该多少年数，方能享受此无极大道？你那个初世为人的畜生，如何出此大言？不当人子，不当人子！折了你的寿算。趁早皈依,切莫胡说!但恐遭了毒手,性命顷刻而休,可惜了你的本来面目。"大圣道:"他虽年劫修长,也不应久住在此。常言道:'皇帝轮流做,明年到我家。'只教他搬出去,将天宫让与我便罢了;若还不让,定要搅攘,永不清平!"佛祖道:"你除了长生变化之法,再有何能,敢占天宫胜境?"大圣道:"我的手段多哩。我有七十二般变化,万劫不老长生,会驾筋斗云,一纵十万八千里。如何坐不得天位?"佛祖道:"我与你打个赌赛:你若有本事,一筋斗打出我这右手掌中,算你赢,再不用动刀兵、苦争战,就请玉帝到西方居住,把天宫让你;若不能打出手掌,你还下界为妖,再修几劫,却来争吵。"

那大圣闻言,暗笑道:"这如来十分好呆!我老孙一筋斗去十万八千里,他那手掌方圆不满一尺,如何跳不出去?"急发声道:"既如此说,你可做得主张?"佛祖道:"做得,做得!"伸开右手,却似个荷叶大小。那大圣收了如意棒,抖擞神威,将身一纵,站在佛祖手心里,却道声:"我出去也!"你看他一路云光,无影无形去了。佛祖慧眼观看,见那猴王风车子一般相似不住,只管前进。大圣行时,忽见有五根肉红柱子,撑着一股青气。他道:"此间乃尽头路了,这番回去,如来作证,灵霄宫定是我坐也。"又思量说:"且住。等我留下些记号,方好与如来说话。"拔下一根毫毛,吹口仙气,叫:"变!"变作一管浓墨双毫笔,在那中间柱子上写一行大字云:"齐天大圣,到此一游。"写毕,收了毫毛。又不庄尊,却在第一根柱子根下撒了一泡猴尿。翻转筋斗云径回本处,站在如来掌内,道:"我已去,今来了。你教玉帝让天宫与我。"如来骂道:"我把你这个尿精猴子!你正好不曾离了我掌哩！"大圣道："你是不知。我去到天尽头，见五根肉红柱撑着一股青气，我留个记在那里，你敢和我同去看么？"如来道："不消去，你只自低头看看。"那大圣睁圆火眼金睛，低头看时，原来佛祖右手中指写着"齐天大圣，到此一游"，大指丫里还有些猴尿臊气。大圣吃了一惊道："有这等事！有这等事！我将此字写在撑天柱子上，如何却在他手指上？莫非有个未卜先知的法术？我决不信！不信！等我再去来！"好大圣，急纵身，又要跳出，被佛祖翻掌一扑，把这猴王推出西天门外。将五指化作金、木、水、火、土五座联山，唤名五行山，轻轻的把他压住。众雷神与阿傩、迦叶一个个合掌称扬道："善哉，善哉！"

> 当年卵化学为人，立志修行果道真。
> 万劫无移居胜境，一朝有变散精神。
> 欺天罔上思高位，凌圣偷丹乱大伦。
> 恶贯满盈今有报，不知何日得翻身。

如来佛祖殄灭了妖猴，即唤阿傩、迦叶同转西方极乐世界。时有天蓬、天佑急出灵霄宝殿，道："请如来少待，我主大驾来也。"佛祖闻言，回首瞻仰。须臾，果见八景鸾舆，九光宝盖，声奏玄歌妙乐，咏哦无量神章，散宝花，喷真香，直至佛前谢曰："多蒙大法收灭妖邪，望如来少停一日，请诸仙做一会筵奉谢。"如来不敢违悖，即合掌谢道："老僧承大天尊宣命来此，有何法力？还是天尊与众神洪福，敢劳致谢？"玉帝传旨，即着雷部众神分头请三清四御、五老六司、七元八极、九曜十都、千真万圣，来此赴会，同谢佛恩；又命四大天师、九天仙女，大开玉京金阙、太玄宝宫、洞阳玉馆，请如来高座七宝灵台，调设各班坐位，安排龙肝凤髓，玉液蟠桃。

不一时，那玉清元始天尊、上清灵宝天尊、太清道德天尊、五炁真君、五斗星君、三官四圣、九曜真君、左辅右弼、天王、哪吒、玄虚一应灵通，对对旌旗，双双幡盖，都捧着明珠异宝、寿果奇花，向佛前拜献曰："感如来无量法力，收伏妖猴。蒙大天尊设宴呼唤，我等皆来陈谢。请如来将此会立一名，如何？"如来领众神之托曰："今欲立名，可作个'安天大会'。"各仙老异口同声，俱道："好个'安天大会'！好个'安天大会'！"言讫，各坐座位，走斝传觞，簪花鼓瑟，果好会也！有诗为证：

宴设蟠桃猴搅乱，安天大会胜蟠桃。
龙旗鸾辂祥光蔼，宝节幢幡瑞气飘。
仙乐玄歌音韵美，凤箫玉管响声高。
琼香缭绕群仙集，宇宙清平贺圣朝。

众皆畅然喜会。只见王母娘娘引一班仙子、仙娥、美姬、毛女，飘飘荡荡，舞向佛前，施礼曰："前被妖猴搅乱蟠桃嘉会，请众仙众佛俱未成功。今蒙如来大法练锁顽猴，喜庆安天大会，无物可谢，今是我净手亲摘大株蟠桃数颗奉献。"真个是：

> 半红半绿喷香雾，艳丽仙根万载长。
> 堪笑武陵源上种，争如天府更奇强。
> 紫纹娇嫩寰中少，缃核清甜世莫双。
> 延寿延年能易体，有缘食者自非常。

佛祖合掌向王母谢讫。王母又着仙姬仙子唱的唱，舞的舞。满会群仙，又皆赏赞。正是：

> 缥缈天香满座，缤纷仙蕊仙花。玉京金阙大荣华，异品奇珍无价。对对与天齐寿，双双万劫增加。桑田沧海任更差，他自无惊无讶。

王母正着仙姬仙子歌舞，觥筹交错。不多时，忽又闻得：

> 一阵异香来鼻嗅，惊动满堂星与宿。
> 天仙佛祖把杯停，各各抬头迎目候。
> 霄汉中间现老人，手捧灵芝飞蔼绣。
> 葫芦藏蓄万年丹，宝篆名书千纪寿。
> 洞里乾坤任自由，壶中日月随成就。
> 遨游四海乐清闲，散淡十洲容辐辏。
> 曾赴蟠桃醉几遭，醒时明月还依旧。
> 长头大耳短身躯，南极之方称老寿。

寿星又到，见玉帝礼毕，又见如来，申谢曰："始闻那妖猴被老君引至兜率宫煅炼，以为必致平安，不期他又反出。幸如来善伏此怪，设宴奉谢，故此闻风而来。更无他物可献，特具紫芝瑶草、碧藕金丹奉上。"诗曰：

> 碧藕金丹奉释迦，如来万寿若恒沙。
> 清平永乐三乘锦，康泰长生九品花。
> 无相门中真法主，色空天上是仙家。
> 乾坤大地皆称祖，丈六金身福寿赊。

如来忻然领谢。寿星就座。依然走斝传觞。只见赤脚大仙来至，向玉帝前俯囟礼毕，又对佛祖谢道："深感法力，降伏妖猴。无物可以表敬，特具交梨二颗、火枣数枚奉献。"诗曰：

> 大仙赤脚枣梨香，敬献弥陀寿算长。
> 七宝莲台山样稳，千金花座锦般妆。
> 寿同天地言非谬，福比洪波话岂狂。
> 福寿如期真个是，清闲极乐那西方。

如来又称谢了，叫阿傩、迦叶将各所献之物一一收起，方向玉帝前谢宴。众各酩酊。只见个巡视灵官来报道："那大圣伸出头来了。"佛祖道："不妨，不妨。"袖中只取出一张帖子，上有六个金字："唵嘛呢叭咪吽"。递与阿傩,叫贴在那山顶上。这尊者即领帖子,拿出天门,到那五行山顶上,紧紧的贴在一块四方石上。那座山即生根合缝,可运用呼吸之气,手儿爬出可以摇挣。阿傩回报道:"已将帖子贴了。"

如来即辞了玉帝众神,与二尊者出天门之外,又发一个慈悲心,念动真言咒语,将五行山,召一尊土地神祇,会同五方揭谛,居住此山监押。但他饥时,与他铁丸子吃;渴时,与他熔化的铜汁饮。待他灾愆满日,自有人救他。正是:

> 妖猴大胆反天宫,却被如来伏手降。
> 渴饮熔铜捱岁月,饥餐铁弹度时光。
> 天灾苦困遭磨折,人事凄凉喜命长。
> 若得英雄重展挣,他年奉佛上西方。

又诗曰:

> 伏逞豪强大势兴,降龙伏虎弄乖能。
> 偷桃偷酒游天府,受箓承恩在玉京。
> 恶贯满盈身受困,善根不绝气还升。
> 果然脱得如来手,且待唐朝出圣僧。

毕竟不知向后何年何月方满灾殃,且听下回分解。

威廉·莎士比亚

(William Shakespeare, 1564—1616)

威廉·莎士比亚

　　根据英国皇家宫廷娱乐记录,莎士比亚的《暴风雨》于1611年11月1日由国王剧团首次为詹姆斯一世及其宫廷演出;1613年2月再度搬上舞台;而其首次印书成册则在1623年,是莎士比亚的最后一部戏剧,也是他艺术和思想均臻于成熟的作品。在莎士比亚自己的年代,人们一致认为这是一部悲喜剧(tragicomedy)。但在1877年,爱德华·道登把莎士比亚从1607年至1613年间创作的四部作品(《泰尔亲王佩力克里斯》《辛白林》《冬天的故事》和《暴风雨》)统统视为"传奇剧"(romance),主要是根据剧中反复出现的题材和处理这些题材的手法来断定的。按照古希腊传奇剧的体裁,它首先必须是一个爱情故事;人物出身贵族;剧情具有超自然因素;有奇幻或异国情调以及其他非现实的成分;结局以矛盾的调和为主。《暴风雨》剧情并不复杂,描写了米兰达和腓迪南之间的爱情，普洛斯佩罗与其两位仆人爱丽儿和卡利班之间的冲突，这三个情节线分别由三个戏剧景观展现出来，也即消失的宴会、古典女神的假面舞会和三个酒鬼的招摇过市。故事的背景是一座被施了魔法的小岛，不可思议的或不合理性的事情频繁发生，包括开场时的暴风雨、米兰达与腓迪南的奇遇、其他人物莫名其妙地睡着或身体动弹不得或精灵显身等。结局包括多方的和解：米兰达与腓迪南的订婚，死者生还，普洛斯佩罗流放多年后复得爵位等。所有这些无疑证明《暴风雨》符合传奇剧的基本定义。

莎士比亚的大多数剧作都借用其他作家的情节，再根据自己的想象和舞台表演的需要进行改造，此称作"来源"问题。《暴风雨》是他少数几部没有"文学来源"问题的剧作之一，尽管一些批评家试图将其与维吉尔的《埃涅阿斯纪》和古希腊神话《美狄亚》加以比较，但多是人物刻画上的相似。有些批评家把《暴风雨》视为一部田园剧（pastoral drama），从中看到了《科马斯》和《仙后》的影子。但就故事情节和反映的主题思想而言，《暴风雨》与美洲新大陆的发现和各种航海纪行有着千丝万缕的联系，因此可以视之为与航海探险相关的一部文学作品。尽管有些批评家和学者对这一"来源"持否定态度（如威尔逊和梁实秋），但莎士比亚尽最大的想象力要把他剧中的岛建在"旧大陆"，这似乎说明他对新大陆的发现、百慕大沉船事件等新闻也有几分兴趣，但并不满足于此，而要用自己的创造将其改造成传世杰作。《暴风雨》与航海文学之间的密切关联便由此确立起来。持这种观点的人主要有以下三个依据。

首先，1609 年 5 月，托马斯·盖茨爵士和乔治·索默斯爵士率领由九只船组成的一支舰队，载着五百名殖民者，开往新大陆增援约翰·史密斯统治的弗吉尼亚殖民地。7 月 25 日，一场暴风雨把舰队吹散，盖茨和索默斯所在的"海上探险号"漂流到百慕大群岛，被夹在两块岩石之间，无法前行，船员们被迫上岸，直到 1610 年 5 月 23 日，盖茨及其船员才安全抵达弗吉尼亚的詹姆斯敦。沉船的消息在 1609 年年底就传到了英国，"海上探险号"沉没，但全体船员安全脱险，他们在岛上的奇异经历感动了整个英国，描述这次事件的报道纷纷扬扬。鉴于莎士比亚一向对航海非常感兴趣，而且与舰队隶属的弗吉尼亚公司的两名重要股东南汉普顿伯爵和潘布洛克伯爵交往甚密，因此无疑知道这次事件的发生。1808 年，马龙第一次提出《暴风雨》的故事来自描述百慕大沉船事件的一些小册子。

其次，来自新大陆的消息和旅游文学也滋养了《暴风雨》的想象力。尤其是剧中关于自然力和黄金时代的描写，关于正义和慈悲、人的堕落和救赎以及人对自然的操控等问题的思考，都是《暴风雨》的主题，也是当时的旅游文学所关注的话题。雅各宾时代最重要的游记作家撒母耳·普尔查斯不但在游记中呈现了陌生国度的风俗状貌，而且以古典航海探险为背景深入探讨了现代航海探险和殖民化的神学意义和道德意义：远洋探险被看成一项光荣神圣的事业；德雷克被比作摩西；土著居民是未开化的野人，尽管属于黄金时代的社会；以及新大陆生态的纯洁。弗吉尼亚公司发表的所谓《真正的宣言》甚至宣称剥夺土著居民的权利是合法的："不能信任这些人兽的忠诚。"这种尖刻恶毒的措辞并未真正反映英国初期殖民者的坚强和傲慢，反而掩盖着他们对疾病、饥饿、印第安人的袭击、西班牙人的抵抗等的恐惧。到莎士比亚写《暴风雨》的时候，一些实际参与殖民化的人已经开始了一种人道主义的反思：值得冒如此大的风险甚至犯下罪孽去换取新大陆的果实吗？这种态度在《暴风雨》中的表白可谓淋漓尽致。

最后，《暴风雨》的真正主题是建立一个"新世界"，也即托马斯·莫尔以"乌托邦"命名的理想社会，这个社会的最重要原则就是财产公有化，其背后不乏新大陆的发现者哥伦布要与土著居民共享财产的思想。在《暴风雨》中，这种新社会秩序的代言人是冈萨罗：他勘察了小岛，产生了建立共同体的想法，所有人平等相处，天真、纯洁，自然供给他们充足的食物和物品，无须痛苦的劳动或劳役（第二幕第一场）。与此相并行或对比的是对卡利班的描写，一般认为这个人物反映了莎士比亚对北美、南美和西印度群岛土著居民即印第安人的态度。自1492年哥伦布发现新大陆以来，欧洲探险者几乎都从宗教、政治和技术的观点出发，认为美洲印第安人是"野人""食人者"，而忽视了印第安人的艺术、美和独特的生活方式，尤其是他们的纯洁、无辜和与自然的合一。法国思想家蒙田专门为此写了一篇脍炙人口的文章《论食人者》，文中描述了"一个没有任何行业的国家。那里不识文字，不晓算术，不存官吏，不设官职，不使奴仆，不分穷富，不订契约，不继遗产，不分财富，不事劳作而只享清闲，不论亲疏而只尊重众人，不见金属也不用酒麦。谎言、背叛、掩饰、吝啬、嫉妒、中伤、原谅等字眼，一概闻所未闻"。他觉得那个部族里"没有任何的不开化或野蛮，除非人人都把不合自己习惯的东西称为野蛮"。这里，蒙田对新世界里"野人"的认识和对殖民者的批判不言而喻，尽管他只代表了少数的欧洲思想家。《暴风雨》对"野人"卡利班的处理并未显示出美洲印第安人的明显特征，但从土著人受到殖民者奴役的角度参与了当时所谓"文明"与"野蛮"的争论。而所有这些话题都是与中世纪以来人们热衷的航海旅行和大陆开发不可分割的。

关于"来源"问题的探讨无疑为《暴风雨》以及莎氏其他剧作的研究增添了一个不同的视角，而且是比其他视角更能体现莎士比亚想象力和创造力的一个视角。我们不仅看到了一个伟大的剧作家对现实社会的关注（不仅仅取材于现存的传奇或故事），看到了他对社会正义的理解和对社会非正义的批判，而且看到了他的艺术才华在现实基础上的真正升华。如果说《哈姆雷特》代表了他对古典题材的天才改写，那么，《暴风雨》就是他成熟的艺术才能的最终体现。

陈永国 / 文

参考文献

Bloom's Shakespeare Through the Ages: The Tempest, edited and with an introduction by Harold Bloom, Bloom's Literary Criticism by Infobase Publishing, 2008.

Faith Nostbakken, *Understanding The Tempest: A Student Casebook to Issues, Sources, and Historical Documents*, Westport, Connecticut and London: Greenwood Press, 2004.

The Tempest, edited by Frank Kermode, Cambridge, MA: Harvard University Press, 1958.

暴风雨

朱生豪 译

剧中人物

阿隆索	那不勒斯王
塞巴斯蒂安	阿隆索之弟
普洛斯佩罗	旧米兰公爵
安东尼奥	普洛斯佩罗之弟,篡位者
腓迪南	那不勒斯王子
冈萨罗	正直的老大臣
阿德里安	侍臣
弗朗西斯科	侍臣
卡利班	野性而丑怪的奴隶
特林库洛	弄臣
斯蒂芬诺	酗酒的膳夫

船长

水手长

众水手

米兰达　　　普洛斯佩罗之女

爱丽儿　　　缥缈的精灵

伊里斯[①]　　由精灵们扮演

刻瑞斯　　　由精灵们扮演

朱诺[②]　　　由精灵们扮演

众水仙女　　由精灵们扮演

众收割人　　由精灵们扮演

其他侍候普洛斯佩罗的精灵们

地　点

海上，船上，后岛上

---

① 希腊神话中的彩虹女神和诸神的信使。
② 希腊罗马神话中的天后。

第一幕

第一场　在海中的一只船上
暴风雨和雷电

（船长及水手长上。）

船长　水手长！

水手长　有，船长。什么事？

船长　好，对水手们说：出力，手脚麻利点儿，否则我们要触礁了。出力，出力！（下。）

（众水手上。）

水手长　喂，弟兄们！出力，出力，弟兄们！赶快，赶快！收起中桅帆！留心着船长的哨子。——尽你吹着怎么大的风，只要船儿掉得转头，就让你去吹吧！

（阿隆索、塞巴斯蒂安、安东尼奥、腓迪南、冈萨罗及余人等上。）

阿隆索　好水手长，小心哪。船长在哪里？勇敢点！

水手长　我请你们下去。

安东尼奥　老大，船长在哪里？

水手长　你没听见他吗？你们妨碍了我们的工作。好好待在舱里吧；你们简直是跟风浪一起来和我们作对。

冈萨罗　哎，好兄弟，别发脾气呀！

水手长　你叫大海不要发脾气吧。走开！这些波涛哪里管得了什么国王？到舱里去，安静些！别给我们添麻烦。

冈萨罗 好，但是请记住这船上载的是什么人。

水手长 随便什么人我都不放在心上，我只管我自个儿。你是堂堂的枢密大臣，要是你有本事命令风浪静下来，好让大家都平安，那么我们愿意从此不再干这拉帆收缆的营生了。使出你的权威来！要是你不能，那么还是谢谢上天让你活得这么长久，赶快钻进你的舱里去，等待着万一会到来的厄运！——出力啊，好弟兄们！——快给我走开！（下。）

冈萨罗 这家伙给我很大的安慰。我觉得他脸上一点没有命该淹死的记号；他的相貌活是一副要上绞架的神气。慈悲的命运之神，一定要绞死他！让绞死他的绳索作为我们的锚缆，因为我们的锚缆全然抵不住风暴！如果他不是命该绞死的，那么我们就倒霉了！（与众人同下。）

（水手长重上。）

水手长 把中桅放下来！赶快！再低些，再低些！把大桅横帆张起来试试看。（内呼声）遭瘟的，喊得这么响！竟然压过了风暴的怒吼和我们的号令。

（塞巴斯蒂安、安东尼奥、冈萨罗重上。）

水手长 又来了？你们到这儿来干什么？我们干脆罢手，一起淹死了好不好？你们想要淹死是不是？

塞巴斯蒂安 但愿你的喉咙长出水痘来，你这大喊大叫、出口伤人、没有心肝的狗东西！

水手长　那么你来，好不好？

安东尼奥　该死的狗东西！你这下流的、骄横的、喧哗的东西，我们才不像你那样害怕淹死呢！

冈萨罗　我担保他一定不会淹死；尽管这船不比果壳更坚牢，水漏得像一个浪荡的娘儿们一样。

水手长　顶风行驶，顶风行驶！扯起两面大帆来！驶向大海，避开陆地。

（众水手浑身淋湿上。）

众水手　一切都完了！祈祷上天吧！祈祷上天吧！什么都完了！（下。）

水手长　怎么，我们非淹死不可吗？

冈萨罗　国王和王子正在祈祷。让我们帮着他们一起祈祷吧，反正大家的处境都一样。

塞巴斯蒂安　我简直失去了耐心。

安东尼奥　一帮醉汉们骗取了我们的性命。——这个大嘴巴的恶徒！你要是淹死了，你的尸体肯定会被海浪冲打十次[①]！

冈萨罗　即使每一滴水都发誓不同意，而是想要把他一口吞下去，他也要被绞死的。

（幕内嘈杂的呼声——"可怜我们吧！""我们遭难了！我们遭难了！"——"再会，我的妻子！我的孩儿！""再会吧，兄弟！"——"我们

[①]　当时英国海盗被判绞刑后，在海边执行：尸体须经海潮冲打三次后，才许收殓。

遭难了！我们遭难了！我们遭难了！"）

安东尼奥　让我们大家跟国王一起沉没吧！（下。）

塞巴斯蒂安　让我们去和他告别一下。（下。）

冈萨罗　现在我真愿意用千顷的海水来换得一亩荒地；草莽荆棘，什么都好。照上天的旨意行事吧！但是我倒宁愿死在陆地上。（下。）

第二场　岛上
普洛斯佩罗所居洞室之前

（普洛斯佩罗及米兰达上。）

米兰达　我亲爱的父亲，假如是你施展了法术，驱使狂暴的海水兴起了这场风浪，那就请你将它平息吧！天空似乎要倒下发臭的沥青来，但是腾起的海水冲到了苍天的脸上，浇熄了火焰。唉！我看着那些受难的人，我也和他们同样受难：这样一只壮观的大船一下子便撞得粉碎，里面一定载着好多尊贵的人！啊，呼号的声音一直打进我的心坎。可怜的人们，他们死了！要是我是一个掌握魔力的天神，我一定要叫大海沉入地下，不让大海吞没这只好船和它所载着的人们。

普洛斯佩罗　安静些，不要大惊小怪！告诉你那颗仁慈的心，一点灾祸都不会发生。

米兰达　唉，不幸的日子！

普洛斯佩罗　不要紧的。凡我所做的事，无非是为你打算，我的宝贝！我的女儿！你不知道你是什么人，也不知道我从什么地方来；你也不会想到我比普洛斯佩罗更出名，我不光是你的父亲，一个寒碜的洞窟的主人。

米兰达 我从来不曾想到要知道得更多一些。

普洛斯佩罗 现在是时候了，我应该告诉你更多的事情。帮我脱下我的法衣。好，（放下法衣。）躺在那里吧，我的法术！——揩干你的眼睛，放心吧！这场凄惨的沉舟景象激起了你的同情心，我运用我的法术妥善安排了一切：你听见他们呼号，看见他们沉没，但是船上没有一个人会送命，即使随便什么人的一根头发也不会损失。坐下来，你必须知道更多的情况。

米兰达 你总是这样，刚准备对我说我是什么人，便会突然住口。对于我的探问，你总是无动于衷，只是回答一句"且慢，时机还没有到"。

普洛斯佩罗 现在时机已经到了，就在这一分钟你要竖起耳朵仔细听。乖乖地听着吧。你记得在我们来到这里之前的情形吗？我想你不会记得，因为那时你还不过三岁。

米兰达 我当然记得，父亲。

普洛斯佩罗 你怎么会记得？什么房屋？或是什么人？无论你的大脑留下了什么印象，统统告诉我。

米兰达 那是很遥远的事了；它不像是记忆所证明的事实，倒更像是一个梦。不是曾经有四五个女人服侍过我吗？

普洛斯佩罗 是的，而且还不止这么多，米兰达。但是这怎么会留在你的脑中呢？那么久远的事情你怎么还记得呢？要是你记得你来这里以前的情形，那么也许你也能记得你怎样来到了这里。

米兰达　但是我不记得了。

普洛斯佩罗　十二年前，米兰达，十二年前，你的父亲是米兰的公爵，并且是一个有权有势的国君。

米兰达　父亲，你不是我的父亲吗？

普洛斯佩罗　你的母亲是一位贤德的妇人，她说你是我的女儿；你的父亲是米兰公国的公爵，他唯一的嗣息就是你，一位堂堂的郡主。

米兰达　天啊！我们遭到了什么奸谋才离开那里呢？离开那里是一桩幸事吗？

普洛斯佩罗　是啊，都是啊，我的孩儿。如你所说的，我们是因为遭到了奸谋才离开了那里，幸而我们漂流到了这里。

米兰达　唉！我肯定给你带来了种种的麻烦，只是我不记得了，可是我一想到这些，心里就难过得很。父亲，请你讲下去。

普洛斯佩罗　我的弟弟，也就是你的叔父，名叫安东尼奥。听好，世上真有这样奸恶的兄弟！除了你之外，他就是我在世上最爱的人了，我把国事都托付他管理。那时候米兰在列邦中称雄，普洛斯佩罗是最出名的公爵，威名远播，在学问艺术上更是一时无双。我因为专心研究，便把国事交给了我的弟弟，自己则不闻不问，只管沉溺在魔法的研究中。你那坏心肠的叔父——你在听我说话吗？

米兰达　我在聚精会神地听着，父亲。

普洛斯佩罗　学会了怎样接受或驳斥臣民的诉愿，应该提拔谁，谁因为升迁太快而应当加以贬抑；把我手下的人重新封叙，迁调的迁调，改用的改用；大权在握，使国中所有的人都听从他的好恶。他简直成为一株常春藤，掩蔽了我参天的巨干，并且吸收去我的精华——你不在听吗？

米兰达　啊，好父亲！我在听着。

普洛斯佩罗　我请你仔细听好。我这样遗弃了俗务，在幽居生活中修身养性，一心一意钻研这一门学问。我那位虚情假意的弟弟却萌生了恶念。正像善良的父母好心没有得到好报一样，我对他的信任没有一丝一毫的保留，而他却对我百般欺瞒。他就这样做了一国之主，不但掌握了岁入的财源，而且更僭用我的权力大肆搜刮。他置事实于不顾，自欺欺人，昧着良心编造谎言，他俨然以为自己便是一个不折不扣的公爵。尽管他是代我执政，但是他却享受种种的特权，完全大权在握：他的野心逐渐膨胀起来——你在不在听我说话？

米兰达　父亲，你的故事能把聋子治好。

普洛斯佩罗　他是代我执政，只是行使我的权威，这中间毕竟隔着一道屏障；他自然希望撤除这道屏障，使自己成为米兰大权独揽的主人。而我一个可怜的人，书斋便是我的公国，他以为我已没有能力处理政事。因为一心觊觎着王位，他便和那不勒斯王勾结，甘愿每年纳贡称臣。唉，可怜的米兰！竟然蒙受了这样的耻辱！

米兰达　天哪！

普洛斯佩罗　听我告诉你他所缔结的条款，以及此后发生的事情。他竟然是我的弟弟。

米兰达　贤惠的女人也会生出不肖之子。我冒出这样的念头真是罪过啊，因为我的祖母是个高贵的人。

普洛斯佩罗　现在要说到这条约了。这位那不勒斯国王是我不共戴天的仇人，他欣然答应了我弟弟的要求；那就是说以称臣纳贡作为交换的条件，我也不知要纳多少贡金。他立刻把我和你撵出了公国，而把美好的米兰和一切荣誉全部赏给了我的弟弟。在命中注定的某一个夜晚，不义之师在半夜时分悄悄开来，安东尼奥打开了米兰的国门；在寂静的深夜，阴谋的执行者便把我和哭泣着的你赶走。

米兰达　唉！太惨了！我记不起那时我是怎样地哭泣，可是我又要哭了，一想起这件事我就禁不住想哭。

普洛斯佩罗　你再听我讲下去　我就会让你明白我们现在的遭遇；否则这故事便一点不相干了。

米兰达　那时他们为什么不杀我们呢？

普洛斯佩罗　问得不错，孩子，谁听了我的故事都会这么问。亲爱的，他们没有这个胆量，因为我的人民十分爱戴我，而且他们也不敢在这件事情上留下血腥的印迹；他们希望用更好看的颜色来粉饰他们的恶毒狠心。一句话，他们把我们押上船，然后划到了十几英里以外的海面；他们在那边已经预备好一只破船，帆篷、缆索和桅樯什么都没有，就是一只老鼠见了都会马上弃之不顾。他们把我们推到这只破船上。我们对着汹涌的大海呼号，望着迎面的狂风悲叹；同情的海风陪着我们叹息，反而增添了我们的危险。

米兰达　唉，那时我定是你最大的累赘！

普洛斯佩罗　啊，你是个小天使，幸亏有你我才没有绝望而死！我对着大海伤心地流泪，发出痛苦的呻吟，而你却向我露出了微笑，你的笑容充满了上天赋予你的坚忍；我因此抖擞了精神，决心面对一切接踵而来的灾祸。

米兰达　我们怎样上的岸？

普洛斯佩罗　靠着上帝的保佑，我们带了一些食物和淡水，那是一个高贵的那不勒斯人冈萨罗送给我们的，当时他受命执行这个阴谋。另外他还给我们送了外套、衬衣、布料和各种生活用品，这些可帮了我们的大忙。他是个好心的人，他知道我喜欢书，把我的藏书看得比我的公国更为重要。他因此从我的书斋里搬了很多书给我。

米兰达　我真想见一见这个人！

普洛斯佩罗　现在我要起来了。（把法衣重新穿上）静静地坐着，听我讲完我们海上悲惨的遭遇。后来我们到达了这个岛上，我在这里亲自担任你的教师，从而让你学到了比别的公主更多的知识，因为她们大多虚度光阴，而且他们的老师也绝不会这样尽心尽责。

米兰达　真的感谢你！现在请告诉我，父亲，为什么你要兴起这场风浪？因为我的心中仍是惊疑不定。

普洛斯佩罗　听我说下去。真是造化弄人，慈悲的命运女神已经引导我的仇人来到了这个岛上。我借着法术算出我在升至命运的顶点，要是我轻易放过了这个机会，我的一生将再没有出头的希望。别再多问了，你都快睡着了；肯定是乏了。我知道你身不由己。（米兰达睡。）出来，仆人，出来！我已经预备好了。过来，我的爱丽儿，来吧！

（爱丽儿上。）

爱丽儿　祝福你，尊贵的主人！威严的主人，祝福你！我来听候你的旨意。无论在空中飞也好,在水里游也好,向火里钻也好,腾云驾雾也好,只要你一声令下,爱丽儿都将全力以赴。

普洛斯佩罗 精灵,你有没有完全按照我的命令调动那场风暴?

爱丽儿 桩桩件件都没有忘。我登上了国王的船只;我变作一团滚滚的火球,一会儿在船头上,一会儿在船腰上,一会儿在甲板上,一会儿在船舱中,我弄得他们不知所措。有时我分身在各处烧起火来,中桅、帆桁和斜桅上都同时燃烧起来;然后我聚拢各处的火势,即使是天神的闪电,震雷的可怕,也没有这样迅猛炫目;烈火和爆炸似乎在围攻那威风凛凛的海神,使他的怒涛不禁颤抖,使他手里那把可怕的三叉戟不禁摇晃。

普洛斯佩罗 我勇敢的精灵!谁能这样坚定、这样镇静,在如此的骚乱中不失理智呢?

爱丽儿 没有一个人不是发疯似的铤而走险。除了水手们之外,所有的人都逃出火光融融的船只,跳入汹涌澎湃的大海。王子腓迪南第一个跳入水中,他的头发像海草似的乱成一团;他高呼着:"地狱敞开了大门,所有的魔鬼都来了!"

普洛斯佩罗 啊,那真是我的好精灵!是不是靠近海岸呢?

爱丽儿 就在海岸边,主人。

普洛斯佩罗 他们都没有送命吧,爱丽儿?

爱丽儿 毫发无损,他们身上的衣服也没有一点污迹,反而比以前更干净了。照着你的命令,我把他们分散在这个岛上。我让国王的儿子独自上了岸,把他留在岛上一个偏僻的所在,让他悲伤地绞着两臂，坐在那儿长吁短叹。

普洛斯佩罗 告诉我，国王所在的船只上的水手们，还有其余的船只，这些你是怎么处理的？

爱丽儿 国王的船只安全地停泊在海港里；你曾经在半夜里把我叫醒，打发我去采集永远为波涛冲打的百慕大群岛上的露珠，船便藏在那个地方。那些水手在精疲力竭之后，我已经用魔术使他们昏睡过去，现今都躺在舱口底下。其余的船舶我把它们分散之后，已经重又会合，现今在地中海上；他们以为他们看见国王的船已经沉没，国王已经溺死，因而都失魂落魄地驶回那不勒斯去了。

普洛斯佩罗 爱丽儿，你的差事干得丝毫不差，但是还有些事情要你做。现在是什么时候了？

爱丽儿 中午已经过去。

普洛斯佩罗 至少已经过去了两个钟头。从现在起到六点钟，我们两人必须好好利用这段时间。

爱丽儿 还有繁重的工作吗？你既然这样麻烦我，我就不得不提醒你，你曾对我许下的诺言还没有履行。

普洛斯佩罗 怎么了！生气了？你要什么？

爱丽儿 我的自由。

普洛斯佩罗 在限期未满之前吗？别再说了！

爱丽儿 请你想想我怎样为你尽力服务过；我不曾对你撒过一次谎，不曾犯过一次错，侍候你的时候不曾发过一句怨言；你曾经答应过我缩短一年的期限。

普洛斯佩罗　你忘记了我把你救出来是经历了怎样的磨难吗?

爱丽儿　不曾。

普洛斯佩罗　你一定忘记了,因而才会以为踏着海底的淤泥,穿过凛洌的北风,在霜冻季节在地下为我奔走,便是了不得的辛苦了。

爱丽儿　我并没有忘记,主人。

普洛斯佩罗　你说谎,你这坏蛋!你忘了那个恶女巫赛考拉克思吗?她因为年老和嫉妒,已经变得全身佝偻——你把她忘了吗?

爱丽儿　没有,主人。

普洛斯佩罗　你一定已经忘了。她在哪儿出生的?告诉我。

爱丽儿　在阿尔及尔,主人。

普洛斯佩罗　噢!是在阿尔及尔吗?我必须每个月向你复述一次你的来历,要不然你便会忘记。这个万恶的女巫赛考拉克思,作恶多端,她的妖法没有人听了不害怕,所以她被逐出阿尔及尔;因为她曾经做过一件好事,他们才没有杀死她。是不是?

爱丽儿　是的,主人。

普洛斯佩罗　这个眼圈发青的妖妇被押到这儿来的时候正怀着孕;水手们把她丢弃在这座岛上。你,我的奴隶,据你自己说那时是她的仆人,因为你是个太柔弱的精灵,不能奉行她那些粗暴而邪恶的命令,因此违拗了她的意志,她在一阵暴怒中借助于她那些更为歹毒的妖役,把你幽禁在一株坼断的松树中。在松树的裂缝里你度过了十二年痛苦的岁月;后来她死了,你便一直留在那儿,像急速拍打的水车轮呻吟不已。那时这岛上除了她所生的儿子,一个浑身斑痣的妖妇贱种之外,一个人都没有。

爱丽儿　不错,那是她的儿子卡利班。

普洛斯佩罗　那个卡利班是个蠢货,现在被我收留做苦役。你当然知道得十分清楚,那时我发现你处在怎样的苦难中,你的呻吟能让豺狼哀号,你的呻吟口气能让狂暴的狗熊痛不欲生。那是一种沦于永劫的苦难,就是赛考拉克思也没有法子把你解脱;后来我到了这个岛上,听见了你的呼号,才用法术劈开了那株松树,把你放了出来。

爱丽儿　我感谢你,主人。

普洛斯佩罗　假如你要再多话,我就劈开一株橡树把你钉在多节的内心,让你再呻吟十二个冬天。

爱丽儿　饶恕我,主人,我愿意听从命令,好好执行你的差使。

普洛斯佩罗　好吧,你若好好办事,两天之后我还你自由。

爱丽儿　真是我的好主人!你要做什么?告诉我你要我做什么?

普洛斯佩罗　去把你自己变成一个海中的仙女,除了我之外不要让别人的眼睛看见你。去,装扮好了再来。去吧,用心一点!(爱丽儿下。)醒来,心肝,醒来!你睡得这么熟,醒来吧!

米兰达　(醒)你那奇异的故事使我昏沉睡去。

普洛斯佩罗　清醒一下。来,我们要去看看我的奴隶卡利班,他是从来不曾有过一句好话回答我们的。

米兰达　那是个恶人,父亲,我不高兴看见他。

普洛斯佩罗　虽然这样说,我们也缺不了他:他给我们生火,给我们捡柴,为我们做了不少有用的工作——喂,奴才!卡利班!你这泥块!哑了吗?

卡利班 (在内)里面木头已经够用了。

普洛斯佩罗 我要你出来,还有别的事情要你做。出来,你这乌龟!还不来吗?

(爱丽儿重上,作水中仙女的形状。)

普洛斯佩罗 出色的精灵!我伶俐的爱丽儿,凑近你的耳朵来。(耳语。)

爱丽儿 主人,一切照你的吩咐。(下。)

普洛斯佩罗 你这恶毒的奴才,魔鬼和恶奴所生的野种,给我滚出来!

(卡利班上。)

卡利班 但愿我那老娘用乌鸦毛从污秽的沼泽刮来的毒露一齐倒在你们两人身上!但愿一阵西南的恶风把你们吹得浑身都起水疱!

普洛斯佩罗 既然你这样出言不逊,今夜肯定叫你腰刺痛,浑身抽筋喘不过气来;精灵们会想法折磨你,把你刺得浑身像蜂窠一样,每刺一下都要比蜂刺更疼。

卡利班 我必须吃饭。这岛是我老娘赛考拉克思传给我的,但却被你夺了去。你刚来的时候,抚拍我,待我好,给我有浆果的水喝,教给我白天的大光叫什么名字,晚上的小光叫什么名字:因此我以为你是个好人,把这岛上所有的宝藏都指点给你知道,什么地方是清泉,什么地方是盐井,什么地方是荒地,什么地方是肥田。我真该死,让你知道这一切!但愿赛考拉克思一切的符咒、癞蛤蟆、甲虫、蝙蝠都降临在你的身上！本来我可以自称为王，现在却要做你的唯一的奴仆；你把我禁锢在这堆岩石中，而把整个岛给你自己受用。

普洛斯佩罗　满嘴扯谎的贱奴！好心肠不能使你感恩，只有鞭打才能教训你！虽然你这样丑陋，我也曾用心好好对待你，让你住在我自己的洞里，谁叫你胆敢想要破坏我孩子的贞操！

卡利班　啊哈哈哈！要是那时得手了才真好！倘若不是你阻挡，我早已使这岛上住满大大小小的卡利班了。

普洛斯佩罗　可恶的贱奴，不学一点好，坏的事情样样会！我因为可怜你，才辛辛苦苦教你讲话，每时每刻都教导你这样那样。那时你这野鬼连自己说的什么也不懂，只会像一只野兽一样咕噜咕噜；我教你怎样用语言来表达你的意思，但是像你这种下流坯，即使受了教化，天性中的顽劣仍是改不过来，因此你才活该被禁锢在这堆岩石之中；其实单单把你囚禁起来就是宽待了你。

卡利班　你教我讲话，我得到的好处只是知道怎样骂人；但愿血瘟病瘟死你，因为你要我学你的那种！

普洛斯佩罗　妖妇的贱种，滚！去把柴火搬进来。懂事的话，快点，还有别的事要你做。你在耸肩，恶鬼？要是你不好好按我的吩咐做事，或是心中不情愿，我就要叫你浑身抽搐；叫你每个骨节都作痛；叫你在地上打滚咆哮，连野兽听见你的呼号都会吓得发抖。

卡利班　不要啊，我求求你！（旁白）我不得不服从，因为他的法术非常强大，就是我老娘所礼拜的神塞提柏斯也得听他指挥，做他的仆人。

普洛斯佩罗　贱奴,滚开!(卡利班下。)

(爱丽儿隐形重上,弹琴唱歌;腓迪南随后。)

爱丽儿　(唱)

来吧,来到黄沙的海滨,
　　把手儿牵得牢牢,
深深地展拜细吻轻轻,
　　叫海水莫起波涛——
柔舞翩翩在水面飘扬;
可爱的精灵,伴我歌唱。
　　听!听!(和声)
汪!汪!汪!(散乱地)
　　看门狗儿的狂叫,(和声)
汪!汪!汪!(散乱地)
　　听!听!我听见雄鸡
　　昂起了颈儿长啼,(啼声)
喔喔喔!

腓迪南　这音乐是从哪里来的?在天上,还是在地上?现在已经停了。肯定是为这岛上的神灵而唱的。当我坐在海边,思念我父王的惨死而又痛哭起来的时候,这音乐便从海上传来,飘到我的身旁,甜美的乐曲平息了海水的怒涛,也抚平了我心中的悲伤。因此我跟着它走,或者说为之吸引——但它现在已经停了。啊,又唱起来了。

爱丽儿 (唱)

五英寻深的水躺着你的父亲,
　他的骨骼已化成珊瑚;
　他的眼睛是耀眼的明珠;
他消失的全身没有一处不曾
　受到海水神奇的变幻
　化成瑰宝,富丽而珍怪。
海的女神时时摇起他的丧钟,(和声)
　叮!咚!
听!我现在听到了叮咚的丧钟。

腓迪南　这支歌在纪念我那溺水的父亲。这样的音乐只能来自天上,不会来自人间。我现在听出来它在我头上。

普洛斯佩罗　睁开你被睫毛遮掩的眼睛来,看一看那边有什么东西。

米兰达　那是什么?一个精灵吗?啊上帝,它目顾四周的神态多么优雅!相信我,父亲,它生得真美!但那一定是一个精灵。

普洛斯佩罗　不,女儿,他会吃也会睡,和我们一样有各种知觉。你所看见的这个年轻人就是遭遇船难的一个人;要不是因为忧伤损害了他的美貌——悲伤是美貌的大敌——确实可以称他为一个美男子。他失去了他的同伴,正在四处寻找他们。

米兰达 我简直要说他是个神,因为我从来不曾见过宇宙中有这样出色的人物。

普洛斯佩罗 (旁白)哈!有几分意思了,这正如我心中所愿。好精灵!我要在两天之内恢复你的自由。

腓迪南 不用再疑惑,这一定是这些乐曲所奏奉的女神了!——请你俯允我的祈求,告诉我你是否住在这个岛上;指点我怎样在这里安身;我最大的一个请求,这也是我最后一个请求,啊,你也许会奇怪!请你告诉我你是不是一位少女?

米兰达 我并不奇怪,先生;不过我确实是一个少女。

腓迪南 天啊!她和我说着同样的言语!唉!要是我在我的国家,在说这种言语的人当中,我是最尊贵的人。

普洛斯佩罗 什么!最尊贵的人?假如给那不勒斯的国王听见了,他将怎么说?你将成为何人?

腓迪南 只剩我一人了,正如你现在所看见的。但听你说起那不勒斯,我感到惊异。我的话,那不勒斯的国王已经听见了;就因为给他听见了①,我才要哭;因为我正是那不勒斯的国王,亲眼看见我的父亲随船沉没;我的眼泪到现在还不曾干过。

米兰达 唉,可怜!

腓迪南 是的,沉船的人包括所有的大臣,其中有两人是米兰的公爵和他勇敢的儿子。

---

① "那不勒斯的国王已经听见了""给他听见了"都是腓迪南指自己而言,意指我听见了自己的话。腓迪南以为父亲已死,故以"那不勒斯的国王"自称。

普洛斯佩罗 （旁白）假如时机成熟，米兰的公爵和他更勇敢的女儿就能制服你。才第一次见面他们便眉目传情了。可爱的爱丽儿！为着这个我就要让你自由。（向腓迪南）且慢，先生，我觉得你有些转错了念头！我有话跟你说。

米兰达 （旁白）为什么我的父亲说得这样严厉？这是我一生中所见到的第三个人，而且是第一个我为他叹息的人。但愿怜悯触动我父亲的心，让他与我有同感！

腓迪南 （旁白）啊！假如你没有爱上别人，我愿意立你做那不勒斯的王后。

普洛斯佩罗 且慢，先生，我有话跟你说。（旁白）他们已经彼此情丝互缚了；但是这样顺利的事儿我需要给他们找点麻烦，因为太不费力获得东西不会为人珍惜。（向腓迪南）一句话，我命令你用心听好。你在这里僭越了不属于你的名号，到这岛上来做密探，想要从我——这海岛的主人——手里盗取海岛，是不是？

腓迪南 凭着堂堂男子的名义，我否认。

米兰达 这座殿堂是不会容留邪恶的；要是邪恶的精灵占据了这样一所好房子，善良的美德也必定会努力住进去。

普洛斯佩罗 （向腓迪南）跟我来。（向米兰达）不许帮他说话；他是个奸细。（向腓迪南）来，我要把你的脑袋和双脚套上枷锁；只给你喝海水，只给你吃小河的贝蛤、干枯的树根和橡果的皮壳。跟我来。

腓迪南 不，我要抗拒这样的待遇，除非我的敌人比我更强。

（拔剑，但为魔法所制不能动。）

米兰达　亲爱的父亲啊！不要太折磨他，他是个和善的人，并不可怕。

普洛斯佩罗　什么！你倒管教起我来。——放下你的剑，奸细！你只会装腔作势，不敢真动手，因为你的心中充满了罪恶。来，不要再装出那副斗剑的架势了，因为我能用这根手杖打落你的武器。

米兰达　我求求你，父亲！

普洛斯佩罗　走开，不要拉住我的衣服！

米兰达　父亲，发发慈悲吧！我愿意为他担保。

普洛斯佩罗　不许说话！再多嘴，我不恨你也要骂你了。什么！帮个骗子说话吗？嘘！你以为世上没有和他一样好的人，因为你除了他和卡利班之外不曾见过别的人；傻丫头！和大部分人比较起来，他不过是个卡利班，他们都是天使！

米兰达　真是这样的话，我对爱情没有过高的要求，我并不想遇到一个更好的人。

普洛斯佩罗　（向腓迪南）来，来，服从吧，你已经软弱得完全像一个小孩子一样，一点力气都没有了。

腓迪南　正是这样，我好像在梦里似的，全然动弹不得。我父亲的死亡，我所感觉的虚弱，我所有朋友的不幸，以及这个将我屈服的人对我的恫吓，对于我全然不算什么，只要我能在囚牢里天天看到这位姑娘。大地的每个角落让自由的人们去享用吧，我在这样一个室里已经觉得天地很广阔了。

普洛斯佩罗　（旁白）事情办成了。（向腓迪南）走来！——你干得很好，好爱丽儿！（向腓迪南）跟我来！（向爱丽儿）听着，你还有别的事情要做。

米兰达　放心吧，先生！我父亲的性格不像他说话时那样坏，他向来不是这样的。

普洛斯佩罗　你将像山上的风一样自由，但你必须先执行我所吩咐你的一切。

爱丽儿　一个字都不会弄错。

普洛斯佩罗　（向腓迪南）来，跟我走。（向米兰达）不要为他说情。（同下。）

第二幕

第一场　岛上的另一处

（阿隆索、塞巴斯蒂安、安东尼奥、冈萨罗、阿德里安、弗朗西斯科及余人等上。）

冈萨罗　陛下，请不要悲伤了！你跟我们大家都应该高兴才是；虽然蒙受了损失，但是我们侥幸脱险了。我们所遇的不幸是极平常的事，每天都有一些海员的妻子、商船的主人和托运货物的商人遭到这样的不幸。但是像我们这样安然脱险的奇迹，却是一百万个人中间也难得有一个人碰到过的。所以，陛下，请你平心静气权衡一下我们的悲喜。

阿隆索　请你不要再讲了。

塞巴斯蒂安　他嫌弃安慰就像嫌弃冷粥一样。

安东尼奥　可是那位来客却不肯就此罢休。

塞巴斯蒂安　看吧,他在转动他那品德闹钟,不久就会敲响。

冈萨罗　陛下——

塞巴斯蒂安　钟鸣一下:数好。

冈萨罗　要是所有的忧愁都放在心上,那就可以得到——

塞巴斯蒂安　一块钱。

冈萨罗　的确是忧愁,你说得很有道理,甚至超过了你的本意。

塞巴斯蒂安　我没想到我的话竟然让你这般感慨。

冈萨罗　所以,陛下——

安东尼奥　呸!他真会浪费口舌!

阿隆索　请你让他把话说完。

冈萨罗　我说完了,不过——

塞巴斯蒂安　他还要讲下去。

安东尼奥　我们来打个赌,他跟阿德里安两个人,这回谁先开口?

塞巴斯蒂安　那只老公鸡。

安东尼奥　我说是那只小鸡儿。

塞巴斯蒂安　好,赌些什么?

安东尼奥　输者大笑三声。

塞巴斯蒂安　算数。

阿德里安　虽然这岛上似乎荒凉得很——

塞巴斯蒂安　哈!哈!哈!你赢了。

阿德里安　不能居住,而且几乎无路可走——

塞巴斯蒂安　然而——

阿德里安　然而——

安东尼奥　他怎么也不会忘了这两个字。

阿德里安　然而气候肯定宜人、温和而可爱。

安东尼奥　气候是一个可爱的姑娘。

塞巴斯蒂安　而且很温和哩,照他那文质彬彬的说法。

阿德里安　吹气如兰的香风迎面吹来。

塞巴斯蒂安　仿佛风也会呼吸,而且呼吸的都是恶气。

安东尼奥　或者说仿佛被沼泽地熏香了。

冈萨罗　这里的一切都有益生活。

安东尼奥　不错,只是没有生活的必需品。

塞巴斯蒂安　简直是没有,或者非常之少。

冈萨罗　青草看上去多么茂盛!一片青绿!

安东尼奥　地面实在只是一片黄土色。

塞巴斯蒂安　加上一点点的绿。

安东尼奥　他的话说得不算十分错。

塞巴斯蒂安　错是不算十分错,只不过完全不对而已。

冈萨罗　但最奇怪的是,那简直叫人不敢相信——

塞巴斯蒂安　无论是谁夸张起来总是这么说。

冈萨罗　我们的衣服在水里浸过之后,却仍然清净而光亮;不但不因咸水而褪色,反而像是刚刚染过的一样。

安东尼奥　假如他有一只衣袋会说话,它会不会说他撒谎呢?

塞巴斯蒂安　嗯，但也许把他的谎话加以巧妙地包装。

冈萨罗　克拉莉贝尔公主跟突尼斯王大婚的时候，我们在非洲第一次穿上这身衣服；我觉得它们现在就和那时一样新。

塞巴斯蒂安　那真是一桩美满的婚姻，我们的归航也顺利得很呢。

阿德里安　突尼斯从来没有这样一位绝世的王后。

冈萨罗　自从狄多寡妇①之后，他们的确不曾有过这样一位。

安东尼奥　寡妇！该死！怎么掺进一个寡妇来了？狄多寡妇！

塞巴斯蒂安　也许他还要说出鳏夫埃涅阿斯来了呢。陛下，你能容忍他这样胡说八道？

阿德里安　你说狄多寡妇吗？据我考证，她是迦太基人，不是突尼斯人。

冈萨罗　这个突尼斯，先生，就是迦太基。

阿德里安　迦太基？

冈萨罗　肯定是迦太基。

安东尼奥　他的说话简直比神话中的竖琴②还神奇。

塞巴斯蒂安　他把城墙跟房子一起搬了地方。

安东尼奥　他还会做出什么不可思议的事情来！

塞巴斯蒂安　我想他也许想把这个岛装在口袋里，带回家去当个苹果赏给他的儿子。

---

① 狄多（Dido），古代迦太基女王，热恋特洛伊英雄埃涅阿斯，后埃涅阿斯乘船逃走，狄多自焚而死。
② 希腊神话中安菲翁（Amphion）弹琴而筑成忒拜城。

安东尼奥　再把这苹果核种在海里，于是又有许多岛长起来了。

冈萨罗　呃？

安东尼奥　呃，很快就会长起来。

冈萨罗　（向阿隆索）陛下，我们刚才说的是我们现在穿着的衣服跟我们在突尼斯参加公主的婚礼时一样；公主现在已经是一位王后了。

安东尼奥　那里从未有过这样一位出色王后。

塞巴斯蒂安　除了狄多寡妇之外，我得请你记住。

安东尼奥　啊！狄多寡妇，对了，还有狄多寡妇。

冈萨罗　我的紧身衣，大人，不是跟第一天穿上时一样新？我的意思是说有几分差不多新。

安东尼奥　那"几分"你补充得很周到。

冈萨罗　不是吗，当我在公主大婚时穿着它的时候？

阿隆索　你唠唠叨叨把这种话塞进我的耳朵里，把我的胃口都倒尽了。我真希望我不曾把女儿嫁到那里！因为从那边动身回来，我便失去了我的儿子。我感觉我也失去了她，因为她离意大利这么远，我再也见不到她了！唉，我的儿子，那不勒斯和米兰的储君！你葬身在哪一头鱼腹中呢？

弗朗西斯科　陛下，他也许还活着。我看见他劈波斩浪，身体浮在水面上，不顾浪涛怎样和他作对，尽管汹涌澎湃的海浪迎面拍来，却顽强地扬起头，挥动他那壮健的臂膊奋力游向岸边；久经海浪侵袭的海岸根基已被冲垮，但是突出的海岸（救了他）。我确信他是平安地到了岸上。

阿隆索　不，不，他已经死了。

弗朗西斯科　陛下，你遭受了这一重大的损失倒是应该感谢你自己，因为你不把你的女儿留着赐福给欧洲人，却宁愿把她嫁给一个非洲人；至少她从此再也看不到你，难怪你要伤心掉泪了。

阿隆索　请你别再说了。

弗朗西斯科　我们大家都曾经跪着求你改变你的意志，她自己在怨恨和服从之间犹豫不决。现在我们已经失去了你的儿子，恐怕再没有看见他的希望了；为着这一回举动，米兰和那不勒斯又增添了许多寡妇，而我们带回家乡去安慰她们的男人却没有几个：一切过失全在你的身上。

阿隆索　这确是最严重的损失。

冈萨罗　塞巴斯蒂安大人，你说的自然是真话，但是态度应该委婉一些，而且现在也不该说这种话；应当敷膏药的时候，你却去触动痛处。

塞巴斯蒂安　说得很好。

安东尼奥　而且真像个大夫。

冈萨罗　当你被愁云笼罩的时候，陛下，我们也都一样处于阴沉的天气中。

塞巴斯蒂安　阴沉的天气？

安东尼奥　阴沉得很。

冈萨罗　如果这一个岛归我所有，陛下——

安东尼奥　他一定要把它种满了荨麻。

塞巴斯蒂安　或是酸模草、锦葵。

冈萨罗　而且我要是这岛上的王的话,请猜我将做些什么事?

塞巴斯蒂安　你自己不会喝醉,因为无酒可饮。

冈萨罗　在这共和国中我要实行一切与众不同的制度。我要禁止一切的贸易;不设立地方官;没有文字;富有、贫穷和雇佣都要废止;契约、承袭、疆界、区域、耕种、葡萄园都没有;金属、谷物、酒、油都没有用处;废除职业,所有的人都不做事;妇女也应该天真而纯洁;没有君主——

塞巴斯蒂安　但是他说他是这岛上的王。

安东尼奥　他的共和国是前言不搭后语。

冈萨罗　大自然中一切的产物不用血汗劳力就能获得;叛逆、重罪、剑、戟、刀、枪、炮以及一切武器的使用,一律杜绝;但是大自然会自己产生出一切丰饶的东西,养育我那些纯朴的人民。

塞巴斯蒂安　他的人民中间没有结婚这一件事吗?

安东尼奥　没有的,老兄。大家都闲着,尽是些娼妓和无赖。

冈萨罗　我要照着这样的理想统治,足以媲美古时的黄金时代。

塞巴斯蒂安　上帝保佑吾王!

安东尼奥　冈萨罗万岁!

冈萨罗　而且——你在不在听,陛下?

阿隆索　算了,请你别再说下去!你尽对我说些废话。

冈萨罗　我很相信陛下的话。我的本意原是要让这两位贵人把我取笑,他们的天性敏感而伶俐,常常会无缘无故发笑。

安东尼奥 我们笑的是你。

冈萨罗 你们就会取笑别人,我在你们的眼中简直不算什么名堂,你们只管没事找事取笑作乐吧。

安东尼奥 好厉害的一句话!

塞巴斯蒂安 可惜不中要害。

冈萨罗 你们是血气方刚的贵人,假使月亮连续五个星期不发生变化,你们也会把她撵走。

(爱丽儿隐形上,奏庄严的音乐。)

塞巴斯蒂安 我们肯定会把她撵走,然后在黑夜里捉鸟去。

安东尼奥 哟,好大人,别生气了!

冈萨罗 放心吧,我不会的。我不会这样不知自重。我觉得很疲倦,你们肯不肯把我笑得睡去?

安东尼奥 好,你睡吧,听我笑你。(除阿隆索、塞巴斯蒂安、安东尼奥外余皆睡去。)

阿隆索 怎么!大家这么快就睡熟了!我希望我的眼睛安安静静闭上,让我什么都不想。我觉得确实应该什么都不想。

塞巴斯蒂安 陛下,请你不要拒绝睡觉。忧愁的人很少会有睡意。但是睡觉确实是一个安慰。

安东尼奥 我们两个人,陛下,会在你休息的时候护卫你,保证你的安全。

阿隆索 谢谢你们。太困了。(阿隆索睡。爱丽儿下。)

塞巴斯蒂安 真奇怪,大家都这样倦!

安东尼奥　那是因为气候的关系。

塞巴斯蒂安　那么为什么我们的眼皮不垂下来呢？我觉得我自己一点不想睡。

安东尼奥　我也不想睡。我精神十足。他们一个一个倒下好像预先约定好似的，又像受了电击一般。可敬的塞巴斯蒂安，会有什么事呢？啊！不会有什么事。但我总觉得我从你的脸上看出了你将成为什么样的人。时机全然于你有利；我在强烈的想象里似乎看见一顶王冠降到你的头上。

塞巴斯蒂安　什么！你是醒着还是睡着？

安东尼奥　你听不见我说话吗？

塞巴斯蒂安　我听得见，但那一定是你梦中的呓语。你在说些什么？这是一种奇怪的睡状，睁大了眼睛却睡着了，一边站着，一边说话，一边走着，却睡得这样熟。

安东尼奥　尊贵的塞巴斯蒂安，你徒然让你的幸运睡去，或是让它死去；你虽然醒着，却闭上了眼睛。

塞巴斯蒂安　很明显你在打鼾，你的鼾声里却另有深意。

安东尼奥　我可是一本正经的，你也应该这样。你要是愿意听我的话，你会获得三倍的荣耀。

塞巴斯蒂安　哦，你知道我心如止水。

安东尼奥　我可以教你怎样让止水激荡起来。

塞巴斯蒂安　你试试看吧，但是本性难移。

安东尼奥　啊，但愿你知道你心中也在转这念头，虽然你表面上拿这件事取笑！越是排斥这思想，这思想越是牢固在你的心里。向后退的人，因为胆小和懈怠，总是出不了头。

塞巴斯蒂安　请你说下去吧。看你的眼睛和面上的神气，你像是有话要说，而且像是产妇难产似的，费尽力气想说出来。

安东尼奥　我要说的是，大人：我们那位记性不好的大人在他去世之后，别人也会把他淡忘的——他虽然已经把国王劝说得几乎相信他的儿子还活着——因为这个人唯一的本领就是向人家唠叨劝说——但王子不可能没有死，正像在这里睡着的人不会游泳一样。

塞巴斯蒂安　对于他不曾溺死，我也不抱有什么希望。

安东尼奥　哎，不要说什么不抱希望，你的希望大着呢！从那方面说是没有希望，反过来说却正是最大不过的希望，野心所能企及而无可再进的极点。你同意我的看法，认为腓迪南已经溺死了？

塞巴斯蒂安　他一定已经送命了。

安东尼奥　那么告诉我，除了他，应该轮到谁继承那不勒斯的王位？

塞巴斯蒂安　克拉莉贝尔。

安东尼奥　她是突尼斯的王后。她在那么遥远的地方，一个人赶一辈子路，可还差五六十里才到得了她的家。她和那不勒斯没有通信的可能；月亮这个使者太慢了，除非叫太阳给她捎信，那么直到新生婴孩柔滑的脸上长满胡须也许才能送到。我们从她的地方出发而遭到了海浪的吞噬，一部分人幸得生还，这是命中注定的，因为他们将有所作为，过去的一切都只是个开场的引子，以后的正文该由我们来干一番。

塞巴斯蒂安　这是什么话！你这是什么意思？不错，我哥哥的女儿是突尼斯的王后，她也是那不勒斯的嗣君，虽然两地之间相隔着好多路程。

安东尼奥　这路程太长，每一步的距离都似乎在喊着："克拉莉贝尔怎么才能回到那不勒斯去呢？留在突尼斯，让塞巴斯蒂安快醒过来吧！"看，他们睡得像死去一般；真的，就是死了也不过如此。这儿有一个人治理起那不勒斯来，也绝不亚于睡着的这一个人；也总不会缺少像这位冈萨罗一样善于唠叨说空话的大臣——就是只乌鸦我也能教它夸夸其谈。啊，要是你跟我想法一样就好了！这样的昏睡对于你的高升是个多么好的机会！你明白我的意思？

塞巴斯蒂安　我想我明白。

安东尼奥　那么你对于你自己的好运气有什么意见呢？

塞巴斯蒂安　我记得你篡夺了你哥哥普洛斯佩罗的位置。

安东尼奥　是的，你看我穿着这身衣服多么合身，比从前神气多了！本来我哥哥的仆人和我地位相等，现在他们都成了我的手下。

塞巴斯蒂安　但是你的良心——

安东尼奥　哎，大人，良心在什么地方呢？假如它像一块冻疮，那么也许会害我穿不上鞋子，但在我的心中并没有这么一位神明。即使有二十颗冻结起来的良心挡在我和米兰之间，那么它们不等作梗就已经被清除了。这儿躺着你的兄长，跟泥土也不差多少。假如他真像现在这个样子，看上去像死了一般，我用这柄称心如意的剑，只要轻轻刺进三寸深，就可以叫他永远安静。同时你照着我的样子，也可以叫这个老头子，这位老成持重的老臣，从此长眠不醒，再也不会指责我们。至于其余的人，只要用好处引诱他们，就会像猫儿舐牛奶似的流连不去，假如我们说是黄昏，他们也不敢说是早晨。

塞巴斯蒂安　好朋友，我将把你的情形作为我的榜样，你得到米兰，我得到我的那不勒斯。举起你的剑，只需这么一下，便可以免却你以后的纳贡，我做了国王以后，一定十分眷宠你。

安东尼奥　我们一起举剑，当我举起剑的时候，你也照样把你的剑对准冈萨罗的胸口。

塞巴斯蒂安　啊！且慢。（二人往一旁密议。）

（音乐；爱丽儿隐形复上。）

爱丽儿　我的主人凭着他的法术，预知你，他的朋友，陷入了危险，因此差我来保全你的性命，不然他的计划就会失败。（在冈萨罗耳边唱。）

> 当你酣然熟睡的时候，
> 眼睛睁得大大的"阴谋"，
> 　正在准备施展毒手。
> 假如你珍视你的生命，
> 不要再睡了，你得小心；
> 　快快醒醒吧，醒醒！

安东尼奥　那么我们赶快下手吧。

冈萨罗　啊！天使保佑陛下！（众醒。）

阿隆索　什么？怎么了？喂，醒醒！你们为什么拔剑？为什么面无人色？

冈萨罗　什么事？

塞巴斯蒂安　我们正站在这儿守护你的安息，忽然听见了一阵狂吼，好像公牛，不，狮子一样。你们不是被那声音惊醒吗？我耳朵都震麻了。

阿隆索　我什么都没听见。

安东尼奥　啊！那个声音怪兽听了也会害怕，大地都要被震裂了。那一定是一大群狮子的吼声。

阿隆索　你听到这声音吗，冈萨罗？

冈萨罗　凭着我的名誉起誓，陛下，我只听见一种奇怪的似蜜蜂的声音，它使我惊醒过来。我摇着你的身体，喊醒了你。我一睁开眼睛，便看见他们的剑拔出鞘外。有个声音，那是真的。最好我们留心提防，要么赶快离开这地方。我们把武器都预备好。

阿隆索　带领我们离开这里，让我们再寻找一下我那可怜的孩子。

冈萨罗　上天保佑他免受野兽的侵害！我相信他一定在这岛上。

阿隆索　领路走吧。（率众人下。）

爱丽儿　我要回去报告我的主人，我所完成的工作。国王，安心去找你的孩子吧。（下。）

第二场　岛上的另一处

（卡利班荷柴上，雷声。）

卡利班　愿太阳从所有的沼泽和平原吸起的瘴气都降在普洛斯佩罗身上，让他的全身没有一处不生恶病！他的精灵会听见我的话，但我非把他咒一下不可。没有他的盼咐，他们绝不会拧我，变出各种怪相吓我，把我推到烂泥里，或是在黑暗中化作火把引诱我迷路。他们想出种种的恶作剧来摆布我：有时变成猿猴，冲我龇牙咧嘴叽叽喳喳，然后咬我；有时又变成刺猬，在路上滚作一团，我赤脚一踏上去，便把针刺竖起来；有时将蛇缠在我的身上，吐出分叉的舌头来，咝咝的声音吓得我发疯。

（特林库洛上。）

卡利班　看！看！又有一个他的精灵来了！因为我捡柴慢，又要来折磨我。我横躺下来；也许他会不注意到我。

特林库洛　这儿没有丛林也没有灌木，无法避风挡雨。又一阵大的雷雨要来了，我听见风在呼啸，远处的乌云铺天盖地，像是只臭皮袋快要倒出袋里的酒来。要是这回再像上次那样雷声轰鸣，我真不知道该把头藏在什么地方！那团乌云准要整桶整桶倒下水来。咦！这是什么东西？是个人还是条鱼？死的还是活的？一定是条鱼，他的气味像一条鱼，像是早就发馊的鱼腥气，不是新鲜的鱼。奇怪的鱼！我曾经到过英国，要是我现在还在英国，只要把这条鱼画出来，就是不在节假日的时候，也会有人愿意给我一块银子。在那边靠这条鱼就能发笔横财，随便什么稀奇古怪的畜生在那边都能让你发一笔财。他们不愿意丢一个铜子给跛脚的乞丐，却愿意拿出十个铜子来看一个死了的印第安红人。嘿，他像人一样长着腿！他的翼鳍多么像是一双臂膀！

他的身体还是热的!我弄错了,我放弃原来的意见了,这不是鱼而是一个岛上的土人,刚才被雷声吓倒了。(雷声)唉!雷雨又来了,我只好躲到他的粗布褂子下面,再没有别的地方可以避雨了。一个人倒起运来,就要跟妖怪一起睡觉。我要躲在这儿,直到云消雨散。

(斯蒂芬诺唱歌上,手持酒瓶。)

斯蒂芬诺 (唱)

> 我再也不会去海上,去海上,
> 我要老死在岸上。

这是一支送葬时唱的难听的曲子。好,这才是我的安慰。
(饮酒;唱)

> 老船长,清扫工,水手长和大副,
> 还有炮手和他的大副,
> 爱上了摩儿、梅格、马丽安和马杰里,
> 但是凯特可没有人欢喜,
> 因为她有一副绝顶的好喉咙,
> 见了水手就要嚷:"送你的终!"
> 焦油和沥青的气味熏得她满心烦躁,
> 可是裁缝把她浑身搔痒就呵呵乱笑:
> 海上去吧,弟兄们,让她自个儿去上吊!

这也是一支难听的曲子；但这才是我的安慰。（饮酒。）

卡利班　不要折磨我，喔！

斯蒂芬诺　什么事？这儿有鬼吗？叫野人和印第安人来跟我们捣乱吗？哈！海水都淹不死我，我还怕四条腿的东西？古话说得好，一个人神气得竟然用四条腿走路，就决不能叫人望而生畏：只要斯蒂芬诺鼻孔里还透着气，这句话还是照样要说下去。

卡利班　精灵在折磨我了，喔！

斯蒂芬诺　这是这岛上长四条腿的什么怪物，照我看起来像在发疟疾。见鬼，他跟谁学会了我们的话？为了这，我也要给他医治一下。要是我医好了他，把他驯服了，带回那不勒斯，那就可以作为一个礼物，送给任何一个脚穿皮靴的皇帝！

卡利班　不要折磨我，求求你！我会赶紧把柴背回家去。

斯蒂芬诺　他现在寒热发作，语无伦次，他可以尝一尝我瓶里的酒；要是他从来不曾沾过一滴酒，那就可以把他完全医好。我倘然医好了他，把他驯服了，我也不会多要钱；反正谁要他，谁就得出钱，得出一大笔钱。

卡利班　你还没给我多少苦头吃，但你就要动手了；我知道的，因为你在发抖；普洛斯佩罗对你施了法术。

斯蒂芬诺　给我爬过来。张开嘴，这是会叫你说话的好东西，你这只猫！张开嘴，喝了你就不会抖了，我可以告诉你那是肯定的。（给卡利班喝酒）你不知道谁是你的朋友。再张开嘴来。

特林库洛　这声音我熟悉，那像是——但他已经淹死了。这些都是魔鬼。老天保佑我啊！

斯蒂芬诺 四条腿，两个声音，真是一个有趣的怪物！他前面的嘴巴说他朋友的好话，背后的嘴巴却说坏话。即使医好他需要我整瓶的酒，我也要帮他一下。来。阿门！让我再把一些酒倒在你另外那张嘴里。

特林库洛 斯蒂芬诺！

斯蒂芬诺 你另外的那张嘴在叫我吗？天啊，天啊！这是个魔鬼，不是个怪物。我得离开他，我可跟魔鬼打不了交道。

特林库洛 斯蒂芬诺！如果你是斯蒂芬诺，请你过来摸摸我，跟我讲几句话。我是特林库洛，不要害怕，你的好朋友特林库洛。

斯蒂芬诺 你若是特林库洛，那你就钻出来。我抓住两条小一点的腿把你拉出来；要是这儿有特林库洛的腿，这一定就不会有错。你真是特林库洛！你怎么会变成这个怪物的粪便？他能够泻下特林库洛来吗？

特林库洛 我以为他给天雷炸死了。但是你不是淹死了吗，斯蒂芬诺？我现在希望你不曾淹死。雷雨过去了吗？我因为害怕雷雨，才躲在这个怪物的粗布裯下面。斯蒂芬诺，你还活着吗？啊，斯蒂芬诺，两个那不勒斯人脱险了！

斯蒂芬诺 请你不要把我推来转去，我的胃不大好。

卡利班 （旁白）这两个人倘然不是精灵，一定是好人。那是一位勇敢的天神，带着琼浆玉液。我要向他跪下去。

斯蒂芬诺 你怎么逃命的？你怎么会到这儿来？凭着这个瓶子起誓，你是怎么到这儿来的？我自己是趴在一只白葡萄酒酒桶上才没被淹死，酒桶是水手们从船上抛下海的。这个酒瓶是我被冲上岸之后自己用树干制成的。

卡利班 凭着那个瓶子起誓,我要做你忠心的仆人,因为你那种水是神水。

斯蒂芬诺 好,起誓吧,说说你是怎么逃命的。

特林库洛 游到岸上,像只鸭子一样,我会像鸭子一样游泳,我可以起誓。

斯蒂芬诺 来,吻你的《圣经》[①]。(给特林库洛倒酒)你虽然能像鸭子一样游泳,可是你的样子倒像是一只鹅。

特林库洛 啊,斯蒂芬诺!这酒还有吗?

斯蒂芬诺 整整一桶,老兄。我把我的美酒藏在海边的一座岩洞里。喂,怪物!你的寒热病怎么样了?

卡利班 你不是从天上掉下来的吗?

斯蒂芬诺 从月亮里下来的,老实告诉你,从前我一直住在月亮里。

卡利班 我曾经看见过你在月亮里,我真喜欢你。我的女主人曾经指给我看你,还有你的狗和你的丛林。

斯蒂芬诺 来,起誓吧,吻你的《圣经》;我会把它重新装满。起誓吧。

特林库洛 凭着这个太阳起誓,这是个非常浅薄的怪物,我竟会害怕起他来!一个不中用的怪物!月亮里的人,嘿!这个可怜的怪物这么轻信人!好啊,怪物!你的酒量真不小。

[①] 吻《圣经》原为基督徒起誓时表示郑重之仪式,此处斯蒂芬诺用以指饮其瓶中之酒。

卡利班　我要指点给你看这岛上每一处肥沃的地方,我要吻你的脚。请你做我的神明吧!

特林库洛　凭着太阳起誓,这是一个居心不良的嗜酒怪物,一等他的神明睡了过去,他就会把酒瓶偷走。

卡利班　我要吻你的脚,我要发誓做你的仆人。

斯蒂芬诺　那么好,跪下来起誓吧。

特林库洛　这个头脑简单的怪物笑死我了。这个卑鄙下流的怪物!我心里真想把他揍一顿。

斯蒂芬诺　来,吻吧。

特林库洛　但是这个可怜的怪物是喝醉了,一个可恶的怪物!

卡利班　我要指点你最好的泉水,我要为你摘浆果,我要为你捉鱼,为你打很多的柴。但愿瘟疫降临在我那暴君的身上!我再不给他搬柴了,我要跟着你走,你是个了不起的人!

特林库洛　一个可笑又可气的怪物!竟会把一个可怜的醉汉看作了不得的人!

卡利班　请你让我带你到长着沙果的地方;我要用我的长指甲给你挖花生来,指给你看哪儿有鸟窝,教你怎样捕捉伶俐的狨猴;我要给你采来成串的榛果;我有时会从岩石上为你捉来海鸥的雏鸟。你肯跟我走吗?

斯蒂芬诺　请你带我走,不要再啰唆。——特林库洛,既然国王和我们的同伴们都淹死了,这地方便归我们所有了。——来,给我拿着酒瓶。——特林库洛老朋友,我们不久便要把它装满。

卡利班 （带醉意唱。）

再会，主人！再会！再会！

特林库洛 一个吵闹的怪物！一个醉酒的怪物！

卡利班

不再筑堰捕鱼，

不再捡柴生火，

不再听你吩咐；

不刷盘子不洗碗；

班，班，卡——卡利班，

换了一个新老板！

自由，哈哈！哈哈，自由！自由！哈哈，自由！

斯蒂芬诺 啊，勇敢的怪物！带路。（同下。）

第三幕

第一场　普洛斯佩罗洞室之前

（腓迪南负木上。）

腓迪南 有一类游戏很辛苦，但兴趣会使人忘记辛苦；有一类卑微的工作要用高尚的精神完成,最低贱的事情往往指向最崇高的目标。这种贱役对于我来说繁重而又讨厌,但我所侍奉的姑娘使我焕发精神,反而觉得劳苦成了乐趣。啊,她的温柔十倍于她父亲的乖戾,而他整个就是一个粗人!他厉声吩咐我必须把几千根这样的木头搬过去堆起来;我那可爱的姑娘见我这样劳苦,竟哭了起来,说从来不曾见过像我这种人干这等卑贱的工作。唉!我忘了干活。但这些甜蜜的思绪才使我抖擞精神干活,我在干活的时候思想最活跃。

(米兰达上,普洛斯佩罗潜随其后。)

米兰达 唉,请你不要太辛苦了!我真希望一阵闪电把那些要你堆垒的木头一起烧掉!坐下歇歇吧。当木头燃烧的时候,那一定会想到你的劳累而哭泣。我的父亲正在一心一意读书;请你现在休息一会儿,他在三个钟头之内不会出来。

腓迪南 啊,最亲爱的姑娘,在我还没有干完之前太阳就会下山,所以我必须加紧干活。

米兰达 要是你肯坐下来,我愿意替你搬一会儿木头,把它给我吧,让我把它搬到那上面去。

腓迪南 不,可爱的人儿!我宁愿毁损我的筋骨,压折我的腰板,也不愿让你做这种下贱的活,而我空着两手坐在一旁。

米兰达 要是这活配给你做,那我也能做。而且我做起来心里更舒服一点;因为我是自己心甘情愿,而你是被逼无奈的。

普洛斯佩罗 (旁白)可怜的孩子,你已经情魔缠身了!你这痛苦的呻吟流露了真情。

米兰达　你看上去很累。

腓迪南　不，尊贵的姑娘！有你在我的身边，黑夜也变成了清新的早晨。我恳求你告诉我你的名字，好让我在祈祷时念着你的名字。

米兰达　米兰达。——唉！父亲，我违背了你的叮嘱，把它说了出来！

腓迪南　可敬的米兰达！真是仰慕的顶峰，价值抵得过世界上最珍贵的财宝！我的眼睛曾经仔细打量过许多女子，许多次她们那柔婉的声调使我过于敏感的听觉为之倾倒；我曾经喜欢过几个女子，因为她们各有所长，但是不曾全心全意爱上一个，她们总有一些缺憾，并非十全十美。但是你啊，这样完美无双，你的身上汇合了所有人的优点！

米兰达　我不曾见过一个女子，除了我在镜子里的面孔以外，我不记得任何女子的相貌；除了你，好朋友，和我亲爱的父亲以外，也不曾见过哪一个我可以称为男子的人。我不知道别处的人们是什么样，但是凭着我的谦逊起誓，这是我最宝贵的嫁妆，除了你之外，在这世上我不企望任何的伴侣；除了你之外，我再也想象不出一个可以使我喜爱的形象。但是我的话讲得有些太出格，我全然忘了父亲的教训。

腓迪南　我生来就是一个王子，米兰达；甚至是一个国王——但我希望我不是！我不能容忍一只苍蝇玷污我的嘴角，更不用说挨受这搬木头的苦役了。听我的心灵向你倾诉：当我第一眼看见你的时候，我的心就已经飞到你的身边，甘心为你劳役，使我成为你的奴隶；只是为了你的缘故，我才甘心做个搬运工。

米兰达　你爱我吗？

腓迪南　天在上！地在下！为我作证这一句妙音。要是我所说的话是真的，愿天地赐给我幸福的结果；如果我说的是假话，那么请把我命中的幸运都转成厄运！超过世间所有其他事物的界限。我爱你，珍惜你，崇拜你！

米兰达　我是一个傻子，听喜欢的话就流起泪来！

普洛斯佩罗　（旁白）两个真情人的良缘！上天赐福给他们的后裔吧！

腓迪南　你为什么哭起来了？

米兰达　因为我太平凡了，我虽然愿意但却不敢向你奉献我的所有，更不敢从你那儿接受我所渴望得到的一切。但是这话不打紧；越是掩饰，越是表露出我的真心。去吧，羞怯的狡狯！让我变得单纯和率真！要是你肯娶我，我愿意做你的妻子；不然的话，我到死都是你的婢女。你可以拒绝我做你的爱人，但不论你愿不愿意，我将是你的奴仆。

腓迪南　我最亲爱的爱人！我永远俯首在你的面前。

米兰达　那么你是我的丈夫吗？

腓迪南　是的，我衷心希望这样，如同受拘束的人渴望自由一样。握着我的手。

米兰达　这是我的手，我的心也跟它在一起。现在我们该分手了，半点钟之后再会吧。

腓迪南　一千个再会吧！（分别下。）

普洛斯佩罗　我不能像他们这样高兴，他们不曾预料会有这样的结果；再没有别的事情让我高兴了。我要读我的书去，因为在晚餐之前，我还有一些事情须得做好。（下。）

第二场　岛上的另一处

（卡利班持酒瓶，斯蒂芬诺、特林库洛同上。）

斯蒂芬诺　别对我说要是酒桶里的酒完了，我们就喝水；只要还有一滴酒，我们就喝酒。来，满上！怪物的奴才，为我干杯！

特林库洛　妖怪奴才！这岛上特产的笨货！据说这岛上一共只有五个人，我们已经是三个；要是其余的两个人跟我们一样聪明，我们这个国家就摇摇欲坠了。

斯蒂芬诺　喝酒，怪物奴才！我叫你喝你就喝。你的眼睛几乎固定在你的头上。

特林库洛　那眼睛该生在什么地方？要是他的眼睛生在尾巴上，那才真是个出奇的怪物哩！

斯蒂芬诺　我的怪物奴才的舌头已经在白葡萄酒里淹死了；但是我，海水也淹不死我：凭着这太阳起誓，我在一百多英里的海面上游来游去，一直游到了岸边。你得做我的副官，怪物，或是做我的旗手。

特林库洛　要是你愿意就做个副官，他当不了旗手。

斯蒂芬诺　我们不会跑的，怪物先生。

特林库洛　也不想走路，你还是像条狗一样躺下来，一句话也别说。

斯蒂芬诺　怪物，说句话吧，如果你是个好怪物。

卡利班　给大人请安！让我舐你的靴子。我不要服侍他，他是个懦夫。

特林库洛 你说谎,一窍不通的怪物!我打得过一个侍卫长呢。嘿,你这条臭鱼!像我今天一样喝了那么多酒的人,还有可能是个懦夫吗?因为你是个半鱼半怪的荒唐东西,你就要撒一个荒唐的谎吗?

卡利班 看!他这样取笑我!你让他这样说下去吗,大人?

特林库洛 他说"大人"!谁想得到一个怪物会是这样一个蠢才!

卡利班 喏,喏,又来了!我请你咬死他。

斯蒂芬诺 特林库洛,闭上你的嘴!如果你要造反,就把你吊死在眼前那棵树上!这个可怜的怪物是我的人,不能给人家欺侮。

卡利班 谢谢大人!你肯不肯再听一次我的条陈?

斯蒂芬诺 依你所奏,跪下来说吧。我站着,特林库洛也站着。

(爱丽儿隐形上。)

卡利班 我已经跟你说过,我受制于一个暴君,他是一个巫师,用诡计把这岛从我手里夺了去。

爱丽儿 你说谎!

卡利班 你说谎,你这插科打诨的猴子!我勇敢的主人会把你杀死。我没有说谎。

斯蒂芬诺 特林库洛,要是你在他讲话的时候再来多话,凭着这只手起誓,我要敲掉你的牙齿。

特林库洛 什么?我什么也没有说。

斯蒂芬诺 那么闭嘴,不要再多话了。(向卡利班)讲下去。

卡利班 我说,他用妖法夺取了这个岛,从我手里夺走的。要是大人肯替我向他报仇——我知道你一定敢,但这家伙绝没有这胆子——

斯蒂芬诺 那是当然。

卡利班 你就是这岛上的主人，我愿意服侍你。

斯蒂芬诺 用什么方法可以做成这事呢？你能不能把我带到那个人的地方去？

卡利班 可以，可以，大人。我可以趁他睡熟的时候把他交给你，你就可以把一根钉敲进他的脑袋里去。

爱丽儿 你撒谎，你不敢！

卡利班 这个穿着花花衣裳的蠢货！这个混蛋！求大人把他痛打一顿，把他的酒瓶夺过来；他没有酒喝，就只能喝海里的咸水了，因为我不愿告诉他清泉在什么地方。

斯蒂芬诺 特林库洛，别再自讨没趣了！你如果再打断怪物的说话，凭着这只手起誓，我就要不顺情面，把你打成一条鱼干了。

特林库洛 什么？我做错什么了？我什么也没做。让我再离得远一点。

斯蒂芬诺 你不是说他撒谎吗？

爱丽儿 你撒谎！

斯蒂芬诺 我撒谎吗！吃我一拳！（打特林库洛）要是你觉得滋味不错，再说我撒谎试试。

特林库洛 我并没有说你撒谎。你头脑昏了，连耳朵也听不清楚了？该死的酒瓶！喝酒才把你搅得昏头昏脑。愿你的怪物得牛瘟病而死，就让魔鬼切断你的手指！

卡利班 哈哈哈！

斯蒂芬诺　现在讲下去吧。——请你再站得远些。

卡利班　狠狠打他一下子。过一会儿我也要打他。

斯蒂芬诺　站远些。——来，继续。

卡利班　我跟你说过，他有一个老习惯，一到下午就要睡觉。那时你先拿到他的书，就可以捶碎他的脑袋，或者用一根木头敲碎他的头颅，或者用一根棍子捅破他的肚肠，或者用你的刀割断他的喉咙。记好，先要把他的书拿到手。因为没有书，他就是一个跟我差不多的傻瓜，没有一个精灵会听他指挥；这些精灵都像我一样对他恨入骨髓。只要烧了他的书就行了。他还有些出色的用具——他叫作"家具"——预备造了房子之后当摆设，但首先要考虑的是他那美貌的女儿。他自己说她是一个美艳无双的人。我从来不曾见过一个女人，除了我的老娘赛考拉克思和她之外，可是她比起赛考拉克思来，真不知要好看多少倍，简直是天壤之别。

斯蒂芬诺　真有这样一个美貌的姑娘？

卡利班　是的，大人，我可以担保，她跟你睡在一床是再合适不过了，她会给你生下出色的孩子。

斯蒂芬诺　怪物，我一定要把这人杀死，他的女儿和我做国王和王后，上帝保佑！特林库洛和你做总督。你赞成这个计策吗？

特林库洛　好极了。

斯蒂芬诺　让我握你的手。我很抱歉打了你，可是你活着的时候还是少开口为妙。

卡利班　半小时之内他就要入睡了，你愿就在这时候杀了他？

斯蒂芬诺 好的,凭着我的名誉起誓。

爱丽儿 我要告诉主人去。

卡利班 你真让我感到高兴,我心里充满了快乐。让我们庆祝一下。你能不能把你刚才教给我的轮唱曲唱起来?

斯蒂芬诺 准你所奏,怪物,凡是合理的事我都可以答应。来啊,特林库洛,让我们一起唱。(唱)

嘲弄他们,讥讽他们,

讥讽他们,嘲弄他们,

思想多么自由!

卡利班 这个曲子不对。

(爱丽儿击鼓吹箫,依曲调而奏。)

斯蒂芬诺 这是什么声音?

特林库洛 这是我们的歌的曲子,在空中吹奏着呢。

斯蒂芬诺 你倘然是一个人,像一个人那样出来吧;你倘然是一个鬼,也请你显形吧!

特林库洛 饶恕我的罪过呀!

斯蒂芬诺 人一死什么都完了,我不怕你。但是宽恕我们吧!

卡利班 你害怕吗?

斯蒂芬诺 不,怪物,我怕什么?

卡利班 不要怕。这岛上充满了各种声音和悦耳的乐曲,使人听了愉快，不会伤害人。有时成千的乐器叮叮咚咚在我耳边鸣响。有时在我酣睡醒来的时候，听见了那种歌声，我又会沉沉睡去；有时在梦中便好像云端里开了门，无数珍宝要向我倾倒下来，我醒来之后，失声痛哭，希望重新做一遍这样的梦。

斯蒂芬诺　这倒是一个出色的国土，可以不费钱白听音乐。

卡利班　但首先你要杀死普洛斯佩罗。

斯蒂芬诺　这事我们很快就会动手，我记住了。

特林库洛　这声音渐渐远去，让我们跟着它，然后我们就动手做我们的事。

斯蒂芬诺　领着我们走，怪物，我们跟着你。我倒希望见一见这个打鼓的家伙，看他的样子奏得倒挺不错。

特林库洛　你来吗？我要跟过去了，斯蒂芬诺。（同下。）

第三场　岛上的另一处

（阿隆索、塞巴斯蒂安、安东尼奥、冈萨罗、阿德里安、弗朗西斯科及余人等上。）

冈萨罗　天哪！我走不动了，陛下，我的老骨头在痛。这儿的路一条直一条弯的，完全把人迷昏了！要是你不见怪，我必须休息一下。

阿隆索　老人家，我不能怪你，我自己也心灰意懒，疲乏得很。坐下来歇歇吧。现在我已经断了念头，不再自己哄自己了。他肯定已经淹死了，我们四处乱找无济于事，海水在嘲笑我们在岸上寻找白忙了一场。算了，不管他了！

安东尼奥 （向塞巴斯蒂安旁白）他这样绝望。别因为一次遭到失败，就放弃了你决定好的计划。

塞巴斯蒂安 （向安东尼奥旁白）下一次机会我们一定不要错过。

安东尼奥 （向塞巴斯蒂安旁白）就在今夜吧，他们现在已经走得很疲乏，一定不会，而且也不能再那么警觉了。

塞巴斯蒂安 （向安东尼奥旁白）好，就今夜吧。不要再说了。

（庄严而奇异的音乐。普洛斯佩罗自上方隐形上。下侧若干奇形怪状的精灵抬了一桌酒席进来，他们围着它跳舞，且做出各种表示敬礼的姿势，邀请国王等人就食后退去。）

阿隆索 这是什么音乐？好朋友们，听啊！

冈萨罗 神奇而美妙的音乐！

阿隆索 上天保佑我们！这是什么？

塞巴斯蒂安 一出活动的傀儡戏？现在我才相信世上有独角兽，阿拉伯有凤凰所栖的树，上面的一只凤凰至今还在南面称王呢。

安东尼奥 独角兽和凤凰我都相信，要是还有其他什么难以置信的东西，那就展现出来吧！我一定会发誓说那是真的。游客决不会撒谎，足不出户的傻瓜才会不屑一顾。

冈萨罗 要是现在我在那不勒斯，把这事告诉了别人，他们会相信我吗？要是我对他们说，我看见岛民——这些肯定是岛民——虽然他们的形状生得奇怪，然而他们的礼貌、和善，在我们人类当中也是少有的。

普洛斯佩罗 （旁白）正直的老人家，你说得不错，因为在你们当中，就有几个人比魔鬼还要坏。

阿隆索　我再不能这样吃惊了，虽然不开口，但他们的那种形状、那种手势、那种音乐，这一切简直是一幕美妙的哑剧。

普洛斯佩罗　（旁白）且慢称赞吧。

弗朗西斯科　他们就这么神奇地消失了。

塞巴斯蒂安　没关系，既然他们把食物留下，我们有肚子就该享用。——你要不要尝尝看？

阿隆索　我不想吃。

冈萨罗　真的，陛下，你无须害怕。我们小的时候，谁肯相信有一种山民喉头长着肉袋，像头牛一样？谁又肯相信有一种人的头长在胸口？可是我们现在发现每个游客都能肯定这种传说不假。

阿隆索　好，我吃，即使这是我的最后一餐，那又有什么关系呢？我最好的日子已经过去了。贤弟，公爵，我们一起吃吧。

（雷电。爱丽儿化作女面鸟身的怪鸟上，以翼击桌，启动一种奇妙的装置，筵席顿时消失。）

爱丽儿　你们是三个有罪的人，操纵下界的命运之神出于某种原因才让贪婪的大海放了你们一条生路，让你们来到这个无人居住的小岛，你们不配再居住在人类中间。我已经让你们发狂了。（阿隆索、塞巴斯蒂安等拔剑）即使像你们这样的勇士也难逃一死。你们这些蠢货！我和我的同伴们都是命运之神的使者，你们的刀剑不能损害我们身上的一根羽毛，你们不妨挥刀劈砍呼啸的狂风，或者抽杀分而复合的流水。我的伙伴们是刀枪不入的。即使你们能把我们伤害，现在你们的剑也重得让你们无法举起。好生记住吧，我来就是告诉你们这些，你们三个人在米兰驱走了善良的普洛斯佩罗，你们把他和他无辜的婴孩放逐在海上，如今你们也受到同样的报应了。为了这件恶事，上天没有马上报应你们，但它并没有忘记，海洋和陆地，以及一切生物，都来和你们作对了。你，阿隆索，已经丧失了你的儿子。我向你们宣告，你们会遭受漫长的折磨，任何形式的死亡都不会有这样的痛苦。你们只会一步步走向死亡。除非你们痛改前非，洗心革面，做一个清白的人，否则在这荒岛上，天谴马上就会降临！

（爱丽儿在雷鸣中隐去。柔和的乐声复起；精灵们重上，跳舞且做揶揄状，把空桌抬下。）

普洛斯佩罗 （旁白）你把这怪鸟扮演得很好，我的爱丽儿。干得漂亮，我叫你说的话你一句也没有漏；小精灵演得活灵活现，各个非常出力。我的法术已经显出力量，我这些仇人都已惊慌失措：他们都已经在我的掌控之中。现在我要离开他们，去探望他们以为已经淹死了的年轻人腓迪南和他的也是我的亲爱的人儿。（自上方下。）

冈萨罗 凭着神圣的名义，陛下，为什么你这样站着发呆？

阿隆索 啊，真是可怕！可怕！我觉得海潮在向我诉说，海风在向我歌唱，雷鸣就像深沉而可怕的风琴宣告着普洛斯佩罗的名字，并用洪亮的低音宣布了我的罪恶。这样看来，我的孩子一定已葬身于海底的软泥之中，我要到深不可测的海底去寻找他，跟他死在一起！（下。）

塞巴斯蒂安 要是这些鬼怪一个一个来，我就能打得过他们。

安东尼奥 我来助你一臂之力。（塞巴斯蒂安、安东尼奥下。）

冈萨罗 这三个人都已绝望。他们深重的罪恶像隔了好久才发作的毒药一样，现在已经开始咬啮他们的灵魂了。趁着你们手脚灵便，赶紧上去，阻止他们不要做出什么疯狂的举动来。

阿德里安　你们跟我来吧。（同下。）

第四幕

第一场　普洛斯佩罗洞室之前

（普洛斯佩罗、腓迪南、米兰达上。）

普洛斯佩罗　要是我曾经给你太严厉的惩罚，你也已经得到补偿了，因为我已经把我生命的一部分给了你，我是为了她才活着的。现在我再把她交到你的手里，你所受的一切苦恼都不过是我考验你的爱情，而你也异常坚强地通过了这些考验。我在这里当着上天，许给你这个珍贵的赏赐。腓迪南，不要笑我这样把她夸奖，你自己将会知道一切的称赞都不及她自身的美好。

腓迪南　我绝对相信你的话。

普洛斯佩罗　既然我的给予和你的获得都不是出于贸然，你就可以娶我的女儿。但在一切神圣的仪式没有举行之前，你不能侵犯她的贞洁，否则你们的结合将不能得到上天的美满祝福，冷淡的憎恨、白眼的轻蔑和家庭的不和将使你们的姻缘中长满令你们痛恨的恶草。所以小心一点，海曼①的明灯将照引着你们！

---

① 海曼（Hymen），希腊罗马神话中司婚姻之神。

腓迪南　我的愿望就是过上平静的日子，养育可爱的子女，享受漫长的寿命并有如此缠绵的爱情，即使生活在最幽暗的洞窟，那也是最为适宜的地方。哪怕是最邪恶的魔鬼，它最强烈的诱惑都不能使我的廉耻化为肉欲，从而破坏大喜之日的幸福。可是那一天来得也太慢了，我觉得不是太阳神的骏马在途中累垮了，便是黑夜被锁禁在地下。

普洛斯佩罗　说得很好。坐下来跟她说话吧，她是你的人。喂，爱丽儿！我勤劳的仆人爱丽儿！

（爱丽儿上。）

爱丽儿　我万能的主人有何吩咐？我在这里。

普洛斯佩罗　你跟你的小朋友们刚才做得很好，我必须再差你们做一件这样的把戏。我赋予你权力把那群小喽啰召唤到这儿来，叫他们赶快装扮起来，我要在这一对年轻人面前卖弄我的法术，我曾经答应过他们，他们也在盼望着。

爱丽儿　马上？

普洛斯佩罗　是的，一眨眼的时间内就得办好。

爱丽儿

　　　　你来去还不曾出口，
　　　　你呼吸还留着没透，
　　　　我们早脚尖儿飞快，
　　　　扮鬼脸大伙儿都在，
　　　　主人，你爱我不爱？

普洛斯佩罗　我很爱你，我亲爱的爱丽儿！在我没叫你之前，不要过来。

爱丽儿　好，我知道。（下。）

普洛斯佩罗　当心保持你的忠实真诚，不要太恣意调情。血液中的火焰一燃烧起来，最坚强的誓言也不过是稻草。节制一些，否则你的誓约就要守不住了！

腓迪南　请您放心，老人家，我心中皎洁的处子冰雪早就压抑了我胸中的欲火。

普洛斯佩罗　好。——出来吧，我的爱丽儿！不要让精灵们缺少一个，多一个倒无妨。轻快地出来吧！大家不要作声！

（柔和的音乐，假面剧开始。精灵扮伊里斯上[①]。）

伊里斯　刻瑞斯[②]，最丰饶的女神，我是天上的彩虹，我是天后的使者，传天后的旨意请你离开生长小麦、大麦、黑麦、燕麦、野豆、豌豆的田野；离开羊群栖息的山坡，以及青草茂盛的平原；离开立金花和蒲苇的堤岸，多雨的四月奉你的命令装饰大地，并给冷艳的仙女预备纯洁的花冠；离开失恋的情人徘徊其下的金雀花；离开牵藤的葡萄园；离开荒瘠崎岖的海滨，离开散步游息的地方：请你来到这片草地上，陪同游玩，她的孔雀已经飞上天空，请你赶快前来，富有的刻瑞斯。

（刻瑞斯上。）

---

① 伊里斯（Iris），希腊罗马神话中诸神之信使，又为虹之女神。
② 刻瑞斯（Ceres），希腊罗马神话中司农事及大地之女神。

刻瑞斯　祝福你，你这多彩的使者，永远都是这样服从天后的命令！你用你橙黄色的羽翼在我的花朵之上洒下甘露般清新的阵雨，你用青色的弯弓为我的林木丛生的平原和没有灌枝的高地披上了富丽的围巾；敢问你的王后唤我到这片绿色草原上来，是有什么吩咐？

伊里斯　庆祝真心相爱的人们结合，请你慷慨赐福给这一双有福的恋人。

刻瑞斯　告诉我，天虹，你知道维纳斯或她的儿子是否在一旁侍候天后？自从她们用诡计（使我女儿）让阴险狄斯①抓去以后，我已经立誓不再见她和她那有眼无珠的小儿无耻的面孔。

伊里斯　不要担心会碰见她；我遇见她和她的儿子乘着白鸽牵引的彩车，正在冲云破雾前往帕福斯②，他们因为这一对男女曾经立誓在海门的火炬未燃着以前不得同衾，所以他们想在他们身上玩一些无赖的把戏，可是白费了心机。战神的情妇③已经心急败坏回去；她那恼怒的儿子已经折断了他的双箭，发誓以后不再射人，只会跟麻雀们开开玩笑并且打算做一个好孩子。

刻瑞斯　最高贵的王后，伟大的朱诺来了，从她走路的姿态我就认出了她。

---

① 狄斯（Dis）即普路同（Pluto），幽冥之主，掠刻瑞斯之女普洛塞庇娜为妻，后者即春之女神，每年一次被释返地上。维纳斯之子即小爱神丘比特，因俗语云爱情是盲目的，故云"盲目的小儿"。
② 帕福斯（Paphos），相传维纳斯在海中诞生后首临于此。
③ 指爱神维纳斯，罗马神话的战神玛尔斯（Mars）与之有私情。

（朱诺上。）

朱诺　我那富饶的妹妹安好？跟我去祝福这一对新人，让他们一生幸福，拥有高贵的后裔。（唱）

富贵尊荣，美满良姻，
百年偕老，子孙盈庭；
幸福朝朝，欢娱暮暮，
朱诺向你们恭贺！

刻瑞斯　（唱）

田多落穗，积谷盈仓，
葡萄成簇，摘果满筐；
秋去春来，如心所欲，
刻瑞斯为你们祝福！

腓迪南　这个景象是这样神奇，这样迷人而谐美！我能不能猜想这些都是精灵呢？

普洛斯佩罗　这些精灵是我用法术把他们从其所在的世界招来，表现我一时的幻想。

腓迪南　让我终老在这里吧！有着这样一位人间罕有的神奇而贤哲的父亲，这地方简直是天堂了。

（朱诺与刻瑞斯做耳语，授命令于伊里斯。）

普洛斯佩罗　亲爱的，别作声！朱诺和刻瑞斯一脸严肃，正在那里耳语，将要有一些另外的事情。嘘！不要开口！否则我们的魔法就会遭到破坏。

伊里斯　水中的仙女戴着蒲苇之冠，她们住在蜿蜒的河中，眼光永远是那么柔和！离开湍急的河流，响应朱诺的召唤，快快来到这青青的草地上！来，冷艳的仙女，伴着我们共同庆祝一段良缘的缔结，不要太迟了。

（若干水仙女上。）

伊里斯　在八月的阳光下劳作的收割人，离开你们的田地，到这里来欢乐一番；戴上你们用麦秆做的帽子，来和这些冷艳的仙女跳起乡村舞蹈！

（若干服饰齐整的收割人上，和水仙女们跳起优美的舞蹈，临了普洛斯佩罗突起发言，众精灵在一阵奇异、幽沉、杂乱的声音中悄然隐去。）

普洛斯佩罗　（旁白）我差点忘记了那个畜生卡利班和他的同党密谋夺取我的生命，他们所定的时间差不多已经到了。（向精灵们）很好！演完了，去吧！

腓迪南　这可奇怪了，你的父亲在大发脾气。

米兰达　直到今天为止，我从来不曾看见过他如此狂怒。

普洛斯佩罗　殿下，你看上去似乎有点惊疑。高兴起来吧，我儿，我们的狂欢已经结束了。我们的这些演员，我曾经告诉过你，原是一群精灵，他们都已化成青烟散去了。如同这虚无缥缈的幻景一样，高耸的楼阁、雄伟的宫殿、庄严的庙堂，甚至地球自身，以及地球上所有的一切，都将同样消散，就像这一场幻景，连一点烟云的影子都不会留下。我们的自身就跟梦幻一样，我们短暂的一生，只不过是大梦一场。殿下，我心中有些恼怒，原谅我的弱点，我上了年纪，脑子有些乱了。不要因为我的年老无用而不安。假如你们愿意，请到我的洞里休息一下。我出去走一走，安定一下我焦躁的心境。

米兰达／腓迪南　愿你心平气和！（下。）

普洛斯佩罗　赶快来！谢谢你，爱丽儿，来啊！

（爱丽儿上。）

爱丽儿　我永远准备执行你的意志。有什么吩咐？

普洛斯佩罗　精灵，我们必须预备对付卡利班。

爱丽儿　是的，我的主人；我在扮演刻瑞斯的时候就想对你说，可是我害怕你会生气。

普洛斯佩罗　再对我说一次，你把这些恶人留在什么地方？

爱丽儿　我告诉过你，主人，他们喝得醉醺醺的，胆子大得竟敢殴打空气，因为空气吹到了他们的脸上；他们痛击地面，因为地面吻了他们的脚。但是他们不会忘记他们的计划。于是我敲起小鼓来，一听见这声音，他们便像狂野的小马一样，耸起了耳朵，睁大了眼睛，掀起了鼻孔，似乎音乐是可以嗅到似的。我就是这样迷惑了他们的耳朵，他们像小牛跟着母牛的叫声一样，跟着我穿过一簇簇长着尖齿的野茨，咬人的刺金雀和带刺的荆棘丛，可怜他们的胫骨竟被刺穿。最后我把他们留在离这里不远的污水池中，池中漂着秽物，水没到了下巴。他们在那里手舞足蹈，把一池臭水搅得比他们的臭脚还臭。

普洛斯佩罗 干得很好，我的鸟儿。你仍旧隐形前去，把我室内那套华丽的衣服拿来，好把这些恶贼诱进圈套。

爱丽儿 我去，我去。（下。）

普洛斯佩罗 魔鬼，一个天生的魔鬼，教养也改不过他的天性来，在他身上我一切好心的努力全然白费了。他的形状随着年纪而一天天变丑，他的心也一天天堕落。我要把他们狠狠惩治一顿，直至他们失声哀号。

（爱丽儿携带许多华服等上。）

普洛斯佩罗 来，把它们挂在这根绳上。

（普洛斯佩罗与爱丽儿隐身留在原处。卡利班、斯蒂芬诺、特林库洛三人浑身淋湿上。）

卡利班 请你们脚步放轻些，不要让瞎眼的鼹鼠听见了我们的脚步声。我们现在已经走近他的洞窟了。

斯蒂芬诺 怪物，你说你那个精灵不会害人，可是跟我们开了一个不大不小的玩笑。

特林库洛 怪物，我满鼻子都是马尿的气味，真是气死我了。

斯蒂芬诺 我也是。你听见吗，怪物？要是我讨厌你，当心点——

特林库洛 你不过是一个走投无路的怪物罢了。

卡利班 好大人，不要恼我，耐心些，因为我将带给你的好处可以抵消这场不幸。请你们小声讲话，应该像半夜时一样安静。

特林库洛 呃，可是我们的酒瓶掉在水池里了。

斯蒂芬诺 这不单是有失体面，简直是无限的损失。

特林库洛 这比浑身淋湿更使我痛心，怪物，这都是你那不会害人的仙人所赐。

斯蒂芬诺 我一定要把我的酒瓶捞起来，即使我要没头没脑钻在水里。

卡利班 我的国王，请您安静下来。看这里，这便是洞口了，别作声，走进去。完成这件大好的恶事，这岛便永远归您所有了；我，您的卡利班，将要永远舐您的脚。

斯蒂芬诺 让我握你的手，我开始动了杀人的念头了。

特林库洛 啊，斯蒂芬诺陛下！大人！尊贵的斯蒂芬诺！看这儿竟有这么多好的衣服给您穿！

卡利班 让它去，你这蠢货！这些不过是废物罢了。

特林库洛 哈哈，怪物！我们分得清什么是旧衣店的货色。啊，斯蒂芬诺陛下！

斯蒂芬诺 放下那件袍子，特林库洛！凭着我这手起誓，那件袍子我要了。

特林库洛 请陛下拿去好了。

卡利班 愿这傻子浑身起水肿！你老是恋恋不舍这种废物有什么意思呢？别去理这些东西，我们先去杀了他。要是他醒了，他会使我们从脚心到头顶遍体鳞伤，把我们弄成不知什么样子。

斯蒂芬诺 闭嘴，怪物！——绳太太，这不是我的短外套吗？本来吊在你这根绳上，现在披在我的身上；短外衣，我说，你别掉了毛，变个背心。

特林库洛　好，好！要是陛下恩准的话，我们横七竖八一齐偷了去！

斯蒂芬诺　你这句话说得很妙，这件衣服赏给你了。只要我做这里的国王，我是不会亏待聪明人。"横七竖八偷了去"是一句绝妙的俏皮话，再赏你一件衣服。

特林库洛　怪物，过来，涂一些胶在你的手指上，把其余的都拿去吧。

卡利班　我什么都不要。我们要是错过了时间，我们就会变成蠢鹅，或是额角低得难看的猴！

斯蒂芬诺　怪物，别手都不动一下，把这件衣服拿到我放大酒桶的地方去，否则我就把你赶出我的王国。去，把这拿去。

特林库洛　还有这一件。

斯蒂芬诺　呃，还有这一件。

（幕内猎人的声音。若干精灵化作猎犬上，追逐斯蒂芬诺等三人；普洛斯佩罗和爱丽儿唆使它们。）

普洛斯佩罗　嗨！高山[①]，嗨！

爱丽儿　白银！白银！那边去，白银！

普洛斯佩罗　狂怒！狂怒！那边，霸王！那边！听，听！（卡利班、斯蒂芬诺、特林库洛被驱下。）去叫我的精灵折磨他们的骨节，浑身痉挛；叫他们的肌肉像老年人那样抽搐，掐得他们满身都是伤痕，

[①]　"高山"，以及下文中的"白银""狂怒"和"霸王"，均为犬名。

比豹子或山猫身上的斑点还多。

爱丽儿　听！他们在哀号。

普洛斯佩罗　痛痛快快追赶他们一阵。此刻我所有的仇人都在我的掌握之中。不久我的工作便告结束，你就可以呼吸自由的空气，暂时再跟我来一下，帮我一些忙吧。（同下。）

第五幕

第一场　普洛斯佩罗洞室之前

（普洛斯佩罗穿法衣上，爱丽儿随上。）

普洛斯佩罗　现在我的计划即将完成：我的魔法毫无闪失，我的精灵们俯首听命，一切都该结束了。是什么时候了？

爱丽儿　将近六点钟。你曾经说过，主人，现在我们的工作要结束了。

普洛斯佩罗　当我刚兴起这场暴风雨的时候，我曾经这样说过。告诉我，我的精灵，国王和他的侍从怎么样了？

爱丽儿　主人，按照你的吩咐，他们被囚禁在一起，同你离开他们的时候一样，就在遮盖你洞穴的那片菩提树林里。你要是不释放他们，他们便一步也动弹不了。国王、他的弟弟和你的弟弟，三个人都疯了；其余的人在为他们哭泣，神情非常忧伤和沮丧；尤其是你称之"善良的老臣冈萨罗"，他的眼泪一直从他的胡须上滴了下来，就像是冬天从屋檐上流下的水珠一样。你在他们身上所施的魔法太强大了，要是你现在看见了他们，你一定会心软的。

普洛斯佩罗 你这样想吗，精灵？

爱丽儿 如果我是人，主人，我会觉得于心不忍。

普洛斯佩罗 我的心也会觉得不忍。你不过是一阵空气，居然也能感觉到他们的痛苦；我是他们的同类，跟他们有同样敏锐的感觉，和他们有着同样的感情，难道我的心反会比你硬吗？虽然他们罪孽深重，让我痛心切齿，但是我宁愿我的愤恨听从更高尚的理性；道德的行动较之仇恨的行动更可贵。要是他们已经悔过，我唯一的目的也就达到了，不再对他们有更多的怨恨。去把他们放了，爱丽儿。我要给他们解去我的魔法，唤醒他们的知觉，让他们仍旧恢复本来的面目。

爱丽儿 我去把他们领来，主人。（下。）

普洛斯佩罗 山河林沼中的精灵，你们踏沙无痕，追逐退潮时的海神，而等他一转身来便又倏然逃去；你们在月下的草地上留下了环舞的痕迹，就连羊群也不敢走近；你们在半夜中以制造菌蕈为乐事，一听见肃穆的晚钟便欢呼雀跃起来，虽然你们只是些弱小的精灵，但我借着你们的帮助，才能遮盖了正午的太阳，唤起作乱的狂风，在蓝天碧海之间发动浩荡的战争；我让震雷带上火光，用朱庇特的霹雳劈了他那株坚硬的橡树；我撼动坚固的海岬，连根拔起松树和杉柏；因为我法力无边的命令，坟墓中的长眠者也被惊醒，打开了墓门走出来。但现在我要捐弃这种狂暴的魔法，只需一些美妙的天乐来，教化他们的心性，使我能得到我所希望的结果；以后我便将折断我的魔杖，把它埋在幽深的地心，把我的魔书投向深不可测的海底。

（庄严的音乐。爱丽儿重上；她的后面跟着神情狂乱的阿隆索，由冈萨罗随侍；塞巴斯蒂安与安东尼奥和阿隆索一样，由阿德里安及弗朗西斯科随侍；他们步入普洛斯佩罗在地上所画的圆圈中，为魔法所禁而呆立不动。普洛斯佩罗看见此情此景，开口说话。）

普洛斯佩罗　庄严的音乐对于昏迷的幻觉是无上的安慰，愿它医治好你们由于受到煎熬而失去作用的大脑！站在那也因为你们被魔法所制。圣人一样的冈萨罗，尊贵的人！我的眼睛一看见了你，便落下同情的眼泪来。魔法的力量很快会消失，如同晨光悄悄掩袭暮夜将黑暗消解，他们业已苏醒的知觉正在驱除蒙蔽理智的迷雾。啊，善良的冈萨罗！不单是我真正的救命恩人，也是你所跟随的君主的一位忠心耿耿的大臣，我要在名义上在实际上重重报答你的好处。你，阿隆索，对待我们父女的手段未免太残酷了！你的兄弟也是一个帮凶。你现在也受到惩罚了，塞巴斯蒂安！你，我骨肉之亲的兄弟，野心让你忘却了怜悯和天性，在这里又要和塞巴斯蒂安谋弑你们的君王，为此感受到了巨大的痛苦，我宽恕了你，虽然你的天性是这样刻薄！他们的知觉如同海浪开始涌动，不久便要冲上了现在还是一片泥浆的理智海岸。他们都不曾见过我，他们也许认不出我。爱丽儿，到我的洞里去把我的帽子和佩剑拿来。（爱丽儿下。）我要显出我的本来面目，重新扮回旧时的米兰公爵的样子。快一点，精灵！你不久就可以自由了。

（爱丽儿重上，唱歌，一面帮助普洛斯佩罗装束。）

爱丽儿　（唱）

蜂儿吮啜的地方,我也在那儿吮啜;
在一朵莲香花的冠中我躺下休息,
我安然睡去,当夜枭开始它的呜咽。
骑在蝙蝠背上我快活地飞舞翩翩,
快活地快活地追随着逝去的夏天;
　　快活地快活地我要如今
　　在垂向枝头的花底安身。

普洛斯佩罗　啊,这真是我可爱的爱丽儿!我真舍不得你,但你必须有你的自由。——好了,好了。——你仍旧隐去身形,到国王的船上去;水手们都在舱口下面熟睡,唤醒船长和水手长之后,把他们引到这里来!快一点。

爱丽儿　我乘风而去,不等到你的脉搏跳了两跳就回来。(下。)

冈萨罗　所有的迫害、苦难、惊奇和骇愕都在这儿,祈求神圣的力量把我们带出这片可怕的国土吧!

普洛斯佩罗　请你看清楚,陛下,被害的米兰公爵普洛斯佩罗就在这里。为了让你相信对你讲话的是一个活着的君主,让我拥抱你。对于你和你的同伴们,我是竭诚欢迎!

阿隆索　我不知道你是不是他,或者不过是一些欺人的鬼魅,如同我不久前所遇到的幻想。但是你的脉搏跳得和寻常有血有肉的人一样,而且自从我见到你,我心中的痛苦减轻了许多。恐怕是我的疯狂让我感到痛苦。如果这一切是真的,那定然是一段最奇异的故事。你的公国我奉还给你,并且恳求你饶恕我的罪恶。——但是普洛斯佩罗怎么还会活着而且在这里呢?

普洛斯佩罗 尊贵的朋友,先让我拥抱你老人家;你的荣耀是无可限量的。

冈萨罗 我不能确定这是真实还是虚无。

普洛斯佩罗 这岛上的一些海市蜃楼曾经欺骗了你,因而使你才不敢相信确实的事实。——欢迎,我所有的朋友!(向塞巴斯蒂安、安东尼奥旁白)但是你们这一对贵人,要是我不客气的话,可以当场证明你们是叛徒,叫你们的国王转过脸来,可是现在我不想揭发你们。

塞巴斯蒂安 (旁白)魔鬼在他嘴里说话吗?

普洛斯佩罗 不。讲到你,最邪恶的人,称你是兄弟玷污了我的唇舌,但我饶恕了你最卑鄙的罪恶,什么都不计较了;我单单要向你讨还我的公国,我知道必须把它归还。

阿隆索 如果你是普洛斯佩罗,请告诉我们你遇救的详情,以及你怎么会在这里遇见我们。三小时之前,我们的船只沉没在这海岸的附近;在这里,最使我痛心的是我失去了我亲爱的儿子腓迪南!

普洛斯佩罗 我听见这消息很悲伤,陛下。

阿隆索 这损失是无可挽回的,忍耐也已经失去了作用。

普洛斯佩罗 我觉得你从不曾向忍耐求助。我自己也曾经遭到和你同样的损失,但忍耐的力量我才安之若素。

阿隆索 你也遭到同样的损失!

普洛斯佩罗 对我正是同样重大的损失,而且也是最近发生的事情；比起你来，我更缺少任何安慰的可能，我失去的是我的女儿。

阿隆索　一个女儿吗？天啊！要是他俩都活着，都在那不勒斯，一个做国王，一个做王后，那会多么美满！真要能这样的话，我宁愿自己长眠在我的孩子现今所在的海底。你的女儿是什么时候失去的？

普洛斯佩罗　就在这次暴风雨中。我看这些贵人由于经历了这次遭遇，惊愕之下已经失去了理智，简直不敢相信他们眼睛所见的真实，他们嘴里所说的话语。但是，不论你们心里怎样迷惘，请你们相信我确是普洛斯佩罗，从米兰被放逐出来的公爵。因为不可思议的偶然机遇，恰恰在你们沉船的地方我登上海岸，做了岛上的主人。关于这事现在不多谈了，因为这段历史需要好多天才讲得完，不是一顿饭的时间所能叙述得了，而且也不适合我们初次的相聚。欢迎你，陛下！这洞窟便是我的宫廷，在这里我也有寥寥几个侍从，没有一个外地的臣民。请你向里面看一下。既然你把我的公国还给了我，我也要用一件同样好的礼物答谢你，至少也要献出一个奇迹来，给你带来安慰，正像我的公国就是我的安慰一样。

（洞门开启，腓迪南与米兰达在内对弈。）

米兰达　好人，你在作弄我。

腓迪南　不，我最亲爱的，即使给我整个的世界我也不愿作弄你。

米兰达　我说你作弄我，可是就算你并吞了我二十个王国，我还是认为这是一场公平的游戏。

阿隆索　倘使这只是这岛上的幻景，那么我将要两次失去我亲爱的孩子了。

塞巴斯蒂安　不可思议的奇迹！

腓迪南　海水似乎凶暴，但却是那样仁慈。我错怪了它。（向阿隆索跪下。）

阿隆索　让一个快乐的父亲带着所有的祝福拥抱你！起来，告诉我你是怎么到这里来的。

米兰达　真是奇迹！这里有多少好看的人！人类是多么美丽！啊，新奇的世界，竟有这么出色的人物！

普洛斯佩罗　对于你这是新奇的。

阿隆索　和你一起玩的姑娘是谁？你们认识最多不过三个钟头。她是不是把我们拆散又使我们重逢的那位女神？

腓迪南　父亲，她是凡人，但是根据上天的旨意她是属于我的；我选中她的时候，无法征求父亲的意见，而且那时我以为我已失去父亲。她就是这位著名的米兰公爵的女儿，我常常听人说起过他的名字，但从没有看见过他一面。从他的手里我得到了第二次生命，而现在这位小姐使他成为我的第二个父亲。

阿隆索　那么我也是她的父亲了；但是，唉，听起来多么奇怪，我必须向我的孩子请求宽恕！

普洛斯佩罗　好了，陛下，别再说了。让我们不要把过去的不幸重压在我们的记忆上。

冈萨罗　我刚才在心中流泪，不然我早就开口了。天上的神明俯视尘寰，把一顶幸福的冠冕降临在这一对少年的头上，完全是上天的主意把我们带到这里相聚！

阿隆索　让我跟着你说"阿门"，冈萨罗！

冈萨罗　米兰的主人被逐出米兰，而他的后裔将成为那不勒斯的王族吗？啊，这是超乎寻常的喜事，应当用金字把它铭刻在柱上传至永久。在一次航程中，克拉莉贝尔在突尼斯找到她的丈夫；她的兄弟腓迪南又在他迷失的岛上找到了一位妻子；普洛斯佩罗在一座荒岛上收回了他的公国；而我们大家呢，在迷失了本性之后，重新找到了各人自己。

阿隆索　（向腓迪南、米兰达）让我握着你们的手，谁不希望你们快乐就让忧伤和悲哀永远占据他的心灵！

冈萨罗　愿如陛下所说，阿门！

（爱丽儿重上，船长及水手长惊愕地随在后面。）

冈萨罗　看啊，陛下！看！又有几个我们的人来了。我曾经预言过，只要陆地上有绞架，这家伙一定不会淹死。喂，你这满嘴喷粪的东西！在船上由得你指天骂日，怎么上了岸就一声不响？难道你没有把你的嘴巴带到岸上来吗？说说，有什么消息？

水手长　最好的消息是我们平安地找到了我们的国王和他的同伴们；其次，在三个钟头以前我们还以为那条船撞碎了，而它却正和第一次下水的时候那样结实、完好。

爱丽儿　（向普洛斯佩罗旁白）主人，这些都是我去了以后所做的事。

普洛斯佩罗　（向爱丽儿旁白）我足智多谋的精灵！

阿隆索　这些事情都异乎寻常，它们越来越奇怪了。说，你怎么会到这儿来的?

水手长 陛下,要是我自己觉得我完全清醒着,也许我会勉强告诉你。可是我们都睡得像死去一般,也不知道怎么,都给关在舱底了。就在不久之前我们听见了各种奇怪的响声——怒号、哀叫、狂呼、锒铛的铁链声以及此外许多可怕的声音,因而我们这才醒来。立刻我们就自由了,个个都毫发无损;我们看见壮观的王船安然无恙;我们的船长看着它高兴得手舞足蹈。我们忽然莫名其妙离开了其余的兄弟,就像在梦中一样糊里糊涂地被带到这里来了。

爱丽儿 (向普洛斯佩罗旁白)干得好不好?

普洛斯佩罗 (向爱丽儿旁白)出色极了,我勤劳的精灵!你就要得到自由了。

阿隆索 这真叫人像堕入五里雾中一样!这种事情一定有一个超自然的力量在那儿指挥。愿神明的启迪给我们一些指示吧!

普洛斯佩罗 陛下,不要因为这种怪事而使你心里迷惑不宁。不久我们有了空暇,我便可以简单向你解释这种奇迹,让你觉得这一切都是可能的。现在请你高兴起来,什么事都往好的方面想。(向爱丽儿旁白)过来,精灵,把卡利班和他的伙伴们放出来,解去他们身上的魔法。(爱丽儿下)怎样,陛下?你们还缺少几个人,可能你已把他们忘了。

(爱丽儿驱卡利班、斯蒂芬诺、特林库洛上,各人穿着他们所偷得的衣服。)

斯蒂芬诺　让各人为别人打算，不要顾到自己①，因为一切都是命运。勇气啊！出色的怪物，勇气啊！

特林库洛　要是装在我头上的眼睛不曾欺骗我，这里竟是这样富丽堂皇。

卡利班　塞提柏斯呀！这些才是出色的精灵！我的主人真是仪表非凡！我怕他要责罚我。

塞巴斯蒂安　哈哈！这些是什么东西，安东尼奥大人？可以用钱买来吗？

安东尼奥　大概可以，他们中间一个完全是一条鱼，而且一定能卖几个钱。

普洛斯佩罗　各位大人，请看一看这些家伙身上穿着的东西，就可以知道他们是不是好东西。这个奇丑无比的恶汉，他的母亲是一个很有法力的女巫，能够支配月亮，操纵潮汐。这三个家伙偷了我的东西；这个魔鬼生下来的杂种又跟那两个东西商量谋害我的性命。那两人你们应当认识，是你的人；这个坏东西我必须承认是属于我的。

卡利班　我免不了要被拧得死去活来。

阿隆索　这不是我酗酒的膳夫斯蒂芬诺吗？

塞巴斯蒂安　他现在仍然醉着，他哪儿弄来的酒？

阿隆索　这是特林库洛，看他醉得天旋地转。他们从哪儿喝了这

---

① 斯蒂芬诺正酒醉糊涂，语无伦次。按照他的本意，他该是想说："让各人为自己打算，不要顾到别人。"

么多的好酒，他们的脸竟被染得这样通红呢？你怎么会这么落魄？

特林库洛　自从我离开了你之后，我就一直这样落魄。我想这股气味可以熏得连苍蝇也不会在我的身上下卵了吧？

塞巴斯蒂安　喂，喂，斯蒂芬诺！

斯蒂芬诺　啊！不要碰我！我不是什么斯蒂芬诺，我不过是一堆动弹不得的烂肉。

普洛斯佩罗　狗才，你要做这岛上的大王，是不是？

斯蒂芬诺　那么我一定是个倒霉的大王。

阿隆索　我从来不曾见过这么奇怪的东西。（指卡利班。）

普洛斯佩罗　他的品行跟他的形状同样都是天生下贱。——去，狗才，到我的洞里去；把你的同伴们也带去。要是你希望我饶恕你的话，把里面打扫得干净点儿。

卡利班　是，是，我就去。从此以后我要聪明一点，学学讨好的法子。我真是一头比六头蠢驴合起来还蠢的蠢货！竟会把这种醉汉当作神明，向这种蠢才顶礼膜拜！

普洛斯佩罗　快滚！

阿隆索　滚吧，把你们那些衣服仍旧归还到原来寻得的地方去。

塞巴斯蒂安　什么寻得，是偷的。（卡利班、斯蒂芬诺、特林库洛同下。）

普洛斯佩罗　陛下，我请你的大驾和你的随从到我的洞窟里来，今夜你们要在这儿委屈一夜。一部分的时间我将消磨在谈话上，我相信谈话会使时间很快溜过。我要告诉你我获救的经历，以及我到了这岛上来以后所遭遇的事情。明天早晨我会带你们上船回那不勒斯去；我希望我们所疼爱的孩子们就在那儿举行婚礼；然后我要回到我的米兰，在那儿等待瞑目长眠的一天。

阿隆索　我渴想听你讲述你的经历，那一定会使我们一饱耳福。

普洛斯佩罗　我将从头到尾向你细讲，并且保证你一路上会风平浪静，一帆风顺，可以赶上已经远去的船队。（向爱丽儿旁白）爱丽儿，我的小鸟，这事要拜托你了，以后你便可以自由地回到空中，从此我们永别了！——请你们过来。（同下。）

收场诗

普洛斯佩罗致辞：
现在我已把我的魔法尽行抛弃，
剩余微弱的力量都属于我自己。
横在我面前的分明有两条道路，
不是终身被符箓把我在此幽锢，
便是凭借你们的力量重返故郭。
既然我现今已把我的旧权重握，
饶恕了迫害我的仇人，请再不要
把我永远锢闭在这寂寞的荒岛！
求你们帮我解脱我灵魂的系锁，
赖着你们善意殷勤的鼓掌相助；
再烦你们为我吹嘘出一口和风，

好让我们的船只一齐鼓满帆篷。
否则我的计划便落空。我再没有
魔法迷人,再没有精灵为我奔走。
我的结局将要变成不幸的绝望,
除非依托着万能的祈祷的力量,
它能把慈悲的神明的中心刺彻,
赦免了可怜的下民的一切过失。
你们有罪过希望别人不再追究,
愿你们也格外宽大,给我以自由!(下。)

卡蒙斯

(Luís Vaz de Camões, 1524—1580)

卡蒙斯

　　路易·德·卡蒙斯的鸿篇巨制《卢济塔尼亚人之歌》被誉为"现代欧洲依据古代模式建构的第一首成功的史诗"。诗中歌颂了似乎远比诗人闻名得多的葡萄牙航海家瓦斯科·达·迦玛，诗中的重要主题自然也是这位大人物的航海业绩，是西方航海扩张史上的三大航海旅行之一。关于诗人其人，可以依据的详尽历史资料甚少，而所谓的"传记"也不过是根据现存作品中的记叙拼凑杜撰而成。卡蒙斯给后世留下了一部伟大的史诗，大量的抒情诗，三部戏剧和四封书信，这些作品的内容证明他具有深厚和广博的人文知识，精通自己民族的历史，不但记叙了葡萄牙作为现代第一个海上帝国的兴起，而且描述了他从1553年至1570年将近十七年的海外经历，尽管这番经历中也必定掺杂着想象和虚构的成分。在这十七年中，他去过印度、东非、远东；也去过中国澳门,据说在从澳门回国途中,他在湄公河口遭遇沉船,奋力救出了《卢济塔尼亚人之歌》的手稿,但他的一个中国情人却遇难身亡,后来他写了一些情诗题献给她。有些批评家认为当时欧洲可与他相媲美的作家只有塞万提斯一人,这还是因为后者写的是小说,而不是史诗。

扩张的时代需要描写扩张的史诗,扩张的民族更需要描写扩张的史诗来支持其扩张的历史。这或许就是《卢济塔尼亚人之歌》产生的历史原因。当16世纪30年代末和40年代初诗人正敞开胸怀接受文艺复兴新思潮的时候,葡萄牙也敞开国门,在重新评价传统基督教价值的同时,进行了影响深远的教育体制的改革,1537年完成了中世纪大学从里斯本到科英布拉的迁徙。卡蒙斯的诗歌说明他可能沉浸于当时那种具有批判精神和自由思想的环境,受过一流的拉丁文诗歌的教育,接受了基督教思想的熏陶,这是当时葡萄牙教育的两大基础。此外,还有大量的资料表明他非常熟悉本土诗歌传统,以及西班牙和意大利的诗歌传统。彼得拉克和其他意大利诗人的文学语言和风格早就传到了伊比利亚半岛,而卡蒙斯最拿手的八行体诗在16世纪中叶就已经是西班牙和葡萄牙公认的标准诗体了。

虽然现代葡萄牙学者有时不愿意承认,但大多数批评家都认为卡蒙斯属于西班牙文学传统,主要原因或许是因为他为这个传统做出了巨大的贡献,并因此而成为其代表人物之一。《卢济塔尼亚人之歌》从两个方面直接或间接地促进了西班牙航海文学的发展:海外扩张和征服以及葡萄牙的早期历史。他的出新之处在于把超自然的神话机制与现代主题整合在一起。诗中的迷信仪式、插图的使用、从中间开始的整体结构、预言、神话典故、英雄要改造世界的高尚目标，这些都使人想起了维吉尔的《埃涅阿斯纪》。但是，瓦斯科·达·迦玛不是埃涅阿斯；他是一个特殊的人，一个领袖的象征；他代表他的国王和国家讲述这个民族的故事和神话；他率领他的船队和船员出海航行，为的是领土扩张；但他不是儿子、父亲或情人。如果埃涅阿斯象征着人与自身和自身命运的抗争，那么，瓦斯科·达·迦玛就只顺应命运的安排与他的敌人斗争，与自然现象斗争，而不与自己抗争。但这部伟大的史诗无疑与维吉尔的史诗一样成了一个民族的历史源头，激励着这个精力充沛的民族实现了它的普遍使命——葡萄牙帝国的建立。

陈永国 / 文

参考文献

The Lusiads of Camoens, translated into English by J. J. Aubertin, London: Kegan Paul, Trench & CO., 1884.

Luis de Camoes, *Os Luiadas*, edited with an Introduction and Notes by Frank Pierce, Oxford at the Clarendon Press, 1981.

Luis de Camoes, *The Lusiads*, translated by Richard Fanshawe, edited, with an Introduction by Jeremiah D. M. Ford, Cambridge: Harvard University Press, 1940.

卢济塔尼亚人之歌

张维民 译

一

可敬的老人,话音还未落
我们已经舒展开帆的翅膀,
乘着习习吹送的柔和海风
渐渐驶离了那可爱的港湾
战船航行在宽广的海域上
片片白帆,划开蓝空,
我们照例高喊:一路顺风!
风,便使劲地吹鼓着帆篷。

二

此刻那永不熄灭的大火炬

正照耀着涅墨亚猛兽之宫①,

疲惫不堪而又衰老的世界

迟缓地步入了第六个纪年②。

人类早已看惯了那个太阳

飞绕过一千四百九十七圈③,

就在这时我们威武的船队

乘风破浪,航行在大海上。

三

呵,可爱祖国的大好河山

渐渐从我们的视野中隐去,

特茹河辛塔拉碧水青山

实在让我们把双眼望穿。

心,留在那可爱的土地

心中还充满了离愁别绪,

---

① 指狮子座,由赫拉克勒斯杀死的涅墨亚狮子化成。达·迦马的船队于 1497 年 7 月 8 日起航,当时太阳行至狮子宫。
② 指基督纪年。
③ 根据地心说,太阳绕大地转一圈为一年。

当一切从地平线上消失

眼前只剩下了海天一色。

四

我们的船队要去闯开一条

前无古人的大海上的航线，

去阅历高贵的恩里克王子[①]

早已发现的新海岛与风光。

左边，我们的船队掠过了

毛里塔尼亚的高山和荒漠，

古代安泰俄斯把那里统治，[②]

右边，不知是否还有大陆[③]。

五

我们已驶越辽阔的马德拉[④]

这名字起源于富饶的森林，

---

① 恩里克王子（Prince Henry，1394—1460），若昂一世的第三子，葡萄牙航海及海洋扩张事业的奠基者、组织者，大航海时代的核心人物之一，外号"航海家"。
② 安泰俄斯（Antaeus），希腊神话中住在利比亚的巨人，是波塞冬和盖亚的儿子。
③ 1492年，哥伦布第一次远航时到达安的列斯群岛，当时还不确定是否存在大陆；他在1498年第三次远航时才到达美洲大陆。
④ 马德拉群岛（Madeira），北大西洋的火山群岛。1418年被恩里克王子的航海家发现，1420年开始殖民，是葡萄牙在大航海时代的第一次发现与扩张。

这是我们开发的首座海岛
她驰名于世从未受人歌颂①。
并非因为她处于世界边缘
便失去维纳斯对她的宠爱,
她会因此岛冷落塞浦路斯、
奈多斯、佩福斯和基西拉②。

六

我们驶越荒秃的马西利亚③
阿泽纳格人在此放牧牲畜,
他们自出生就未见过清泉
把荒原上的野草视为甘露。
那里颗粒不收,寸草难生
鸟儿的肠胃能把铁石磨碎,
遭受着极度的饥荒和贫瘠
是巴巴利、埃塞俄比亚的分界④。

---

① 指还没有赞美的诗歌。
② 这些是维纳斯崇拜的中心。
③ 马西利亚(Massilia),撒哈拉沙漠北部区域。
④ 葡萄牙人把阿拉伯人居住的区域叫巴巴利,把黑种人居住的区域叫埃塞俄比亚,中间隔着撒哈拉沙漠。

七

我们已驶越了北回归线

太阳车至此,掉头向南,

那里,生活着各族人民

法厄同使他们肤色如炭。

塞内加尔河①,水清流长

哺育着那里怪诞的部落,

阿尔西纳琉角失去古称

被我们换取佛得角②之名。

八

船队已驶过了加那利群岛③

那里曾被称作神赐之山地,

拜访了赫斯珀洛斯④的女儿

有名的赫斯珀里得斯姊妹⑤。

---

① 塞内加尔河(Senegal),非洲西部的主要河流,外号"黄金之河",在圣路易注入大西洋。
② 佛得角(Cabo Verde),南大西洋的火山群岛。1456年被葡萄牙人发现,成为重要的港口和奴隶贸易中心。
③ 加那利群岛(Canary Islands),在马德拉群岛南边。卡蒙斯认为就是希腊和罗马神话中的福岛。
④ 即维斯珀耳。
⑤ 赫斯珀里得斯姊妹(Hesperides),希腊神话中金苹果的守卫者,她们住在西方尽头的果园。这里泛指非洲大陆的西端。

我们的船队在那片土地上
领略了那奇妙的异国风光,
船队曾在那里顺利停泊
以便从陆地上获取给养。

九

我们为船队停泊的那座岛
以勇士圣地亚哥①之名命名,
在重创摩尔人的战争之中
他为西班牙人民立下大功。
玻瑞阿斯为我们吹送北风
船队驶入浩渺苦涩的大洋,
我们就这样依依告别那片
找到清凉甘甜的淡水之地。

十

我们的船队继续沿着东边
辽阔的阿非利加海岸航行,
生活在加罗佛地区的土人

---

① 圣地亚哥(Santiago),即西庇太的儿子雅各,耶稣的十二门徒之一。他是收复失地运动的象征,圣地亚哥是西班牙语称呼。
② 加罗佛(Talofo),塞内加尔河与冈比亚河之间的广大区域。

分成各不相同的部落氏族。
我们从幅员辽阔的曼丁戈①
找到那种灿黄的名贵金属，
弯曲的冈比亚河② 灌溉那里
奔腾入大西洋的宽广怀抱。

十一

我们驶越了多尔卡达斯群岛③
岛上繁殖着古代住在那里的
女妖戈耳工姊妹④ 丑陋的后代，
女妖三姊妹，仅有一只眼睛。
可只有你那一头卷曲的秀发
撩拨起了海神涅普顿的情欲，
使你变成姊妹中最丑的一个
让炎热的地带蜂蛇满地横行。

---

① 曼丁戈（Mandinka），非洲西部原住民曼丁戈人居住和开垦的区域，包括塞内加尔河、冈比亚河与尼日尔河上游及各支流流域；现跨马里、几内亚、塞内加尔、冈比亚等。
② 冈比亚河（Gambia），非洲西部的主要河流，流经几内亚、塞内加尔和冈比亚，在班珠尔注入大西洋。
③ 即比热戈斯群岛（Bijagos），在几内亚比绍，由八十八个岛屿组成，以生态的多样性著称。
④ 戈耳工姊妹（Gorgon），希腊神话中的蛇发女妖，据说有三位，最著名的是美杜莎。对她们的形态有不同描述，一种说法是戈耳工共用一颗牙齿、一只眼睛（和格赖埃姊妹一样）；另一种说法里，美杜莎是肉身，所以能被杀死，珀尔修斯砍下她的头后，穿着赫耳墨斯的鞋子飞越非洲，美杜莎的血滴洒到地上化成一条条毒蛇。

十二

锐利的船头永远指向南方
我们继续驶入广袤的海湾,
掠过绝对荒凉的塞拉利昂①
我们还命名帕尔马斯海角②。
船队停泊在一条大河③岸边
那里,海浪在沙滩上高歌,
那里有座风景如画的小岛
被我们赋予圣多马④的名称。

十三

那里,屹立着庞大的刚果
我们已让她普照基督圣光,
那水清流长的扎伊尔河⑤呵
古人从未领略那奇异风光。

---

① 塞拉利昂(Sierra Leone),葡萄牙语意为"狮子的山林"。
② 帕尔马斯(Palma),塞拉利昂与尼日尔河河口之间的海角,葡萄牙语意为"棕榈林"。
③ 指尼日尔河(Niger),非洲西部最长的河流,注入几内亚湾,下游段因为盛产油棕榈,也被称为油河。
④ 圣多马(Sao Tome),几内亚湾南部岛屿。
⑤ 即刚果河(Congo),非洲中西部最长的河流,世界上最深的河流,平均深度达两百米。扎伊尔意为"一条吞所有河流的河"。

我们沿着宽广的海洋航行
渐离熟悉的卡利斯托天穹①，
我们已穿越那条炎炎赤道
世界南北半球的中央分界。

十四

我们的船队继续向前航行
新的苍穹，出现颗颗新星，
这些美丽的星斗不见经传
无知的人对她们表示怀疑。
这半壁夜空如此月明星稀
不似另一半那样辉煌绚丽，
我们前方不知是茫茫大海
还是存在另一片神秘陆地②。

十五

我们的船队就这样驶越了

---

① 卡利斯托（Callisto），希腊神话中阿尔忒弥斯的侍女。她被宙斯迷惑，生下儿子阿卡斯，母子被妒恨的赫拉变成棕熊，并被不知情的阿尔忒弥斯杀死，化作大熊星座和小熊星座。这里指北半天。
② 当时人们还不知道南极洲的存在。

阿波罗两度穿越的区域①，
他驾着宝马金车南北一晃
此地就出现两次冬令夏时。
时而和风细浪，时而暴风骤雨
欧洛斯②不停地在海上撒野，
两熊星不惧怕朱诺③的淫威
在涅普顿的大海尽情沐浴。

十六

若讲起让人类不可思议的
海上惊险的场景实在漫长，
剧烈的霹雳令人丧失魂魄
道道闪电燃烧着整座天穹
在阴森恐怖的暴风雨之夜
连续惊雷险些劈裂了世界，
纵然是铁嗓金喉讲起这些
与其说困难不如说是错误。

---

① 太阳在南北回归线之间移动，每年两次跨越赤道。
② 欧洛斯（Eurus），希腊神话中的东南风神。
③ 朱诺（Juno），罗马神话中众神的女王，朱庇特的妻子，相当于希腊神话中的赫拉。她对卡利斯托母子化作大熊星座和小熊星座很不高兴，让忒提斯不准她们进海里沐浴，因此（在北半球）人们见不到两个星座沉入地平线。

十七

我领略过那些自然界的奇观 ——
那些以多年的阅历为尊师的
仅凭表面的直观判断事物的
粗野水手永远认为是真实的；
而那些具有更完美知识的人
他们只凭纯粹的理智与科学
去看待世界上那隐藏的秘密，
就会说那些都是虚幻的现象。

十八

夜，在狂风骤雨中混沌漆黑
大海在阴云滚动下发出悲音，
我清楚地看见那种据水手说
是一团圣火的活泼泼的火焰。
另一种现象更令人目瞪口呆
所有人都认为是过度的奇观，
乌云，吐出一根细长的吸管
把汪洋大海猛力吸啜到天空。

十九

我亲眼所见,那么真切
那决然不会是什么错觉:
海面上升腾起漫漫轻烟
只见海风鼓动云旋雾转,
那片薄雾吐出一根长管
一直上升到茫茫的天空,
它又细又薄,如云似雾
人的肉眼几乎不易分辨。

二十

只见那根吸管在渐渐膨胀
直到变得比主桅还要粗大,
当它大口大口地吸起海水
这儿就变粗,那儿就变细。
随着汹涌的波涛上下舞动
顶端渐渐形成厚厚的乌云,
当它驮负的海水越来越多
滚滚阴霾就变得越来越暗。

二十一

那根吸管，像一条嗜血蚂蟥
死死地叮住一头野兽的嘴唇，
那头牲畜正低着头畅饮山泉
不小心被那条蚂蟥一口叮紧。
那条吸血虫饥渴贪婪地吮着
它的身躯，便渐渐膨胀起来，
那奇怪的吸管就这么膨胀着
像擎天巨柱支撑着大块乌云。

二十二

当乌云里的怪物，啜饱海水
就立即把那根吸管收了起来，
像一条巨龙在天空飞卷翻滚
倾泻下一场天昏海暗的暴雨，
把它汲取的海水又还给大海
仅是摄取那海水中的盐分。
请问，世上的哪些智慧圣贤
什么经典，能解释这些奥秘？

二十三

假如，那些为探索世界奥秘
踏遍了天涯海角的古代哲人
像我一样，经历了这般远航，
领略过这样千变万化的气象
宏伟而壮丽的大自然的奇观，
必能给后人留下非凡的巨著。
那些天父星体的神秘作用呵
绝非谎言，完全都是真相！

三十七

自从离开了那个险恶的地方
我们又整整航行了五天时间，
幸运的海风，好似顺从人愿
船队航行在自古荒茫的海面。
那一天黉夜，我们正在船头
漫不经心地瞭望那无边大海，
突然，头顶上出现滚滚乌云
把天空大海遮掩得无比昏暗。

三十八

那座云阵，是那么可怕阴沉
使所有的人心中充满了恐惧，
漆黑的大海在远方低声咆哮
仿佛一头怪兽乱撞在礁石上。
我喊道：啊！至尊的天神啊！
你所展示的这种天气和海象
似乎要比一场风暴更加严峻，
难道是显示你的灵威或奥秘？

三十九

话音未落，只见空中
出现一个狰狞的恶魔
真是雄伟的庞然大物。
看，他面色阴沉气势凶狠
胡须脏乱，两眼陷如洞穴
丑陋骇人的身躯色如灰土，
卷曲的头发上，沾满污泥
黑色的嘴唇露出一口黄牙。

四十

怪物的身躯实在庞大,
假如,用什么来比喻
只能说,他是又一座神秘的
世界七大奇迹中的巨人①。
他低沉的嗓音嘶哑可怖
仿佛发自幽深的大海渊薮,
听到那声音,看到那怪物
我们心中发寒,毛发倒竖!

四十一

他说:你们,大胆之徒
比一切伟人更肆无忌惮,
历尽残酷战争和重重艰险
徒劳无功却永远不知疲倦。
此刻竟敢来闯入我的禁地
扬帆驾船航行在我的水域,
自古到今我一直在此守护

---

① 指地中海罗得岛上的太阳神(赫利俄斯)铜像,高度超过三十米,毁于地震,残骸堆在地上八百多年。

从不许任何船只在此穿行。

四十二

你们妄想揭示那些隐藏于
天地与大海间的无穷奥秘，
世间任何尊贵不朽的伟人
都不曾享有这种特别荣誉。
我实在难容忍你们的狂妄
要为你们准备无尽的灾难，
让它遍布茫茫海洋和大地
不经历残酷战争休想过去。

四十三

你们要知道历史上曾有多少
斗胆做你们这种远航的船只，
皆遭到不可形容的海上风暴
我都曾毫不留情，加以阻拦。
对那支闯入禁区向惊涛骇浪

第一次做出大胆挑战的船队①，
我已施加了突如其来的惩罚
他们尚不及恐怖就葬身大海。

四十四

假使没弄错的话，我将在此
无情报复将我暴露于世的人
如果你们冥顽不化一意孤行
仅如此惩罚难消我心头之恨。
假使我能够把想象付诸现实
我会年年度度都让世人看到
你们的航船会遭遇海上灾难，
相比，死亡倒是最小的不幸。

---

① 指迪亚士率领的探索新航路的船队，1487年在好望角外海遭遇剧烈的风暴。迪亚士绕过非洲大陆最南端，从大西洋航入印度洋，实际上已经发现了新航路，但水手们拒绝继续前进。归途中，他发现了好望角并命名为风暴角（后来被若昂二世改名）。1500年，迪亚士参加卡布拉尔的船队前往印度，在好望角外海再次遭遇突然的剧烈的风暴，他和船一起沉没。

四十五

我将要为那位高尚的贵族①
准备好冰冷永恒的新坟墓,
幸运之神给他齐天的荣誉
上帝的意志实在殊难预料。
他打败强盛的土耳其水军
缴获的无数财富全部归我,
为吉洛亚和蒙巴萨的毁灭
我要亲手让他们遭受报应。

四十六

那位赫赫有名,风流倜傥
勇敢无畏多情善感的骑士②,
带着他那美丽不凡的妻子

---

① 指弗朗西斯科·德·阿尔梅达(Francisco de Almeida,1450—1510)。第一任印度副王、葡属印度总督。1508 年 3 月,穆斯林联合舰队与阿尔梅达的手下洛伦索率领的葡萄牙舰队在焦尔海战,葡萄牙遭到进入印度洋的第一次战败,洛伦索战死。阿尔梅达发誓复仇,拒绝把权力移交给阿尔布开克,1509 年 2 月,他率领葡萄牙舰队在第乌击溃穆斯林联合舰队,从此葡萄牙掌握了印度洋的制海权。次年 3 月归国途中,阿尔梅达在好望角附近死于和原住民的冲突。
② 指曼努埃尔·德·塞普尔韦达(Manuel de Sousa de Sepulveda)。葡萄牙贵族、骑士,第乌保卫战的英雄。1552 年,他携妻子和两个幼子回国,在南非附近遭遇海难,一家人流落到沙漠,陆续因饥渴而死。这次海难被写成了史诗,当时船上约有五百名乘客,只生还二十五人。

那是爱神对他的特殊恩赐。
来到这片狂怒残忍的土地
阴森的厄运在向他们招手，
他们从惨痛的海难中逃生
却要遭受超乎寻常的苦难。

四十七

他们将亲眼看着爱情的果实
宝贵的孩子被饥饿折磨而死，
那些凶狠而贪婪的卡佛尔人
残暴地剥光美丽夫人的衣裙，
让她那透明如玉的绝美身躯
裸露在烈日与严寒的酷刑中，
她还要赤裸着那双娇嫩的脚
踩着滚烫的荒沙，长途跋涉。

四十八

那些逃过这场灾难的人们
将看到这一对可悲的情侣
被灼热无情的荒沙所淹没，
他们流下的，悲伤的泪
甚至将那里的顽石融化。

人们看见那对情人的身体
紧紧相拥，灵魂则摆脱了
美丽又可怜的躯壳的囚禁。

四十九

正当那可怕的怪物还要继续
历数我们的灾难，我壮起胆
扬声问道：你，是何方鬼神？
你那奇伟的身躯，的确惊人。
只见他的嘴嗫嚅，眼珠躲闪
从心底发出一声骇人的长叹
他的声调，是那样深沉愁怨
仿佛我的话刺伤了他的自尊。

五十

我就是被命名为风暴之角的
那座隐藏在世界边缘的海角①，

---

① 即好望角。

托勒密①、彭波尼乌斯②、普林尼③、

斯特拉波④，任何古人所不晓。

我就是那座未知海角的化身

整座非洲海岸在此形成尖角

深插入大海，指向大地南极

你们如此大胆令我极为羞恼！

五十一

我是大地粗犷的孩子⑤之一

恩克拉多斯⑥、埃该翁⑦和百臂巨人⑧的兄弟，

名叫达玛斯托尔⑨。在反抗

奥林匹斯众神的巨灵之战中，

---

① 托勒密（Claudius Ptolemaeus，约100—170），罗马统治下的希腊天文学家、地理学家、占星学家和光学家，总结了地心说。
② 彭波尼乌斯·梅拉（Pomponius Mela，？—45），罗马地理学家，用拉丁语写作，被称为西方的地理学之父。
③ 老普林尼（Gaius Plinius Secundus，23—79），罗马博物学者、军人政治家，著有《博物志》。
④ 斯特拉波（Strabo，前64—23），希腊历史学家、地理学家，著有《历史学》和《地理学》。
⑤ 指泰坦神。
⑥ 恩克拉多斯（Encelado），希腊神话中的泰坦神，在与奥林匹斯众神的争战中被雅典娜击败，镇压在西西里的埃特纳火山下。
⑦ 埃该翁（Aegaeon），希腊神话中的百臂巨人之一，又名布里阿瑞俄斯。
⑧ 百臂巨人（Hecatoncheires），希腊神话中有五十个头、一百只手的巨人，和泰坦神、独眼巨人一样是乌拉诺斯和盖亚的子女。在泰坦与奥林匹斯众神的争战中，他们帮助奥林匹斯众神取得了胜利。卡蒙斯误以为他们是攻打奥林匹斯的一方。
⑨ 达玛斯托尔（Adamastor），卡蒙斯创造的泰坦神。

我未与他们一起堆起高山
而是征服大海的万顷波涛
成为巨人水师的骄傲统帅
与涅普顿的船队海上交战。

五十二

对珀琉斯美丽妻子①的爱情
使我不理智地卷入了战争，
我不慕天宫中的所有仙女
只对海中的公主一往情深。
那天，她与涅柔斯之女们②
一起裸着身体，走上海滩
我便心旌摇荡，一见钟情
此生从未体验过那种心情。

五十三

只叹我形容丑陋，身躯庞大
怎能够博得那位公主的爱慕？
于是，我决心以武力抢夺她

---

① 即忒提斯。
② 即五十海仙女。

这番苦恋，我向多丽斯吐露
被吓坏的多丽斯去为我做媒
忒提斯笑得开心美丽又认真：
她问仙女的爱能让巨灵满足
巨灵的爱又如何让仙女承受？

五十四

为了让大海免于战争的浩劫
我来想出一个最好的办法吧，
既不失名誉，又能祛除祸患
多丽斯给我传来了这一口信。
本来，我不该落入她的圈套
可是，爱往往令人冲昏头脑，
我的心中，如同涨满了春潮
充满强烈的情欲和美好希望。

五十五

于是不知不觉我放弃了战争
某夜，多丽斯安排好了幽期
远远夜色中，出现一个身影
正是忒提斯洁白美丽的裸体。
我从远处疯狂地朝着她奔去

伸出双臂，把心上的人拥抱
热烈地亲吻那美丽的眼睛，那
温柔的脸颊，和那一头秀发。

五十六

说下去，呵，真不知多么恶心
我满以为，我拥吻的是心上人，
却发现那只是一座冰冷的大山
只见山上荒草丛生，荆榛满地。
那天使一般美丽、温柔的容颜
原来只是一块冰凉坚硬的顽石
我如此羞愤，无地自容，所以
我面对面化成一块默默的岩石。

五十七

呵，那大海中的最美的仙女
即使我的存在让你感到厌恶
即使你想设置骗局把我捉弄
化成一段云梦轻烟又有何难？
我真是羞愧又愤怒无法形容
从此远离那痛苦与羞辱之地
躲到世界的角落里偷偷哭泣

不愿让任何人耻笑我的不幸。

五十八

这时,我的兄弟们已被战胜
沦落入难以形容的悲哀处境,
那些虚妄的天神为坐稳权位
还要在他们的头上镇着火山。
上天的意志,实在难以违抗
我只有哭泣自己的不幸命运,
我对当初的鲁莽,追悔莫及
感到命运无情的仇恨与惩罚。

五十九

我的骨骼化成一块块岩石
我的肌肉变成了黑色泥土,
我的身躯变化成一座高山
深深地插向那茫茫的大海
就这样,我这庞大的身体
被众神变成了荒僻的海角
为了让我感到加倍的痛苦
忒提斯还用海水把我环绕。

六十

只见他说着，哭泣起来
忽然间从我们眼前隐去
天上的乌云也随之消散
远方发出一阵轰鸣巨响。
我伸出双手，向引导我们
远航至此的苍天发出祈求，
请为我们祛除达玛斯托尔
所讲述的那些未来的灾难。

六十一

福来恭、皮洛伊和伙伴们①
已驾来那辆璀璨的太阳车，
这时前方出现了一座高山——
达玛斯托尔所化成的海角。
沿这条海岸继续向前航行
我们就已驶入东方的水域，
船队沿岸而下，航行一程
再次靠岸停泊，登上陆地。

---

① 这些是赫利俄斯拉太阳车的马的名字。

阿芙拉·贝恩

(Aphra Behn,1640—1689)

阿芙拉·贝恩

弗吉尼亚·伍尔夫在《一个自己的房间》中说:"所有女人应该一起把鲜花撒在阿芙拉·贝恩的墓前,因为是她给她们争得了说出自己心声的权利。"阿芙拉·贝恩是第一位以写作为生的英国女性,在17世纪七八十年代,她的剧作产量仅次于屈莱顿;在诗歌创作上是举足轻重的政治诗人,被誉为"英国的萨福";她还写出了英国最早的小说(或最早的小说之一)《一位贵族给他妹妹的情书》。她的作品都具有政治性和时事性,适合于她写作的时代,也适于后世对其进行细密复杂的分析和批评。第二次世界大战期间,布鲁姆斯伯里团体从女性从事各种职业的社会现实出发,把阿芙拉视为职业女性的开拓者,她的作品也越来越引起女性主义批评家的注意。20世纪80年代后殖民主义和种族文化研究掀起热潮,她描写非洲黑人的小说《王子的奴隶生涯》

便成为批评家瞩目的对象。小说中,她不但开创了后来为笛福及其后继者所沿用的那种现实主义,而且第一次提出了"自然人"的思想,这使她超越了笛福、理查逊和菲尔丁的时代而成为法国大革命的先驱者之一。此外,在这部中篇小说中,她还第一次以小说的形式详尽描写了奴隶制的严酷现实,成了斯托夫人等废奴主义者的先辈,推动了英国和美国的废奴运动。

按作者自己所言,《王子的奴隶生涯》(1688)基于她访问当时的英属殖民地苏里南的亲身经历;虽然有人对此提出异议,认为作者剽窃了乔治·沃伦1667年发表的《苏里南的真实描写》,但这不影响她在书中"对自然人的第一次讴歌"。她笔下呈现的是一个理想的传奇英雄,既有古典史诗英雄的侠肝义胆,又有经过17世纪的审美趣味改造加工过的蜜意柔肠。为了让读者更容易接受她书中的人物,阿芙拉特意选择了当时在英国非常流行的法国小说《卡桑德拉》中塞西亚王子奥卢恩达特斯的表兄弟奥鲁诺克作为主人公。

《卡桑德拉》中的塞西亚王子是古典传奇中典型的英雄:他的"脸庞漂亮得惊人",透过"一种丝毫没有女人气的美",你可以看到他"如此阳刚、如此闪耀、如此威武"以至于让所有人都同时感到"爱、惧怕和敬仰";他"比最高的男人高",但身体比例却极为协调,一举一动都典雅自如。他是国王的独生子,精通各种武器,练就一身好本领;他每次征战回来都会痴迷于爱情,思念远在他乡的一位女子;但他不是欧洲人,而是"野蛮的、残忍的、未开化的"异族人。

阿芙拉笔下的王子是古典世界上"高尚的野蛮人"。他是西非黑人，跨越种族线，远离王宫，主要与贩奴船和殖民者打交道。他之所以成为"自然人"，是因为他没有受到王政复辟时期政治、社会和道德冲突的污染，是卢梭所说的美德和善的真实体现。他能够接受新思想，这使他区别于当时被认为与野兽相差无几的野蛮人。他是一位悲剧英雄，历经天真的探索、不惜承受痛苦的折磨来维护自己的尊严。他起初像欧洲骑士一样隐藏起对一见钟情的姆旺达的爱，而当遭到朋友和手下的背叛时，他能够清醒地做出其他选择。他认为光荣的死胜过苟且偷生，为了避免所爱之人再次惨遭蹂躏，他宁愿让她死在自己手上。他知道世上没有正义和自由，所以接受了自己的非正义之死。他天生就是一位武士和领袖，无条件地赢得了众人的爱戴和拥护。在众人眼里如在他妻子眼里一样，他的魅力不可抗拒。他无疑是位高尚的人，而故事的反讽就在于，这样一位深受爱戴的武士和领袖却失去了自由，失去了爱情和生命，充当了奴隶制的牺牲品。

　　不仅小说的主人公是高尚的英雄，故事本身也有英雄传奇的影子。故事讲述非洲王子奥鲁诺克爱上了养父的女儿伊姆旺达的故事。但他们的爱情首先遭到了国王也即奥鲁诺克的祖父的干预，因为这位国王也看上了伊姆旺达。接着他们又分别被当作奴隶出卖。当在苏里南团聚时，他们相对获得了自由，但又由于领导了一场奴隶起义而死于正义的事业。奥鲁诺克是位赫拉克勒斯——从古典时代到文艺复兴时期始终以英雄业绩为人称颂的史诗人物——式的英雄：他有超人的力量，战无不胜；他有天才的智慧，能言善辩；他有良好的道德修养，忠实于爱情和荣誉。然而，这个英雄传奇的套路在某种意义上由于女性叙述者和女性人物的出新塑造而遭到了颠覆。在英雄传奇中，可爱的女人显然是男性冒险的动机和最终奖赏。在《王子的奴隶生涯》中，女性人物不但是王子英雄行为的动机，而且是目击者和参与者：为了赢得女性"粉丝"的赞扬，他与一只不死的老虎进行了一场殊死搏斗；为了保护四个女人的生命，他杀死了第一只老虎；在去往印第安部落途中和在印第安部落的狂欢仪式上，女性叙述者或她的女性替身始终都处于令人瞩目的中心。这是因为在这部小说中，浪漫主义和帝国主义这两种神话形式神奇地集于女性人物一身，它所产生的历史洞见和批评感性是无法用"他者"的眼光来加以解释的。也就是说，虽然阿芙拉只能透过自己文化的镜子来反映她所看到的殖民主义，但那种封闭的视野仍然具有批评的维度：这位传奇英雄打开了"他者"的经验之窗，以标准化的"他者"形象暴露了殖民主义意识形态的内部矛盾。

陈永国 / 文

参考文献

Aphra Behn, *Oroonoko, or, The Royal Slave, A Critical Edition*, edited with an introduction by Adelaide P. Amore, Lanham, New York, London: University Press of America, 1987.

Janet Todd (ed.), *Aphra Behn*, London: Macmillan Press LTD, 1999.

Janet Todd (ed.), *Aphra Behn Studies,* Cambridge: Cambridge University Press, 1996.

王子的奴隶生涯

陈永国　译

在讲述王子的奴隶生涯时,我并不假装用一个虚构的英雄冒险故事来娱乐读者,这种英雄的生活和命运是诗人乐于构思的幻想;在讲述事实时,我也不想用任何真切地发生在他身上的事故来装点它。故事自然地发生在这个世界上,有其自身的优点和天然的复杂性;有足够的事实支撑,无须添枝加叶就能供人消遣。

我目睹了你们马上就要看到的这篇故事的大部分事件,而没有亲眼看到的那部分也是这段历史的主要参与者亲口所述。这位参与者就是这篇故事的主人公。他讲述了他的整个青年时代。虽然出于简要的目的,我省略了他生活中上千个微小事件,不管它们多么赏心悦目,是历史上多么罕见的冒险,但对我的读者来说也可能是沉重和烦冗的,因为在这个世界上,我的读者每分钟都能找到供消遣的新奇事物。但是,我们这些为这位伟大人物的性格所迷的人却对他生活中的每一种状况都感到新奇。

他生命中最后一次冒险是在美洲的一个殖民地，这就是西印度群岛的苏里南。

但在讲述这位勇敢的奴隶的故事之前，我应该讲一讲奴隶是如何被带到这些新殖民地的。利用这些地方资源的人并不是本地人，我们与他们和睦相处，不敢命令他们，反倒用全部的兄弟友谊安抚他们；我们从他们手里换来鱼、鹿肉、水牛、皮和各种珍品，比如指猴，就是与老鼠和鼯鼠一样大小的一种猴子，但其体形却惊人的秀气，脸和手与人的一模一样。还有一种小动物，体形和狮子一样，但只有猫那样大，其身体各个部位完全与狮子相同，简直就是狮子的缩影。此外还有长尾小鹦鹉、大鹦鹉、金刚鹦鹉，上千种其他的鸟以及形状、体形和色彩奇异得惊人的动物。还有巨蟒的皮，长的也有六十多码；有一种蛇皮可以在国王的古玩店里见到。还有一些罕见的苍蝇，形状和色彩都非常惊人，它们都是我亲眼所见，有的像我的拳头一样大，有些比拳头小些，但都各有特色，是艺术所无法模仿的。我们还与本地人换羽毛，他们把这些羽毛按形状排列起来，他们习惯将羽毛做成花环戴在头上，挂在脖子、胳臂和腿上，其五颜六色难以想象。我自己换了一套这样的羽毛，后来送给了国王剧院，还有印第安女头领的服饰，它无与伦比，来欣赏它的有品位的人络绎不绝。除了这些，还有上千种小玩意儿和珍品，以及篮子、武器、围裙等工艺品。我们用来交换的物品有各种颜色的珠子，刀和斧，别针和用来在耳朵、鼻子和嘴唇上扎眼的针，这些部位通常都挂着许多小东西，如长串的珠子、锡块、铜块或银块，或任何闪光的小装饰品。他们用珠子编织一肘管长宽的围裙，用不同颜色的珠子编织漂亮的花朵图案；他们把这种围裙围在前部，也就是亚当和夏娃用无花果叶子遮盖的部位，男人们则用从我们这里换去的长片亚麻布遮盖。他们还把这些珠子用长长的棉线穿起来，捻成绳子来系围裙，往往要在腰部缠上二十多圈，然后像背带一样从双肩绕过，缠在脖子、胳臂和腿上。这种装饰，配上她们长长的黑发和脸上画的斑点和花朵图案，看上去真是赏心悦目。她们几乎都是美女，而有些美女的身材真是好看，颇具特色，妩媚而令人耳目一新，因为除了肤色外，她们都具有人们称作美的特点。她们的皮肤呈红黄色。她们都惯于涂油脂，每次涂完后就像一块新砖，滑润、柔软、有光泽。她们极其谦虚、忸怩、羞涩，摸起来手感很好。虽然她们都赤身裸体，但如果永远在她们中间生活，却看不到有任何不庄重的行为或窥视发生；又由于始终惯于相互看着毫无遮掩的身体，就像我们堕落前的祖先一样，她们仿佛没有任何愿望，也没有什么令人好奇的东西，你能看到的，一下子就都看到了，而且是每个瞬间都能看到的。没有新奇感也就没有了好奇心。但是，我还是见过一位漂亮年轻的印第安人爱上了一位非常美丽年轻的印第安女孩，而他所能做的就是抱着胳臂，目光跟随着她，叹息是他的全部语言；而她根本没在意，好像这位爱她的人根本不存在，要么就不是她所爱的那种人。她的目光总是小心翼翼地躲着他，不看他，但我看见她脸上的红晕却是这个世界上最严肃、最谨慎的。这些人向我展现了绝对的原初的天真，人懂得犯罪之前的那种天真。最简单明了的事实是，朴素的自然是最无害的、不伤人的、贤惠的情人。如果允许，只有她才能给这个世界带来比男人的全部发明都好的教育。在这方面，宗教只能破坏人们由于无知而拥有的那份安宁，法律只能教会人们如何冒犯别人，而对于这一点，人们现在连想都没想过。这些印第安人曾经为英国总督的死而哀悼和斋戒，这位总督曾经答应来帮助他们，而他既没有来也没有派人来。他们认为一旦许下了诺言，就只有死才能或应该使他爽约。当他们看到他没有死的时候，就问他该如何称呼一个没有践约的人。总督说这种人叫骗子，是绅士所犯的丑行。然后，他们中的一个人回答说：**"总督，你是个骗子，犯有丑行。"** 他们秉承一种本地的正义，不允许任何欺骗；他们不懂什么是罪孽或狡猾，但白人教会了他们。他们有很多老婆，老年时，她们就侍候年轻的，但这种服务轻松而受人尊敬；而如果不是在战争中俘虏奴隶，他们就没有别的仆人。

在我所在的那片大陆上没有国王，但人们必须服从年迈的战争首领。

战争首领就是带领人们打仗并取得胜利的人，我以后还要详细讲到这个人，并讲到他们的其他习惯和风俗。

我说过，我们和这些人在一起过着特别平静和相互理解的生活。当然，他们熟悉每一个地方，知道到哪里寻找最好的食物，和寻找食物的方法；在一些微不足道、毫无价值的小事上，他们给我们提供的是我们不可能得到的东西。因为他们不仅在林子里和大草原上狩猎，像猎狗一样迅速穿过那些几乎不可能穿过的地方，只靠飞快的双腿就能捉住最灵巧的鹿和其他可食动物，而且在水里，人们会以为他们是水神，或深水里的居民，那罕见的游泳和潜水技术，几乎就是在水中生存一般，他们靠这般技术控制深水中速度较慢的生物。然后是射箭。不能用手得到的东西，他们就用箭，瞄得如此之准甚至能把一根头发分成两半；只要是在射程之内，他们就会射下橘子和其他水果，而且仅仅用箭头射中树干而不伤着水果。就这样，他们在每一种场合都帮助我们，因此绝对有必要把他们当朋友，而不当奴隶；我们也不能做别的事，在那片大陆上，他们的数量远远超过我们。

我们用在甘蔗园做工的那些人是黑人，都是黑奴，他们都是以下面的方式运到这里来的。

想要拥有奴隶的人与船主或船长做交易，按人头签合同，每个人头二十镑左右，而运多少由他自己来定，人到种植园后才付款。所以，每当有满载奴隶的船只到来时，签合同的人就来到船上，按批清点人数。也许一批有十人，可能有三四个男人，其余的是女人和孩子；或者男女人数差不多，你都必须接受。

柯拉曼廷就是这样一个被称作黑人之国的国家，是贩奴最有优势的地方之一，也是大多数奴隶贩子经常光顾的地方。那是一个非常好战和勇敢的民族，连年战争，总是与某邻国的王子结仇，并总能俘获大批俘虏。所有战俘都被当作奴隶卖掉，至少拿不起赎金的穷人都被卖掉。所有这些奴隶都归首领所有，船长和船主就从这些首领手里购买货物。

柯拉曼廷的国王本人已经一百多岁了，虽有许多漂亮的黑人妻子，却膝下无儿。毫无疑问，黑肤色有魅力的美女确实不少。年轻的时候，他有过许多勇敢的儿子，其中十三个死于战场，在进攻时倒下了。只剩下了一个孙子继承王位，是一位已故胜者的儿子。当他刚刚能手拿弓箭、背负箭袋的时候，就被派到教练场上接受一位最老的战争首领的训练。十七岁时，他就在一位最熟练的船长和战神麾下当了最勇敢的士兵，也因此成了这个世界上的奇人和深受士兵爱戴之人。此外，人们喜欢他那种土著的美，在他那灰暗的种族人中鹤立鸡群，哪怕不了解他的性格的人也都对他报以敬畏；当他来到我们这个世界的时候，就连我也为他出众的才貌而惊诧。

还不到十七岁的时候，和他并肩作战的首领就眼睛中箭身亡，而王子奥鲁诺克（人们就是这样称呼这位勇敢的穆尔人的）则九死一生。首领看到了箭向王子射来，如果他不是故意低下头，用自己的身体挡住了箭，那箭就会射在王子身上。首领救了王子的命。

也就是在这时，痛苦万分的奥鲁诺克顶替老人成了首领；也就是在那时，在这场持续了两年的战争即将结束的时候，王子来到了王宫，从十五岁到十七岁，他在王宫里总共也没待足一个月。真是想不出他在哪里学到了这么多的人道，如果给他的成就一个比较公正的名称的话，真的不知道他从哪里得到了这样一颗如此伟大的灵魂，关于真正的荣誉的那些精确的看法，那种绝对的慷慨，容纳最热烈的爱和勇气的那种温柔，他把所有这些几乎接连不断地给了战斗的勇士，受伤的和已死的，那些只能听到厮杀和呻吟的人。我们可以把其中有些部分归功于一位聪明而有学问的法国人的关怀，他发现给这位年轻的黑人王子做教师是件好事，发现他思维敏捷，理解力很强，教他道德、语言和科学知识实属乐事，并因此而得到了王子的爱和器重。另一个原因是，从战场上归来时，他认识了此后从事贩奴的许多英国绅士，不仅学会了他们的语言，还学会了西班牙语，后来他就是与这些西班牙人交换奴隶的。

我经常与这位伟人见面，和他交谈，目睹了他的许多壮举。请读者相信，最杰出的宫廷也没能生产出比他勇敢的人。他有勇有谋，有坚实的判断力和机智，谈话亲切轻松。他懂得的和他的阅历一样广博：他听说过罗马人，仰慕他们；他听说过英国刚发生过的内战以及我们的伟大君主的悲惨的死，并能讨论内战的意义和想象得到的非正义的恐怖。他风度极为优雅，像有教养之人那样文质彬彬。他本质上没有一点野性，处处都能看得出他是受过欧洲宫廷教育的。

奥鲁诺克的这一伟大纯正的性格引起了我极大的好奇心，尤其是当我了解到他还讲法语和英语时，我就直接用这两种语言和他交谈了。虽然已经对他了解很多，但我亲眼看到他时却非常惊奇地发现我仿佛对他一无所知，他完全超出了我对他的了解。他走进房间，以世界上最优雅的风度向我和其他女人打招呼。他个头很高，但体形却是所能想象得到的最匀称的，最著名的塑像也不能从头到脚塑造出这样一个令人羡慕的人像来。他面部并不是黑人民族的那种锈铁般的黑褐色，而是闪亮的道地的乌木色。他的双眼是我见到的最漂亮的，具有穿透力，眼白和牙齿一样雪白。他有一副罗马人的高高的而不是非洲人的扁平的鼻梁。他的嘴是我见过的最美的，绝不是其他黑人天生的噘嘴儿。面部的整个布局和气质如此高贵，如此匀称，以至于除了肤色之外，自然再也没有比他更美、更令人愉悦、更漂亮的了。他浑身没有一处不符合真美的标准。他长发垂肩，艺术般地卷起，梳理得整整齐齐，他平时特别在意梳理自己的头发。他的心智也与他的外表一样完美，无论什么话题他的谈吐都令人钦佩，凡听过他讲话的人都相信自己过去错了，以为最高的智力都属于白人，尤其是信奉基督教的白人；都承认奥鲁诺克也能成为优秀的统治者，具有管理才能和一颗伟大的灵魂，谨言慎行，理智地行使权力，与世界上最有学问的学府或最杰出的宫廷培养出来的王子毫无二致。

我所描述的这位王子，他的身体和灵魂都如此出色，（当他还在祖父的王宫里时）就像我说的那样，就像一个勇敢侠义的男人那样有爱的能力，我说的是那种最大的爱，当然，伟大的灵魂都具有充满激情的大爱。

我已经说过，老首领在战场上中箭身亡，死在了王子身边，奥鲁诺克当了首领。这位已故的老英雄只有一个女儿，一个美女，要想描写她那种真美，你只需说一句话，她是为配高贵的男人而生的女子，是为我们年轻的玛尔斯而出生的美丽的黑人维纳斯。在人品上她和他一样魅力四射，娇美孱弱。我曾看见上百个白人男性在她身后叹息，在她的石榴裙下上千次发誓，但都枉费心机。的确，只有自己民族的一位王子才能配得上她的美。

奥鲁诺克从战场上归来（战争已经结束），拜见了祖父之后，他想出于礼节应该去探望养父的家人，也就是已故首领的女儿伊姆旺达，向她致歉，因为他的生恰恰是她父亲的死换来的；并把在这最后一场战役中掳来的奴隶献给她，作为她父亲的战利品。他在屡建功的年轻军人的陪同下去见伊姆旺达，一见面，就为这位夜之女王的美惊呆了，那副模样和人品完全超出了他所见过的所有女人：她接待他时表现出的那种落落大方，她目光中的那种温存，以及在奥鲁诺克这样一位伟大人物亲自前来凭吊时她在忧郁中发出的感叹。她曾经听说过这位王子那些令人钦佩的事迹。她以一种敬畏之情接待了他，而在他逗留期间，她那些甜蜜的语言和举止完全征服了他那颗狂野的心，令他感到征服者也能被征服。所以，在初次表示敬意并献上一百五十名戴着镣铐的奴隶之后，他用目光告诉她说他并非不为她的美丽所动。而伊姆旺达除了领受如此的荣耀之外别无所求，满心欢喜地接受了那种一见钟情的沉默表达，从那一刻起就开始全力打扮自己了。

王子回到宫里，如同变了一个人，虽然他没怎么提到美丽的伊姆旺达，但他高兴地听着手下人每天只谈论那位少女的美貌，即使在老国王面前，他们也在赞美她，一旦可能就夸大她的美，以至于宫廷的每一个角落里都只回响着"伊姆旺达""伊姆旺达"的名字，而没有别的声音。

可以想象，奥鲁诺克没过多久就再度拜访，而就他的性格而言，没过多久他就表白说喜欢她。我常听他说，他有了某种奇怪的灵感，因此说起话来如此温柔、如此富有激情，而他原本是从未谈过恋爱、不习惯和女人说话的人；（用他自己的话说）最令他高兴的是，直到那时，某种新的未知的力量才激励他学会了一种爱的语言，同时，出于对她的宠爱而使伊姆旺达感受到了他的激情。她被他的话所感动，她的回答也完全说到了他的心坎上，便油然产生了一种前所未有的喜悦。他也没有滥用爱给予他的那些义务，而是最好地利用了他的那些幸福时刻；由于他心无邪念，所以他的爱情火焰也只为荣誉而燃烧，如果爱情可以带来这种荣誉的话。尤其是在那个国家里，男人总是尽可能多地占有女人，而对女人犯下的唯一罪过就是背弃，不顾她的贫穷、羞辱和痛苦。这种不道德的行为只发生在基督教国家里，这些国家只图宗教的名分，而不充分考虑德行和道德。奥鲁诺克不是那种人，他有正确的荣誉观，求婚的时候他根本没有提出那样的要求，而与他国家的风俗相反，他发誓有生之年只娶她一个人；岁月和皱纹都不会使他变心，因为她的灵魂永远是美的，永远是年轻的；他将永远记住她现在拥有的美貌，而当那种美貌从她的面容上消失之后他也将在心中看到它。

经过了上千次的考验，他持续的爱情火焰未息，她也愿意接受他的永久统治，愿意接受他做自己的丈夫；或者说，把他作为神降给她的最大荣耀而接受了。

所有这些都需要遵守某种仪式，而我忘了说，仪式是一定要举行的，而且这些仪式双方都要举行。为了服从祖父的意志，他先要了解全部计划，他们要绝对服从君主，何况君主就是他祖父呢。

另一方面，老国王已经妻妾成群，但宫廷里传诵的关于这位年轻美人儿的那些谄媚之词，使他暗生了上千种想法。在他的想象中，这是他多年来在漫长的选妃史上所拥有的最迷人的美人儿了。这种性格，那颗老迈的心，就像一块已经熄火的木头，会再度燃起，感到新的爱情之火重新燃烧起来。他已经进入了第二个童年，迫不及待地要看看这个尤物，和她纯情地玩玩。但他怎样才能确认她真的是个奇迹呢？在利用权力把她叫到宫里来之前（除了国王私用之外，未婚女子从不能进王宫半步），他必须考虑这个问题。而在考虑这个问题之时，他的密探就已经告诉过他，说伊姆旺达是王子奥鲁诺克的情人，这使他非常恼火，但也给了他一个机会。他打算在王子外出狩猎时，派一个有教养的奴隶随从去给伊姆旺达送个礼物，假装是王子送的，他就能偷偷地看到这位美丽的少女，有机会听到她是怎样答谢王子的礼物的，由此揣摩她的心思和爱的程度。这个计划付诸实施了。老君主看见了她，欲火燃烧起来。他发现她和所听到的传言毫无二致，因此决心不耽搁这份幸福，但他又发现他必须首先征服她的心，因为她给王子的回话是那么甜蜜，那么温柔和美丽，那份爱意和快乐不可能是装出来的，因为她全心全意地爱着奥鲁诺克。这使老国王感到很痛苦，便用下列方法来减轻内疚感，即人们服从国王的意志不亚于他们服从神的意志，有什么样的爱会阻止伊姆旺达呢？责任会迫使她就范的。

他刚一回到王宫就给伊姆旺达送去了一块皇家面纱，这是国王的请柬，只要想让一个女人来与他同床共枕，他就派人送去一块面纱，让她遮住脸来与国王幽会，不服从就被视为最严重的叛逆，并处以死刑。

不用想就能知道，这位可爱的少女在接到消息时受到了多大的惊吓，又有多么悲伤。但是，在这种情况下，耽搁是危险的，恳求则重于叛国罪。她浑身颤抖，几乎昏厥，无奈之下戴上面纱就被带走了。

他们把她带到了宫里。国王让人准备了一次奢侈的沐浴。他坐在伞盖下，在浴池里等待着这位盼望已久的处女。他下了命令，所以她一定会来。他们（脱了她的外套后）把她领到浴池边，闩好了门，便等着她自己下到浴池里。国王毫不客气地命令她脱下浴衣，钻进他怀里。但伊姆旺达饱含泪水，一下子跪在浴池边的大理石上，请求国王听她诉说。她告诉国王她还是个少女，她非常骄傲能有如此神圣的殊荣来服侍国王，但是，按照法律和出于国王的善意，他不能也不会从别的男人手里夺走已经结婚的妻子，所以，如果她不说明自己的情况，不告诉他她已经属于别人，和他在一起不会幸福的话，她就会让国王犯下大错。

国王已经为这耽搁发怒了。他匆忙地问是哪个大胆的男人不经过他允许就敢娶她这样的女人。伊姆旺达看见了他眼里的凶光和他那颤抖的双手，到底是出于愤怒还是气愤，我不得而知，但她几乎后悔说了这番话，她担心一场暴风雨将要降临在王子身上，于是想方设法平息国王愤怒的火焰，想让他平心静气地听她陈述。但在她开口前，他该猜测她说的是谁呢，但又似乎没那么做，而只命令她脱下浴衣放在一边，她便忍痛让他抚摸，因为她相信，她一旦说出那个男人的名字，他就会被处死，哪怕是奥鲁诺克。他于是说：“否认这桩婚事，发誓说自己是个未婚女子。"伊姆旺达回答说：“凭所有的神起誓，我不是已婚女人，因为我丈夫还没有见过我的身体。这就够了吧。"国王说：“这足能满足我的心愿了。"说着起身来到她身边，扶她进了浴池，挣扎已经没有用了。

此时，王子已经打猎回来，去看伊姆旺达，发现她不在了。不仅如此，还听说她已经接了皇家面纱。这使他大发雷霆。愤怒中，人们想尽办法阻止他伤害自己。先是武力，接着是说理。他们讲了千般道理来平息他的愤怒，但只有国王的老迈、无法伤害伊姆旺达的身体这一条起了作用。他对此抱有希望，这也给他喜悦，令他宽心。然而，这并不能完全阻止他产生各种念头和各种情绪，有时他心中愤怒，有时泪如雨下。说他祖父年迈、无法以那种方式伤害她，其实不足以给他带来安慰。他必须履行年轻人为父辈应尽的那份责任。他失去了情人，又不能以全部力量和勇气把她抢回来，他怎能不为此悲叹和伤心呢？他常常会哭喊着："噢，朋友们哪！她若是被囚禁在高墙之内，或被囚禁在最结实的堡垒之中；若是什么魔法或妖魔把她从我手里抢走，再大的危险我也要把她救出来。可是，她在一个孱弱的老头的怀里，我的青春，我的热烈的爱，我的武器，我的全部光荣的梦想，都无济于事。伊姆旺达就仿佛被死亡之手抢走，再也不会回来了。噢！她永远回不来了。难道我还要焦躁地等下去，等待命运把老国王踢进坟墓？即使那样，也不能把我的伊姆旺达解救出来，那阻挡我幸福的习俗是，儿子与父亲的妻子或情人结婚就是犯罪，除非我不顾脸面为后人树立一个邪恶的样板，抛弃我的国家，和她一起逃到一个谁也不认识的陌生国度。"

但这个风俗对他行不通，他的情况有所不同。因为伊姆旺达是他的合法妻子，所以受伤的男人是他，而且，如果他愿意，可以把伊姆旺达要回来，违法的是他的祖父。如果他能略施小计，把伊姆旺达从敖坦，也就是国王的后宫，从她的闺房里救出来，那既是正义的也是合法的。

这种推理有些道理，他应该完全接受，只不过占有他妻子的是他祖父。他爱她爱得如此之深，因此他只想听他最希望听到的话。他想让伊姆旺达亲口说，她到底在宫里满足了他的欲望没有：她是因为对自己的忠诚和爱才被冷落了吗？但是，要想见到后宫里的女人是很难的，没有哪个男人能进得去，只有当国王宠幸某个妻妾的时候才有机会，其他任何时间进去都等于去送死，所以，他不知道怎样才能见到她。

当奥鲁诺克备受爱的煎熬、饱受世界上最痛苦的折磨之时，老国王也没有免除他那份痛苦。他由于迫于一种无法压抑的情欲而剥夺了孙子的宝贝儿感到苦恼，他知道这是孙子最最珍贵的，因为她是他所见过的最美丽的女人，具备青春的甜蜜和谦虚的美德，还有超人的智慧。他发现不管他怎样强迫她把可爱的身体投入他枯萎凋谢的怀抱，她都只是悲叹和哭泣，都想着奥鲁诺克，并常常忍不住提到他，尽管按风俗，她已经由于保存自己的爱情而失去了生活。她谈到的不仅是一个情人，而是她的说话对象所珍爱的一位王子；而且，对一个男人的那些称赞，对他的每一件英雄事迹的赞颂，甚至他的名字，都会让这位老人心旷神怡。也恰恰是这位老糊涂对我们这位年轻英雄的爱，才使伊姆旺达上千次地提到他而没有冒犯老国王；老国王的这种屈尊俯就使她常常从关于王子的谈话中得到了满足。

此外，他多次询问王子如何忍耐。他问的那些人全都说王子的优点和美德，他们的答话都是他们认为有利于王子的，也就是让老国王以为王子已经对伊姆旺达没有兴趣了，主动把她让给国王享乐，他已经把兴趣转到数学、防御工事、军事和狩猎上去了。

这令那位老情种非常高兴，禁不住把这些事情告诉了伊姆旺达，希望她也会效仿她年轻的情人，收回她的心，满足于投身他的怀抱。然而，不管她怎样被迫接受这个不受欢迎的消息，不管在表面上怎样表现出不在乎和满足，她的内心都在燃烧，只有独处的时候，当用叹息和泪水来倾倒悲痛和哀伤时，她才感到一点宽慰。

关于王子行为的报告都呈给了国王，王子认为最好是尽早证明他的行为的正确性。当他出现在国王面前时，他的面目表情并没有表露他的心，所以，短时间内老头儿确信孙儿已不再爱伊姆旺达了，于是就带着他去后宫，经常和他的爱妾一起进餐。但有一天，当他和国王一起走进伊姆旺达的寓所，不管他怎样坚定，一看见伊姆旺达的眼睛他就马上要就地瘫倒了。如果不是身边一个叫阿波的年轻人扶着他，他就真的瘫倒了。假如国王碰巧向那边看的话，他面目表情的变化一定会暴露了内心的情感。正如我所说，当听说黑人**可以变脸色**时就大笑的人其实犯了一个大错，因为我就常常看到黑人脸红或面色苍白，与我看到的最漂亮的白人的脸没有什么两样。毫无疑问，这些表情变化在这两个情人脸上显而易见。而伊姆旺达一看到王子脸上的变化便显露出一丝快意，发现自己的表情也变了，就急忙用迫不得已的抚摸来转移国王的视线。她就是用这种抚摸来接待国王的，但这也同样在可怜的几近绝望的王子的心灵里留下了一块新的伤疤。但当国王去看伊姆旺达做的某件小玩意儿而离开时,她就有机会用愤怒而充满爱意的眼神告诉王子,她不喜欢他的冷漠,为自己痛苦的囚禁而悲伤。他的目光也没有沉默,而是尽眼之所能,向她抒发最温柔、最富有激情的爱意。他们交流得非常顺利,非常有效果。伊姆旺达不再怀疑了,坚信她仍然是那颗灵魂的唯一快乐和爱人,那颗灵魂就在这快乐和爱人中寻求爱的权利,没有人比她更愿意给他这个权利了。只有这种威力无比的语言才能在瞬间把他们灵魂中的思想传达给对方,他们觉得他们需要找到令他们全身心快乐的机会。就在这时,国王的一位前妻奥纳哈尔给他们打开了另一扇门。她现在负责侍候伊姆旺达。王子看到了一张摆满了糖果和鲜花的床,那是为国王作乐准备的。国王立刻把浑身颤抖的受害者带到床上,从王子的视线里消失了。何等的愤怒,何等的疯狂,抓住了王子的心!他强忍着抑制住那愤怒,默不作声地忍受着内心的痛苦,直到他实在难以忍受,任凭千万痛苦撕裂他的灵魂。他不得不跑出去呻吟几声,倒在一块地毯上,挣扎了许久,泣不成声地喊着:"噢,伊姆旺达!"奥纳哈尔干完了里面的活儿,关上门,出来等着国王的呼唤。她听到另一个房间里的叹息声,便走过来,发现了悲痛欲绝的王子。她想她该帮他一把。她热情地招呼他,但没有用;从他的叹息和呼唤的伊姆旺达的名字,她明白了王子痛苦的原因。她告诉王子,他没有理由让自己那么痛苦,因为如果他像她那样了解国王的话,他就不会有半点嫉妒了。她相信伊姆旺达现在也和他一样痛苦万分。阿波也同意这个说法,他们两人一起劝他回过神儿来。他们都坐在地毯上,王子无限感激奥纳哈尔,几乎说服她站在了自己的一边。她答应帮他做他想做的事,让伊姆旺达知道他如何忠诚,如何痛苦,并为他传话。

这番谈话一直持续到国王呼唤时方止。这给了奥鲁诺克一点满足,奥纳哈尔给了他希望,他尽最大可能装出一副高兴的样子。接着,他和在外面等待的人都被传了进去。国王下令演奏音乐,令几个年轻妻妾在他面前跳舞。伊姆旺达也在她们当中。她不但美貌超群,舞姿也比她们优美,国王赏了她一件礼物。王子每时每刻都能在这个美人身上发现新的美和优雅。他看着,她舞着,奥纳哈尔则和阿波躲到了一扇窗下。

如我所说,这个奥纳哈尔是老国王抛弃的妻妾之一,这些徐娘半老的妻妾现在是那些新的年轻的妻妾的保护人或老师。她们的任务就是教会新人那些淫荡的做爱技巧,当时她们就是靠这个得宠的。现在她们非常苛刻地对待得宠的新人,报复她们夺取了曾经属于她们的荣耀,嫉妒这些新人获得的满足、宠幸和礼物,那是她们年轻貌美之时所拥有过的,现在她们已是枯花败柳,那些宠幸都给了含苞待放的新人了。当然,对于一位老朽的美人来说,最痛苦的是眼看着曾经受宠的美貌一点点逝去,眼看着那些曾经落在自己身上的抚摸都给了那些新人。每次从她们面前走过时,都能听到她们交头接耳,说**她曾经是一位美人儿**。所以,是时间给了这些被抛弃的女人以全部的侮辱和朽败,她们要把这笔账算在这些花团锦簇的美人儿身上。奥鲁诺克特别担心的也正是这些老女人的苛刻,担心奥纳哈尔不会让他见到伊姆旺达。但是,我已经交代过了,那老女人已经和阿波躲到了一扇窗下。

阿波不仅有着最优秀的品质,而且身材和相貌相当出众,常常陪伴国王到后宫。他已经征服了老奥纳哈尔的心，那颗仍然没有泯灭爱情和快乐的心。虽然她脸上已经皱纹密布，但仍然有年轻人的感觉和智慧。对年轻的阿波来说，她还是那样怡人，所以他常常用谈情说爱讨她的欢心。他还知道，讨好这些失宠的女人是出人头地的途径，她们掌管宫里的大事小情。他还注意到她看他时的眼光比看别人时温柔和热情。现在，他看到她真的要帮助王子，就在她耳边叹一口气，用温柔的目光望着她，让她以为她已经征服了他的心。他发现她很高兴，并对他动手动脚的，可是好事到此为止了，国王起驾了，那天的好事就此结束了，谈话也结束了。

那天晚上，阿波没有忘记告诉王子他成功了，奥纳哈尔的帮助将极其有利于他和伊姆旺达的爱情。王子听到这个好消息大为振奋，想要找机会抚摸她，这样就能完全占有她了，如果他能够顺从她的欲望，他就能做到这一点。王子说：“**那么她的生活就凭你发落了，她一定会答应你以我的名义提出的请求的。**”阿波明白他的意思，说他做爱很出色，不用理会最在行的情妇是否会发现他是假装的还是真心的。于是，他们就耐心地等待着再次去后宫的机会。

战事频仍。收复土地的时候临近了。王子不能耽搁他率军攻敌的时日。但在出兵之前他必须见到伊姆旺达。他每天度日如年，因为他相信，如果他不高高兴兴地离开，他就无法活下去。所以，他焦急地等待着国王给他进宫的机会，他希望这个机会不要来得太迟了。

一对有情人对视的目光并没有秘密到不被人发现的程度，任何一个有嫉妒心的老手都会看得出来，但王子不想让那些谄媚者向老国王告密，说他们都看出来了。于是，王子急忙回到营地。他觉得那可能是他最后一次来后宫了。所以，他催促阿波为这最后一次努力做最好的准备，让他和奥纳哈尔说，一方面不要耽搁她和年轻情人的好事，同时也给王子和伊姆旺达说话的机会。

王子和阿波谈妥了之后，和往常一样陪同国王去了后宫。国王的全部人马都全神贯注地观看那些皇家妇女的舞蹈和滑稽表演。奥纳哈尔趁机把阿波单独叫出来，发现他很中她的意。当把他带到她认为背静的地方时，她叹口气，温柔地说："啊，阿波，你什么时候能感觉到我的情感呢？我已经坦露，因为我无法让我的眼睛撒谎，你都已经看到了我眼睛里冒出的火焰。我也不能让你相信，因为我是被一个国王抛弃的妃子，我以为自己已经全然没有了魅力。不，阿波，我觉得我风韵犹存，仍然有让人快活的本领。我还可以有情人，但我只要阿波。""夫人，"半真半假的年轻人回答说，"我早就看到你仍然魅力四射；我以为你是可怜我才屈身向我袒露，可是，夫人，在我们国家，词语在求爱中只是很小的一部分，很少有人能只通过袒露胸怀而获得幸福的。我们要用这短短的几分钟来证明我们的爱，而不仅仅是说话和叹气，对此我已经厌倦了。"

他说这番话时的口吻让她信以为真，她无法不相信他；她心中充满了喜悦，让国王最漂亮的部下服从于她的欲望。她急忙从耳上摘下两颗大珍珠，让他戴在自己的耳朵上。他似乎在拒绝，哭喊着说："夫人，这不能证明我所期待的你的爱，这是机会，是我们独处的时光，只有这能使我幸福。"但是，她把珍珠塞进他手里，温柔地悄声说：

"噢，不要担心一个女人的新发明，爱让她思考。"她紧握着他的手，哭诉道："今天晚上你将得到幸福。到后宫后面的橘树丛门口，午夜时分我来接你。"他们就这样说定了，她转身离开，没有人注意到他们在一起说话的情景。

女人们还在跳舞，国王躺在地毯上尽情地观赏，尤其是伊姆旺达，那天她比以往任何时候都可爱，因为奥纳哈尔给她带来了好消息，王子仍然像以往一样深情地爱着她。王子躺在房间另一端的一块地毯上，目不转睛地注视着他灵魂的目标。她的每一次转身，每一个动作，他都没放过，只有她能让他的目光和灵魂转动。伊姆旺达也没有看别的地方，而只是以无限的快乐看着她给王子带来的快乐。但是，当她盯着王子看时脚步却慢了下来，不慎滑倒了，而且离王子如此之近以至于他一跃从地毯上跳起来，用胳膊接住了她。在场的人都看到了，也看到了他抱着她时的那份喜悦。他紧紧地把她拥在胸前，忘记了应该给国王的这位爱妾一点尊严，而惩罚就是给这种勇敢的奖赏，如果不是伊姆旺达想到了他（更加担心他的安全），及时从他怀里跳了出来，继续舞蹈的话，他在那瞬间就会被处死，因为醋意大发的老国王已经愤怒地站了起来，打断了一切娱乐，拉着伊姆旺达进了房间，传话让王子马上回军营，如果再发现他夜里进宫，就要以违令罪处斩。

你可以想象奥鲁诺克听到这一消息时的反应，爱他的人都责怪他那失去理智的拥抱和抚摸；他认识到了自己的错误，然而他喊道，如果再给他这样一个机会，他会心满意足地死去。

由于这一事故，整个后宫陷入一片混乱；奥纳哈尔尤其担心，因为王子的去留决定着她的幸福,一旦王子走了,她就再也见不到阿波了。所以,在他们离开之前,他们商量让王子和阿波在那天晚上都来后宫的橘树丛,那里都是橘树和香橼,他们将在那里等她的消息。

他们就这样分手了,夜晚到来之前他们都焦急地等待着,把可爱的少女留给了国王一人。但那老情种的嫉妒还是没有平息,他不接受解释,而认为伊姆旺达故意摔了一跤,跌进奥鲁诺克的怀里,那看起来是他们双方设计好的,无论她怎样解释都无济于事。他年迈固执,伊姆旺达感到他真的担心了。

国王回到了下榻,派人去找王子,看他是否真的服从他的命令。差役回来说他发现王子心事重重,根本没有准备去打仗;说他心不在焉地躺在地上,没有服从命令的迹象。国王确定他的猜疑是对的,便命令他们严密监视王子的活动,不能让他离开住所。约定去橘丛的时间快要到了,他只带阿波离开了住所。他一路受到监视。奸细看着他进了后宫大门,便向国王告密去了。

奥鲁诺克和阿波一进来,奥纳哈尔就把王子带到伊姆旺达的寓所,伊姆旺达还躺在床上,不知道幸福已经降临在她头上。奥纳哈尔把他带到伊姆旺达的房间就忙不迭地把阿波带到了自己的房间,阿波为了王子而大献殷勤,为了让王子有机会得见心爱的人儿而在床上忍受着奥纳哈尔的抚摸。

王子轻轻唤醒伊姆旺达,她看到王子真是喜出望外,但也恐惧得浑身颤抖。我相信他没有费力去说服这位年轻女子,他自己有多担心来享受这爱的权利;我相信她没怎么挣扎就落入了她久已渴望的怀抱。

现在机会来了，夜晚和静寂，青春、爱和欲望，他很快就占了上风，陶醉在他爷爷多少个月以来没有得到的那种狂喜之中。

不难想象这两个年轻恋人的满足，也不难想象她对他发誓说，在那天晚上之前她始终都是清白之身。她和他爷爷所做的任何事都没有破坏她的贞节，仁慈正义之神为她的君主经受了煎熬，保持了她的洁身，那是属于王子的。而他的痛苦是难以表达的。他听着那双可爱的嘴唇发出的迷人的声音，双手紧拥着他渴望已久的那个身体。现在令他痛苦的只有与她的突然告别，他告诉她必须离开，还有那些命令，但是，能这样离开她就已经很满足了，因为老国王迄今为止还没有剥夺那些只属于王子的快乐，将来他也不能怎么伤害他。除去面纱的丑闻不说，她不是另一个男人的妻子，所以他相信她很安全，即使在国王的怀中她也是洁身的。然而，他还没有征服全世界，还没有条件让她不去接受皇家面纱的荣耀。他们两人就这样在上千次抚摸中悲悼青春和美的命运，那么容易屈服于那种残酷的晋升。尽管整个王国的年轻女性都渴望得到那份荣耀，但在他们这里却是完全可以抛弃的。

但是，就在他们如此疼爱，忘记了时间的流逝，而黎明就要把他从唯一的幸福身边带走之时，他们听到了后宫人声鼎沸，传来了平时听不到的男人的声音。王子从惊恐的伊姆旺达怀中站了起来，跑向平时不离手的一把小战斧，但还没来得及穿上衣服，开门的人就直挺挺地站在他面前了。开门的人如此用力，连奥鲁诺克都没能抵挡得住，他便不得不以命令的口吻喊道："你们竟敢如此大胆，这样鲁莽地撞门，要知道我，奥鲁诺克王子，是不会便宜你们的，谁先进来谁就得死。

你们还是退后,要知道这个地方今晚对于爱,对于我都是神圣的;明天它就是国王的了。"

他的话是那样坚定,那样沉着,开门的士兵都退后了,但他们喊道:"我们是执行国王的命令才来的,听你这么说,啊,王子,我们可以出去,向国王报告他所担心的事都是真的,你也考虑一下自己的安全吧,听听你的朋友们的意见去吧。"

说完,他们走了;王子也和伊姆旺达凄惨地匆匆地告别。伊姆旺达相信凭她的魅力,她能够平息这位嫉妒的国王的愤怒,说她受了惊吓,说他是武力闯入后宫的。她现在所关心的是他的生死,所以,她催促他快去兵营,千万不要再耽搁了。她本人也不能耽搁了,阿波和奥纳哈尔双双请求,都说一个谎言就足以保护伊姆旺达了。所以,奥鲁诺克带着一颗死了的心、一双无神的眼睛和一颗叹息的灵魂离去了,去往兵营了。

没过多久,国王就驾临后宫,愤怒地看着伊姆旺达,申斥她的邪恶和不忠,威胁她的皇族爱人;她匍匐在他脚下,眼泪湿透了地板,请求他饶恕她并非有意犯下的罪过,奥纳哈尔也俯伏在地,证明王子是在伊姆旺达不知情的情况下闯进后宫、污辱了她的。她这是昧着良心说的,但为了救伊姆旺达的命,她绝对有必要编造这套谎言。她知道这不会伤害王子,他已经逃到了一座兵营,军队会站在他一边,不会使他受到任何伤害。然而,伊姆旺达受到污辱这个说法改变了国王复仇的策略,他曾经想亲手处死她,现在决定不让她死。但是,由于在这个国家,与儿子、父亲或兄弟占有的女人有染是最大的罪,所以他现在把伊姆旺达看成赃物，已经不适于他的拥抱了；但也不能把她转让给孙子，因为她已经接受了皇家的面纱。他决定把她和奥纳哈尔一起赶出后宫，让可靠的人把她们卖到另一个国家为奴，无论是基督教国家还是异教国家，都无所谓了。

这个残酷的判决比死刑还糟糕，她们恳求撤回，但没有用，她们就这样被判秘密流放，宫内宫外没有人知道她们是怎么走的，命运如何。

老国王还是极不情愿地实施了这一惩罚，但他相信他做出了决定，并实施了这一决定，这说明他已经征服了自己。现在他认为他的爱是不正当的，他不指望诸神或（他们所说的未知力量）云之首会由于这样一种不正当的爱而让他承受更好的后果。他开始原谅奥鲁诺克，说他那么做是有道理的；现在大家都劝说国王，使他确信王子真的爱伊姆旺达，甚至以前说反话的人现在也承认了这一点。国王老了，不能再征战保护自己了，他又没有儿子来传宗接代，只有这个孙子可以接替王位；可他又是这么令人失望的一个人，先是强奸了他的爱人，或妻子，现在又让他彻底失去了她，他担心这会使王子绝望，对自己或对冒犯他的爷爷做出残忍的事来。他开始后悔不该在一时愤怒之下做出如此轻蔑伊姆旺达的事来。他曾考虑过应该为了荣誉而杀死伊姆旺达，如果她真的冒犯了他。他应该对这样一位高品位的女人另眼相看，让她像样地死去，而不是当普通奴隶卖掉，这是最大的报复，也是最不体面的惩罚，人们甚至可以死一千次也不愿被卖身为奴，伊姆旺达也恳求过，但没有得到那个荣誉。他因此认为奥鲁诺克会对这一冒犯极为不满，所以最好为他的鲁莽找个借口，他为此派了一个差役到兵营去处理这件事，求得王子的谅解，把他的悲痛减少到最小；但这绝不意味着告诉他伊姆旺达已被卖掉，而是说她被秘密处死，因为王子要是知道了她被卖掉的话，就永远不会原谅国王了。

  差役到了兵营，发现王子正与敌人交战，但当他一听说宫里的差役来了，便招他到营帐，高兴地拥抱了他。差役那不敢抬起的目光很快就驱散了王子脸上的笑容；他向王子讲了事情的原委，而奥鲁诺克迫不及待地一口气问了上千个问题，都是关心伊姆旺达的。但这些问题几乎不用回答，因为王子从差役的叹息声和眼神就已经知道了答案。最后，差役在王子面前跪下了，服服帖帖地吻着王子的脚，就好像他有难言之隐，请求他冷静地听他下面要说的话，祈求他鼓起高贵的勇气，敢于面对他将要诉说的极为丢脸的事情。奥鲁诺克深深地叹了一口气，倦怠地说："**我已经做好了最坏的打算——因为我知道他们会告诉我不再会有伊姆旺达了——既然这样，你可以讲下去了。**"接着，王子命差役起身，他躺在一个漂亮的营帐里的地毯上，沉默良久，甚至连叹息声也听不到了。当他稍稍苏醒过来，差役请他履行他的另一部分职责，这是王子所未曾预料到的；王子哭喊道："**我准许你。**"接着，差役告诉王子，老国王由于鲁莽地处死伊姆旺达而深受折磨，他如何屈尊请求原谅他的鲁莽，请求王子不要像他那样太过于伤心以至于连神力都无法抚平；他请求王子要继续追求光荣的事业，那会补偿他的损失；而死亡，也就是对所有伤害的普通的复仇者，很快就会弥合他与一个孱弱老人之间的隔阂。

奥鲁诺克命令他回去禀报他的主子，让他放心，他和老国王之间没有什么复仇；如果有的话，那他也是冒犯者，不管他多年轻，死的人都应该是他，而不是老国王，他愿意接受应有的惩罚。他乐意把他那份荣耀留给更幸运、更受神宠的年轻人。从此以后，他会永远放下武器，再不放一箭；而在叹息和哭泣中度过他的余生，不会忘掉他爷爷断送的全部青春，全部的纯真和美。

说罢，他瘫倒在地，无论那些最高级别的军官怎样劝说，他们都无法把王子从地上拖起，无法让他恢复往日生命的活力。他让他们退下去，自己整天关在营帐里，而敌人就要发动进攻了。形势紧迫，军官们全体朝见王子，请求出兵。他们跪倒在他脚下的地毯上，用最真诚的请求和泪水祈求他再次领导他们战斗，不让敌人占上风，请求他为荣耀着想，整个世界都靠他的勇敢和行为来拯救了。但他对所有这些祈求的回答却是，他现在不再想什么荣耀和拯救世界了，那都是鸡毛蒜皮的小事儿。他还叹口气说："去吧，把那荣耀瓜分吧；去高兴地获取你们认为最值得的荣耀吧。让我顺从我自己更加满意的命运吧。"

他们接着问该做什么，谁能代替他的职位，雄心壮志和权力的混合不会扰乱他们的秩序，也不会使他们落入敌手。他回答说，他不会再自找麻烦了，但希望他们选最勇敢的人，且不论品格或出身如何。"噢，我的朋友们，"他说，"使人们勇敢或善良的不是头衔，给人以勇气和慷慨的也不是出身，头衔和出身不会使人幸福。相信我，看看奥鲁诺克吧，被神祇创造的命运所抛弃的最可怜的人。"说着，他转过身去，无论他们怎样祈求和劝说，他都不再说什么了。

士兵们看到他们的上司扫兴而回，哭丧着脸，那不祥的表情预示着厄运，个个恐惧万分，加之敌军兵临城下，他们又毫无防范；但还是有人鼓舞他们的士气，说他们应该马上推王子为帅；但阿波却被命为统领，士兵们很沮丧，由于没有勇敢的表率而无力反击，最终逃离战场，敌兵奋力追至军营，追杀他们。阿波那天奋勇杀敌，争得了荣耀，但即使他的全部力量和勇气也未能使士兵们由于蒙羞而决一死战。王子营帐后面的卫兵看到自己人溃不成军，漫山遍野慌作一团，便大喊起来，惊醒了为爱情而昏睡、两天来滴水未进的王子。尽管他已下定决心，但悲痛还没有令他感觉不到有失败的危险。他猛地从床上跳将起来，大喊道："来吧，如果必须要死，那也要死得高尚。**要像率军冲锋陷阵的奥鲁诺克，迎着潮水般的敌兵，也不要躺在床上等待着残存的快乐，死于千万痛苦的思绪；不能驯服地成为敌军的俘虏，让一个痛苦失恋的奴隶去赞美亚摩的胜利，那位年轻的胜者已经越过了我所规定的防线。**"

话音未落，他的手下就给他穿上了盔甲；他冲出营帐，脸上显出生气和活力，就好比神仙下凡来拯救即将陷落的国家。手下人故意把他打扮得金光闪闪，让敌军观之胆寒。他冲进追逐他的士兵的敌军中央，破釜沉舟，决一死战。他的勇气和力量绝非人力所及，他的军队随之士气大增，扭转了战机。现在他们开始大显身手了，即使在他们钟爱的英雄面前也不甘示弱；是他扭转了战机，改变了那天的命运，带领他们大获全胜。奥鲁诺克在万马军中看见了亚蒙，与他单挑，亚蒙受重伤，奥鲁诺克饶了他的性命，掳他回营。

这位亚蒙后来成了他的好友。他非常勇敢，举止优雅，体格健壮。王子从未把他当战俘看待，并未不分青红皂白地把他当奴隶卖掉，而是把他留在自己的营帐里。他只是名义上的战俘，所以他非常感激奥鲁诺克，从此再也未回自己的国家。有上千个关于爱情和冒险的故事，赞颂王子的忧郁和苦恼，我常常听他说这忧郁和苦恼害了他，但是，王子孩提时的那位法国总督，那令人羡慕的智慧、真诚和学问，全都灌输给了这位年轻的学生。这位法国人由于异端邪说被逐出自己的国家，虽然他不怎么相信宗教，但他道德高尚，有一颗勇敢的灵魂。

亚蒙的军队被彻底打败，战场上尸横遍野。王子和他的军队回到了营房。他愿意在营房里待一阵子，而不想马上去宫殿，也不想去最近令他蒙受失爱之苦的王宫。军官们深知他不快乐的原因，便想尽办法让他快活起来，无论国内的还是国外的消遣，都在营帐内为他举行，朋友们和他器重的仆人们都轮番劝说，晓之以理，动之以情，久而久之，伊姆旺达之死给他带来的悔恨和绝望的折磨已消尽大半。他接待了国王接二连三派来的差役，接受了让他回宫的邀请，尽管很不情愿。此后他明显发生了变化，并长时期陷入忧郁之中。但时间能磨平一切棱角，把那些极度的痛苦变得平淡无奇；但他还是爱不起来，无论何人，何等美丽，无论是同龄人，还是刻意安排的人，他都无动于衷。

奥鲁诺克最后一次征战结束后，不仅以征服者的身份，而且像神一样回到了王宫，受到了喜庆庄重的欢迎，而他刚一进宫，一艘英国船便驶进了港口。

随船来了一位奥鲁诺克非常熟悉的人，他以前常常来这些国家，曾经和奥鲁诺克一起在贩奴路上为伍，也和他的前任一起做过同样的事情。

这位船长极善言谈，比其他同类人更有教养，更为专一。他看上去从未有过在王宫的经历，而几乎在大海上度过了一生。比起这些国家的大部分商人来，这位船长也因此受到了王宫的较好的待遇。奥鲁诺克特别善待他。按欧洲文明的标准，奥鲁诺克是比较开化之人，对白人世界比较感兴趣，而更重要的是，他尽职尽责，智慧聪颖。他曾把大量奴隶卖给这位船长，出于尊敬，还给了船长许多礼物，让他在王宫里愿待多久就待多久。船长认为这是给他的最大荣誉，因此每天给王子讲解地球仪和地图，讲数学和航海仪。王子还和他同吃同住，一起狩猎，毫无疑问，他们彼此相当熟悉，在这位勇敢的年轻人心里，船长举足轻重。为了报答所有这些款待，船长请王子在他出发前择日到船上共进晚餐，王子屈尊接受，并择定了日子。可船长却没有准备好，没有按他所想的最庄严的方式准备停当。来访的日子就要到了，船长在船上铺上了地毯和天鹅绒坐垫，划另一只长船到岸上，奏鼓乐迎接王子，奥鲁诺克非常高兴地在岸边接见了船长，陪同的有法国总督、亚蒙、阿波和上百名年轻的高官。他们先把王子送到船上，再把其他人接来，他们都受到了极好的招待，喝着各种好酒，尽享船上所能享受的快乐。

王子喝了很多酒，和其他人一样喝了各种酒（因为船长特殊交代过酒是不能少了的），非常兴奋，对那船大加赞扬，由于以前从未上过船，所以每到一处都倍觉新鲜，详细察看。其他人也同样兴致盎然。

他们酒未过量，新奇地看这看那，指指点点。就在这时，蓄谋已久的船长下令抓住所有客人，当王子跳下去看时，他们用铁链套住了他，牢牢地把他绑了起来。他们也用同样的方法，在船上不同的地方把其他人绑了起来，把他们当奴隶圈了起来。计划成功了，他们便扬帆起航，带着这批无辜和荣耀的战利品，借一股阴风离开了海岸，而那些人还以为这纯粹是一种娱乐。

有人曾夸赞船长这一勇敢之举，可我实在不敢苟同，让读者自己去判断吧。

不难猜想王子会怎样为这种侮辱而愤怒，最好将其比作被困在笼子里的一头狮子。他发怒了，他要挣脱出去，但都无济于事。他们如此精妙地设计了镣铐，甚至使他无法用手自卫，无法为逃避奴役而结束自己的生命；他甚至无法挪动身体，无法找到为了免受侮辱而撞头自杀的地方。由于没有别的出路，他决定绝食。有了这个想法，加上愤怒和侮辱的折磨，他累了，躺在甲板上，郁闷地等待着死亡，拒绝给他端来的所有饭食。

这使船长非常恼火。他看到几乎所有人都像王子一样绝食，就越发恼火。这意味着这么多勇敢的、高个儿好看的奴隶都将饿死，那将是巨大的损失。于是他派人去见奥鲁诺克（他本人不宜出面），说他由于这样一种不合作的举动而受苦了，但因离海岸太远，无法补偿；又由于他极为不满，来人保证船长会撤销他的决定，下一次靠岸时会让他和他的朋友们上岸的，对此，来人还发了誓，但条件是他必须活下来。奥鲁诺克一生中从未违背过自己的誓言，更不用说这样一个严肃的誓言了，马上就相信了这个人的话，但他回答说，他希望给他打开这个令人羞辱的镣铐，以证实船长的话是真的。来人把话传给船长，船长回话说他对王子的冒犯太大了，所以在船上时不敢轻易给他自由，他担心王子天生勇武，复仇心会激起他的勇武精神，这样会对他本人和他的国王主子造成致命的伤害，他的船是属于国王的。对此奥鲁诺克回答说，既然他掌管国王的船，船上所有人都听他指挥，那他自己就以自己的荣誉担保友好相处，服从船长的指挥。

这话又传给了仍然疑虑重重的船长。船长说他不能轻信一个异教徒的话；王子根本不了解船长所崇拜的上帝，而王子的神教他的无非是不要相信船长所说的信任；王子的神对他说，是他们的信仰差异促成了那种不信任，因为船长是以一个基督徒的身份说话，而且凭一个伟大之神的名义发誓，如果他违背了誓言，那他就会在来世忍受永恒的磨难。"这难道不是他要信守的诺言吗？"奥鲁诺克回答说："告诉他，我以我的荣誉担保，如果违背我的誓言，不仅让所有勇敢和诚实的人唾弃我、蔑视我，让我遭受永久的痛苦，还会永久冒犯和加害全人类，陷害、背叛、加害和激怒全人类。一个人要为自己的行为受到惩罚，世人看不到神是否惩罚了他们，因为惩罚是秘密进行的，是拖延了很长时间的。不信守荣誉的人每一时刻都受到诚实之人的不齿和蔑视，他每天都会在羞耻中度过，而名誉比生命还有价值。我说这话不是为了信仰，而是要说明你们犯了大错，你们以为违背了自己荣誉的人还会信守对神的誓言吗？"说罢，他轻蔑地一笑，转过身去，拒绝来人提出的要给船长回话的要求，来人无话，悻悻而归。

船长沉思良久,寻思对策,最后的结论是只有给奥鲁诺克自由,其他人才会吃喝。只有一人除外,那个法国人,船长不能把他当囚徒,而只告诉他,把他铐起来是因为他可能会做一些有利于王子的事来,他们一靠岸就会给他自由的。他们认为非常有必要给王子解开镣铐,他可以去看其他人,其他人也可以看到他,但他们不会被王子一个人吓倒的。

做出了决定之后,为了增进责任感,船长亲自去找奥鲁诺克。在一番恭维和保证承诺的话后,王子也保证不会惹事,他们便打开王子的镣铐,给他自己一个客舱。此时,他已经连续四天滴水未进了。吃饱喝足休息了一会儿后,船长带他去看其他顽固绝食的人,请他说服他们吃饭,并让他们相信只要一有机会就给他们自由。

言之有信的奥鲁诺克来到他的臣民面前,他们一看到亲爱的王子便登时欢呼雀跃,跪在他脚下,吻他、拥抱他,把王子安慰他们的每一句话都奉为神谕。他请求他们勇敢地戴着镣铐,就像他们带着武器那样勇敢,这是他们所能给他的最大的爱和友谊,因为船长(他的朋友)是为了防止他们报复才给他们戴上镣铐的,而且他们也要接受他给他们带来的伤害。他们异口同声地向王子保证,为了他的安全和休息,他们会忍受更大的痛苦的。

此后,他们开始吃喝,接受给他们拿来的一切东西,也满足于因禁的现状了,因为他们希望这样能够救王子的命。在整个航海途中,王子受到了王子应该得到的尊重,但他依然忧郁寡欢,长吁短叹,以为这是由于那天晚上他没有带走高贵的伊姆旺达、匆匆离开后宫、逃往兵营而受到的惩罚。

他万千思绪，与这位美丽少女在一起时的快乐，失去她之后的悲伤，一幕幕闪现在脑中。他忍受这漫长的航海旅行，最后抵达苏里南海口，这是隶属英国国王的一个殖民地，他们将在这里交付一批奴隶。这里的商人和绅士们将来到船上领回他们已经同意购买的奴隶。这些人中就有在我曾经去过的种植园里的监工。已经承诺的船长派人带来了我刚说过的那些戴镣铐的高品质的奴隶，他们被单个分开来，与女人和孩子组合在一起，然后被当作奴隶卖给了商人和绅士们。这些高品质的奴隶一个组里只有一个，而且相互离得很远，卖主不敢把他们放在一起，担心他们的愤怒和勇气会促使他们阴谋造反，毁了这个殖民地。

奥鲁诺克被第一个抓出，卖给了抓到第一个阄的种植园监工，还配了十七个个头高矮不等的奴隶，但没有一个和他品质相当的。他一看到这就明白怎么回事了，我说过他英语很好；由于手无寸铁，无能防范，抵抗是徒劳的，所以他只能以充满愤怒和蔑视的目光看着船长，用目光斥责他，使他内疚的面颊显出愧色。从船边走过时他只喊了句："**再见了，先生！真正认识了你和你赖以发誓的神，我忍受这般痛苦也值得了！**"对于那些指望他解除痛苦的人，他告诉他们他不会抵抗，他向他们喊道："**来吧，我的奴隶同胞们，我们一起下去吧，看我们能否以更大的荣耀和诚实在来生相见。**"言罢，他腾地跳进了小船，与十七名同伴溯河而上。

买他的那位绅士是一位年轻的康沃尔人，名叫特里弗莱，一位有智慧、有学问的人，他的主子——总督——让他掌管一切事务。他思量着奥鲁诺克跟船长告别时说的话，王子一上船他就看到了他华贵的外套。他盯着王子看了一会儿，发现他器宇轩昂，气度不凡，伟大中衬托出傲慢；他还发现他会说英语，便有心询问他是何出身。虽然奥鲁诺克尽力隐瞒，承认比普通奴隶的身份高一点，但特里弗莱马上就发现他不只如此。从那一刻起，他就对他报以无限的尊敬，始终把他当最亲的兄弟看待，并示以一位伟大人物所应得的一切礼节。

特里弗莱是位了不起的数学家和语言学家，能讲法语和西班牙语，在他们乘船去往种植园的三天里，他给奥鲁诺克讲数学和语言，就像特里弗莱喜欢上王子一样，王子也喜欢上了特里弗莱。他认为自己至少在这里是幸运的，由于他是个奴隶，只要他能够忍受得了，有这样一个胸怀韬略、尽职尽责的主人也就满足了。所以，在结束溯河而上的旅行之前，他毫不迟疑地向特里弗莱诉说了他的不幸，也就是我讲的大部分故事，把自己完全交给了这位新朋友。他发现这位新朋友对他所承受的伤害非常恼火，也为他行为的伟大而吸引，王子讲述他的经历时的那种谦虚和谨慎完全征服了他，令他深感兴趣。他以荣誉保证他将尽力帮助他回到自己的国家，说他对这样一种丢脸的行为感到耻辱，还说他宁愿死去也不愿做这种背信弃义之事。他发现王子非常想要知道他的朋友们都怎样了，他们是否接受了奴隶的身份，特里弗莱答应一定打听他们的情况，他应该会有他们的消息的。

然而，如奥鲁诺克后来所说，他没有理由相信一个欧洲人的话，但他不知道是何原因，他看到特里弗莱脸上有一股真诚和无可辩驳的诚实：他目光里含有一种诚实，他聪明机智，理解什么是荣誉；他信奉的一条原则就是聪明人不可能是恶棍或坏蛋。

在溯河而上的旅途中，他们曾在几家店里饮水，只要一上岸，就有许多人围观他。其实他们每天都能看到许多奴隶，只是奥鲁诺克的名气太大了，所有人都羡慕他长得帅。此外，他的衣着也很特别，和其他奴隶的衣着不一样。船长当时没能剥掉他的衣服，因为他想要给买他的人一个惊喜。后来他发现他这身衣服惹人眼目，人们总盯着他看，就请求特里弗莱给他换一身适合奴隶穿的衣服。特里弗莱同意了，他就脱掉了外套。然而，他还是鹤立鸡群，那身荷兰套装掩盖不了他的优雅和风采，脱掉耀眼的服装之后他仍然是人们瞩目的对象。皇族之子就是皇族之子，即使当了奴隶也没什么两样，人们禁不住以特殊的方式对待他，一走近他，就对他施以敬意。他的目光不经意地引来尊敬，他的举止在暗示着每一颗灵魂。人们几乎不谈别的，而只谈这位年轻勇敢的奴隶，即使有些人还不知道他曾经是位王子。

我应该告诉你们，基督徒从来不买奴隶的，但给奴隶起基督徒的名字，因为他们本土的名字可能非常粗野、难读。特里弗莱先生给奥鲁诺克起名叫恺撒，这个名字就像那个伟大的罗马人一样将在这个国家永世长存，显然他不需要那位恺撒的勇气，也不想像他那样永垂青史，如果世界上的人民和历史学家都尽忠尽职的话。而他的不幸就是流落到一个无名的世界，这个世界只能让一支女性的笔来歌颂他的声望，尽管我毫不怀疑，如果荷兰人在他死后很快就占领了这个国家，没有杀死、驱逐、赶跑能够记叙一位伟人生活的那些人，那么其他人也会尽情歌颂他的事迹的，而且要比我强许多。打算写这一颂歌的特里弗莱先生还没动笔就去世了，临死前还惋惜没有及时把它写出来。

所以，以后我必须把奥鲁诺克叫恺撒，因为那个名字在西方世界家喻户晓，他就用那个名字在帕汗当了奴隶。但如果国王本人（上帝保佑）来到海岸，那将是整个种植园的最大愿望，包括邻近的种植园，而在我们的种植园则不同，当时他在那里就像是一个总督，而不是奴隶。按照习惯，他们在种植园内分给他一块地，给他住房，还让他经营点买卖。但由于这是在形式上而不是真的让他去干活，所以他只在名义上是奴隶，并未真的去干活。他在家里住了一段日子，接待来访者，而没有接触种植园里黑人的居住区。

最终，他需要去看看他的那片土地、住房和经营的土地。他一到像一座独立小镇的奴隶居住区，黑人们全都停下了手里的活计，蜂拥地来看他，发现他就是曾经几次把他们卖到这里的那个王子；出于对大人物的尊敬，尤其是他们认识的大人物，以及看到他时产生的惊奇和畏惧感，他们都俯伏在他脚下，用他们的语言喊道：万岁，噢，国王万岁！边喊边吻他的脚，甚至像拜神一样地拜他。

随同的还有几个英国人，特里弗莱先生所能告诉他们的就是他本人以前除了恺撒其人也没有什么别的证据，但他终于极为高兴地看到了所有奴隶对他的敬仰，这证明了他的高贵。

恺撒为奴隶们的过分高兴和繁缛礼节而感到不安，请他们站起身，把他当奴隶看，说他和他们没什么两样。对此，他们异口同声发出了最可怕、最阴沉的哀叹声，他和那几位英国人费了好大劲儿才平息下来，但最终他们还是占了上风，准备了各种原始舞蹈，每家都杀牲献菜（因为每家都有自己的土地，在闲暇时间饲养了各种家禽牲畜），大家聚在一起，举办了一次最壮观的晚宴，请他们伟大的首领，他们的王子进餐，欢迎他的到来。王子出席了宴会，几个英国人也来了，根据几个不同民族的礼节，奴隶们为他表演，不知疲倦地在他面前跳舞，想尽一切办法让他高兴起来。

当坐着吃肉的时候，特里弗莱先生告诉恺撒，大多数年轻的奴隶都由于爱上了一个漂亮的女奴而忧郁，她是大约六个月前来到这里的。王子每次听到爱这个字都要长吁短叹，每次提到这个字时都感到好奇，刨根问底，这是所有话题中他最喜欢谈的。他问特里弗莱先生他们为什么为了一个漂亮的女奴而不高兴。特里弗莱天性多情，也和其他人一样喜欢谈论爱情，他告诉王子他们种植园来了美若天仙的一位黑人女子，大约十五六岁，就她自己而言，也不知道为什么，自来后每天叹息不止；他说他见过许多白人美女，也从来没有像这位美人这样令他心动；他说无论来自哪个国家，所有男人一看到她没有不爱上的；他说所有奴隶都拜倒在她脚下，柯丽门的名字传遍了全国。"柯丽门，"他说，"就是我们给她起的教名。但她高傲地拒绝了我们给她的一切，而神奇的是，这位时刻令人垂涎的女子自己却冷若冰霜。她拥有年轻美貌的女子所有的最优雅最端庄的体态；那最温柔的叹息——如果她曾经爱过的话，那她一定是为某位不在这儿的幸运儿而憔悴了；她与世隔绝，仿佛害怕日神会强暴她一样，或担心拂煦的微风会从她那敏感的嘴唇偷走她的吻一样。她每天的工作都是一个爱她的人在百般恳求之下为她完成的,她害羞地但不情愿地接受这番请求,仿佛担心他会要求回报一样,而这他连想都不敢想,她在仰慕者的心中深深地刻下了敬畏。"王子回答说:"柯丽门拒绝奴隶们的求爱我一点都不奇怪,既然她那么美;但我奇怪的是她怎能逃脱那些像你这样讨好她的人呢?或者说,既然是你的奴隶,你又怎能不让她屈服呢?""我承认,"特里弗莱说,"我可以违背她的意志,在情爱的驱使下,甚至不顾面子,利用老天给我的力量和武力,向她求爱。可是啊,她那端庄和哭泣,如此温柔,如此动人,我无法下手,感谢上天她征服了我。"大家为他对一个奴隶如此彬彬有礼而大笑起来。而恺撒只为他那崇高的爱情和品性而拍手叫好,因为那个奴隶可能是位高尚的人,或更好,拥有真正的荣誉感和美德。那天晚上就这样过去了,他得到了那些奴隶的可以想象得到的尊敬和服从。

第二天,炎热一过,特里弗莱就请恺撒出去散步,故意把他带到那位美奴的住所附近,说昨天晚上他们谈论的那位美女就住在这里。"可是,"他说,"我不想让你接近她,因为我敢肯定你一看到她,马上就会爱上她的。"恺撒让他放心,说他已经对女性的美无动于衷了,如果他能想象他在伊姆旺达之后还能背信弃义地去爱的话,他就会把爱从胸口撕下来。话音未落,一只小长毛狗就跑了出来,那是特里弗莱送给她的,她也非常喜欢,由于不知道有人来,她便追了出来,与两个刚刚谈论她的人刚好撞了个正着。一看到他们,她转身就想走开,可特里弗莱一把抓住她,喊道:"柯丽门,不管你怎么躲避追求者,你都应该尊敬这位陌生人(他指着恺撒说)。"但是,她好像再也不想抬眼看男人的脸了，越发低下头，这倒给了王子仔细看她的机会。不需要长时间的凝视，不需要长时期的思考，他一眼就认出了这个美人。他在她身上看到了伊姆旺达；他看到了她的脸，她的身段，她的头发，她的端庄，发自心底的快乐全都凝聚在他的目光之中；他几乎完全僵化了。他一动不动，已经忘记了自己的存在。我相信，他是那么高兴，如果他没有亲眼看到伊姆旺达已经倒在了特里弗莱的怀里昏死过去的话，他再也不会苏醒过来了。她的昏倒唤醒了他，他跑过去，把她扶起，抱在怀里。她慢慢地醒来。不必说他们有多么激动，多么高兴。他们默默无言地对视着，然后热烈地拥抱起来，接着又相互凝视，好像还在怀疑他们已经拥有的那份福气。他们启口说话时，不用说该有多么温柔了，又多么诧异地感到，多么奇怪的命运把他们带到了一起。他们相互倾诉各自的不幸，也为他们的命运而痛哭。与此同时，他们再度发誓，说只要他们能幸福地相互拥有，实现他们的誓言，即使镣铐和奴役也会温柔和轻松，也会给他们带来幸福和快乐。恺撒发誓说，他一看到伊姆旺达就蔑视帝国的世界，伊姆旺达说她一看到奥鲁诺克就瞧不起女性的虚荣，那些壮观的夸耀。他喜欢她现在居住的草房，说世界上的这寸土地比整个宇宙给予他的幸福还要多，她也发誓说只要奥鲁诺克在，这间草房就是宫殿。

　　特里弗莱真是喜出望外，原来恺撒说起的那个美人儿竟然就是柯丽门！他感谢上苍如此垂顾王子，用这样一次幸运的奇遇把他的苦涩变成了糖蜜。他悄悄地离开这对情人，迫不及待地来到了（同一个种植园里的）帕汗家，给我讲了所发生的一切。我也迫不及待地要拜访这对情人，而且，我还和恺撒交了朋友，他亲口讲了我刚才讲过的故事，也得到了那位法国人的证实，他也上岸寻找发财之道，因为他是基督徒，他们不能把他当奴隶卖掉。他每天都来帕汗山，来看望他的学生王子。我对与恺撒有关的一切都感兴趣，我保证总督一到就会给恺撒自由，但现在我要马上去两位情人居住的地方，非常高兴我能看到这位美丽的年轻女奴（她已经由于端庄和非凡的美赢得了我们所有人的尊敬），看看她是否和恺撒所说的一模一样。可以想象，我们对她存有三倍的敬仰，虽然她浑身上下纹有美丽的花鸟，我们以前当她是有品位的，而当知道柯丽门就是伊姆旺达时，我们对她的仰慕其实还很不够。

我还忘记告诉你们了，在那个国家里，出身高贵的人身躯的前部分都线条清晰，看上去像是涂了黑漆的日本工艺，仿佛花边周围突出的部分。有的只在两边的太阳穴刻上花鸟，比如恺撒；有的则浑身上下都有刻纹，如历史书上画的古代皮克特人，但他们的刻纹比较纤细。

从那幸福的一天开始，恺撒就娶柯丽门为妻了，大家都为他高兴。整个地区都庄严地庆祝他们的婚礼。不久她就怀了孩子，恺撒更加喜欢她了，因为他知道他是这个伟大种族的唯一传人。这次巧遇伊姆旺达的事使他更加急于获得自由，他每天都为他和柯丽门的自由而招待特里弗莱，他提出给他黄金或大批的奴隶，必在获得自由前付清，他能保证在交付赎金之时放他走。他们每天都许诺，但却一直推脱说等总督的到来。他开始怀疑他们的诚意；他们会拖到老婆生孩子的时候，所以孩子也成了奴隶，因为孩子和父母一样也都是主人的。这使他非常不安，整天闷闷不乐，他们也对他产生了怀疑，所以一个担心发生奴隶叛乱的人（这在黑人数量大大超过白人的殖民地非常危险）请我出面和恺撒谈谈，尽量让他高兴起来。他们知道恺撒和柯丽门每天几乎都在我家，和我一起吃饭，我也尽我所能为他们做各种事情：我给他讲罗马人的故事，那些大人物令他着迷；我把拿手的工艺活教给柯丽门，给她讲修女的故事，想让她认识真正的上帝。但在所有故事中，恺撒最不喜欢关于上帝的故事。他从不承认我们的三位一体，总是报以嘲笑。他说那是个谜，他将绞尽脑汁去猜这个谜。真是没法让他理解信仰。然而，这些谈话也并非全然无用；他更喜欢女人的陪伴，因为他不喝酒，而不喝酒的人在那个国家里是找不到伴儿的。他喜欢和我们在一起，是因为我们随便和他说话，他尤其愿意和我说话，叫我了不起的女主人。的确，他很听我的话。由于这些原因，我有机会注意到他最近不像以前那么高兴了，常常独自一人若有所思；我告诉他不该怀疑我们食言，我们不会阻拦他和柯丽门回自己的王国的，路途并不遥远，一旦上了路就会很快到达那里的。他的回答表露出心中的疑虑，所以我问他，怀疑有什么好处？这只能令我们担心，可能会迫使我们对他做一些我不愿意看到的事，也就是说，会把他监禁起来。也许我不该这样说，因为我看到他对那个词很反感，我怎么努力都消除不了他的敌意。但他让我放心，无论做出什么决定，他都不会与白人作对的，至于我以及我们种植园里的人，他宁愿不要自由，甚至生命，也不会扬起拳头击打他在那个地方的最大敌人。他求我不要为他担心，因为他不会以荣誉为代价做出对不起我们的事。但他借口说受奴役太久了；他把这种软弱全都归咎于爱，爱甚至使他忽视了荣誉，现在他每天都为此自责。他说的话大都如此，急于让我知道他不久就会摆脱奴役了，尽管他只是名义上的奴隶，没干什么苦活累活，而那也足以让他感到不安了，因为他习惯做事，动刀动枪，而这次实在是懒散太久了。他有一种坚毅凶猛的精神，懒散的休息磨不掉勇武的棱角，他尽全力从事这类活动，比如长跑、摔跤、投标枪、狩猎、钓鱼、追杀猛虎和美人蛇。这片大陆上这些动物可谓举目皆是，据说亚历山大在亚马孙河碰到了那种美人蛇，而恺撒则乐于战胜它，但这些还不足以满足他那更伟大的胸怀，他仍在计划某种更有影响的行动。

那天和他分开之前，我费了好大的劲才让他答应我再耐心地等一段时间，等总督大人的到来，我们每天都在岸上盼望着他。他说他会等待。他让我知道这个许诺完全是为了讨好我，他对我倾注了全部的信任。

从那以后，我认为不宜让他脱离我们的视线，也不应该让他离开惧怕他的那个国家；但大家一致认为要公平地对待他，要让他待在这样一个范围之内，尽量少去黑人的种植园，如果去的话，也要有人陪着，表面上是陪同，而实际上是监视。恺撒视此为一种非凡的尊重，他很高兴他的不满引起了他们的注意。监工再次向他做了保证，这个国家里所有尊敬他的绅士们都证实监工说的是实话。在此期间，我们比往常更频繁地陪着他，我们可以高兴地对你们讲讲我们给他安排的消遣，或者是他给我们安排的消遣。

我在那个国家的逗留要结束了，因为我父亲还没有到任就在海上遇难了（三十六座岛屿外加苏里南大陆的总督），也没能如他所愿充分利用那些岛屿的资源，因此，我们必须继续航行，不打算长期住在那个地方。总之，我必须说说神圣的记忆，如果已故陛下曾经看到和知道他在那块大陆上拥有一片硕大美丽的土地，他就不会如此轻易地将其割让给荷兰人。那片土地疆土之辽阔从未为人所知，可能含有比整个宇宙还要多的圣土。他们说它从东到西，一边是中国，另一边是秘鲁。它提供一切美和实用的东西，那里是永恒的春天，永远是四月、五月和六月。那里有阴凉，有树木结出各种各样的叶子和果实，从含苞待放的蓓蕾到果实成熟，橘树、柠檬树、香橼树、无花果树、肉豆蔻和香料，不断地散发出香气。这些树看上去就像用不同花朵捆成的花束，有白色的、紫色的、朱红色的、蓝色的、黄色的；同时结出成熟的果实和开花的鲜果，每天都是一派新气象。这些树的木头具有超越普通木材的内在价值，因为一旦砍断就呈现各种颜色，煞是好看，价格相当昂贵。此外，它们还产出丰富的树膏和树胶，我们用它们做成蜡烛，不仅光芒四射，还芳香扑鼻，一旦燃尽，就香水四溅。香柏是普通的燃柴，所有的房屋都是用香柏建成的。我们吃的肉，如果是本地的，也就是这个国家的，一放在桌上，就香气四溢，尤其是那种叫犰狳的小动物，只有犀牛才能与之相媲美：它身穿白色盔甲，盔甲接合得如此天衣无缝以至于运动时就连成一体。此兽和六个星期大的猪一样大小。这个国家的各种宝物数也数不完，我们都满心欢喜地寻找它们，尽管那种冒险有时是致命的，至少是危险的。但是，只要有恺撒陪着我们，我们就没有危险，也不会遭罪。

我一来到这个国家，就看到了这里最好的房子，人称圣约翰山。它矗立在一块巨大的白色大理石岩上，脚下一条河流入一条宽阔的峡谷，而不是流向另一边。细小的浪花冲洗着岩石脚下，发出世界上最温柔的潺潺声。对面岸上装点着大片大片永远盛开的各样花朵，每天每小时就变一种颜色，后面是数千种形状和颜色罕见的大树，那是沙石所能创造的最令人陶醉的景观。在这块白色岩石的边缘，靠近河水的地方，有一条或橘园或柠檬园的小路，大约有伦敦商场的一半长，其鲜花盛开、果实丰满的树枝在顶端相遇，遮住了太阳，那里光照很强，光线射入橘园，河边吹来凉爽的风，在一天里最热的时候不仅让人心旷神怡，还令甜蜜的花朵焕然一新，使其永远芬芳美丽，当然，整个地球都无法呈现犹如橘园一样令人愉悦的其他地方。善于夸耀的意大利的那些花园也无法提供这里的树荫，自然与艺术联手创造了如此惊人的美。看到这些有如英国橡树一样的参天大树竟然长在一块巨石脚下，岩石上几乎没有泥土覆盖，这真是奇迹，而自然的一切造物都是罕见的，令人愉悦和美好的，令我们快乐。

有时我们会出去猎奇，在大老虎出外捕食时去窝里观看小老虎，有时非常危险，一旦惊动了母老虎就飞速逃命。有一次我们又去猎奇，恺撒也陪我们去了，他从老虎窝里偷出一个小崽，刚要出来，我们就看到了母老虎，叼着一只牛臀，那是刚用它的巨爪撕下来的，正朝虎穴走来。我们只有四个女人、恺撒和一个英国绅士，他是共和党领袖哈里·马丁的兄弟。我们发现无法逃避这头愤怒贪婪的野兽了。然而，我们这些女人飞一样地跑了，但如果没有恺撒，我们再快也逃不出虎爪。母老虎看到虎崽在恺撒手里，就飞快向他扑来，恺撒放下虎崽，拿起马丁先生的剑，示意他跟女人们一起跑。马丁照做了；恺撒迎战这头巨大的猛兽，那兽四肢硕大，张开大口扑向恺撒。恺撒凶狠的目光盯着猛兽的眼睛，摆出一副沉稳瞄准的姿势，把剑径直刺入猛兽的胸口，剑把恰好在心口处。垂死的老虎伸出虎爪，去抓恺撒，但瞬间就死去了，其长长的爪子深深地刺入了恺撒的臀部，他受了点皮肉伤，肉没被撕下来。打死老虎后，他招呼我们回去，当确认老虎死后我们回到现场，看到他把剑从躺在血泊中的老虎的胸口拔了出来。他抱起虎崽，漫不经心地把它放在我们脚下，脸上丝毫没有快乐或胜利的喜悦。我们都极其敬佩他的勇敢，竟然杀死了这么大的一头野兽！它像一头牛犊那么高，但健壮的四肢比牛犊有力。

还有一次，他在森林里杀死了一只老虎。很久以来那只老虎在那个地区肆虐，叼走了许多羊、牛和其他东西。许多人都曾经打过这头野兽，有人说曾经几次用子弹射穿了老虎的身体。有人发誓说射中了它的心脏。他们都说那老虎是魔鬼而不是一般的生物。恺撒常常说，他想见见这个魔鬼，也和曾经打过这只老虎的绅士们聊过，有一位大喊道，"我用许多有毒的箭射中了它"，还有人说用枪打中了这个部位或那个部位。他们提到了老虎被打中的所有部位，但他仍然可以用另一种不同的方式伤害它。一天，他在饭桌上说："**如果我把吃掉你们猪羊的那只贪婪野兽的心脏带回来，你们会给我什么奖品和花环，女士们？**"我们都答应亲手给他做奖品。他说着拿起一把弓，那是他从许多弓中挑选的；他和两位绅士一起进了森林，他认为那头野兽可能就在那里。他们还没走出多远，就听到了那只母老虎的声音，咆哮着，嚎叫着，好像正在得意忘形之际。他们走近前，看到它正在吞食一只刚被咬死的羊的肚子，那肚子已经撕开。看到有人走来，它用前爪紧紧抓住羊肚子，恶狠狠地瞪着恺撒，但也没有向恺撒猛扑，唯恐失去口中的美味。所以恺撒才能稳住弓箭，瞄准择机射杀老虎。他要稳操胜券，伤害而不杀死它，那只能激怒老虎，会更加危险。他旁边放着整整一筒箭，如果一只未中，他还有源源不断的供应。最后，老虎退了回去，他给了它吃羊的机会，因为他发现它退回去之后马上就趴下来，急于吃它的猎物，而无意采取新的行动。他蹑手蹑脚地走到它旁边，藏在又高又深的杂草里，他拉弓瞄准，箭如他所料正中老虎的一只眼睛，射箭之人意志如此坚定、握箭如此之稳，以至于它透过眼睛直中大脑，只见那大虫跳将起来，疯狂地挣扎了一两下，恺撒又一箭射来，它便蹬腿倒在了猎物身上。恺撒用刀子剖开虎腹，想看看以前人们说的那些伤究竟在哪儿，老虎为什么没有死于这些伤。我现在要讲一件事，可能会令你明白男人不可信，因为我们通常认为，心脏受伤后不可能有活口。但是，当这只猛虎的心被掏出来后，里面有七发铅弹，伤口已经愈合，留下了大块伤疤，它带着这些子弹活了很久，因为射中它已是很久以前的事了。征服者把那颗心拿给我们看，全国人都好奇地前来观看，恺撒趁机多次讲述他的战争经历和无数次怪异的逃亡。

有时候，他会去钓鱼，对这种消遣夸夸其谈。他发现那个国家有一种非常奇怪的鱼，叫麻鳝（我吃过这种鳝）。活着的时候，它冰冷无比，垂钓者手拿鱼竿，而鱼在线的另一端，但这条线始终不够长，因为麻鳝一上钩，垂钓者就浑身麻木好一阵子。有些人甚至掉进水里，还有些人在麻鳝上钩后就登时死于岸边。恺撒笑话他们，认为人不可能由于接触一条鱼而身亡，也不明白冰冷会置人于死地。但他非常好奇，想看看这对他会有什么效果，他多次尝试，但都没有成功。终于，有一次麻鳝上钩了，他正在岸上撑竿。他没有丢掉鱼竿，也没有猛地将鱼线拉起，这样他就可能抓住麻鳝，同时又能在麻木之前迅速抛掉鱼竿。为了试验，他反倒把鱼竿抓得更紧，便失去知觉掉进了河里。他手里紧紧抓着鱼竿，河水把他冲出很远，直到一条印第安人小船驶过来，看到了他，但当他们搭救他时，他们也都麻木了，这才知道鱼竿还在他手里，他们便用一支短桨把鱼和鱼竿都打掉在船上。即使恺撒没有因麻鳝而死，那被河水冲走三英里远的距离也可以置他于死地了。印第安人费了好大周折才把他抢救过来，把他送回家，几小时后他就恢复健康了。他并不为被一条鳝鱼所征服而感到耻辱，凡听说他如此挑战麻鳝的人都报以嘲笑。但我们鼓励他，我们还一起把那条麻鳝吃掉了。它有四分之一肘管长，肉极为纤细，价格也极为高昂，因为它几乎让一位如此勇敢的人丢了性命。

　　大约在此时，我们已经与印第安人发生过多次争执了，我们人少，几乎不敢去印第安人的镇子或居住地，担心他们会袭击我们，我离开后他们真的开始袭击了。那发生在荷兰人控制的地盘，他们不像英国人那样礼貌待人。他们入室抢劫，把抢来的东西撕得粉碎；他们把母亲吊起来，让她的孩子们围着观看；我没有带走的一个仆人被他们砍掉了所有关节，钉在了树上。

这场争斗我在那儿时就开始了，所以我没完全实现我的计划，没去走访那些印第安人小镇。但有一天，我们惋惜地谈到没有实现这个计划，恺撒说我们不必害怕，如果我们想去，他愿意当我们的保镖。有人想去，但大多数人不敢冒险。大约有十八个人决定去。我们找了一只驳船，用了八天时间来到一个印第安人小镇。快要到小镇的时候，有人变卦了，不愿上岸，于是，我们举手表决。我说，如果恺撒去，我也去。他决定去，还有我弟弟和我的女仆，她是一个非常勇敢的女人。我们都不会讲印第安人的语言，可以想象我们只能干瞪眼，听不懂他们说什么。我们在河口找到了一个渔夫——他是这里的老户——就请他带我们去。印第安人都认识他，他们相互做过买卖，又由于他长期住在那里，所以肤色与印第安人完全一样。我们决定让印第安人看看他们从未见过的人（白人），决定给他们一个惊喜，决定只有我、我弟弟和女仆进镇。恺撒、渔夫和其他人都藏在岸上的芦苇荡里，走过芦苇荡，我们进入沿河岸建起的小镇。离镇子不远处，我们看见有人在跳舞，有人忙着从河里提水。他们马上就发现了我们，大叫起来，我们起初很害怕，以为这些人要杀我们，但定睛一看又似乎是出于惊诧和好奇。他们都赤身裸体，而我们都穿着适合热带国家的服装，熠熠闪光，色彩鲜艳，所以极为好看。我自己的头发剪得很短，戴一顶塔夫绸帽，上面插着黑色羽毛。我弟弟身穿一套棉毛套装，带有银环、纽扣和无数绿带。这引起他们的无限惊奇。我们看到他们站着不动，提心吊胆地走向前去，伸出手，他们看了看，又向周围看了看，召唤陆续到来的同胞，越来越多，他们都露出惊诧的表情，喊着"很多"，同时用手揪起头发，向他们喊来的人散开去，仿佛在说（的确是有含义的）无数的惊奇，或数不过来的惊奇，和他们的头发一样多。他们胆子越来越大，开始时盯着我们看，接着伸出手来，摸脸上的羽毛，抚摸我们的前胸和胳膊，撩起一件短外套，又新奇地看另一件，羡慕地看着我们的鞋子和袜子，但更喜欢袜带，我们给了他们，他们把袜带绑在腿上，顶端还镶着银色花边，因为他们喜欢闪光的东西。最后，他们随意搜查我们，我以为他们不会停下对我们的欣赏。恺撒和其他人看到我们受到如此奇异的接待，便走上前来，看到了他们认识的那个印第安商人（正是通过这些称作印第安商人的渔夫，我们才与其互商，因为他们不喜欢离家太远，我们也从来不去他们家里）。看到渔夫的时候，他们更是喜出望外，用自己的语言喊道，"噢，**我们的朋友来了**"，这下我们可以知道这些东西是不是会说话了。他们说着向他走去，有些人与他握手，喊道，"**Amoratiguamy**"，相当于"你好"，或"**欢迎你，朋友**"。接着大家异口同声地开始问这问那，我们是不是有智力？有没有感觉？我们能不能像他们那样讨论生命和战争等事宜？我们会不会打猎、游泳以及上千种他们能做的事？他告诉他们，这些我们都能做。然后，他们请我们去他们家里，为我们穿上鹿皮和水牛皮；接着在屋外拾了一种树叶，叫萨伦包叶，足有六码长，当桌布铺在了地上，把另一片叶子剪成碎片当盘子，让我们坐在较矮的印第安板凳上，这种板凳是从整块木头上锯下来的，上面涂着一种天然漆。他们把食物盛在每个人的叶片上，很好吃，就是胡椒味太浓了。吃完饭，我和弟弟拿出笛子，为他们演奏，这又让他们兴奋了一阵子。我很快就发现，由于这些人天生好奇，以及他们极端的无知和朴素，在他们中建立任何一种未知的或奢侈的宗教，向他们灌输任何观念或虚构的东西，都不难。看到我的一个同胞取火镜点燃了一张纸，这是他们以前从未见过的，他们竟然视他为神灵，请求他把他的名字写给他们。他写下了自己的名字交给他们，他们将在有风雨的季节将其举在高空，用其法力抵抗风雨，并将其视为圣骨收藏起来。他们非常迷信，叫他 peeie，也就是先知的意思。他们让我们看了他们的印第安先知，一位大约十六岁的小伙子，天生丽质。他们从小开始训练这位天生丽质的小伙子，用尽各种手段教他成为最完美的人，包括他的美貌和体形。他们教他各种花招、诡计，戏弄乌合之众，他既能看病，又是巫医。他用一些招法让病人相信他有时能解除他们的病痛，比如从病痛部位掏出小蛇、奇怪的苍蝇、蠕虫或任何罕见的东西。虽然他们对于各种疾病都有疗效非常好的药物，但更愿意用幻想来治疗病人，令其产生恐惧、爱和敬意。这位年轻的先知有一位非常年轻的妻子，她看到我弟弟亲她，就跑过来亲我；接着，他们就相互亲了起来，那真是一个非常搞笑的场面，亲吻对他们来说是件全新的事儿，人们相互欣赏，一片欢笑，他们绝不会忘记以前从未有过的也不知道的这种仪式。恺撒去见他们带兵打仗的头人，和他们聊了起来，我们则跟着向导进了一户人家，看到几个头人正在开会。他们看上去是那么可怕以至于我什么都不敢想，做梦也没有见过这么可怕的场面。在我眼里他们就像妖魔鬼怪，而不是人。但不管他们外形怎样，他们的内心都崇高而富有人性。他们有的在鼻子上、有的在嘴唇上、有的在耳朵上，还有的在双颊上留下了长长的刀痕，让牙齿从刀痕中间露出来。另外还有几种伤痕，但不是肢解。他们都戴徽章，身体前部戴着小围裙，棉布袋里装着不带鞘的小刀，背上背着弓，臀部挎着箭袋，大多数人头上都戴着各种颜色的羽毛。我们进门时他们都冲我们喊 amoratiguamy，听到我们也同样喊着，他们便高兴起来。他们让我们坐下，端上来上好的饮料，像其他人那样以诧异的眼光打量着我们。恺撒对他们的脸非常感兴趣，不知道他们怎么会在战争中留下这样的伤疤，便忍不住想要知道为什么他们都留下了这种可怕的愤怒或仇恨的痕迹，而不是在英勇的战斗中受伤。他们让翻译告诉我们，年老的头人都是打过仗的，现在都教年轻人打仗的计谋，当战事发生的时候，他要选出两个人，这两人要在长老面前竞争领队或战争头领的位置，要证明他们有带兵打仗的本事。如果第一个回答问题的人割下鼻子，不屑地将其扔在地上，另一个人就要超过他，也许割掉嘴唇或挖去一只眼睛。他们就这样争下去直到其中一人放弃为止，许多人都在这种竞争中死去。他们证明的是一种被动的勇敢，一种太残忍的勇敢，所以我们的黑人英雄并不赞成，但他还是表达了极大的敬意。

　　在这次交往中，恺撒在印第安人与英国人之间搭起了理解的桥梁，我们之间不再有恐惧或争端，而且建立了良好的自由贸易关系。我们遇到了许多值得讲述的了不起的事情，因为恺撒主动帮我们寻找那些奇异惊人的东西，尤其是让他亲爱的伊姆旺达高兴，她也参加了我们的冒险。我们尽可能让她高兴舒服，这是讨好王子的最好方式。

　　我们溯流而上，遇到了一些体形奇怪的印第安人，也就是说那些大块头，相貌和我们国家的印第安人完全不一样。给我们划船的印第安人奴隶问了他们一些问题，但他们听不懂，只是让我们看一根系了好多结的棉布条子，说他们是从大山里来的，每过一个月就在棉布条子上系一个结。他们身穿一种奇怪的兽皮衣服，随身带着装满金土的袋子，就我们所能听懂的，他们是说那些金土是下雨时从山顶上流下来的；他们还说无论谁想要上山，他们都愿意陪同。我们带他们到了帕汗，一直等到总督来的时候。全国都由于这次淘金冒险沸腾起来，总督依法宣布（因为他们给他寄了金子），要在亚马孙河河口建一个岗哨（人们叫这条河为亚马孙河是因为它几乎和泰晤士河一样宽），禁止人们上山淘金。但我们在这项计划具体实施之前就回英国了，总督也在一场台风中淹死了，这个计划要么是流产了，要么就是荷兰人占了上风。英国国王丢掉了美洲的那部分土地，还真是件悲哀的事。

我的故事有些跑题了，但也能证明这位大人物的好奇心和勇气，我不想错过任何与他的个性有关的东西。

一段时间以来，我们就这样与他一起消遣玩耍。但不久伊姆旺达就怀了孩子，每天只是叹息哭泣，痛惜她的丈夫、她自己和未出生的孩子的奴役生活，她相信如果两个人都很难获得自由，那么三个就更难了。她的悲伤对于恺撒好比万箭穿心。于是，在一个星期天，当所有白人都饮酒作乐，庆祝他们做成的贸易和奴隶买卖时，恺撒乘机起事。四年来，这些白人都住在黑人的家里，除星期天外每天都监视着恺撒的行动。那天大约有三百黑人聚集在一起，他假装出于好意和他们一起用餐，为他们演奏音乐，准备了丰盛的宴席。在这三百人中，有一百五十人能使用武器，他们过去都用过武器，都曾经勇敢作战。英国人手里拿的都是拔不出鞘的锈剑，只有几个有身份的人才经常擦拭，可以参加搏斗。枪支也同样，除了刚从英国带来的几支零散地放在各处外，其余的也都锈得不成样子，因为这个地方除了金银外，其他金属没有不生锈的。而且，他们又不善使弓箭，而黑人和印第安人却运用娴熟。

恺撒把能使用武器的人挑出来，与妇女和儿童分开，做了一次长篇演说，讲述奴隶制给他们带来的苦难和侮辱，历数奴隶都做苦役和繁重的体力劳动，过着猪狗不如的生活，他们被当作野兽而不是人。他告诉他们这不是几天、几个月或几年的事，而是永远的。他们的苦难没有尽头。他说他们不是像人那样即使受压迫也能找到荣誉和信心，而是像狗一样喜欢鞭子和皮带，越是挨打越讨好主人。他说他们已经失去了人的神性，成为毫无知觉的驴，只适于驮东西，而且更糟。驴、狗或马在干完自己的活后还能躺下来休息，然后再起来干活，而干活的时候，它们不挨鞭打；而人呢，像他们这些凶恶的、毫无感觉的人，每星期干繁重的活儿，到了黑色星期五的时候，不管干不干活，不管犯不犯错误，不管什么人，无辜的和有罪的，都要忍辱挨奴隶同胞的鞭子，那些肮脏的鞭子，打得浑身流血为止，而那血是应该为复仇而流的，是应该用来换取某一暴君的命的。"那么，为什么。"他说，"我亲爱的朋友们和受苦受难的同胞们，我们应该给不认识的人当奴隶吗？他们是通过战斗光荣地征服了我们吗？他们在战斗中令人服气地打赢了我们吗？我们是由于战败而成为奴隶的吗？这不会激怒一颗高尚的心,这不会激励一名战士的魂。不。我们就像猿猴一样被买来买去,成为女人的玩物、傻瓜和胆小鬼,支持那些恶棍、逃犯,他们抛弃了自己的国家,在别人的国土上强奸、谋杀、偷盗,无恶不作。难道你们每天没有听到他们不是为了侮辱生命、殴打最野的野蛮人而相互责怪吗?我们能屈服这种堕落的种族吗?他们几乎没剩下一点人性,与最邪恶的野兽没什么区别。你们愿意忍受这样的手的鞭打吗?"他们异口同声地回答:"不,不,不。恺撒就是我们的头儿,是我们的王。"

他刚要说下去,一位稍出众一些的高个儿黑人打断了他的话。他名叫托斯坎。他俯伏在恺撒的脚下,喊道:"我的主,我们非常高兴和认真地听了你讲的一切,如果我们只是男人,我们会跟随你这样一位伟大的领袖征服全世界。可是啊,我们还是丈夫和父亲,有比生命还重要的东西,那就是我们的妻子和孩子,他们无法走过这些走不通的森林、山脉和沼泽。我们不仅难以征服这些土地,还要征服河海和大山,还有食人的野兽。"对此,恺撒回答说,荣誉是我们要遵守的第一条自然法则;但是,任何人都不能在没有道义、同情、仁慈、爱、正义和理智的情况下假装遵守这条法则。他说他要带领他们摆脱奴役,走向光荣的自由,并没打算让他们这些品质很好的人死在暴君的皮鞭之下,但是,如果某个女人如此堕落,抛弃爱情和贞节,舍弃丈夫的追求而选择了奴役,不是冒着生命的危险分担丈夫的命运,那么,这样的女人是应该抛弃的,应该把她作为猎物留给我们共同的敌人。

他们对此全无异议——并叩首致意。接着,他谈到无法通过的森林和江河,并让他们相信越是危险就越光荣。他告诉他们,一个野人,一个头领，曾在大山的坚石中间劈开了一条路，那么，他们面前的一些树丛就能难住他们吗？不，对于决心誓死征服一切的人这不过是小事一桩。至于沼泽，那只是前进路上的一个小小坎坷；而河流对他们根本不算什么，他们天生就会游泳，至少按照习俗一生下来就学习游泳；而当孩子们累了，大人们就轮班背着；森林和他们自己的劳动还会给他们提供食物。对此，他们也异口同声表示赞同。

托斯坎于是请求他该做什么。恺撒说，他们将朝大海方向行进，寻找一个新的居住地，然后勇敢地保卫它。如果运气好或有神的庇护，他们能找到一艘船，那他们就要抓住时机夺过来，然后乘船回自己的国家。至少他们能在他的王国里获得自由，虽说他们都是苦难同胞，但至少是有勇气敢于为自由而战的人们。如果他们为自由而死去，那也比永久活在奴隶制下勇敢得多。

他们叩首致敬，赞同他的这一决定，发誓跟着他。那天夜里他们就要开始长途跋涉；他们告诉了妻子们，告诉她们把吊床绑在肩上和腋下，就像围巾一样，领着能走动的孩子们，抱上不能走的。妻子们都完全服从丈夫的意愿，在指定的地点等着出发。男人们忙着准备防卫的武器，之后在约定的地点聚齐。恺撒又说了一番鼓励的话，然后就出发了。

但是，他们那天夜里并没有走出多远。星期一清晨，监工们去叫他们下地干活，却极其惊讶地发现一个人影都没有，奴隶们全都带着行李逃跑了。你可以想象这个消息不仅一下子就传遍了整个种植园，而且很快就传到了邻近种植园，到中午时分，我们就组织起六百名民兵帮助我们追击逃亡者。从来也没有见过这样一支滑稽的军队,穿着各色服装的人们几乎出于同一个目的聚在一起,因为这样的造反实在是极坏的榜样,在许多殖民地常常导致致命的后果。但他们尊重恺撒,都指责帕汗人,也就是帕汗种植园的人,因为他们原本就不喜欢总督;此外,他们宁愿相信是这些人怠慢了恺撒,欺骗了恺撒。并非不可能的是,这个国家的一些最好的人是站在恺撒一边的,宁愿他带走所有的奴隶,这些人不会来干预这件事。而我没有机会说上话的那位副总督,世界上最会拍马屁、最会甜言蜜语的家伙,曾经假装是恺撒最好的朋友,现在却是唯一坚定地与恺撒作对的人;他一无所有,所以也无所畏惧,但是说起话来比任何人都大。不必说这个家伙的性格比最糟的奴隶还差。这家伙要带人去捉拿恺撒,或者说去追踪恺撒。他们使用的武器大部分是他们称作九尾猫的残酷的鞭子;有的拿着生了锈的枪装装样子;有的拿着旧篮把剑,其剑刃这辈子都没亮出来过;还有些人拿着棍棒。特里弗莱也去了,但与其说是征服倒不如说是去协调。他预见到了并完全明白,如果用武力,他们会把黑人逼入绝境,而黑人都是忧郁型的人,在屈服之前就会跳河或自杀,所以他建议最好是讲和。但毕阳木满脑子里都是智慧,宁愿采取自己的方法。

找到这些逃亡者并不难,因为逃亡者必须边逃边生火、砍林,所以他们日夜兼程顺着他们的火光、沿着他们开辟的路径一路下去。恺撒发现有追兵来,便开始防御,把妇女和儿童放在后方,他和托斯坎以及誓死不屈服的一些人在前面迎敌。他们没有谈判,而是匆匆地与英国人交了手。英国人有几个阵亡了,受伤者甚众,因为他们的最佳武器是鞭子。奴隶们由于不听指挥,散沙一盘,致使敌人重重地抽打他们的眼睛。妇女和孩子们看到她们的丈夫们受到这样的抽打,都胆小起来,又听到英国人大喊:"**投降者生,投降从宽!**"就都跑到丈夫和父亲跟前,拉着他们,喊道:投降吧!投降吧!让恺撒去复仇吧!逐渐地,奴隶们都离开了恺撒,只剩下了托斯坎和勇敢的伊姆旺达。挺着大肚子的伊姆旺达就在丈夫的身旁,拿着弓和一袋毒箭,熟练地射伤了几个敌人,还把一支毒箭射进了总督的肩膀。要不是一个印第安妇女,总督的情人,把毒吸出来,清洗了伤口,总督会死于这支毒箭的。然而,在和恺撒谈判之前他还是没有离开那地方。他发现恺撒决心奋战到底,绝不投降,托斯坎和伊姆旺达也一样坚决。但是,总督此时想要的不是恺撒的命,而是另一种复仇,于是便施展他全部的谈判技巧和情感掩饰,请求恺撒放下武器,他提出的一切条件总督都会以上帝的名义同意并履行。他说,现在你已经不构成什么威胁了,两个男人和一个女人的力量是无法打败英国人的,奴隶现在都已站在他们的一边了;他说他极其尊重恺撒的人格,希望能为这么勇敢的人做点事情,免得以后人们会由于一位王子的死而责怪他,而且是一位应该拥有世界帝国的勇敢慷慨的王子。他说不管他的主子有多大的偏见,因为他会因此而失去一大批奴隶,但他认为恺撒是英勇无敌的战士;他会把这次逃跑看作年轻人的鲁莽,是一时冲动,是没有经过深思熟虑的急于获得自由的结果,仅此而已。他说只要有船靠近他的海岸,他就会想尽办法实现他以前的诺言。"所以,如果你愿意投降,"他继续说,"你会得到你能想到的一切尊敬;你自己、你妻子和你的孩子——如果在这里生的话——都会作为自由人离

开我们的国家。"恺撒仍不妥协，但毕阳木仍在坚持，说如果你继续反抗，你终将灭亡，死于巨蟒、野兽或饥饿，你应该考虑你妻子的身体，她需要安宁的生活，而不是艰苦跋涉的疲乏，在森林里她也难逃令人悲哀的被野兽吞噬的命运。但恺撒对他说，白人不守信用，白人崇拜的神教给他们如此虚伪的教条，以至于诚实的人无法与他们一起生活。他说没有人像白人那样夸夸其谈，但也没有人像他们那样一点不践行诺言。他知道如何与诚实人交往，但与基督徒，他必须时刻提防，手里不拿着防御的武器是不能与他们同吃同喝的，而且，为了他自己的安全，他绝不相信他们说的每一句话。至于他的鲁莽冲动和行动的欠考虑，他承认总督是对的；他说他不该费尽心机去解放这些人，他们天生就是奴隶，命苦的可怜虫，只适于给基督徒当工具用；阴险和胆小的狗应该侍候这样的主人，他们只能在皮鞭下才能认识到基督教的神是所有爬行动物中最邪恶的，崇拜基督徒的神不会使他们成为勇敢、正直或诚实的人。总之，在无数次亲身经历之后，他告诉毕阳木，有些事情不适于在这里讲述，他宁愿死也不愿和这些猪狗生活在一起。但特里弗莱和毕阳木再三恳求，甚至连特里弗莱也相信总督的话是真的了，于是亲切地拉住了恺撒的手，把他拉到一边，含着泪劝说他投降求生，不要再坚持了。恺撒被他的智慧和理由征服了，考虑到伊姆旺达的状况，他提出了条件，并要求有书面证明，因为他看到白人和白人之间都是有书面合同的。这一切都照办了，托斯坎也要得到宽恕，便向总督投降了。总督下令埋葬死者，然后和恺撒等人和平地走进了种植园。恺撒度过了非常艰苦的一天，他曾经像命运女神一样奋斗，只有他和托斯坎两人就做成了这么大的事，向敌人证明了一个严酷的事实，即他们敢做敢为，无所畏惧。

但是，他们刚一到所有奴隶都遭鞭打的地方，就抓住了由于炎热和疲劳而昏倒的恺撒和托斯坎，把他们分别绑在两个桩子上，以不堪入目的方式鞭打他们，直到皮开肉绽。恺撒面不改色，没有一声呻吟，只是以愤怒的眼神凶狠地瞪着失信的总督和他认为那些有罪的人。他还愤怒地看着那些奴隶，就在几天以前，他们还奉他为神，现在却手里拿着鞭子不时地抽打着他。他没有挣扎，即使挣扎也无济于事。但他的目光里充满了屈辱和仇恨，像火一样喷射出来，令人胆寒。

当他们认为已经对他施足了报复后，便把他解开。他遍体鳞伤，失血过多，几乎昏迷；他们把他的衣服撕下来，在流血的身体上压上铁块，再残忍地用印第安辣椒揉搓伤口，他疼得疯一样地狂叫起来，瞬间就倒地不动了，浑身伤痛令他动弹不得。他们没有惩罚伊姆旺达，也没有让她看到对她丈夫施加的暴行，把她送到帕汗监禁起来，这不是为了她好，而是担心她看到那场面会死去或流产，那样的话，他们就会失去一个小奴隶，也许会失去孩子的母亲。

你一定知道，当星期一早晨恺撒带着奴隶逃进森林的消息传开的时候，我们都极度害怕，担心他会等到夜幕降临，来割断我们的喉咙。我们所有女眷都因为害怕而逃到河下游了，也正是在我们离开的时候，他们对他施以如此酷刑。我以为我有足够的权威和财力，如果我对这类事情有过半点怀疑，我能够阻止他们下此毒手。我们还没走出多远，消息就传来说恺撒已经抓住，像普通奴隶一样遭到了鞭打。我们在河上遇到了马丁少校，一个非常勇敢、机智和善良的人，为纪念如此勇敢的人，我还在我写的一出新喜剧里安排了一个同名人物。他聪明善辩，人品出众，殖民地的所有人都喜欢他。他是恺撒的朋友，对总督的欺骗行为非常不满。我们带着他回到帕汗，正想着找个地方住下来，就听说总督已经昏死于伊姆旺达射他的那一箭，状况很糟。他似乎快活地看到了对恺撒的复仇，但在酷刑还没有结束的时候，他就倒下了，人们这才发现他肩头中了一支毒箭，我曾经说过他的那位印第安情人已经吮吸过了。

我们于是径直去种植园看望恺撒。他的状况苦不堪言。我曾经上千次地表示敬佩，他竟然在那种痛苦的状态下活了下来。我们说一千道一万地表示好心和怜悯，说明我们毫不知情，并对这种残酷行径表示痛恨；我们无数次表白，请他原谅，也求他原谅那些冒犯，最后他终于相信我们没有插手对他的虐待，但是他说他永远不会饶恕毕阳木。至于特里弗莱，他说他看到了特里弗莱为他所受的折磨而痛苦悲伤，但他无力阻止，还可能为了替他辩护而遭受那些奴隶的痛打。但对毕阳木，他们的头儿，以正义和荣誉的名义，为他们树立榜样——为了毕阳木，他要活下来，要让他偿还血债。他说：" **我可以死，但不能让我忍受皮鞭的侮辱。** "他不想多说了，但恳求我们伸出双手，他握着我们的手，郑重地说再也不会用他的手伤害我们了。他十分尊敬马丁上校，总把他当父亲一样征求意见，他让上校放心，他会按他说的去做，但除了一件事，那就是去找毕阳木报仇。"因此，"他说，" **为了他的安全，让他快来除掉我，因为在对受伤害的人行使正义之前，在抹去一个士兵所受的侮辱之前，我不会死。不，我不会自杀，即便遭了**

鞭打，但在复仇之前，我要忍辱负重，忍受每一个狞笑的奴隶的指指点点。一旦复了仇，你就会看到奥鲁诺克不会带着恺撒背负的屈辱活下去。"我们费尽口舌，但他再也没有回答。我们小心翼翼地给他洗了身子，洗掉了身上的辣椒粉，还叫了一名外科医生给他身上涂了膏药。过了一阵子，他能够行走和吃东西了。我们不能每天去看他，所以就把他带到了帕汗的一所公寓。

总督很快就苏醒过来，听说了恺撒的威胁，但他召开了议会，成员中有伦敦新门监狱从未引渡过的那些臭名昭著的混蛋（不是让他们丢脸，也不是要嘲讽政府），也许议会原来就是由这些人组成的，他们既不遵守上帝的律法，也不遵守人的法律，更不遵守使人值得成为人的那些原则。他们在会议上相互争斗，发血誓说，他们见面谈话是件可怕的事。（荷兰人占领那个地方时，他们当中有些人被处以绞刑，另一些被铐在一起发配到别的地方了。）把这些特殊的统治者召集起来，就如此重要的事情征求意见，显然他们的结论都是有利于自己的利益的：应该把恺撒作例子，杀一儆百，让奴隶们再不敢威胁他们的主子，否则，他们自己的奴隶都不会驯服，因此决定把恺撒处以绞刑。

特里弗莱认为该用一用他的权威了，就告诉毕阳木，自己的命令在主人的种植园内执行，帕汗就和怀特宫一样不受法律的约束；他们不应该再碰他的主子的奴隶——他的主子是代表国王本人的，碰他的奴隶就等于和国王过不去；他还说帕汗是座圣殿，虽然他的主人不在，但权力还在，主人把权力交给了他，这是他特有的种植园，属于他主人的那些种植园，都归他管辖；这个国家的其余地方，既然毕阳木是他主人的助手，他可以行使他的暴力。特里弗莱和其他同样或更有权有势的人都关心恺撒的性命，绝对赞成给他以保护。总督和他的议会就这样被扫地出门（因为他们都坐在帕汗宫内），我们又在登陆的地方设了岗哨，除了我们和恺撒的朋友之外不让任何人进来。

总督是在帕汗受的伤，所以就一直在那儿待到痊愈；但恺撒不知道他还在那儿。实际上，总督大部分时间都待在那儿，因为他喜欢吃别人的、住别人的；如果他不在家，那十有八九都住在那里，曾经常常与恺撒一起玩耍、散步、打猎和钓鱼。所以，恺撒一点也不怀疑，他一痊愈，就有机会找毕阳木复仇。当然，复仇之后，他也不指望活下去，因为英国黑帮不会放过他，即便从他们手里逃出来，他也不会幸存于鞭打。然而，在温和的时候，他也有一点悔过之意，他称此为胆小鬼作怪的时刻，在这些时候，他用爱征服自己，心里想着美丽的伊姆旺达，但他的大部分时间都在忧郁的思念和邪恶的算计中度过。他想到，如果他复仇，在策划的过程中或复仇之后，他都要把可爱的伊姆旺达留给愤怒的群众，让她成为他们的猎物，往好里说也只能是个奴隶。他无法容忍这个念头。"也许，"他说，"**她也许会第一个蒙受酷刑，第一个成为他们肮脏欲望的猎物，然后羞耻地死去。**"不，他不能活在那种忧虑之中，实在无法承受那种忧虑的折磨。这就是他的想法，是他与自己内心的沉默的争论，他后来是这么告诉我们的。所以，他决心不仅要杀死毕阳木，还要杀死所有他愤恨的人，他就用这个要血染种植园的幻想来安慰自己。他首先决定做一件事情（不管最初在我们看来有多可怕）。当向我们陈述了理由之后，我们又认为那是正义和勇敢之举。他相信只要能站立行走，就能够开始实施他的伟大计划，于是请求特里弗莱带他到外面去，认为散步会有益于他恢复健康。特里弗莱答应了，而且还带着伊姆旺达，就像在那些快乐宁静的日子里，他拉着伊姆旺达走进树林，在不停地叹息和沉默中盯着她的脸，控制不住的眼泪泉涌而出之后，他对她说，他先要杀死她，然后杀死敌人，最后自杀；他说逃跑是不可能的了，所以就必须死。当发现他决心已定，这位勇敢的妻子还没等他说完就已经在求一死了；她跪下来恳求他不要让她成为敌人的猎物。他虽然悲痛至死，但仍然为她的崇高决定而高兴，他抱起她，以一位将死的情人的激情和倦怠紧拥着她，拔出刀来要杀死他灵魂中的宝物，他掌上的明珠。泪水从面颊上流下来，而她则快乐地微笑着，能死在一个高尚之人的刀下，能够被她爱得如此之深、如此之真的人送到家乡（因为来世就是他们的家乡），她为此而感到快乐；因为在他们的国家，妻子对丈夫的敬仰相当于其他民族对神的敬仰，当男人爱一个女人，但又必须抛开她，那就让她死在自己的刀下，否则就要把她卖掉，或让别人杀死她。正因如此，你看到这件事很快就做完了，毫无疑问，这对恋人，那么高贵，那么感性，那么美丽，那么年轻，那么相爱的一对恋人的告别，那永远也分不开的告别，一定是极其感人的，他们后来的关系证明了这一点。

在这种情况下所能表达的爱都表达了，其间的所有犹豫疑虑也都消除了，那年轻可爱的受害者在祭祀者面前躺了下来，而他则以一颗破碎的心和一双坚定的手砍下了致命的一刀，先是喉咙，然后把那张微笑的脸从那苗条的身体上砍下，那是已经怀有最温柔之爱的结晶的身体。紧接着，他庄严地把尸体放在他用树叶和花朵做的一张床上，用相同的自然之棺盖将它隐藏起来，只留下了一张脸。但当他发现她已经死了，生命无法挽回了，再也不会用温顺的目光和柔和的语言为他祝福时，他的悲伤转化为愤怒；他撕扯，他怒吼，他咆哮，就像森林里的怪兽，呼唤着爱人伊姆旺达的名字。他无数次把那把致命的刀刺向自己的心脏，决心要马上随她而去，但那复仇的欲望，此时在他的灵魂中要比以前强烈一千倍，阻止了他，而每次他都大喊道："不，**我杀了伊姆旺达就是为了报仇**，难道我要花如此昂贵的代价，以最美丽的、最亲爱的、最温柔的人的性命为代价，来丧失那荣耀吗？不！不！"然后，一提到那个名字，悲伤就会压倒愤怒，他就会躺在她身旁，泪水像雨一样洒在她脸上，而那双眼睛以前从未流过眼泪。不管他怎样坚决，决心复仇，他都没有力量把视线从亲爱的人身上移开，现在她比以往更加可爱，更加亲切了。

两天来他一直沉醉在这种悲痛的状态中，从未离开他杀死可怜的伊姆旺达的那个地方。最后，他终于从她身旁起来，自责伊姆旺达死了这么久了他自己居然还活着，居然让那些野蛮的敌人也活了这么久，他现在决心完成这项伟大的工作。但是，他一站起来，就觉得身体如此虚弱，就像风吹的树枝一样摇摇晃晃；他不得不躺下来，恢复一下体力。他感到天晕地转，双眼昏黑，眼前的物体都不是从前的样子了。他呼吸短促，四肢从未像这样疲乏无力。他已经两天没吃东西了，所以才如此虚弱，但悲伤过度才是真正的原因；但他还是希望能恢复体力完成计划，于是就又躺了六天，等待时机，与此同时悲悼死去的偶像，每天挣扎着站立，却又不能如愿。

在所有这段时间里，你会想到我们极其担心恺撒和他妻子。有人以为他逃跑了，永远不会回来了。另一些人认为他发生了事故。不管怎样，我们还是派了上百人各处寻找他。有四十人朝他走的方向去找，其中有被毕阳木策反的托斯坎。他们还没走进森林很远，就闻到一股怪味，一种腐尸的味道，因为在每一寸土地生产的自然的芳香之中，那股恼人的恶臭一定很特别。他们判断他已经死了，或有人死了。他们走近前去，那味道实在难闻，不断下落的树叶已在地上铺上了厚厚的一层，发出沙沙的响声，恺撒听到有人来了。在这八天的时间里，恺撒一直想站起来，但没有力气，当看到追踪者时，他爬起来，蹒跚地扑向附近的一棵树，靠着树干站立起来。他离那些人大约十几码远，他便喊他们，警告他们要命就不要靠近，大家都停下了脚步，几乎不相信他们的眼睛，那对他们说话的人的确是恺撒，尽管变化了许多。他们问他，他妻子怎么样了，因为他们闻到了难闻的死尸的味道。他指着尸体，悲伤地喊道："**她就在那儿！**"他们用棍子拨开尸体上的花朵，发现她是被杀的，于是大喊起来："噢，野兽，那野兽杀死了妻子！"接着，他们问，他为什么如此残忍，他回答说没有时间回答无关紧要的问题。"**你们都回去吧，**"他接着说，"告诉那言而无信的总督，**是命运救了他，我已经气息奄奄，我的胳膊已经不听心的使唤了，无力完成我为他设计的行动。**"他舌尖颤动，浑身颤抖，好不容易才说完了这句话。英国人看他如此虚弱，喊道："**我们把他活着带回去吧。**"他听到了，仿佛从昏迷或梦中醒来，大喊道："不，先生们！**你们被骗了，**

你们再也不会有被鞭打的恺撒了，再也看不到我的诚信了。你们认为我很虚弱，但我有足够的力量维持我的尊严。"他们再次发誓，而他只摇摇头，轻蔑地看着他们。接着他们喊道："**谁敢抓这个人？没人敢去吗？**"恺撒回答时他们都哑口无言："**命运是第一个敢来抓我的人，让他壮壮胆子吧。**"话音未落，他威胁着拿出了刀子。"看看你们，你们这帮言而无信的家伙，"他说，"**我要的不是命，我也不怕死。**"话音未落，他从自己的喉咙上割下一块肉来，扔给他们："**可我还会活着，一直活到我复了仇。但那不可能了。我感到生命正从我的眼里和心里溜走，而如果我不快走的话，我又将躺在那羞辱的皮鞭下。**"话音刚落，他剖开肚子，取出内脏，用最后一点力气抛出去，有些人跪了下来，恳求他停下手来。当看见他跟跄走来时，他们大喊道："**没有人敢抓他吗？**"一个大胆的英国人说："**我去，难道他真是魔鬼不成？**"（看见他已经奄奄一息了才提起胆子这样说），他发了一个可怕的誓言向世界告了别，便冲上前去。恺撒拿刀的手正好刺中了他的心脏，登时倒地身亡。托斯坎见此情景，哭喊着说："**我们都爱你，噢，恺撒，所以尽可能不让你死去。**"说着便跑上前去，把恺撒抱在怀里，可刀刺中了他的臂膀，恺撒无论怎么努力也无力拔出刀来，托斯坎也没拔，也不想忍受拔刀给他带来的痛苦，便身上插着刀回来了，他的理由是一旦拔刀，空气会进入伤口。他们都祝福他，恺撒已经昏迷。六个人抬着恺撒，他们都以为他已经死了或立即咽气了。他们把他抬到帕汗，放在一张沙发上，即刻叫来了外科医生，缝合了他的伤口，并设法让他苏醒过来了。他醒过来了，我们都去看他。如果说以前我们都认为他很帅，那他现在可变了许多，那张脸就像一颗骷髅头，只剩下了牙齿和眼窝。有几天的时间我们谁都不说话，都来照顾他的喉咙，这使他活了下来，六七天后，他恢复了知觉。你一定会说，在西印度群岛，治疗这种伤简直就是奇迹，只有大腿上的伤极少治愈。

他能说话的时候，我们都问他关于他妻子的情况，为什么要杀死她。接着他就向我们讲了他的决定和他们的告别，还恳请我们让他死去，一想到他还有可能活下去他就极度痛苦。他坚持说如果不让他死，他就要让许多人死于非命。我们说我们所能做的就是让他活下去，给他新的生活保障，但他祈求我们不要这样看不起他，也不要这样对待他对伊姆旺达的爱，别想再劝他开始新生活了。但医生说他不能活了，所以根本不必担心。这个消息让大家都十分痛苦（恺撒除外），那场面真够阴森的了。他的话凄婉哀伤，他周围臭气熏天，所以人们都劝我离开（我自己也病了，极度忧郁会使我突然患上危险的病）。仆人们、特里弗莱还有医生都答应我们尽最大努力救回恺撒，我便和别人一起乘船去了马丁上校的公司，大约三天的航程。但我刚一离开，总督就派特里弗莱到河上游办事，需要一天的航程，同时与一个叫班尼斯特的人取得了联系。这是一个暴躁的爱尔兰人，议会成员，一个绝对野蛮的家伙，愿意做任何坏事，但非常富有。他来到帕汗，强行把恺撒带到一个地方，捆起来，鞭打他，还在他面前生起一堆火，他对恺撒说："**你将像一条狗死去。**"恺撒回答说，那是班尼斯特做过的唯一一件勇敢的事，在他说那个字之前他所说的都是废话，如果他能履行诺言，那么他就会宣布，在彼岸世界，他就是所有白人中唯一说真话的人。他转身面对绑他的人说:"朋友们,我是死,还是遭鞭打?"他们喊道:"鞭打!你不会这么轻易就逃走的。"他笑着回答说:"神保佑你们。"然后告诉他们不用绑,他会像石头一样一动不动地站在那里,忍受死亡,这样就能鼓舞他们去死。"但如果你们鞭打我,"他说,"那就绑得越紧越好。"

他学会了吸烟,当他确信他将要死的时候,他希望他们给他一根烟袋叼在嘴上,他们拿来了烟袋,点燃了。这时,刽子手到了,先砍下了他的四肢扔在火里。然后,他们用一把钝刀割下了他的耳朵和鼻子,也用火烧了。恺撒还在吸烟,仿佛什么都没发生一样。然后,他们又砍下一只胳膊,他还是挺直身体,手里拿着烟袋,但当砍下另一只胳膊时,他的头垂了下来,烟袋也掉下去了,便无怨无悔地见鬼去了。我母亲和妹妹始终都待在他身旁,但没有救活他。那些愚民是那么粗鲁,那么狂暴,以至于非人性反成了监督行刑的正义之师。这些人最后都为他们的傲慢付出了惨重代价。他们把恺撒大卸四块,将其送给几个种植园主。有一块送到马丁上校府上,马丁拒绝了,发誓说他宁愿看到把班尼斯特和总督本人大卸四块,而不是恺撒。他不会用把王子大卸四块的景观吓唬黑人,让他们悲伤。

这个伟大的人物就这样死去了,他应该有更好的命运,应该有一个更崇高的智者来称赞他,而不是我。但我希望我这支笔已足够让他那光辉的名字流芳千古了,还有那勇敢的、美丽的和忠贞的伊姆旺达。

伏尔泰

(François-Marie Arouet [Voltaire], 1694—1778)

伏尔泰

　　《老实人》是伏尔泰在65岁时以游记形式写的一部政治讽刺小说，被认为是至今仍然拥有大量读者的一部奇书，徐志摩曾将其比作中国的《镜花缘》。如果说李汝珍的小说以辛辣而幽默的文笔，嘲讽那些金玉其外、败絮其中的冒牌儒生，那么，伏尔泰的讽刺则针对那些崇尚理性、高扬人性的西方哲学家。这两部书最大的共同点在于它们都采用奇幻浪漫、超自然的迷离手法，把讽刺的利剑直接指向险恶的现实。如果说前者通过对"白民国"等不同国度的描写而揭示出当时社会的诸种弊病，最后以"君子国"代表理想的人类社会的话，那么后者就是批判莱布尼茨的乐观主义观点，即当下社会是所有可能的社会中最好的社会，因此有充分的理由允许它所包含的一切罪恶。老实人经过千辛万苦对各种社会进行考察后得出的结论或许就是 F. H. 布拉德雷在

《表象与实在》中所证明的理论："当下世界是所有可能的世界中最好的世界，其中的一切都是必要的邪恶。"

伏尔泰把小说的背景设在威斯发里，当时是德国最贫穷、战乱最频繁的地区，主人公是一个任凭命运宰割的"老实人"。这种背景和人物安排显然是要躲避政治迫害，但从文学上看，也不乏对社会的堂吉诃德式的讽刺以及对政治的斯威夫特式的抨击，因此，如果不参照伏尔泰所处时代的真实事件，不考虑这部讽刺小说对当时和后来的社会和政治话语的重大贡献，那么，《老实人》就是一部没有思想深度的冒险小说。故事讲述一个幼稚的年轻人，他的名字（傅译"戆第特"）意译就是"老实人"，他相信他那位迂腐的老师邦葛罗斯博士提出的观点，即当下世界是所有可能的世界中最好的世界，而为这个最好世界的最好生活所创造的一切都已被投入一系列冒险之中，最终将导致大多数人的绝望。他的老婆被绑架、被强奸、被掏出内脏；他本人也遭绑架、毒打、监禁、失去家园和亲人。虽然小说中的人物都神奇地生存下来，但他们所遭受的痛苦与他们信奉的乐观主义却构成了鲜明的对比，证明了普遍信仰尤其是乐观主义是极其愚蠢的。伏尔泰敏锐地看到世界不过是一个小小的蚁冢，人类只是在这个蚁冢上装腔作势、故作姿态的小丑。人不简单是悲剧中被命运摆布的人物，也不像基督教所宣传的那样具有尊严。人所生活的世界充满了邪恶，可以忍受，但这个世界也绝不是一个幸福的世界，因此在这个世界上追求幸福就是自欺欺人和幼稚的蠢行。战争、性病、娼妓、恐惧和非正义充斥其中，而人类面临的最大危险或许是后来波德莱尔所描写的在厌倦与愤怒之间的那种摇摆。老实人真切地看到了国与国之间除了表面上风俗习惯不同之外，人类的生存状况都是相同的。

邦葛罗斯是乐观主义的代言人，但也不纯是个小丑。雅各快要淹死时，邦葛罗斯制止老实人去救他。他的理由并不是常人所认为的，如果老实人救了雅各，那他本人就可能被淹死。他的理由是："为了要淹死雅各，海上才有这个里斯本港口的。"任何结果都不是没有原因的，雅各的死是过去的一切原因导致的结果，上帝创造里斯本港口的一个目的就是要让雅各在这里淹死。里斯本有一座火山，那这座火山就不能在别的地方；人长鼻子就是为了戴眼镜的；人长腿就是为了穿马裤的；上帝造石头就是为了建城堡和雕刻的；一切皆有定数。但现实世界并不这么简单，并不是按照某一宏大计划一步一步进行的。邦葛罗斯本人由于他自己的荒诞逻辑而被处以绞刑，老实人由于在听他津津乐道这种逻辑时脸上微微露出赞同的表情而被打得鼻青脸肿（伏尔泰当时没有想到《老实人》发表七年后的1766年竟然有一位十九岁的年轻贵族由于犯了亵渎罪而被挖舌断手，又由于他读过伏尔泰的《哲学辞典》而被与书一起焚烧）。正是在这本《哲学辞典》（1764）中，伏尔泰辑入了一篇文章《事件的链条》，指出"每一个结果都显然有其原因，但并非每一个原因都有其结果"。有批评家认为，《老实人》的真正主题恰恰是要阐明事件间的这种非因果性。

陈永国 / 文

参考文献

Voltaire, *Candide, or Optimism*, Translated by Peter Constantine, New York: Modern Library, 2005.

Haydn Mason, *Candide: Optimism Demolished*, New York: Twayne publishers, 1992.

J. Ayer, *Voltaire,* New York: Random House, 1986.

老实人

傅雷 译

第一章
老实人在一座美丽的宫堡中怎样受教育,怎样被驱逐

从前威斯发里地方,森特－登－脱龙克男爵大人府上,有个年轻汉子,天生的性情最是和顺。看他相貌,就可知道他的心地。他颇识是非,头脑又简单不过;大概就因为此,人家才叫他作老实人。府里的老用人暗中疑心,他是男爵的姊妹和邻近一位安分善良的乡绅养的儿子;那小姐始终不肯嫁给那绅士,因为他旧家的世系只能追溯到七十一代,其余的家谱因为年深月久,失传了。

男爵是威斯发里第一等有财有势的爵爷,因为他的宫堡有一扇门,几扇窗。大厅上还挂着一幅壁毯。养牲口的院子里所有的狗,随时可以编成狩猎大队;那些马夫是现成的领队;村里的教士是男爵的大司祭。他们都称男爵为大人;他一开口胡说八道,大家就跟着笑。

男爵夫人体重在三百五十斤上下，因此极有声望，接见宾客时那副威严，越发显得她可敬可佩。她有个十七岁的女儿居内贡，面色鲜红，又嫩又胖，教人看了馋涎欲滴。男爵的儿子样样都跟父亲并驾齐驱。教师邦葛罗斯是府里的圣人，老实人年少天真，一本诚心地听着邦葛罗斯的教训。

邦葛罗斯教的是一种包罗玄学、神学、宇宙学的学问。他很巧妙地证明天下事有果必有因，又证明在此最完美的世界上，男爵的宫堡是最美的宫堡，男爵夫人是天底下好到不能再好的男爵夫人。

他说："显而易见，事无大小，皆系定数；万物既皆有归宿，此归宿自必为最美满的归宿。岂不见鼻子是长来戴眼镜的吗？所以我们有眼镜。身上安放两条腿是为穿长袜的，所以我们有长袜。石头是要人开凿，盖造宫堡的，所以男爵大人有一座美轮美奂的宫堡；本省最有地位的男爵不是应当住得最好吗？猪是生来给人吃的，所以我们终年吃猪肉；谁要说一切皆善简直是胡扯，应当说尽善尽美才对。"

老实人一心一意地听着，好不天真地相信着；因为他觉得居内贡小姐美丽无比，虽则从来没胆子敢对她这么说。他认定第一等福气是生为男爵；第二等福气是生为居内贡小姐；第三等福气是天天看到小姐；第四等福气是听到邦葛罗斯大师的高论，他是本省最伟大的，所以是全球最伟大的哲学家。

有一天，居内贡小姐在宫堡附近散步，走在那个叫作猎场的小树林中，忽然瞥见树丛之间，邦葛罗斯正替她母亲的女仆，一个很俊俏很和顺的棕发姑娘，上一课实验物理学。居内贡小姐素来好学，便屏气凝神，把她目睹的，三番四覆搬演的实验，观察了一番。她清清楚楚地看到了博学大师的充分根据，看到了结果和原因；然后浑身紧张，胡思乱想地回家，巴不得做个博学的才女；私忖自己大可做青年老实人的根据，老实人也大可做她的根据。

回宫堡的路上，她遇到老实人，不由得脸红了；老实人也脸红了；她跟他招呼，语不成声；老实人和她搭话，不知所云。第二天，吃过中饭，离开饭桌，居内贡和老实人在一座屏风后面；居内贡把手帕掉在地下，老实人捡了起来；她无心地拿着他的手，年轻人无心地吻着少女的手，那种热情，那种温柔，那种风度，都有点异乎寻常。两人嘴巴碰上了，眼睛射出火焰，膝盖直打哆嗦，手往四下里乱动。森特－登－脱龙克男爵打屏风边过，一看这个原因这个结果，立刻飞起大腿，踢着老实人的屁股，把他赶出大门。居内贡当场晕倒，醒来挨了男爵夫人一顿巴掌。于是最美丽最愉快的宫堡里，大家为之惊慌失措。

第二章
老实人在保加利亚人中的遭遇

老实人，被赶出了地上的乐园，茫无目的，走了好久，一边哭一边望着天，又常常回头望那座住着最美的男爵小姐的最美的宫堡。晚上饿着肚子，睡在田里；又遇着大雪。第二天，老实人冻僵了，挣扎着走向近边一个市镇，那市镇叫作伐特勃谷夫－脱拉蒲克－狄克陶夫。他一个钱没有，饿得要死，累得要死，好不愁闷地站在一家酒店门口。

两个穿蓝衣服①的人把他看在眼里,其中一个对另外一个说:"喂,伙计,这小伙子长得怪不错,身量也合格。"他们过来很客气地邀他吃饭。老实人挺可爱挺谦逊地答道:"承蒙相邀,不胜荣幸,无奈我囊空如洗,付不出份头啊。"两个穿蓝衣之中的一个说:"啊,先生,凭你这副品貌才具,哪有破钞之理!你不是身长五尺半吗?"老实人鞠了一躬,道:"不错,我正是五尺半高低。"——"啊,先生,坐下吃饭罢;我们不但要替你惠钞,而且决不让你这样一个人物缺少钱用;患难相助,人之天职,可不是吗?"老实人回答:"说得有理;邦葛罗斯先生一向这么告诉我的;我看明白了,世界真是安排得再好没有。"两人要他收下几块银洋,他接了钱,想写一张借据,他们执意不要。宾主便坐下吃饭。他们问:"你不是十分爱慕?……"老实人答道:"是啊,我十分爱慕居内贡小姐。"两人之中的一个忙说:"不是这意思,我们问你是否爱慕保加利亚国王?"老实人道:"不,我从来没见过他。"——"怎么不?他是天底下最可爱的国王,应当为他干杯。"——"好罢,我遵命就是了。"说着便干了一杯。两人就说:"得啦得啦,现在你已经是保加利亚的柱石,股肱,卫士,英雄了;你利禄也到手了,功名也有望了。"随即把老实人上了脚镣,带往营部,叫他向左转,向右转,扳上火门,扳下火门,瞄准,射击,快步跑,又赏他三十军棍。第二天他操练略有进步,只挨了二十棍。第三天只吃了十棍,弟兄们都认为他是天才。

---

① 当时招募新兵的差役都穿蓝制服。

老实人莫名其妙，弄不清他怎么会成为英雄的。一日，正是美好的春天，他想出去遛遛，便信步前行，满以为随心所欲地调动两腿，是人和动物共有的权利。还没走上七八里地，四个身长六尺的英雄追上来，把他捆起，送进地牢。他们按照法律规定，问他喜欢哪一样：还是让全团弟兄鞭上三十六道呢，还是脑袋里同时送进十二颗子弹？他声明意志是自由的，他两样都不想要；只是枉费唇舌，非挑一样不可。他只能利用上帝的恩赐，利用所谓自由，决意挨受三十六道鞭子。他挨了两道。团里共有两千人，两道就是四千鞭子：从颈窝到屁股，他的肌肉与神经统统露在外面了。第三道正要开始，老实人忍受不住，要求额外开恩，干脆砍掉他的脑袋。他们答应了，用布条蒙住他的眼睛，教他跪下。恰好保加利亚国王在旁走过，问了犯人的罪状；国王英明无比，听了老实人的情形，知道他是个青年玄学家，世事一窍不通，便把他赦免了；这宽大的德政，将来准会得到每份报纸每个世纪的颂扬。一位热心的外科医生，用希腊名医狄俄斯戈里传下的伤药，不出三星期就把老实人治好。他已经长了些新皮，能够走路了，保加利亚王和阿伐尔①王却打起仗来。

---

① 阿伐尔人一称阿巴尔人，为匈奴族的一支，曾于七八世纪时侵入欧洲，后为查理大帝逐走；自第十世纪后即不见史乘。伏尔泰仅以之为寓言材料，读者幸勿以史实绳之。

第三章
老实人怎样逃出保加利亚人的掌握，以后又是怎样的遭遇

两支军队的雄壮、敏捷、辉煌和整齐，可以说无与伦比。喇叭、横笛、双簧管、军鼓、大炮，合奏齐鸣，连地狱里也从来没有如此和谐的音乐。先是大炮把每一边的军队轰倒六千左右；排枪又替最美好的世界扫除了九千到一万名玷污地面的坏蛋。刺刀又充分说明了几千人的死因。总数有三万上下。老实人像哲学家一样发抖，在这场英勇的屠杀中尽量躲藏。

两国的国王各自在营中叫人高唱吾主上帝，感谢神恩；老实人可决意换一个地方去推敲因果关系了。他从已死和未死的人堆上爬过去，进入一个邻近的村子，只见一片灰烬。那是阿伐尔人的村庄，被保加利亚人依照公法焚毁的。这儿是戳满窟窿的老人，眼睁睁地看着他们被杀的妻子，怀中还有婴儿衔着血污的奶头；那儿是满足了英雄们的需要后，被开肠破肚的姑娘，正在咽最后一口气；又有些烧得半死不活的，嚷着求人结果他们的性命。地下是断臂折腿，旁边淌着脑浆。

老实人拔步飞奔，逃往另外一个村子：那是保加利亚人的地方。阿伐尔人对付他们的手段也一般无二。老实人脚下踩着的不是瓦砾，便是还在扭动的肢体。他终于走出战场，褡裢内带着些干粮，念念不忘地想着居内贡小姐。到荷兰境内，干粮完了。但听说当地人人皆是富翁，并且是基督徒，便深信他们待客的情谊绝不亚于男爵府上，就是说和他没有为了美丽的居内贡而被逐的时代一样。

他向好几位道貌岸然的人求布施，他们一致回答，倘若他老干这一行，就得送进感化院，教教他做人之道。

接着他看见一个人在大会上演讲，一口气讲了一个钟点，题目是乐善好施。他讲完了，老实人上前求助。演说家斜觑着他，问道："你来干什么？你是不是排斥外道，拥护正果的？"老实人很谦卑地回答："噢！天下事有果必有因；一切皆如连锁，安排得再妥当没有。我必须从居内贡小姐那边被赶出来，必须挨鞭子。我必须讨面包，讨到我能自己挣面包为止。这都是必然之事。"演说家又问："朋友，你可相信教皇是魔道吗？"① 老实人回答："我还没听见这么说过。他是魔道也罢，不是魔道也罢，我缺少面包是真的。"那人道："你不配吃面包；滚开去，坏蛋；滚，流氓，滚，别走近我。"演说家的老婆在窗口探了探头，看到一个不信教皇为魔道的人，立刻向他倒下一大……噢，天！妇女的醉心宗教竟会到这个地步！

一个未受洗礼的，再浸礼派② 信徒，名叫雅各，看到一个同胞，一个没有羽毛而有灵魂的两足动物，受到这样野蛮无礼的待遇，便带他到家里，让他洗澡，给他面包、啤酒，送他两个弗洛冷③，还打算教老实人进他布厂学手艺，布厂的出品是在荷兰织造，而叫作波斯呢的一

---

① 荷兰在宗教革命时代为新教徒的大本营，当然反对教皇。
② 再浸礼派为基督教中的一小派，认为婴儿受洗完全无效，必于成人后再行洗礼。该派起源于 16 世纪，正当日耳曼若干地区发生农民革命的时期。
③ 弗洛冷为一种货币名称，13 世纪起由翡冷翠政府发行，原为金币。以后各国皆有仿制，并改铸为银币，法、荷、奥诸国均有。

种印花布。老实人差不多扑在他脚下,叫道:"邦葛罗斯老师早告诉我了,这个世界上样样都十全十美;你的慷慨豪爽,比着那位穿黑衣服的先生和他太太的残酷,使我感动多了。"

第二天,他在街上闲逛,遇到一个叫花子,身上长着脓疱,两眼无光,鼻尖烂了一截,嘴歪在半边,牙齿乌黑,说话逼紧着喉咙,咳得厉害,呛一阵就掉一颗牙。

第四章
老实人怎样遇到从前的哲学老师邦葛罗斯博士,和以后的遭遇

老实人一见之下,怜悯胜过了厌恶,把好心的雅各送的两个弗洛冷给了可怕的叫花子。那鬼一样的家伙定睛瞧着他,落着眼泪,向他的脖子直扑过来。老实人吓得后退不迭。"唉!"那个可怜虫向这个可怜虫说道:"你认不得你亲爱的邦葛罗斯了吗?"——"什么!亲爱的老师,是你?你会落到这般悲惨的田地?你碰上了什么倒霉事呀?干吗不住在最美的宫堡里了?居内贡小姐,那女中之宝,天地的杰作,又怎么样了呢?"邦葛罗斯说道:"我支持不住了。"老实人便带他上雅各家的马房,给他一些面包;等到邦葛罗斯有了力气,老实人又问:"那么居内贡呢?"——"她死了。"老实人一听这话就晕了过去。马房里恰好有些坏醋,邦葛罗斯拿来把老实人救醒了。他睁开眼叫道:"居内贡死了!啊,最美好的世界到哪里去了?她害什么病死的?莫非因为看到我被她令尊大人一边踢,一边赶出了美丽的宫堡吗?"邦葛罗斯答道:"不是的,保加利亚兵先把她蹂躏得不像样了,又一刀戳进她肚

子；男爵上前救护，被乱兵砍了脑袋；男爵夫人被人分尸，割作几块；我可怜的学生和他妹妹的遭遇完全一样；宫堡变了平地，连一所谷仓，一只羊，一只鸭子，一棵树都不留了；可是人家代我们报了仇，阿伐尔人对近边一个保加利亚男爵的府第，也如法炮制。"

听了这番话，老实人又昏迷了一阵，等到醒来，把该说的话说完了，便追问是什么因，什么果，什么根据，把邦葛罗斯弄成这副可怜的情景。邦葛罗斯答道："唉，那是爱情啊；是那安慰人类，保存世界，为一切有情人的灵魂的、甜蜜的爱情啊。"老实人也道："噢！爱情，这个心灵的主宰，灵魂的灵魂，我也领教过了。所得的酬报不过是一个亲吻，还有屁股上挨了一二十下。这样一件美事，怎会在你身上产生这样丑恶的后果呢？"

于是邦葛罗斯说了下面一席话："噢，亲爱的老实人！咱们庄严的男爵夫人有个俊俏的侍女，叫作巴该德，你不是认识的吗？我在她怀中尝到的乐趣，赛过登天一般；乐趣产生的苦难却像堕入地狱一样，使我浑身上下受着毒刑。巴该德也害着这个病，说不定已经死了。巴该德的那件礼物，是一个芳济会神甫送的；他非常博学，把源流考证出来了：他的病是得之于一个老伯爵夫人，老伯爵夫人得之于一个骑兵上尉，骑兵上尉得之于一个侯爵夫人，侯爵夫人得之于一个侍从，侍从得之于一个耶稣会神甫，耶稣会神甫当修士的时候，直接得之于哥伦布的一个同伴。至于我，我不会再传给别人了，我眼看要送命的了。"

老实人嚷道："噢，邦葛罗斯！这段家谱可离奇透了！祸根不都在魔鬼身上吗？"——"不是的，"那位大人物回答，"在十全十美的世界上，这是无可避免的事，必不可少的要素。固然这病不但毒害生殖的本源，往往还阻止生殖，和自然界的大目标是相反的；但要是哥伦布没有在美洲一座岛上染到这个病，我们哪会有巧克力，哪会有做胭脂用的胭脂虫颜料？还得注意一点：至此为止，这病和宗教方面的争论一样，是本洲独有的。土耳其人、印度人、波斯人、中国人、暹罗人、日本人，都还没见识过；可是有个必然之理，不出几百年，他们也会领教的。目前这病在我们中间进展神速，尤其在大军之中，在文雅、安分、操纵各国命运的佣兵所组成的大军之中；倘有三万人和员额相等的敌军作战，每一方面必有两万人身长毒疮。"

老实人道："这真是妙不可言。不过你总得医啊。"邦葛罗斯回答："我怎么能医？朋友，我没有钱呀。不付钱，或是没有别人代付钱，你走遍地球也不能放一次血①，洗一个澡。"

听到最后几句，老实人打定了主意；他去跪在好心的雅各面前，把朋友落难的情形说得那么动人，雅各竟毫不迟疑，招留了邦葛罗斯博士，出钱给他治病。治疗的结果，邦葛罗斯只损失了一只眼睛和一只耳朵。他笔下很来得，又精通算术。雅各派他当账房。过了两月，雅各为了生意上的事要到里斯本去，把两位哲学家带在船上。邦葛罗斯一路向他解释，世界上一切都好得无以复加。雅各不同意。他说："无论如何，人的本性多少是变坏了，他们生下来不是狼，却变了狼。

---

① 至19世纪中叶为止，放血为欧洲最普遍的一种治疗方法，其作用略如吾国民间之"放痧"。

上帝没有给他们二十四磅的大炮①，也没有给他们刺刀；他们却造了刺刀大炮互相毁灭。多少起的破产，和法院攫取破产人财产，侵害债权人利益的事，我可以立一本清账。"独眼博士回答道："这些都是应有之事，个人的苦难造成全体的幸福；个人的苦难越多，全体越幸福。"他们正在这么讨论，忽然天昏地黑，狂风四起，就在望得见里斯本港口的地方，他们的船遇到了最可怕的飓风。

第五章
飓风，覆舟，地震；邦葛罗斯博士、老实人和雅各的遭遇

船身颠簸打滚，人身上所有的液质②和神经都被搅乱了：这些难以想象的痛苦使半数乘客瘫软了，快死了，没有气力再为眼前的危险着急。另外一半乘客大声叫喊，做着祷告。帆破了，桅断了，船身裂了一半。大家忙着抢救，七嘴八舌，各有各的主意，谁也指挥不了谁。雅各帮着做点事，他正在舱面上，被一个发疯般的水手狠狠一拳打倒在地，水手用力过猛，也摔出去倒挂着吊在折断的桅杆上。好心的雅各上前援救，帮他爬上来，不料一使劲，雅各竟冲下海去，水手让他淹死，看都不屑一看。老实人瞧着恩人在水面上冒了一冒，不见了。他想跟着雅各跳海，哲学家邦葛罗斯把他拦住了，引经据典地说："为了要淹死雅各，海上才有这个里斯本港口的。"他正在高谈因果以求证

---

① 二十四磅炮即发射二十四磅重的炮弹的炮。
② 此液质（humeur）指人身内部的各种液体，如血、淋巴等。

明的当口,船裂开了,所有的乘客都送了性命,只剩下邦葛罗斯、老实人和淹死善人雅各的野蛮水手;那坏蛋很顺利地泅到了岸上;邦葛罗斯和老实人靠一块木板把他们送上陆地。

他们惊魂略定,就向里斯本进发,身边还剩几个钱,只希望凭着这点儿盘缠,他们从飓风中逃出来的命,不至于再为饥饿送掉。

一边走一边悼念他们的恩人,才进城,他们觉得地震了。① 港口里的浪像沸水一般往上直冒,停泊的船给打得稀烂。飞舞回旋的火焰和灰烬,盖满了街道和广场;屋子倒下来,房顶压在地基上,地基跟着坍毁;三万名男女老幼都给压死了。水手打着呼哨,连咒带骂地说道:"哼,这儿倒可以发笔财呢。"邦葛罗斯说:"这现象究竟有何根据呢?"老实人嚷道:"啊!世界末日到了!"水手闯进瓦砾场,不顾性命,只管找钱,找到了便揣在怀里;喝了很多酒,醉醺醺地睡了一觉,在倒坍的屋子和将死已死的人中间,遇到第一个肯卖笑的姑娘,他就掏出钱来买。邦葛罗斯扯着他袖子,说道:"朋友,使不得,使不得,你违反理性了,干这个事不是时候。"水手答道:"天杀的,去你的罢!我是当水手的,生在巴太维亚;到日本去过四次,好比十字架上爬过四次,理性,理性,你的理性找错人了!"

几块碎石头砸伤了老实人;他躺在街上,埋在瓦砾中间,和邦葛罗斯说道:"唉,给我一点酒和油罢,我要死了。"邦葛罗斯答道:"地震不是新鲜事儿,南美洲的利马去年有过同样的震动,同样的因,同

---

① 影射1755年11月7日的里斯本地震。

样的果,从利马到里斯本,地底下准有一道硫黄的暗流。""那很可能,"老实人说,"可是看上帝分上,给我一些油和酒呀。"哲学家回答:"怎么说可能?我断定那是千真万确的事。"老实人晕过去了,邦葛罗斯从近边一口井里拿了点水给他。

第二天,他们在破砖碎瓦堆里爬来爬去,弄到一些吃的,略微长了些气力。他们跟旁人一同救护死里逃生的居民。得救的人中有几个请他们吃饭,算是大难之中所能张罗的最好的一餐。不用说,饭桌上空气凄凉得很,同席的都是一把眼泪,一口面包。邦葛罗斯安慰他们,说那是定数:"因为那安排得不能再好了,里斯本既然有一座火山,这座火山就不可能在旁的地方。因为物之所在,不能不在,因为一切皆善。"

旁边坐着一位穿黑衣服的矮个子,是异教裁判所的一个小官,他挺有礼貌地开言道:"先生明明不信原始罪恶,倘使一切都十全十美,人就不会堕落,不会受罚了。"①

邦葛罗斯回答的时候比他更礼貌更周到:"敬请阁下原谅,鄙意并非如此。人的堕落和受罚,在好得不能再好的世界上,原是必不可少的事。"那小官儿又道:"先生莫非不信自由吗?"邦葛罗斯答道:"敬请阁下原谅,自由与定数可以并存不悖,因为我们必须自由,因为坚决的意志……"邦葛罗斯说到一半,那小官儿对手下的卫兵点点头,卫兵便过来替他斟包多酒或是什么奥包多酒。

---

① 最后两句指亚当与夏娃偷食禁果之事。

第六章
怎样地举办功德大会禳解地震，老实人怎样地被打板子

地震把里斯本毁了四分之三，地方上一般有道行的人，觉得要防止全城毁灭，除了替民众办一个大规模的功德会，别无他法。科印勃勒大学①的博士们认为，在庄严的仪式中用文火活活烧死几个人，是阻止地震万试万灵的秘方。

因此他们抓下一个皮斯加伊人，两个葡萄牙人；皮斯加伊人供认娶了自己的干妈，②葡萄牙人的罪名是吃鸡的时候把同煮的火腿扔掉。刚吃过饭的邦葛罗斯和他的门徒老实人也被捕了，一个是因为说了话，一个是因为听的神气表示赞成。两人被分别带进一间十分凉快，永远不会受到阳光刺激的屋子。八天以后，他俩穿上特制的披风，头上戴着尖顶纸帽：老实人的披风和尖帽，画的是倒垂的火焰，一些没有尾巴没有爪子的魔鬼；邦葛罗斯身上的魔鬼又有尾巴又有爪子，火焰是向上的。他们装束停当③，跟着大队游行，听了一篇悲壮动人的讲道，紧跟着又是很美妙的几部合唱的音乐。一边唱歌，一边就有人把老实人按着节拍打屁股。皮斯加伊人和两个吃鸡没吃火腿的葡萄牙人，被烧死了，邦葛罗斯是吊死的，虽然这种刑罚与习惯不合。当天会后，

---
① 科印勃勒大学为葡萄牙有名的大学。1756 年 6 月 20 日，葡萄牙确曾举办此种"功德大会"。
② 教徒受洗时有教父教母各一人，干妈为教母的称谓。
③ 十六七世纪时，异教裁判所执行火刑时，犯人装束确如作者所述。

又轰隆隆地来了一次惊心动魄的地震。①

老实人吓得魂不附体,目瞪口呆,头里昏昏沉沉,身上全是血迹,打着哆嗦,对自己说道:"最好的世界尚且如此,别的世界还了得?我屁股挨打倒还罢了,保加利亚人也把我打过的,可是亲爱的邦葛罗斯!你这个最伟大的哲学家!我连你罪名都不知道,竟眼看你吊死,难道是应该的吗?噢,亲爱的雅各,你这个最好的好人,难道应该淹死在港口里吗?噢,居内贡小姐,你这女中之宝,难道应当被人开膛剖肚吗?"

老实人听过布道,打过屁股,受了赦免,受了祝福,东倒西歪,挣扎着走回去,忽然有个老婆子过来对他说:"孩子,鼓起勇气来,跟我走。"

第七章
一个老婆子怎样地照顾老实人,老实人怎样地重遇爱人

老实人谈不到什么勇气,只跟着老婆子走进一所破屋:她给他一罐药膏叫他搽,又给他饮食;屋内有一张还算干净的床,床边摆着一套衣服。她说:"你尽管吃喝;但愿阿多夏的圣母,巴杜的圣·安东尼,刚波斯丹的圣·雅各,一齐保佑你:我明儿再来。"老实人对于见到的事,受到的灾难,始终莫名其妙,老婆子的慈悲尤其使他诧异。他想亲她的手。老婆子说道:"你该亲吻的不是我的手,我明儿再来。你搽着药膏,吃饱了好好地睡罢。"

---

① 1755年12月21日葡萄牙再度地震。

老实人虽则遭了许多横祸，还是吃了东西，睡着了。第二天，老婆子送早点来，看了看他的背脊，替他涂上另外一种药膏；过后又端中饭来，傍晚又送夜饭来。第三天，她照常办事。老实人紧盯着问："你是谁啊？谁使你这样大发善心的？教我怎么报答你呢？"好心的女人始终不出一声，晚上她又来了，却没有端晚饭，只说："跟我走，别说话。"她扶着他在野外走了半里多路，到一所孤零零的屋子，四周有花园，有小河。老婆子在一扇小门上敲了几下。门开了，她带着老实人打一座暗梯走进一个金碧辉煌的小房间，叫他坐在一张金银铺绣的便榻上，关了门，走了。老实人以为是做梦，他把一生看作一个噩梦，把眼前看作一个好梦。

一会儿老婆子又出现了，好不费事地扶着一个浑身发抖的女子，庄严魁伟，戴着面网，一派的珠光宝气。老婆子对老实人说："你来，把面网揭开。"老实人上前怯生生地举起手来。哪知不揭犹可，一揭就出了奇事！他以为看到了居内贡小姐，他果然看到了居内贡小姐，不是她是谁！老实人没了气力，说不出话，倒在她脚下。居内贡倒在便榻上。老婆子灌了许多酒，他们才醒过来，谈话了：先是断断续续的一言半语，双方同时发问，同时回答，不知叹了多少气，流了多少泪，叫了多少声。老婆子教他们把声音放低一些，丢下他们走了。老实人和居内贡说："怎么，是你！你还活着！怎么会在葡萄牙碰到你？邦葛罗斯说你被人强奸，被人开膛剖肚，都是不确的吗？"美丽的居内贡答道："一点不假。可是一个人受了这两种难，不一定就死的。"——"你爸爸妈妈被杀死，可是真的？"——"真的，"居内贡哭着回答。——

"那么你的哥哥呢？"——"他也被杀死了。"——"你怎么在葡萄牙的？怎么知道我也在这里？你用了什么妙计，教人带我到这屋子来的？"那女的说道："我等会儿告诉你。你先讲给我听，从你给了我纯洁的一吻，被踢了一顿起，到现在为止，经过些什么事？"

老实人恭恭敬敬听从了她的吩咐。虽则头脑昏沉，声音又轻又抖，脊梁还有点作痛，他仍是很天真地把别后的事统统告诉她。居内贡眼睛望着天，听到雅各和邦葛罗斯的死，不免落了几滴眼泪。接着她和老实人说了后面一席话，老实人一字不漏地听着，目不转睛地瞅着她，仿佛要把她吞下去似的。

第八章
居内贡的经历

"我正躺在床上，睡得很熟，不料上天一时高兴，打发保加利亚人到我们森特－登－脱龙克美丽的宫堡中来；他们把我父亲和哥哥抹了脖子，把我母亲割作几块。一个高大的保加利亚人，身长六尺，看我为了父母的惨死昏迷了，就把我强奸，这一下我可醒了，立刻神志清楚，大叫大嚷，拼命挣扎，口咬，手抓，恨不得挖掉那保加利亚高个子的眼睛，我不知道我父亲宫堡中发生的事原是常有的。那蛮子往我左腋下戳了一刀，至今还留着疤。"天真的老实人道："哎哟！我倒很想瞧瞧这疤呢。"居内贡回答："等会给你瞧。先让我讲下去。"——"好，讲下去罢，"老实人说。

她继续她的故事："那时一个保加利亚上尉闯进来，看我满身是血,那兵若无其事,照旧干他的。上尉因为蛮子对他如此无礼,不禁勃然大怒,就在我身上把他杀了,又叫人替我包扎伤口,带往营部作为俘虏。我替他煮饭洗衣,其实也没有多少内衣可洗。不瞒你说,他觉得我挺美,我也不能否认他长得挺漂亮,皮肤又白又嫩,除此以外,他没有什么思想,不懂什么哲学,明明没受过邦葛罗斯博士的熏陶。过了三个月,他钱都花完了,对我厌倦了,把我卖给一个犹太人,叫作唐·伊萨加,在荷兰与葡萄牙两地做买卖的,极好女色。他对我很中意,可是占据不了,我抗拒他不像抗拒保加利亚兵那样软弱。一个清白的女子可能被强奸一次,但她的贞操倒反受了锻炼。

"犹太人想收服我,送我到这座乡下别墅来。我一向以为森特-登-脱龙克宫堡是世界上最美的屋子,现在才发觉我错了。

"异教裁判所的大法官有天在弥撒祭中见到我,用手眼镜向我瞄了好几回,叫人传话,说有机密事儿和我谈。我走进他的府第,说明我的出身,他解释给我听,让一个以色列人霸占对我是多么有失身份。接着有人出面向唐·伊萨加提议,要他把我让给法官大人。唐·伊萨加是宫廷中的银行家,很有面子,一口回绝了。大法官拿功德会吓他。犹太人受不了惊吓,讲妥了这样的条件:这所屋子跟我作为他俩的共有财产,星期一、三、六,归犹太人,余下的日子归大法官。这协议已经成立了六个月。争执还是有的,因为决定不了星期六至星期日之间的那一夜应该归谁。至于我,至今对他俩一个都不接受,大概就因为此,他们对我始终宠爱不衰。

"后来为了禳解地震,同时为了吓吓唐·伊萨加,大法官办了一个功德大会。我很荣幸地被邀观礼,坐着上席;弥撒祭和行刑之间的休息时期,还有人侍候女太太们喝冷饮。看到两个犹太人和娶了干妈的那个老实的皮斯加伊人被烧死,我的确非常恐惧,但一见有个身穿披风,头戴纸帽的人,脸孔很像邦葛罗斯,我的诧异、惊惧、惶惑更不消说了。我抹了抹眼睛,留神细看,他一吊上去,我就昏迷了。我才苏醒,又看到你被剥得精赤条条的;我那时的恐怖、错愕、痛苦、绝望,真是达于极点。可是老实说,你的皮肤比我那保加利亚上尉的还要白,还要红得好看。我一见之下,那些把我煎熬把我折磨的感觉更加强了。我叫着嚷着,想喊:'喂,住手呀!你们这些蛮子!'只是喊不出声音,而且即使喊出来也未必有用。等你打完了屁股,我心里想:怎么大智大慧的邦葛罗斯和可爱的老实人会在里斯本,一个挨了鞭子,一个被吊死?而且都是把我当作心肝宝贝的大法官发的命令!邦葛罗斯从前和我说,世界上一切都十全十美,现在想来,竟是残酷的骗人话。

"紧张,慌乱,一会儿气得发疯,一会儿四肢无力,快死过去了;我头脑乱糟糟的,想的无非是父母兄长的惨死,下流的保加利亚兵的蛮横,他扎我的一刀,我的沦为奴仆,身为厨娘,还有那保加利亚上尉,无耻的唐·伊萨加,卑鄙的大法官,邦葛罗斯博士的吊死,你挨打屁股时大家合唱的圣诗,尤其想着我最后见到你的那天,在屏风后面给你的一吻。我感谢上帝教你受尽了折磨仍旧回到我身边来。我吩咐侍候我的老婆子照顾你,能带到这儿来的时候就带你来。她把事情办得很妥当。现在能跟你相会,听你说话,和你谈心,我真乐死了。

你大概饿极了罢，我肚子闹饥荒了，来，咱们先吃饭罢。"

两人坐上饭桌，吃过晚饭，又回到上文提过的那张便榻上，他们正在榻上的时候，两个屋主之中的一个，唐·伊萨加大爷到了。那天是星期六，他是来享受权利，诉说他的深情的。

第九章
居内贡、老实人、大法官和犹太人的遭遇

自从以色列国民被移置巴比伦到现在，这伊萨加是性情最暴烈的希伯来人了。① 他说："什么！你这加利利②的母狗，养了大法官还不够，还要我跟这个杂种平分吗？"说着抽出随身的大刀，直扑老实人，没想到老实人也有武器。咱们这个威斯发里青年，从老婆子那儿得到衣服的时候也得了一把剑。他虽是性情和顺，也不免拔出剑来，教以色列人直挺挺地横在美丽的居内贡脚下。

她嚷起来："圣母玛利亚！怎么办呢？家里出了人命了！差役一到，咱们就完啦。"老实人说："邦葛罗斯要没有吊死，在这个危急的关头，一定能替咱们出个好主意，因为他是大哲学家。既然他死了，咱们去跟老婆子商量罢。"她非常乖巧，刚开始发表意见，另外一扇小门又开了。那时已经半夜一点，是星期日了。这一天是大法官的名分。

---

① 希伯来族自所罗门王薨后，分为犹太与以色列两国，公元前6世纪为巴比伦王尼布甲尼撒二世征服，大批希伯来人被移往巴比伦为奴。西方所谓希伯来人、以色列人、犹太人，皆指同一民族。

② 加利利人为异教徒对基督徒之称谓，因伊萨加为犹太人，居内贡为基督徒。

他进来，看见打过屁股的老实人握着剑，地下躺着个死人，居内贡面无人色，老婆子正在出主意。

那时老实人转的念头是这样的："这圣徒一开口叫人，我就万无侥幸，一定得活活烧死；他对居内贡也可能如法炮制。他多狠心，叫人打我屁股，何况又是我的情敌。现在我杀了人，被他当场撞见，不能再三心二意了。"这些念头来得又快又清楚，他便趁大法官还在发愣的当口，马上利剑一挥，把他从前胸戳到后背，刺倒在犹太人旁边。"啊，又是一个！"居内贡说。"那还有宽赦的希望吗？我们要被驱逐出教，我们的末日到了。你性子多和顺，怎么不出两分钟会杀了一个犹太人一个主教的？"①老实人答道："美丽的小姐，一个人动了爱情，起了妒心，被异教裁判所打了屁股，竟变得连自己也认不得了。"

老婆子道："马房里有三匹安达鲁齐马，鞍辔俱全，叫老实人去套好牲口，太太有的是金洋钻石，快快上马，奔加第士去，我只有半个屁股好骑马，也顾不得了，天气很好，趁夜凉赶路也是件快事。"

老实人立刻把三匹马套好。居内贡、老婆子和他三人一口气直赶了四五十里。他们在路上逃亡的期间，公安大队到了那屋子，他们把法官大人葬在一所华丽的教堂内，把犹太人扔在垃圾堆上。

老实人、居内贡和老婆子，到了莫雷那山中的一个小镇，叫作阿伐赛那。他们在一家酒店里谈了下面一段话。

---

① 异教裁判所的法官均系高级的教士兼任。

第十章

老实人、居内贡和老婆子怎样一贫如洗地到加第士，怎样地上船

居内贡一边哭一边说："啊，谁偷了我的比斯多[①]和钻石的？教咱们靠什么过活呢？怎么办呢？哪里再能找到大法官和犹太人，给我金洋和钻石呢？"老婆子道："唉！昨天晚上有个芳济会神甫，在巴大育和我们宿在一个客栈里，我疑心是他干的事。青天在上，我绝不敢冤枉好人，不过那神甫到我们房里来过两次，比我们早走了不知多少时候。"老实人道："哎啊！邦葛罗斯常常向我证明，尘世的财富是人类的公产，人人皆得而取之。根据这原则，那芳济会神甫应当留下一部分钱，给我们作路费。美丽的居内贡，难道他什么都不留给我们吗？"她说："一个子儿都没留。"老实人道："那怎么办呢？"老婆子道："卖掉一匹马罢，我虽然只有半个屁股，还是可以骑在小姐背后，这样我们就可以到加第士了。"

小客栈中住着一个本多会修院的院长，花了很低的价钱买了马。老实人、居内贡和老婆子，经过罗赛那、基拉斯、莱勃列克撒，到了加第士。加第士正在编一个舰队，招募士兵，预备教巴拉圭的耶稣会神甫[②]就范，因为有人告他们煽动某个部落反抗西班牙与葡萄牙的国王。老实人在保加利亚吃过粮，便到那支小小的远征军中，当着统领

[①] 比斯多为西班牙的一种金币。
[②] 南美之巴拉圭于 17 世纪时为西班牙属国，西王腓列伯三世授权耶稣会教士统治，直至 1767 年此神权政治方始告终。

的面表演保加利亚兵操,身段动作那么高雅、迅速、利落、威武、矫捷,统领看了,立即分拨一连步兵归他统率。他当了上尉,带着居内贡小姐、老婆子、两名当差和葡萄牙异教裁判所大法官的两匹安达鲁齐马,上了船。

航行途中,他们一再讨论可怜的邦葛罗斯的哲学。老实人说:"现在咱们要到另外一个世界去了,大概那个世界是十全十美的。因为老实说,我们这儿的物质生活和精神生活,的确有点可悲可叹。"居内贡道:"我真是一心一意地爱你,可是我所看到的,所经历的,使我还惊慌得很呢。"——"以后就好啦,"老实人回答,"这新世界的海洋已经比我们欧洲的好多了,浪更平静,风也更稳定。最好的世界一定是新大陆。"居内贡说:"但愿如此!可是在我那世界上,我遭遇太惨了,几乎不敢再存什么希望。"老婆子说:"你们都怨命;唉!你们还没受过我那样的灾难呢。"居内贡差点笑出来,觉得老婆子自称比她更苦命,未免可笑;她道:"唉!我的老妈妈,除非你被两个保加利亚兵强奸,除非你肚子上挨过两刀,除非你有两座宫堡毁掉,除非人家当着你的面杀死了你两个父亲、两个母亲,除非你有两个情人在功德会中挨打,我就不信你受的灾难会超过我的,还得补上一句:我是七十二代贵族之后,生为男爵的女儿,结果竟做了厨娘。"——"小姐,"老婆子回答,"你不知道我的出身,你要是看到我的屁股,就不会说这种话,也不会下这个断语了。"这两句话大大地引起了居内贡和老实人的好奇心。老婆子便说出下面一番话来。

第十一章
老婆子的身世

"我不是一向眼睛里长满红筋,眼圈这么赤红的,鼻子也不是一向碰到下巴的,我也不是一向当用人的。我是教皇厄尔彭十世和巴莱斯德利那公主生的女儿,十四岁以前住的王府,把你们日耳曼全体男爵的宫堡做它的马房还不配,威斯发里全省的豪华,还抵不上我一件衣衫。我越长越美,越风流,越多才多艺;我享尽快乐,受尽尊敬,前程似锦。我很早就能挑动人家的爱情了。乳房慢慢地变得丰满,而且是何等样的乳房!又白,又结实,模样儿活像梅迭西斯的维纳斯① 身上的。还有多美的眼睛!多美的眼皮!多美的黑眉毛!两颗眼珠射出来的火焰,像当地的诗人们说的,直盖过了天上的星光。替我更衣的女用人们,常常把我从前面看到后面,从后面看到前面,看得出神了,所有的男人都恨不得做她们的替工呢。

"我跟玛沙-加拉的王子订了婚。啊!一位多么体面的王子!长得跟我一样美,说不尽的温柔、风雅,而且才华盖世,热情如火。我爱他的情分就像初恋一样,对他五体投地,如醉若狂。婚礼已经开始筹备了。场面的伟大是空前未有的:连日不断的庆祝会,骑兵大操,滑稽歌剧;全意大利争着写十四行诗来歌颂我,我还嫌没有一首像样的。

---

① 希腊古雕塑中有许多维纳斯像,均系杰作。后人均以掘得该像之所在地,或获得该像之诸侯之名名之。梅迭西斯为文艺复兴期统治翡冷翠的大族。

我快要大喜的时候,一个做过王子情妇的老侯爵夫人,请他到家里去喝巧克力茶。不到两小时,他抽搐打滚,形状可怕,竟自死了。这还不算一回事。我母亲绝望之下——其实还不及我伤心——想暂时离开一下那个不祥之地。她在迦伊埃德附近有块极好的庄田。我们坐着一条本国的兵船,布置得金碧辉煌,好比罗马圣·比哀教堂的神龛。谁知海盗半路上来袭击,上了我们的船。我们的兵不愧为教皇的卫队,他们的抵抗是丢下枪械,跪倒在地,只求饶命。

"海盗立即把他们剥得精光,像猴子一般,我的母亲,我们的宫女,连我自己都在内。那些先生剥衣服手法的神速,真可佩服。但我还有更诧异的事呢:他们把手指放在我们身上的某个部分,那是女人平日只让医生安放套管的。这个仪式,我觉得很奇怪。一个人不出门就难免少见多怪。不久我知道,那是要瞧瞧我们有没有隐藏什么钻石。在往来海上的文明人中间,这风俗由来已久,从什么时代开始已经不可考了。我知道玛德会的武士们①俘获土耳其人的时候,不论男女,也从来不漏掉这个手续,这是没有人违反的一条公法。

"一个年轻公主,跟着母亲被带往摩洛哥去当奴隶,那种悲惨也不必细说了。在海盗船上受的罪,你们不难想象。我母亲还非常好看;我们的宫女,连一个普通女仆的姿色,也是全非洲找不出来的。至于我,长得那么迷人,赛过天仙下凡,何况还是个处女。但我的童贞并

---

① 玛德会一名耶路撒冷的圣·约翰会,为基督旧教中的一个宗派,纯属军事性质的教会团体,创于11世纪,以地中海的玛德岛为根据地。

没保持多久：我替俊美的王子保留的一朵花，给海盗船上的船长硬摘了去。他是一个奇丑无比的黑人，自以为大大抬举了我呢。不必说，巴莱斯德利那公主和我，身体都很壮健，因此受尽折磨，还能挨到摩洛哥。闲言少叙，这些事也太平常了，不值一提。

"我们到的时节，摩洛哥正是一片血海。摩莱·伊斯玛伊皇帝的五十个儿子各有党派，那就有了五十场内战：黑人打黑人，黑人打半黑人①，半黑人打半黑人，黑白混血种人打黑白混血种人。全个帝国变了一个日夜开工的屠宰场。

"才上岸，与我们的海盗为敌的一帮黑人，立刻过来抢他的战利品。最贵重的东西，除了钻石与黄金，就要算到我们了。我那时看到的厮杀，你们休想在欧洲地面上看到：这是水土关系。北方人没有那种热血，对女人的疯劲也不像在非洲那么普遍。欧洲人血管里仿佛羼着牛奶；阿特拉斯山②一带的居民，血管里有的是硫酸，有的是火。他们的厮杀就像当地的狮虎毒蛇一般猛烈，目的是要抢我们。一个摩尔人抓着我母亲的右臂，我船上的大副抓着她的左臂，一个摩尔兵拽着她的一条腿，我们的一个海盗拽着另外一条。全体妇女几乎同时都被四个兵扯着。船长把我藏在他身后，手里握着大弯刀，敢冒犯他虎威的，他都来一个杀一个。临了，所有的意大利妇女，连我母亲在内，全被那些你争我夺的魔王撕裂了，扯作几块。海盗、俘虏、兵、水手、

---

① 半黑人指皮肤黝黑，近于紫铜色的人。
② 阿特拉斯为北非大山脉，主山在摩洛哥境内。

黑人、半黑人、白人、黑白混血种人，还有我那船长，全都死了，我压在死人底下，只剩一口气。同样的场面出现在一千多里的土地上，可是穆罕默德规定的一天五次祈祷，从来没耽误。

"我费了好大气力，从多少鲜血淋漓的尸首下面爬出来，一步一步，挨到附近一条小溪旁边，一株大橘树底下，又惊又骇，又累又饿，不由得倒下去了。我疲倦已极，一会儿就睡着，那与其说是休息，不如说是晕厥。正当我困惫昏迷，半死半活的时候，忽然觉得有件东西压在我身上乱动。睁开眼来，只见一个气色很好的白种人，叹着气，含含糊糊说出几个意大利字：'多倒霉啊，一个人没有了……'"

第十二章
老婆子遭难的下文

"我听到本国的语言惊喜交集，那句话也同样使我诧异。我回答他说，比他抱怨的更倒霉的事儿，多得很呢。我三言两语，说出我才经历的悲惨事儿，但我精神又不济了。他抱我到邻近一所屋子里，放在床上，给我吃东西，殷勤服侍，好言相慰，恭维我说，他从来没见过我这样的美人儿，他对自己那个无可补救的损失，也从来没有这样懊恼过。他道：'我生在拿波里，地方上每年要阉割两三千儿童：有的割死了，有的嗓子变得比女人的还好听，又有的大起来治理国家大事。① 我的手术非常成功，在巴莱斯德利那公主府上当教堂乐师。'我

---

① 影射西班牙的加洛·勃罗斯几（1705—1782），他被封为贵族，执掌朝政，烜赫一时。

叫起来：'那是我的母亲啊！'——'你的母亲！'他哭着嚷道。'怎么！你就是我带领到六岁的小公主吗？你现在的才貌，那时已经看得出了。'——'是我呀，我母亲就在离开这儿四百步的地方，被人剁了几块，压在一大堆死尸底下……'

"我告诉了他前前后后的遭遇，他也把他的经历告诉了我。某基督教强国派他来见摩洛哥王，商量一项条约，规定由某强国供给火药、大炮、船只，帮助摩洛哥王破坏别个基督教国家的商业。那太监说：'我的使命已经完成，正要到葛太去搭船，可以带你回意大利。可是多倒霉啊，一个人没有……'

"我感动得流下泪来，向他千恩万谢。但他并不带我回意大利，而是带往阿尔及尔，把我卖给当地的总督。我刚换了主人，蔓延欧、亚、非三洲的那场大瘟疫，就在阿尔及尔发作了，来势可真不小。你们见过地震，可是，小姐，你可曾见过鼠疫？"——"没有，"男爵小姐回答。

老婆子又道："要是见过，你们就会承认比地震可怕得多。鼠疫在非洲是常事，我也传染了。你们想想罢：一个教皇的女儿，只有十五岁，短短三个月时间就变作赤贫，变作奴隶，几乎天天被强奸，眼看母亲的肢体四分五裂，自己又尝遍饥饿和战争的味道，在阿尔及尔得了九死一生的鼠疫。可是我竟没有死。不过我那个太监和总督，以及总督的姬妾，都送了命。

"可怕的鼠疫第一阵袭击过了以后，总督的奴隶被一齐出卖。有个商人把我买下来，带往突尼斯，转卖给另一个商人；他带我上的黎波里,又卖了;从的黎波里卖到亚历山大,从亚历山大卖到斯麦那,从斯麦那卖到君士坦丁堡。最后我落入苏丹御林军中的一个军官手里,不久他奉派出去,帮阿左夫抵抗围困他们的俄罗斯人。①

"那军官是个多情种子,把全部姬妾都带着走,安置在阿左夫海口上一个小炮台里,拨两个黑人太监和二十名士兵保护。我们这边杀了无数俄罗斯人,俄罗斯人也照样回敬我们。阿左夫变成了一片火海血海,男女老幼无一幸免,只剩下我们的小炮台,敌人打算教我们活活饿死,可是二十名卫队早就赌神发咒,决不投降。他们饿极了,没有办法,只得拿两名太监充饥,生怕违背他们发的愿。几天以后,他们决意吃妇女了。

"我们有个很虔诚很慈悲的伊斯兰教祭司,对卫兵恳切动人地讲了一次道,劝他们别把我们完全杀死。他说:'你们只消把这些太太割下半个屁股,就可大快朵颐;倘若再有需要,过几天还有这么丰盛的一餐等着你们。你们这种大慈大悲的行为,足以上感苍天,得到救助的。'

"他滔滔雄辩,把卫兵说服了。我们便受了这个残酷的手术。祭司拿阉割儿童用的药膏,替我们敷上。我们差不多全要死下来了。

"卫兵们刚吃完我们供应的筵席,俄罗斯人已经坐了平底船冲进来,把卫兵杀得一个不留。俄罗斯人对我们的情形不加理会。幸而世界上到处都有法国军医;其中有个本领挺高强的来救护我们,把我们治好了。我一辈子也不会忘记,我的伤疤完全结好的那天,他就向我

---

① 影射 1695 年至 1696 年的战事。伏尔泰当时正为其所著的俄国史搜集材料。

吐露爱情。同时还劝我们大家别伤心，说好几次围城的战争都发生同样的事，那是战争的定律。

"等到我的同伴们都能走路了，就被带往莫斯科。分派之下，我落在一个贵族手里，他叫我当园丁，每天赏我二十鞭子。两年之后，宫廷中互相倾轧的结果是我那位爵爷和三十来个别的贵族，都被凌迟处死。我乘机逃走，穿过整个俄罗斯，做了多年酒店侍女，先是在里加，后来在罗斯托克、维斯玛、莱比锡、卡塞尔、攸德累克德、来顿、海牙、罗忒达姆。贫穷和耻辱，磨得我人也老了；我只剩着半个屁股，永远忘不了是教皇之女；几百次想自杀，却始终丢不下人生。这个可笑的弱点，大概就是我们的致命伤：时时刻刻要扔掉的枷锁，偏偏要继续背下去；一面痛恨自己的生命，一面又死抓不放；把咬你的毒蛇搂在怀里抚摸，直到它吃掉你的心肝为止：这不是愚不可及是什么？

"在我命里要飘流过的地方上，在我当过侍女的酒店里，诅咒自己生命的人，我不知见过多多少少，但自愿结束苦命的，只见到十二个：三个黑人，四个英国人，四个日内瓦人，还有一个叫作罗贝克的德国教授。最后我在犹太人唐·伊萨加家当老妈子，他派我服侍你，美丽的小姐。我关切着你的命运，对你的遭遇比对我自己的还要操心。我永远不会提到自己的苦难，要不是你们把我激了一下，要不是船上无聊，照例得讲些故事消遣消遣。总而言之，小姐，我有过经验，见过世面；你不妨请每个乘客讲一讲他们的历史，借此解闷；只要有一个人不自怨其生，不常常自命为世界上最苦的人，你尽管把我倒提着摔下海去。"

第十三章
老实人怎样地不得不和居内贡与老婆子分离

美丽的居内贡听了老婆子的故事,便按照她的身份与品德,向她施礼。居内贡也听了老婆子的主意,邀请全体乘客挨着次序讲自己的身世。老实人和居内贡听着,承认老婆子有理。老实人说:"可惜葡萄牙的功德大会不照规矩,把大智大慧的邦葛罗斯吊死了,要不然他对于海陆两界的物质与精神的痛苦,准能发挥一套妙论,而我也觉得颇有胆气,敢恭恭敬敬地向他提出几点异议。"

每个乘客讲着他的故事,不觉航行迅速,已经到了布宜诺斯艾利斯①。居内贡、老实人上尉和老婆子,一同去见唐·斐南多总督,他有伊巴拉②、腓加罗阿、玛斯卡林、朗波尔陶和索萨五处封邑。那位大人拥有这么多头衔,自然有一副高傲的气概,配合他的身份。他和人说话,用的是鄙夷不屑的态度,鼻子举得那么高,嗓子喊得那么响,口吻那么威严,神情那么傲慢,使晋见的人都恨不得揍他一顿。他好色若命,觉得居内贡是他生平第一次见到的美人儿,一开口便问她是不是上尉的老婆。老实人看了问话的神气吓了一跳:他既不敢说是老婆,因为她其实不是;又不敢说是姊妹,因为她其实也不是,虽则这一类的谎话在古人中很通行,③对今人也有很多方便,但老实人太纯洁了,

---

① 即今南美阿根廷的首都。
② 伊巴拉等五个名字,乃 1758 年 9 月谋刺葡萄牙王凶犯之名,作者借作总督封邑之名。
③ 此系隐指亚伯拉罕在基拉耳地方伪称妻子为妹的故事,详见《旧约·创世记》第二十章。

不敢有半点隐瞒，便道："承蒙居内贡小姐不弃，已经答应下嫁小人，我们还要请大人屈尊，主持婚礼呢。"

唐·斐南多·特·伊巴拉翘起胡子，狞笑了一下，吩咐老实人去检阅部队。老实人只得遵命；总督留下居内贡小姐，向她表示热情，宣布第二天就和她成婚，不管在教堂里行礼还是用别的仪式，他太喜欢她的姿色了。居内贡要求宽限一刻钟，让她定定神，跟老婆子商量一下，而她自己也得拿个主意。

老婆子对居内贡说："小姐，你没有一个小钱，空有七十二代的家谱；总督是南美洲最有权势的爵爷，长着一绺漂亮胡子，要做总督夫人只在你自己手里，莫非你还心高气傲，打算苦熬苦守，从一而终吗？你已经被保加利亚人强奸，一失身于犹太人，再失身于大法官。吃苦吃多了，也该尝尝甜头。换了我，决不三心二意，一定嫁给总督大人，一方面提拔老实人，帮他升官发财。"老婆子正凭着年龄与经验，说着这番考虑周详的话，港口里却驶进一条小船，载着一个法官和几名差役。事情是这样的：

老婆子原没猜错，当初居内贡和老实人匆匆忙忙逃走，在巴大育镇上失落的珠宝，的确是一个宽袍大袖的芳济会神甫偷的。他想把一部分宝石卖给一个珠宝商，珠宝商识破是大法官的东西。神甫被吊死以前，供认珠宝是偷来的，说出失主的面貌行踪。官方发觉了居内贡和老实人逃亡的路由，一直追踪到加第士，到了加第士，立即派一条船跟着来。那船已经进入布宜诺斯艾利斯港，外面纷纷传说，有个法官就要上岸，缉捕谋杀大主教的凶手。机灵的老婆子当下心生一计，对居内贡说道：

"你不能逃，也不用怕，杀大主教的不是你，何况总督喜欢你，决不让人家得罪你的，你尽管留在这儿。"她又赶去找老实人，说道："快快逃罢，要不然一小时之内，你就得送上火刑台。"事情果然紧急，一刻都耽误不得，可是怎么舍得下居内贡呢？又投奔哪儿去呢？

第十四章
老实人与加刚菩，在巴拉圭的耶稣会士中受到怎样的招待①

老实人曾经在加第士雇了一个当差。在西班牙沿海和殖民地上，那种人是很多的。他名叫加刚菩，四分之一是西班牙血统，父亲是图库曼②地方的一个混血种。他当过助祭童子、圣器执事、水手、修士、乐器工匠、大兵、跟班。加刚菩非常喜欢他的东家，因为东家待人宽厚。当下他抢着把两匹安达鲁齐马披挂停当，说道："喂，大爷，咱们还是听老婆子的话，三十六着走为上。"老实人掉着泪说："噢！我亲爱的居内贡！总督大人正要替我们主婚了，我倒反而把你扔下来吗？路远迢迢地来到这里，你如今怎么办呢？"加刚菩道："由她去罢，女人家自有本领，她有上帝保佑，咱们快走罢。"——"你把我带往哪儿呢？咱们上哪里去呢？没有了居内贡，咱们如何是好呢？"——"哎，"加刚菩回答，"你原本是要去攻打耶稣会士的，现在不妨倒过来，去替他们出力。我认得路，可以送你到他们国内，他们手下能有个会保加

---

① 伏尔泰曾为其所著《风俗论》（1758）搜集有关巴拉圭耶稣会士的材料；1754 年至 1758 年，作者又将此项题材写成重要文字多篇。本章所述，伏尔泰大抵皆有考据。
② 图库曼为今阿根廷的一个省份。

利亚兵操的上尉，要不高兴才怪！你将来一定飞黄腾达。这边不得意，就上那边去。何况开开眼界，干点新鲜事也怪有趣的。"

老实人问："难道你在巴拉圭耽过吗？"加刚菩道；"怎么没耽过？我在阿松西翁学院做过校役，我对于耶稣会政府，跟加第士的街道一样熟。那政府真是了不起。国土纵横千余里，划作三十行省。神甫们无所不有，老百姓一无所有，那才是理智与正义的杰作。以我个人来说，我从来没见过像那些神甫一样圣明的人，他们在这里跟西班牙王、葡萄牙王作战，在欧洲听西班牙王、葡萄牙王的忏悔；在这里他们见到西班牙人就杀，在马德里把西班牙人送上天堂，我觉得有意思极了，咱们快快赶路罢，包你此去成为世界上第一个有福的人。神甫们知道有个会保加利亚兵操的上尉投奔，不知要怎样快活哩！"

到了第一道关塞，加刚菩告诉哨兵，说有个上尉求见司令。哨兵把话传到守卫本部，守卫本部的一个军官亲自去报告司令。老实人和加刚菩的武器先被缴掉，两匹安达鲁齐马也被扣下。两个陌生人从两行卫兵中间走过去，行列尽头便是司令：他头戴三角帽，撩起着长袍，腰里挂着剑，手里拿着短枪。他做了一个记号，二十四个兵立刻把两个生客团团围住。一个班长过来传话，要他们等着，司令不能接见，因为省长神甫不在的时节，不许任何西班牙人开口，也不许他们在本地逗留三小时以上。加刚菩问："那么省长神甫在哪儿呢？"班长答道："他做了弥撒，阅兵去了，要过三个钟点，你们才能亲吻他的靴尖。"——"可是，"加刚菩说，"敝上尉是德国人，不是西班牙人。他和我一样饥肠辘辘，省长神甫没到以前，能不能让我们吃顿早饭？"

班长立即把这番话报告司令。司令说:"感谢上帝!既然是德国人,我就可以跟他说话了。带他到我帐下来。"老实人便进入一间绿荫覆盖的办公厅,四周是绿的云石和黄金砌成的列柱,十分华丽;笼内养着鹦鹉、蜂雀、小纹鸟和各种珍异的飞禽。黄金的食器盛着精美的早点,巴拉圭土人正捧着木盘在大太阳底下吃玉蜀黍,司令官却进了办公厅。

司令少年英俊,脸颊丰满,白皮肤,好血色,眉毛吊得老高,眼睛极精神,耳朵绯红,嘴唇红里带紫,眉宇之间有股威武的气概,但不是西班牙人的,也不是耶稣会士的那种威武。老实人和加刚菩的兵器马匹都发还了,加刚菩把牲口拴在办公厅附近,给它们吃燕麦,时时刻刻瞟上一眼,以防万一。

老实人先亲吻了司令的衣角,然后一同入席。耶稣会士用德文说道:"你原来是德国人?"老实人回答:"是的,神甫。"两人这么说着,都不由自主地觉得很惊奇,很激动。耶稣会士又问:"你是德国哪个地方的?"——"敝乡是该死的威斯发里省。我的出生地是森特-登-脱龙克宫堡。"——"噢,天!怎么可能呢?"那司令嚷着。老实人也叫道:"啊!这不是奇迹吗?"司令问:"难道竟是你吗?"老实人道:"这真是哪里说起!"两人往后仰了一跤,随即互相拥抱,眼泪像小溪一般直流。"怎么,神甫,你就是美人居内贡的哥哥吗?就是被保加利亚人杀死的,男爵大人的儿子吗?怎么又在巴拉圭做了耶稣会神甫?这世界真是太离奇了。噢,邦葛罗斯!邦葛罗斯!你要不是吊死的话,又该怎么高兴啊!"

几个黑奴和巴拉圭人端着水晶盂在旁斟酒，司令教他们回避了。他对上帝和圣·伊涅斯①千恩万谢，把老实人搂在怀里，两人哭作一团。老实人道："再告诉你一件事，你还要诧异，还要感动，还要莫名其妙哩。你以为令妹居内贡被人戳破肚子，送了性命，其实她还在人世，健康得很呢。"——"在哪里？"——"就在近边，在布宜诺斯艾利斯的总督府上，我是特意来帮你们打仗的。"他们那次长谈，每句话都是奇闻。两人的心都跳上了舌尖，滚到了耳边，在眼内发光。因为是德国人，他们的饭老吃不完，一边吃一边等省长神甫回来。司令官又对老实人讲了下面一番话。

第十五章
老实人怎样杀死他亲爱的居内贡的哥哥

"我一世也忘不了那悲惨的日子，看着父母被杀，妹妹被强奸。等到保加利亚人走了，大家找来找去，找不到我心爱的妹子。七八里以外，有一个耶稣会的小教堂：父亲、母亲、我，两个女用人和三个被杀的男孩子，都给装上一辆小车，送往那儿埋葬。一位神甫替我们洒圣水，圣水咸得要命，有几滴洒进了我的眼睛，神甫瞧见我眼皮眨了一下，便摸摸我的心，觉得还在跳，就把我救了去。三个星期以后，我痊愈了。亲爱的老实人，你知道我本来长得挺好看，那时出落得越发风流倜傥，所以那修道院的院长，克罗斯德神甫，对我友谊深厚，给我穿上

---

① 圣·伊涅斯（1491—1556），又名圣·伊涅斯·特·雷育拉，为耶稣会的创办人。

候补修士的法衣,过了一晌又送我上罗马。总会会长正在招一批年轻的德国耶稣会士。巴拉圭的执政不欢迎西班牙的耶稣会士,喜欢用外国籍教士,觉得容易管理。总会会长认为我宜于到那方面去传布福音。所以我们出发了,一共是三个人,一个波兰人,一个提罗尔人,一个就是我。一到这儿,我就荣任少尉和助理祭司之职;现在已经升了中校,做了神甫。我们对待西班牙王上的军队毫不客气;我向你担保,他们早晚要被驱逐出教,被我们打败的。你这是上帝派来帮助我们的。告诉我,我的妹子可是真的在近边,在布宜诺斯艾利斯总督那儿?"老实人赌神发咒,回答说那是千真万确的事。于是两人又流了许多眼泪。

男爵再三再四地拥抱老实人,把他叫作兄弟,叫作恩人。他说:"啊,亲爱的老实人,说不定咱俩将来打了胜仗,可以一同进城去救出我的妹子来。"老实人回答:"这正是我的心愿;我早打算娶她的,至今还抱着这个希望。"——"怎么!混蛋!"男爵抢着说,"我妹妹是七十二代贵族之后,你好大胆子,竟想娶她?亏你有这个脸,敢在我面前说出这样狂妄的主意!"老实人听了这话呆了一呆,答道:"神甫,家谱有什么用?我把你妹妹从一个犹太人和一个大法官怀中救出来,她很感激我,愿意嫁给我。老师邦葛罗斯常说的,世界上人人平等,我将来非娶她不可。"——"咱们走着瞧罢,流氓!"那森特-登-脱龙克男爵兼耶稣会教士一边说,一边拿剑背往老实人脸上狠狠地抽了一下。老实人马上拔出剑来,整个儿插进男爵神甫的肚子;等到把剑热腾腾地抽出来,老实人却哭着嚷道:"哎哟!我的上帝!我杀了我的旧主人,我的朋友,我的舅子了。我是天底下最好的好人,却已经犯了三条人命，内中两个还是教士！"

在办公厅门口望风的加刚菩立刻赶进来。主人对他道："现在只有跟他们拼命了，多拼一个好一个。他们一定要进来的，咱们杀到底罢。"加刚菩事情见得多了，镇静非凡，他剥下男爵的法衣穿在老实人身上，把死人头上的三角帽也给他戴了，扶他上马。这些事，一霎眼之间就安排停当了。"大爷，快走罢，他们会当你是神甫出去发布命令，即使追上来，咱们也早过了边境了。"说话之间，加刚菩已经长驱而出，嘴里用西班牙文叫着："闪开！闪开！中校神甫来啦！"

第十六章
两个旅客遇到两个姑娘、两只猴子，和叫作大耳朵的野蛮人

老实人和他的当差出了关塞，那边营里还没人知道德国神甫的死。细心的加刚菩办事周到，把行囊装满了面包、巧克力、火腿、水果，还有几升酒。他们骑着两匹安达鲁齐马，进入连路都没有的陌生地方。后来发现一片青葱的草原，中间夹着几条小溪。两位旅客先让牲口在草地上大嚼一顿。加刚菩向主人提议吃东西，他自己以身作则，先吃起来了。老实人说道："我杀了男爵大人的儿子，又一世见不到美人儿居内贡，教我怎么吃得下火腿呢？和她离得这么远，又是悔恨，又是绝望，这样悲惨的日子，过下去还有什么意思？德雷甫的见闻录[①]又要

---

① 18世纪时，耶稣会于法国索纳州德雷甫城办一刊物，名《见闻录》，抨击当时反宗教的哲学思想。

怎样地说我呢？"

他这么说着照旧吃个不停。太阳下山了。两位迷路的人听见几声轻微的呼叫，好像是女人声音。他们辨不出是痛苦的叫喊，还是快乐的叫喊。一个人在陌生地方不免提心吊胆，他俩便急忙站起。叫喊的原来是两个赤身露体的姑娘，在草原上奔跑，身子非常轻灵；两只猴子紧跟在后面，咬她们的屁股。老实人看了大为不忍。他在保加利亚军中学会了放枪，能够在树林中打下一颗榛子，绝不碰到两旁的叶子。他便拿起他的西班牙双膛枪，一连两响，把两只猴子打死了，说道："亲爱的加刚菩，我真要感谢上帝，居然把两个可怜的姑娘救了命。杀掉一个大法官和一个耶稣会士，固然罪孽不轻，这一来也可以将功赎罪了。或许她们是大人家的女儿，可能使我们在本地得到不少方便呢。"

他还想往下说，不料两个姑娘不胜怜爱地抱着两只猴子，放声大恸，四下里只听见一片凄惨的哭声。老实人登时张口结舌，愣住了。终于他对加刚菩道："想不到有这样好心肠的人。"加刚菩答道："大爷，你做的好事，你把这两位小姐的情人打死了。"——"她们的情人！怎么可能？加刚菩，你这是说笑话罢？教我怎么能相信呢？"加刚菩回答说："大爷，你老是这个脾气，对什么事都大惊小怪。有些地方，猴子会博得女人欢心，有什么稀奇！它们也是四分之一的人，正如我是四分之一的西班牙人。"老实人接着道："不错，老师邦葛罗斯讲过，这一类的事从前就有，杂交的结果是生下那些半羊半人的怪物，古时几位名人还亲眼见过，但我一向以为是无稽之谈。"加刚菩道："现在你该相信了罢！你瞧，没有教育的人会做出什么事来。我只怕这两个女的捣乱，暗算我们。"

这番中肯的议论使老实人离开草原，躲到一个树林里去。他和加刚菩吃了晚饭；两人把葡萄牙异教裁判所的大法官、布宜诺斯艾利斯的总督、森特－登－脱龙克男爵，咒骂了一顿，躺在藓苔上睡着了。一早醒来，他们觉得动弹不得了，原来当地的居民大耳人①，听了两个女子的密告，夜里跑来用树皮绳把他们捆绑了。周围有五十来个大耳人，拿着箭、棍、石斧之类，有的烧着一大锅水，有的在端整烤炙用的铁串，他们一齐喊着："捉到了一个耶稣会士！捉到了一个耶稣会士！我们好报仇了，我们有好东西吃了；大家来吃耶稣会士呀，大家来吃耶稣会士呀！"

加刚菩愁眉苦脸，嚷道："亲爱的大爷，我不是早告诉你吗？那两个女的要算计我们的。"老实人瞧见锅子和铁串，叫道："我们不是被烧烤，就得被白煮。啊！要是邦葛罗斯看到人的本性如此这般，不知又有什么话说！一切皆善！好，就算一切皆善，可是我不能不认为，失去了居内贡小姐，又被大耳人活烤，总是太残忍了。"加刚菩老是不慌不忙，对发愁的老实人道："我懂得一些他们的土话，让我来跟他们说罢。"老实人道："千万告诉他们，吃人是多么不人道，而且不大合乎基督的道理。"

加刚菩开言道："诸位，你们今天打算吃一个耶稣会士，是不是？

---

① 此系印第安族的一支，戴大木耳环，故被称为大耳人。

好极了，对付敌人理当如此。天赋的权利就是叫我们杀害同胞，全世界的人都是这么办的。我们没有应用吃人的权利，只因为我们有旁的好菜可吃，但你们不像我们有办法。把胜利的果实扔给乌鸦享受，当然不如自己把敌人吃下肚去。可是诸位，你们绝不吃你们的朋友的。你们以为要烧烤的是一个耶稣会士，其实他是保护你们的人，你们要吃的是你们敌人的敌人。至于我，我是生在你们这里的，这位先生是我的东家，非但不是耶稣会士，还杀了一个耶稣会士，他穿的便是从死人身上剥下来的衣服，所以引起了你们的误会。为了证明我的话，你们不妨拿他穿的袍子送往神甫们的边境，打听一下我的主人是不是杀了一个耶稣会军官。那要不了多少时间，倘若我是扯谎，你们照旧可以吃我们。但要是我并无虚言，那么你们对于公法、风俗、法律的原则，认识太清楚了，我想你们绝不会不饶赦我们的。"

大耳人觉得这话入情入理，派了两位有声望的人士作代表，立即出发去调查真假，两位代表多才多智，不辱使命，很快就回来报告好消息。大耳人解了两个俘虏的缚，对他们礼貌周到，供给他们冷饮、妇女，把他们送出国境，欢呼道："他们不是耶稣会士！他们不是耶稣会士！"

老实人对于被释放的事赞不绝口。他道："嚄！了不起的民族！了不起的人！了不起的风俗！我幸而把居内贡小姐的哥哥一剑刺死，要不然绝无侥幸，一定给吃掉的了。可是，话得说回来，人的本性毕竟是善的，这些人非但不吃我，一知道我不是耶稣会士，还把我奉承得无微不至。"

第十七章
老实人和他的随从怎样到了黄金国,见到些什么①

到了大耳人的边境,加刚菩和老实人说:"东半球并不胜过西半球,听我的话,咱们还是抄一条最近的路回欧洲去罢。"——"怎么回去呢?"老实人道,"又回哪儿去呢?回到我本乡罢,保加利亚人和阿伐尔人正在那里见一个杀一个;回葡萄牙罢,要给人活活烧死;留在这儿罢,随时都有被烧烤的危险。可是居内贡小姐住在地球的这一边,我怎么有心肠离开呢?"

加刚菩道:"还是往开颜②那方面走。那儿可以遇到法国人,世界上到处都有他们的踪迹,他们会帮助我们,说不定上帝也会哀怜我们。"

到开颜去可不容易:他们知道大概的方向,可是山岭、河流、悬崖绝壁、强盗、野蛮人,遍地都是凶险的关口。他们的马走得筋疲力尽,死了;干粮吃完了,整整一个月全靠野果充饥,后来到了一条小河旁边,两旁长满椰子树,这才把他们的性命和希望支持了一下。

加刚菩出谋划策的本领,一向不亚于老婆子,他对老实人道:"咱

---

① 相传南美洲有一遍地黄金的国土,叫作黄金国(EI Dorado),位于亚马孙河及俄利诺科河之间,居屋皆以白银为顶,国王遍体皆饰黄金。自马哥·李罗以来即有此传说;哥伦布及以后之西班牙、葡萄牙殖民冒险家,均曾寻访。18世纪后期,一般人对此神奇的国土犹抱幻想。伏尔泰本章所述,均采自各旅行家之游记,其中事实与幻想,杂然并列。
② 开颜为南美洲东北角上一小岛,属法国。

们撑不下去了,两条腿也走得够了,我瞧见河边有一条小船,不如把它装满椰子,坐在里面顺流而去,既有河道,早晚必有人烟。便是遇不到愉快的事,至少也能看到些新鲜事儿。"老实人道:"好,但愿上帝保佑我们。"

他们在河中漂流了十余里,两岸忽而野花遍地,忽而荒瘠不毛,忽而平坦开朗,忽而危崖高耸。河道越来越阔,终于流入一个险峻可怖、岩石参天的环洞底下。两人大着胆子,让小艇往洞中驶去。河身忽然狭小,水势的湍急与轰轰的巨响,令人心惊胆战。过了一昼夜,他们重见天日,可是小艇触着暗礁,撞坏了,只得在岩石上爬,直爬了三四里地。最后,两人看到一片平原,极目无际,四周都是崇山峻岭,高不可攀。土地的种植,是生计与美观同时兼顾的,没有一样实用的东西不是赏心悦目的。车辆赛过大路上的装饰品,式样新奇,构造的材料也灿烂夺目;车中男女都长得异样的俊美;驾车的是一些高大的红绵羊,奔驰迅速,便是安达鲁齐、泰图安、美基内斯的第一等骏马,也望尘莫及。

老实人道:"啊,这地方可胜过威斯发里了。"他和加刚菩遇到第一个村子就下了地。几个村童,穿着撕破的金银铺绣衣服,在村口玩着丢石片的游戏。从另一世界来的两位旅客,一时高兴,对他们瞧了一会儿:他们玩的石片又大又圆,光芒四射,颜色有黄的、有红的、有绿的。两位旅客心中一动,随手捡了几块:原来是黄金,是碧玉,是红宝石,最小的一块也够蒙古大皇帝做他宝座上最辉煌的装饰。加刚菩道:"这些孩子大概是本地国王的儿女,在这里丢着石片玩儿。"村塾的老师恰好出来唤儿童上学。老实人道："啊，这一定是内廷教师了。"

那些顽童马上停止游戏，把石片和别的玩具一齐留在地下。老实人赶紧捡起，奔到教师前面，恭恭敬敬地捧给他，用手势说明，王子和世子们忘了他们的金子与宝石。塾师微微一笑，接过来扔在地下，很诧异地对老实人的脸瞧了一会儿，径自走了。

两位旅客少不得把黄金、碧玉、宝石，捡了许多。老实人叫道："这是什么地方呀？这些王子受的教育太好了，居然会瞧不起黄金宝石。"加刚菩也和老实人一样惊奇。他们走到村中第一家人家，建筑仿佛欧洲的宫殿。一大群人都向门口拥去，屋内更挤得厉害，还传出悠扬悦耳的音乐，一阵阵珍馐美馔的异香。加刚菩走近大门，听见讲着秘鲁话，那是他家乡的语言，早先交代过，加刚菩是生在图库曼的，他的村子里只通秘鲁话。他便对老实人说："我来替你当翻译；咱们进去罢，这是一家酒店。"

店里的侍者，两男两女，穿着金线织的衣服，用缎带束着头发，邀他们入席。先端来四盘汤，每盘汤都有两只鹦鹉；接着是一盘白煮神鹰，直有两百磅重；然后是两只香美异常的烤猴子；一个盘里盛着三百只蜂雀；另外一盘盛着六百只小雀；还有几道烧烤，几道精美的甜菜；食器全部是水晶盘子。男女侍者来斟了好几种不同的甘蔗酒。

食客大半是商人和赶车的，全都彬彬有礼，非常婉转地向加刚菩问了几句，又竭诚回答加刚菩的问话，务必使他满意。

吃过饭，加刚菩和老实人一样，以为把捡来的大块黄金丢几枚在桌上，是尽够付账的了。不料铺子的男女主人见了哈哈大笑，半天直不起腰来。后来他们止住了笑。店主人开言道:"你们两位明明是外乡人,我们却是难得见到的。抱歉得很,你们拿大路上的石子付账,我们见了不由得笑起来。想必你们没有敝国的钱,可是在这儿吃饭不用惠钞。为了便利客商,我们开了许多饭店,一律归政府开支。敝处是个小村子,地方上穷,没有好菜敬客;可是别的地方,无论上哪儿你们都能受到应有的款待。"加刚菩把主人的话统统解释给老实人听,老实人听的时候,和加刚菩讲的时候同样钦佩、惊奇。两人都说:"外边都不知道有这个地方,究竟是什么国土呢?这儿的天地跟我们的完全不同!这大概是尽善尽美的乐土了,因为无论如何,世界上至少应该有这样一块地方。不管邦葛罗斯怎么说,我总觉得威斯发里样样不行。"

第十八章
他们在黄金国内的见闻

加刚菩把心中的惊异告诉店主人,店主人回答说:"我无知无识,倒也觉得很快活;可是这儿有位告老的大臣,是敝国数一数二的学者,最喜欢与人交谈。"说完带着加刚菩去见老人。那时老实人退为配角,只能陪陪他的当差了。他们进入一所顶朴素的屋子,因为大门只是银的,屋内的护壁只是金的,但镂刻的古雅,比着最华丽的护壁也未必逊色。固然,穿堂仅仅嵌着红宝石与碧玉,但镶嵌的式样补救了质料的简陋。

老人坐在一张蜂鸟毛垫子的沙发上,接见两位来宾,叫人端酒敬客,酒瓶是钻石雕的。接着他说了下面一席话,满足他们的好奇心:

"我今年一百七十二岁,先父做过王上的洗马,亲眼见到秘鲁那次惊人的革命，把情形告诉了我。我们现在的国土原是古印加族疆域的一部分，印加族当初冒冒失失地出去扩张版图，结果却亡于西班牙人之手。

"留在国内的王族比较明哲，他们征得老百姓的同意，下令任何居民不得越出我们小小的国境，这才保存了我们的纯洁和快乐。西班牙人对这个地方略有所知，不得其详，他们把它叫作黄金国。还有一个叫作拉莱爵士的英国人，一百年前差不多到了这儿附近，幸亏我们四面都是高不可攀的峻岭和削壁，所以至今没有膏欧洲各民族的馋吻，他们酷爱我们的石块和泥巴，爱得发疯一般，为了抢那些东西，可能把我们杀得一个不留。"

他们谈了很久，谈到政体、风俗、妇女、公共娱乐、艺术。素好谈玄说理的老实人，要加刚菩探问国内有没有宗教。

老人红了红脸，说道："怎么你们会有这个疑问呢？莫非以为我们是无情无义的人吗？"加刚菩恭恭敬敬请问黄金国的宗教是哪一种。老人又红了红脸，答道："难道世界上还有两个宗教不成？我相信我们的宗教是跟大家一样的，我们从早到晚敬爱上帝。"加刚菩始终替老实人当着翻译，说出他心中的疑问："你们只崇拜一个上帝吗？"老人道："上帝总不见得有两个、三个、四个罢？我觉得你们那个世界的人发的问题怪得很。"老实人絮絮不休，向老人问长问短，他要知道黄金国的人怎样祈祷上帝的。那慈祥可敬的哲人回答说："我们从来不祈祷，因为对他一无所求，我们所需要的，他全给了我们，我们只是不断地感谢他。"老实人很希望看看他们的教士，问他们在哪儿。老人微微一笑，说道："告诉两位，我们国内人人都是教士，每天早上，王上和全国人民的家长都唱着感谢神恩的赞美诗，庄严肃穆，由五六千名乐师担任伴奏。"——"怎么！你们没有修士专管传教、争辩、统治、弄权窃柄，把意见不同的人活活烧死吗？"老人道："那我们不是发疯了吗？我们这儿大家都意见一致，你说的你们那些修士的勾当，我完全莫名其妙。"老实人听着这些话出神了，心想："那跟威斯发里和男爵的宫堡完全不同，倘若邦葛罗斯见到了黄金国，就不会再说森特－登－脱龙克宫堡是世界上的乐土了，可见一个人非游历不可。"

长谈过后，慈祥的老人吩咐套起一辆六羊驾驶的四轮轿车，派十二名仆役送两位旅客进宫。他说："抱歉得很，我年纪大了，不能奉陪。但王上接见两位的态度，绝不至于得罪两位，敝国倘有什么风俗习惯使两位不快，想必你们都能原谅的。"

老实人和加刚菩上了轿车，六头绵羊像飞一样，不到四小时，已经到达京城一端的王宫前面。宫门高二十二丈，宽十丈，说不出是什么材料造的。可是不难看出，那材料比我们称为黄金珠宝的石子沙土，不知要贵重多少倍。

老实人和加刚菩一下车，就有二十名担任御前警卫的美女迎接，带他们去沐浴，换上蜂鸟毛织成的袍子，然后另有男女大臣引他们进入内殿，按照常例，两旁各站着一千名乐师。走近御座所在的便殿，加刚菩问一位大臣，觐见王上该用何种敬礼："应当双膝下跪，还是全身伏在地下？应当把手按在额上，还是按着屁股？或者用舌头舐地下的尘土？总而言之，究竟是怎样的仪式？"大臣回答："惯例是拥抱王上，亲吻他的两颊。"老实人和加刚菩便扑上去勾着王上的脖子，王上对他们优礼相加，很客气地请他们晚间赴宴。

宴会之前，有人陪他们去参观京城，看那些高入云表的公共建筑，千百列柱围绕的广场，日夜长流的喷泉：有的喷射清澈无比的泉水，有的喷射蔷薇的香水，有的喷射甘蔗酒。规模宏大的广场，地下铺着一种宝石，散出近乎丁香与肉桂的香味。老实人要求参观法院和大理院，据说根本没有这些机关，从来没有人打官司的。老实人问有没有监狱，人家也回答说没有。但他看了最惊异最高兴的是那个科学馆，其中一个走廊长两百丈，摆满着数学和物理的仪器。

整个下午在京城里逛了大约千分之一的地方，他们回到王宫。席上老实人坐在国王、加刚菩和几位太太之间。他们从来没有享受过更美的筵席，国王在饭桌上谈笑风生的雅兴，也从来没有人能相比。加刚菩把陛下的妙语一一解释给老实人听，虽然经过了翻译，还照样趣味盎然。这一点和旁的事情一样使老实人惊异赞叹。

两人在此宾馆中住了一个月。老实人再三和加刚菩说："朋友，我生长的宫堡固然比不上这个地方；可是，毕竟居内贡不在此地，或许你也有个把情人在欧洲。住在这里，我们不过是普通人，不如回到我们的世界中去，单凭十二头满载黄金国石子的绵羊，我们的财富就能盖过普天之下的国王，也不必再害怕异教裁判所，而要接回居内贡小姐也易如反掌了。"

这些话正合加刚菩的心意：人多么喜欢奔波，对人炫耀，卖弄游历的见闻，所以两个享福的人决意不再享福，去向国王要求离境。

国王答道:"你们这是发傻了。敝国固是蕞尔小邦,不足挂齿,但我们能苟安的地方,就不应当离开。我自然无权羁留外客,那种专制手段不在我们的风俗与法律之内,每个人都是自由的,你们随时可以动身,但出境不是件容易的事。你们能从岩洞底下的河里进来,原是奇迹,不可能再从原路出去。环绕敝国的山岭高逾千仞,陡若城墙,每座山峰宽三四十里,除了悬崖之外,别无他路可下。你们既然执意要走,让我吩咐机械司造一架机器,务必很方便地把你们运送出去。一朝到了山背后,可没有人能奉陪了,我的百姓发誓不出国境,他们不会那么糊涂,违反自己发的愿的。现在你们喜欢什么东西,尽管向我要罢。"加刚菩说:"我们只求陛下赏几头绵羊,驮些干粮、石子和泥巴。"国王笑道:"你们欧洲人这样喜欢我们的黄土,我简直弄不明白,好罢,你们爱带多少就带多少,但愿你们因此得福。"

国王随即下令,要工程师造一架机器把两个怪人举到山顶上,送他们出境。三千名优秀的物理学家参加工作,半个月以后,机器造好了,照当地的钱计算,只花了两千多万镑。老实人和加刚菩坐在机器上,带着两头鞍辔俱全的大红绵羊,给他们翻过山岭以后代步的;二十头载货的绵羊驮着干粮,三十头驮着礼品,都是当地最稀罕的宝物;五十头驮着黄金、钻石、宝石。国王很亲热地把两个流浪汉拥抱了。

他们动身了,连人带羊举到山顶上的那种巧妙方法,确是奇观。工程师们送他们到了安全地方,便和他们告别。此时老实人心中只有一个愿望,一个目的,就是把羊群去献给居内贡小姐。他说:"倘若人家肯把居内贡小姐标价,我们的财力尽够向布宜诺斯艾利斯总督纳款了。咱们上开颜去搭船，再瞧瞧有什么王国可以买下来。"

第十九章
他们在苏里南的遭遇，老实人与玛丁的相识

路上第一天过得还愉快。想到自己的财富比欧、亚、非三洲的总数还要多，两人不由得兴致十足。老实人兴奋之下，到处把居内贡的名字刻在树上。第二天，两头羊连着货物陷入沼泽；过了几日，另外两头不堪劳顿，倒毙了；接着又有七八头在沙漠中饿死；几天之后，又有些堕入深谷。走了一百天，只剩下两头羊。老实人对加刚菩道："你瞧，尘世的财富多么脆弱，只有德行和重见居内贡小姐的快乐才可靠。"加刚菩答道："对；可是我们还剩下两头羊，西班牙王一辈子也休想有它们身上的那些宝物。我远远地看到一个市镇，大概就是荷兰属的苏里南。好啦，咱们苦尽甘来了。"

靠近市镇，他们瞧见地下躺着一个黑人，衣服只剩一半，就是说只穿一条蓝布短裤；那可怜虫少了一条左腿，缺了一只右手。老实人用荷兰话问他："唉，天哪！你这个样子好不凄惨，待在这儿干吗呢？"黑人回答："我等着我的东家，大商人范特登杜①先生。"老实人说："可是范特登杜先生这样对待你的？"——"是的，先生，这是老例章程。他们每年给我们两条蓝布短裤，算是全部衣着。我们在糖厂里给

---

① 据专家考证，此名影射范·杜仑（Van Düren）；范为荷兰出版商，伏尔泰谓其在版税上舞弊，损害伏尔泰权益。

磨子碾去一个手指，他们就砍掉我们的手；要是想逃，就割下一条腿：这两桩我都碰上了。我们付了这代价，你们欧洲人才有糖吃。可是母亲在几内亚海边得了十块钱把我卖掉的时节，和我说：'亲爱的孩子，你得感谢我们的神道，永远向他们礼拜，他们会降福于你，你有幸当上咱们白大人的奴隶，你爹妈也靠着你发迹了。'——唉！我不知他们有没有靠着我发迹，反正我没有托他们的福。狗啊、猴子啊、鹦鹉啊，都不像我们这么苦命。人家教我改信的荷兰神道，每星期日告诉我们，说我们不分黑白，全是亚当的孩子。我不懂家谱，但只要布道师说得不错，我们都是嫡堂兄弟。可是你得承认，对待本家不能比他们更辣手了。"

"噢，邦葛罗斯！"老实人嚷道，"你可没想到这种惨无人道的事。得啦得啦，我不再相信你的乐天主义了。"——"什么叫作乐天主义？"加刚菩问。——"唉！就是吃苦的时候一口咬定百事顺利。"老实人瞧着黑人，掉下泪来。他一边哭一边进了苏里南。

他们第一先打听，港内可有船把他们载往布宜诺斯艾利斯。问到的正是一个西班牙船主，答应跟他们公平交易，约在一家酒店里谈判。老实人和加刚菩便带着两头羊上那边去等。

老实人心直口快，把经过情形向西班牙人和盘托出，连要抢走居内贡小姐的计划也实说了。船主回答："我才不送你们上布宜诺斯艾利斯去呢，我要被吊死，你俩也免不了。美人居内贡如今是总督大人最得宠的外室。"老实人听了好比晴天霹雳，哭了半日，终于把加刚菩拉过一边，说道："好朋友，还是这么办罢：咱们每人口袋里都有价值五六百万的钻石，你比我精明，你上布宜诺斯艾利斯去接居内贡小姐。要是总督作难，给他一百万，再不肯，给他两百万。你没杀过主教，他们不会防你的。我另外包一条船，上威尼斯等你，那是个自由地方，不用怕保加利亚人，也不用怕阿伐尔人，也不必担心犹太人和异教裁判所。"加刚菩一听这妙计，拍手叫好；但要跟好东家分手，不由得悲从中来，因为他俩已经成为知心朋友了。幸而他还能替主人出力，加刚菩想到这一点，就转悲为喜，忘了分离的痛苦。两人抱头大哭了一场，老实人又吩咐他别忘了那老妈子。加刚菩当日就动身。他可真是个好人哪。

老实人在苏里南又住了一晌，希望另外有个船主，肯把他和那硕果仅存的两头绵羊载往意大利。他雇了几个用人，把长途航行所需要的杂物也办齐了。终于有一天，一条大帆船的主人，范特登杜先生，来找他了。老实人道："你要多少钱，才肯把我、我的下人、行李，还有两头绵羊，一径载往威尼斯？"船主讨价一万银洋。老实人一口答应了。

机灵的范特登杜在背后说："噢！噢！这外国人一出手就是一万！准是个大富翁。"过了一会儿便回去声明，少了两万不能开船。老实人回答："两万就两万。"

"哎啊！"那商人轻轻地自言自语，"这家伙花两万跟一万一样地满不在乎。"他又回去，说少了三万不能把他送往威尼斯。老实人回答："好，依你三万就是了。"——"噢！噢！"荷兰人对自己说，"三万银洋还不在他眼里，可见两头绵羊一定驮着无价之宝。别多要了：先教他付了三万，再瞧着办。"老实人卖了两颗小钻，其中一颗很小的，价值就不止船主所要的数目。他先付了钱。两头绵羊装上去了。老实人跟着坐了一条小艇，预备过渡到港中的大船上。船长认为时机已到，赶紧扯起篷来，解缆而去，又遇着顺风帮忙。老实人看着，目瞪口呆，一刹那就不见了帆船的踪影。他叫道："哎哟！这一招倒比得上旧大陆的杰作。"他回到岸上，说不出多么痛苦，因为抵得上一二十位国王财富的宝物，都白送了。

他跑去见荷兰法官，性急慌忙，敲门不免敲得太粗暴了些；进去说明案由，叫嚷的声音不免太高了些。法官因为他闹了许多声响，先罚他一万银洋，方始耐心听完老实人的控诉，答应等那商人回来，立即审理。末了又要老实人缴付一万银洋讼费。

这种作风把老实人气坏了。不错，他早先遇到的倒霉事儿，给他的痛苦还百倍于此；但法官和船主这样不动声色地欺负人，使他动了肝火，悲观到极点。人心的险毒丑恶，他完全看到了，一肚子全是忧郁的念头。后来有条开往波尔多的法国船，他既然丢了满载钻石的绵羊，便花了很公道的代价，包下一间房舱。他又在城里宣布，要找一个诚实君子作伴，船钱饭食，一应归他，再送两千银洋酬劳，但这个人必须是本省遭遇最苦，最怨恨自己的行业的人。

这样就招来一大群应征的人，便是包一个舰队也容纳不下。老实人存心要在最值得注目的一批中去挑，当场选出一二十个看来还和气，又自命为最有资格入选的人，邀到酒店里，请他们吃饭，条件是要他们发誓，毫不隐瞒地说出自己的历史。老实人声明，他要挑一个他认为最值得同情，最有理由怨恨自己行业的人，其余的一律酌送现金，作为酬报。

这个会直开到清早四点。老实人听着他们的遭遇，一边想着老婆子当初来的时候说的话，赌的东道，断定船上没有一个人不受过极大的灾难。每听一个故事，他必想着邦葛罗斯，他道："恐怕邦葛罗斯不容易再证明他的学说了罢！可惜他不在这里。世界上果真有什么乐土，那一定是黄金国，绝不在别的地方。"末了他挑中一个可怜的学者，在阿姆斯特丹的书店里做过十年事。他认为世界上没有一个职业比他的更可厌的了。

那学者原是个好好先生，被妻子偷盗，被儿子殴打，被跟着一个葡萄牙人私奔的女儿遗弃。他靠着过活的小差事，最近也丢了；苏里南的牧师还迫害他，说他是索星尼派①。其实别的人至少也跟他一样倒霉；但老实人暗中希望这学者能在路上替他消愁解闷。其余的候选人认为老实人极不公平，老实人每人送了一百银洋，平了大家的气。

第二十章
老实人与玛丁在海上的遭遇

老学者名叫玛丁，跟着老实人上船前往波尔多。两人都见多识广，饱经忧患，即使他们的船要从苏里南绕过好望角开往日本，他们对于物质与精神的痛苦也讨论不完。

---

① 索星尼派为16世纪时神学家索星所创，否认三位一体及耶稣为神之说。

老实人比玛丁占着很大的便宜：他始终希望和居内贡小姐相会，玛丁却一无希望；并且老实人有黄金钻石，虽然丢了一百头满载世界最大财富的大绵羊，虽然荷兰船主拐骗他的事始终不能忘怀，但一想到袋里剩下的宝物，一提到居内贡小姐，尤其在酒醉饭饱的时候，他又倾向邦葛罗斯的哲学了。

他对学者说："玛丁先生，你对这些问题有何意见？你对物质与精神的苦难又有怎样想法？"玛丁答道："牧师们指控我是索星尼派，其实我是马尼教徒①。"——"你这是说笑话罢？马尼教徒早已绝迹了。"——"还有我呢，"玛丁回答，"我也不知道信了这主义有什么用，可是我不能有第二个想法。"老实人说："那你一定是魔鬼上身了。"玛丁道："魔鬼什么事都要参与，既然到处有他的踪迹，自然也可能附在我身上。老实告诉你，我瞧着地球——其实只是一颗小珠子——我觉得上帝的确把它交给什么恶魔了，当然黄金国不在其内。我没见过一个城市不巴望邻近的城市毁灭的，没见过一个家庭不希望把别的家庭斩草除根的。弱者一面对强者卑躬屈膝，一面暗中诅咒；强者把他们当作一群任凭宰割的绵羊。上百万编号列队的杀人犯在欧洲纵横驰骋，井井有条地干着烧杀劫掠的勾当，为的是糊口，因为他们干不了更正当的职业。而在一些仿佛太平无事，文风鼎盛的都市中，一般人心里的妒羡、焦虑、忧急，便是围城中大难当头的居民也不到这程度。内

---

① 马尼教为公元 3 世纪时波斯人马奈斯所创，是一种二元论的宗教，言原人为善神所造，其性善；今人为恶神所造，其性恶，唯认识真理后方能解脱罪恶；并称世界上的光明与黑暗是永远斗争不已的。

心的隐痛比外界的灾难更惨酷。一句话说完，我见得多了，受的折磨多了，所以变了马尼教徒。"老实人回答道："究竟世界上还有些好东西呢。"玛丁说："也许有罢，可是我没见识过。"

辩论之间，他们听见一声炮响，接着越来越紧密。各人拿起望远镜，瞧见三海里以外有两条船互相轰击，风把它们越吹越近，法国船上的人可以舒舒服服地观战。后来，一条船放出一阵排炮，不偏不倚，正打在另外一条的半中腰，把它轰沉了。老实人和玛丁清清楚楚看到甲板上站着一百多人，向天举着手臂，呼号之声惨不忍闻。一会儿他们都沉没了。

玛丁道："你瞧，人与人就是这样相处的。"老实人道："不错，这简直是恶魔干的事。"言犹未了，他瞥见一堆不知什么的鲜红东西在水里游泳。船上放下一条小艇，瞧个究竟，原来是老实人的一头绵羊。老实人找回这头羊所感到的喜悦，远过于损失一百头满载钻石的绵羊所感到的悲伤。

不久，法国船长看出打胜的一条船，船主是西班牙人，沉没的那条，船主是一个荷兰海盗，便是拐骗老实人的那个。他抢去的偌大财宝，跟他一齐葬身海底，只逃出了一只羊。老实人对玛丁道："你瞧，天理昭彰，罪恶有时会受到惩罚的，这也是荷兰流氓的报应。"玛丁回答："对；可是船上的搭客，难道应当和他同归于尽吗？上帝惩罚了恶棍，魔鬼淹死了无辜。"

法国船和西班牙船继续航行，老实人和玛丁继续辩论，一连辩了半个月，始终没有结果。可是他们总算谈着话，交换着思想，互相安慰着。老实人抚摩着绵羊，说道："我既然能把你找回来，一定也能找回居内贡的。"

第二十一章
老实人与玛丁驶近法国海岸，他们的议论

终于法国海岸在望了。老实人问："玛丁先生，你到过法国吗？"玛丁回答："到过，我去过好几州。有的州里，半数居民都害着狂疾，有几州民风奸刁得很，有几州的人性情和顺，相当愚蠢；又有几州的人喜欢卖弄才情，全国一致的风气是：第一，谈情说爱；第二，恶意中伤；第三，胡说八道。"——"玛丁先生，你可曾到过巴黎？"——"到过的，那儿可是各色人等，一应俱全了。只看见一片混乱，熙熙攘攘，人人都在寻求快乐，结果没有一个人找到，至少我觉得如此。我没耽搁多久，才到巴黎，身边的钱就给圣·日耳曼节场上的小偷扒光了。人家还把我当作小偷，抓去关了八天牢。后来我进印刷所当校对，想挣一笔路费，拼着两腿走回荷兰。我认识一批写文章的，兴风作浪的，为宗教入迷的，都不是东西。有人说巴黎也有些挺文雅的君子；但愿这话是真的。"

老实人道："我没兴致游历法国，你不难想象，在黄金国待过一个月的人，除了居内贡小姐之外，世界上什么东西都不想再看了。我要经过法国到意大利，上威尼斯等她，你不陪我走一遭吗？"玛丁道："一定奉陪，听说那地方，只有威尼斯的贵族才住得，可是本地人待外乡人很客气，只要外乡人十二分有钱。我没有钱，你有的是；不论你上哪儿，

我都跟着走。"老实人道:"我想起一件事要问你,我们的船主有一本厚厚的书,书中说咱们的陆地原本是海洋,你相信吗?"玛丁回答:"我才不信呢,近年来流行的那些梦话,我全不信。"老实人道:"那么干吗要有这个世界呢?"——"为了气死我们,"玛丁回答。老实人又说:"我给你讲过大耳人那里有两个姑娘爱上猴子的事,你不觉得奇怪吗?"——"我才不呢,"玛丁说,"我不觉得这种情欲有什么可怪,怪事见得多了,就什么都不以为怪了。"老实人道:"你可相信人一向就互相残杀,像现在这样的吗?一向就是扯谎,欺诈,反复无常,忘恩负义,强取豪夺,懦弱,轻薄,卑鄙,妒羡,馋痨,酗酒,吝啬,贪婪,残忍,毁谤,淫欲无度,执迷不悟,虚伪,愚妄的吗?"玛丁回答说:"你想鹞子看到鸽子是否一向都吃的?"——"那还用说吗?"——玛丁道:"既然鹞性不改,为什么希望人性会改呢?"——"噢!那是大不相同的,因为人的意志可以自由选择……"议论之间,他们到了波尔多。

第二十二章
老实人与玛丁在法国的遭遇

老实人在波尔多办了几件事就走了。他在当地卖掉几块黄金国的石子,包订一辆舒服的双人座的驿车,因为他和哲学家玛丁成了形影不离的好友。他不得不把绵羊忍痛割爱,送给波尔多的科学院,科学院拿这头羊作为当年度悬赏征文的题目,要人研究为什么这头羊的毛是红的。得奖的是一个北方学者,他用 A 加 B,减 C,用 Z 除的算式,证明这头羊应当长红毛,也应当害疱疮死的。①

可是,老实人一路在酒店里遇到的旅客都告诉他:"我们上巴黎去。"那股争先恐后的劲,终于打动了老实人的兴致,也想上京城去观光一番了,好在绕道巴黎到威尼斯,并没有多少冤枉路。

他从圣·玛梭城关进城,当下竟以为到了威斯发里省内一个最肮脏的村子。

老实人路上辛苦了些,一落客店便害了一场小病。因为他手上戴着一只奇大无比的钻戒,行李中又有一口重得非凡的小银箱,所以立刻来了两名自告奋勇的医生,几位寸步不离的好友,两个替他烧汤煮水的虔婆。玛丁说:"记得我第一次到巴黎也害过病,我穷得很,所以既没有朋友,也没有虔婆,也没有医生,结果我病好了。"

又是吃药,又是放血,老实人的病反而重了。一个街坊上的熟客,挺和气地来问他要一份上他世界去的通行证。② 老实人置之不理,两位虔婆说这是新时行的规矩。老实人回答,他不是一个时髦人物。玛丁差点把来客摔出窗外。教士赌咒说,老实人死了,绝不给他埋葬。玛丁赌咒说,他倒预备埋葬教士,要是教士再纠缠不清。你言我语,越吵越凶,玛丁抓着教士的肩膀,使劲撵了出去。这事闹得沸沸扬扬,连警察局都动了公事。

老实人复原了,养病期间,颇有些上流人士来陪他吃晚饭,另外

---

① 此处所谓疱疮,原是羊特有的病症。
② 此系指忏悔证书。今日旧教徒结婚之前,教会尚限令双方缴纳忏悔证书。街坊上的熟客即暗指教士。

还赌钱，输赢很大。老实人从来抓不到爱司①，觉得莫名其妙；玛丁却不以为怪。

老实人的向导中间，有个矮小的班里戈登神甫。巴黎不少像他那样殷勤的人，老是机灵乖巧，和蔼可亲，面皮既厚，说话又甜，极会趋奉人，专门巴结过路的外国人，替他们讲些本地的丑闻秘史，帮他们花大价钱去寻欢作乐。这位班里戈登神甫先带老实人和玛丁去看戏。那日演的是一出新编的悲剧。老实人座位四周都是些才子，但他看到表演精彩的几幕，仍禁不住哭了。休息期间，旁边有位辩士对他说："你落眼泪真是大错特错了：这女戏子演得很糟，搭配的男戏子比她更糟，剧本比戏子还要糟。剧情明明发生在阿拉伯，剧作者却不懂一句阿拉伯文，并且他不信先天观念论。②明天我带二十本攻击他的小册子给你看。"老实人问神甫："先生，法国有多少剧本？"——"五六千本。"——老实人说："那很多了，其中有几本好的呢？"神甫道："十五六本。"玛丁接着道："那很多了。"

有一位女戏子，在一出偶尔还上演的、平凡的悲剧中，串演伊丽莎白王后，老实人看了很中意，对玛丁道："我很喜欢这演员，她颇像居内贡小姐，倘使能去拜访她一次，倒也是件乐事。"班里戈登神甫自告奋勇，答应陪他去。老实人从小受的是德国教育，便请问当地的拜见之礼，不知在法国应当怎样对待英国王后。神甫说："那要看地方

---

① 外国纸牌中普通最大的王牌为 A，读如爱司（As）。
② 笛卡儿的哲学系统以生来自具之观念为意识之内容，此生来自具之观念即名为"先天观念"。

而定,在内地呢,带她们上酒店;在巴黎,要是她们相貌漂亮,大家便恭而敬之,死了把她们扔在垃圾堆上。"①老实人嚷起来:"怎么,把王后扔在垃圾堆上!"玛丁接口道:"是的,神甫说得一点不错。从前莫尼末小姐,像大家说的从此世界转到他世界去的时候,我正在巴黎。那时一般人不许她享受所谓丧葬之礼,所谓丧葬之礼,是让死人跟街坊上所有的小子,躺在一个丑恶不堪的公墓上一同腐烂。莫尼末小姐只能孤零零地埋在蒲高涅街的转角上。她的英魂一定因此伤心透顶的,因为她生前思想很高尚。"老实人道:"那太没礼貌了。"玛丁道:"有什么办法!这儿的人便是这样。在这个荒唐的国内,不论是政府、法院、教堂、舞台,凡是你想象得到的矛盾都应有尽有。"老实人问:"巴黎人是不是老是嘻嘻哈哈的?"神甫回答:"是的,他们一边笑,一边生气,他们对什么都不满意,而抱怨诉苦也用打哈哈的方式,他们甚至一边笑一边干着最下流的事。"

老实人又道:"那混账的胖子是谁?我为之感动下泪的剧本,我极喜欢的演员,他都骂得一文不值。"——"那是个无耻小人,所有的剧本,所有的书籍,他都要毁谤,他是靠此为生的。谁要有点成功,他就咬牙切齿,好比太监怨恨作乐的人。那是文坛上的毒蛇,把凶狠仇恨做粮食的。他是个报屁股作家。"——"什么叫作报屁股作家?"——"专门糟蹋纸张的,所谓弗莱隆②之流,"神甫回答。

---

① 此段故事系隐指法国有名的女演员勒戈佛渌(1692—1730)事,生前声名鼎盛,死后教堂拒绝为之举行葬礼,卒埋于巴黎蒲高涅街路角,塞纳河畔。
② 弗莱隆(1719—1776)为法国政论家,终身与百科全书派为敌,攻击伏尔泰尤为激烈。

成群的看客拥出戏院；老实人、玛丁、班里戈登，却在楼梯高头大发议论。老实人道："虽则我急于跟居内贡小姐相会，倒也很想和格兰龙小姐吃顿饭，我觉得她真了不起。"

格兰龙小姐只招待上等人，神甫没资格接近。他说："今天晚上她有约会，但是我可以带你去见一位有身份的太太，你在她府上见识了巴黎，就赛过在巴黎住了四年。"

老实人天性好奇，便跟他到一位太太府上，坐落在圣·奥诺雷城关的尽里头，有人在那儿赌法老①：十二个愁眉不展的赌客各自拿着一叠牌，好比一本登记他们厄运的账册。屋内鸦雀无声，赌客脸上黯淡无光，庄家脸上焦急不安，女主人坐在铁面无情的庄家身边，把尖利的眼睛瞅着赌客的加码，谁要把纸牌折个小角儿，她就教他们把纸角展开，神色严厉，态度却很好，绝不因之生气，唯恐得罪了主顾。那太太自称为特·巴洛里涅侯爵夫人。她的女儿十五岁，也是赌客之一。众人为了补救牌运而做的手脚，她都眨着眼睛做报告。班里戈登神甫、老实人和玛丁走进屋子，一个人也没站起来，一个人也没打招呼，甚至瞧都不瞧一眼；大家一心都在牌上。老实人说："哼，森特－登－脱龙克男爵夫人还比他们客气一些。"

神甫凑着侯爵夫人耳朵说了几句，她便略微抬了抬身子，对老实人嫣然一笑，对玛丁很庄严地点点头，教人端一张椅子，递一副牌给老实人。玩了两局，老实人输了五万法郎。然后大家一团高兴地坐下

---

① 法老是一种纸牌的赌博。

吃晚饭。在场的人都奇怪老实人输了钱毫不介意,当差们用当差的俗谈,彼此说着:"他准是一位英国的爵爷。"

和巴黎多数的饭局一样,桌上先是静悄悄的,继而你一句我一句,谁也听不清谁。最后是说笑打诨,无非是没有风趣的笑话、无稽的谣言、荒谬的议论,略微谈几句政治,缺德话说上一大堆。也有人提到新出的书。班里戈登神甫问道:"神学博士谷夏先生的小说,你们看到没有?"一位客人回答:"看到了,只是没法念完。荒唐的作品,咱们有的是,可是把全体坏作品加起来,还及不上神学博士谷夏的荒唐。这一类恶劣的书泛滥市场,像洪水一般,我受不了,宁可到这儿来赌法老的。"神甫说:"教长T某某写的随笔,你觉得怎么样?"巴洛里涅太太插嘴道:"噢!那个可厌的俗物吗?他把老生常谈说得非常新奇;把不值一提的东西讨论得煞有介事;剽窃别人的才智,手段又笨拙透顶,简直是点金成铁!他教我讨厌死了!可是好啦,现在用不着我讨厌了,教长的大作只要翻过几页就够了。"

桌上有位风雅的学者,赞成侯爵夫人的意见。接着大家谈到悲剧。女主人问,为什么有些悲剧还能不时上演,可是剧本念不下去?那位风雅的人物,把一本戏可能还有趣味而毫无价值的道理,头头是道地解释了一番。他很简括地说明,单单拿每部小说都有的、能吸引观众的一二情节搬进戏文,是不够的;还得新奇而不荒唐,常常有些崇高的境界而始终很自然,识透人的心而教这颗心讲话,剧作者必须是个大诗人而剧中并不显得有一个诗人;深得语言三昧,文字精练,从头至尾音韵铿锵,但决不让韵脚妨碍意义。他又补充说:"谁要不严格遵守这些规则，他可能写出一两部悲剧博得观众掌声，却永远算不得一个好作家。完美的悲剧太少了，有些是文字写得不差，韵押得很恰当的牧歌；有些是教人昏昏欲睡的政论，或者是令人作呕的夸张；又有些是文理不通，中了邪魔的梦呓；再不然是东拉西扯，因为不会跟人讲话，便长篇大论地向神道大声疾呼；还有似是而非的格言，大张其辞的陈言俗套。"

老实人聚精会神地听着，以为那演说家着实了不起。既然侯爵夫人特意让他坐在身旁，他便凑到女主人耳畔，大着胆子问，这位能言善辩的先生是何等人物。她回答说："他是一位学者，从来不入局赌钱，不时由神甫带来吃顿饭的。他对于悲剧和书本非常内行；自己也写过一出悲剧，被人大喝倒彩；也写过一部书，除掉题赠给我的一本之外，外边从来没有人看到过。"老实人道："原来是个大人物！不愧为邦葛罗斯第二。"

于是他转过身去，朝着学者说道："先生，你大概认为物质世界和精神领域都十全十美，一切都是不能更改的罢？"学者答道："我才不这么想呢，我觉得我们这里一切都倒行逆施：没有一个人知道他自己的身份、自己的责任，知道他做些什么，应当做什么；除了在饭桌上还算痛快，还算团结以外，其余的时间大家都喧哗争辩，无理取闹：让森派攻击莫利尼派①，司法界攻击教会，文人攻击文人，幸臣攻击幸

---

① 莫利尼派为耶稣会中的一支，16世纪时由耶稣会神学家莫利尼创立，以调和人的自由与神的恩宠为主要学说。

臣，金融家攻击老百姓，妻子攻击丈夫，亲戚攻击亲戚。简直是一场无休无歇的战争。"

老实人回答说："我见过的事比这个恶劣多呢，可是有位倒了霉被吊死的哲人，告诉我这些都十全十美，都是一幅美丽的图画的影子。"玛丁道："你那吊死鬼简直是嘲笑我们，你所谓影子其实是丑恶的污点。"老实人说："污点是人涂上去的，他们也是迫不得已。"玛丁道："那就不能怪他们了。"大半的赌客完全不懂他们的话，只顾喝酒；玛丁只管和学者辩论；老实人对主妇讲了一部分自己的经历。

吃过晚饭，侯爵夫人把老实人带到小房间里，让他坐在一张长沙发上，问道："喂，这么说来，你是一往情深，永远爱着居内贡小姐了？"——"是的，"老实人回答。侯爵夫人对他很温柔地一笑："你这么回答，表示你真是一个威斯发里的青年。换了一个法国人，一定说：我果然爱居内贡小姐，可是见了你，太太，我恐怕要不爱她了。"老实人说："好罢，太太，你要我怎样回答都行。"侯爵夫人又道："你替居内贡小姐捡了手帕才动情的，现在我要你替我捡吊袜带。"——"敢不遵命，"老实人说着，便捡了吊袜带。那太太说："我还要你替我扣上去。"老实人就替她扣上了。太太说："你瞧，你是个外国人，我常常教那些巴黎的情人害上半个月的相思病，可是我第一夜就向你投降了，因为对一个威斯发里的年轻人，我们应当竭诚招待。"美人看见外国青年两手戴着两只大钻戒，不由得赞不绝口，临了两只钻戒从老实人手上过渡到了侯爵夫人手上。

老实人做了对不起居内贡小姐的事，和班里戈登神甫一路回去，一路觉得良心不安，神甫对他的痛苦极表同情。老实人在赌台上输的五万法郎和两只半送半骗的钻戒，神甫只分润到一个小数目，他存心要利用结交老实人的机会，尽量捞一笔，便和他大谈起居内贡。老实人对他说，将来在威尼斯见了爱人，一定要求她饶恕他的不忠实。

班里戈登变得格外恭敬，格外体贴了，老实人说什么，做什么，打算做什么，神甫都表示热心和关切。

他问老实人："那么先生，你是在威尼斯有约会了？"老实人答道："是啊，神甫，我非到威尼斯去跟居内贡小姐相会不可。"他能提到爱人真是太高兴了，所以凭着心直口快的老脾气，把自己和大名鼎鼎的威斯发里美人的情史，讲了一部分。

神甫说："大概居内贡小姐极有才气，写的信也十分动人罢？"老实人道："我从来没收到过。你想，我为了钟情于她而被赶出爵府的时候，我不能写信给她；不久听说她死了，接着又和她相会，又和她分手；最后我在离此一万多里的地方，派了一个当差去接她。"

神甫留神听着，若有所思。不一会儿他和两个外国人亲热地拥抱了一下，告辞了。第二天，老实人睁开眼来就收到一封信，措辞是这样的：

"我最亲爱的情人，我病在此地已有八天了，听说你也在城中。要是我能动弹，早已飞到你怀抱里来了。我知道你路过波尔多，我把忠心的加刚菩和老婆子留在那边，让他们随后赶来。布宜诺斯艾利斯总督把所有的宝物都拿去了，可是我还有你的一颗心。快来罢，见了你，我就有命了，要不然我也会含笑而死。"

这封可爱的信，这封意想不到的信，老实人看了说不出的欢喜，心爱的居内贡病倒的消息又使他痛苦万分。老实人被两种情绪搅乱了，急忙拿着黄金钻石，教人把他和玛丁两个带往居内贡的旅馆。他走进去，紧张得全身打战，心儿乱跳，说话带着哭声，他想揭开床上的帐幔，教人拿支蜡烛过来。"不行，见了光她就没有命了，"女用人说着，猛地把帐幔放下了。老实人哭道："亲爱的居内贡，你觉得好些吗？你不能见我的面，至少跟我说句话呀。"女用人道："她不能说话。"接着她从床上拉出一只滚圆的手，让老实人把眼泪浇在上面，浇了半天。他拿几颗钻石塞在那只手里，又在椅子上留下一袋黄金。

他正在大动感情，忽然来了一个差官，后面跟着班里戈登神甫和几名差役。差官道："嘿！这两个外国人形迹可疑！"随即喝令手下的人把他们逮捕，押往监狱。老实人道："黄金国的人可不是这样对待外客的。"玛丁道："啊！我更相信马尼教了。"老实人问："可是，先生，你把我们带往哪儿去呢？"——"进地牢去，"差官回答。

玛丁定下心神想了想，断定冒充居内贡的是个女骗子，班里戈登神甫是个男骗子，他看出老实人天真不过，急于下手，差官又是一个骗子，可是容易打发的。

为了避免上公堂等等的麻烦，老实人听了玛丁劝告，又急于和货真价实的居内贡相会，便向差官提议送他三颗小钻，每颗值三千比斯多。差官说道："啊，先生，哪怕你十恶不赦，犯尽了所有的罪，你也是世界上第一个规矩人。三颗钻石！三千比斯多一颗！我替你卖命都来不及，怎么还会把你送地牢？公家要把外国人全部抓起来，可是我有办法，我有个兄弟住在诺曼底的迪埃普海港，让我带你去，只要你有几颗钻石给他,他会像我一样地侍候你。"

老实人问:"为什么要把外国人都抓起来呢?"班里戈登神甫插嘴道:"因为有个阿德雷巴西的光棍①,听了混账话,做了大逆不道的事,不是像 1610 年 5 月的案子,而是像 1594 年 12 月的那件②,还有像别的一些案子,是别的光棍听了混账话,在别的年份别的月份犯的。"

差官把案情③解释给老实人听,老实人叫道:"啊!这些野兽!一个整天唱歌跳舞的国家,竟有这样惨无人道的事!这简直是猴子耍弄老虎的地方,让我快快逃出去罢。我在本乡见到的是大熊,只有在黄金国才见过人!差官先生,看上帝分上,带我上威尼斯罢,我要在那儿等居内贡小姐。"差官道:"我只能送你上诺曼底。"当下教人开了老实人和玛丁的脚镣,说是误会了,打发了手下的人,亲自把两人送往诺曼底,交给他兄弟。那时港中泊着一条荷兰船。靠了另外三颗钻石帮忙,诺曼底人马上成为天下第一个热心汉,把老实人和玛丁送上船,开往英国的朴次茅斯海港。那不是到威尼斯去的路,但老实人以为这样已经逃出了地狱,打算一有机会就取道上威尼斯。

---

① 此系作者影射达米安事件:1757 年 1 月 5 日,一个精神不健全的乡下人,名叫达米安,以小刀刺伤路易十五,遂被凌迟处死。
② 1594 年 12 月,亨利四世被约翰·夏丹行刺;又于 1610 年 5 月,被拉伐伊阿克行刺,重伤身死。以上各案均与 16、17 世纪时宗教斗争有关。
③ 1757 年达米安处死以前,备受酷刑,拿过凶器的手被火焚烧,又浇以沸油及熔化的铅。

第二十三章
老实人与玛丁在英国海岸上见到的事

"啊,邦葛罗斯!邦葛罗斯!啊,玛丁!玛丁!啊,亲爱的居内贡!这是什么世界呀?"老实人在荷兰船上这么叫着。玛丁答道:"都是些疯狂丑恶的事儿。"——"你到过英国,那边的人是不是跟法国人一样疯狂的?"——玛丁道:"那是另外一种疯狂。英法两国正为了靠近加拿大的几百亩雪地打仗,为此英勇的战争所花的钱,已经大大超过了全加拿大的价值。该送疯人院的人究竟哪一国更多,恕我资质愚钝,无法奉告。我只知道我们要遇到的人性情忧郁,肝火很旺。"

说话之间,他们进了朴次茅斯港,港内泊着舰队,岸上人山人海,睁着眼睛望着一个胖子,他跪在一条兵船的甲板上,四个兵面对着他,每人若无其事地朝他脑袋放了三枪,岸上的看客便心满意足地回去了。老实人道:"怎么回事呀?哪个魔鬼这样到处发威的?"他向人打听,那个在隆重的仪式中被枪毙的胖子是谁。"是个海军提督①,"有人回答。"为什么要杀他呢?"——"因为他杀人杀得不够,他和一个法国海军提督作战,离开敌人太远了。"老实人道:"可是法国提督离开英国提督不是一样远吗?"旁边的人回答:"不错,可是这个国家,每隔多少时候总得杀掉个把海军提督,鼓励一下别的海军提督。"

老实人对于所见所闻,又惊骇,又厌恶,简直不愿意上岸,当下

---

① 影射1757年3月英国海军提督平格被杀一事,因平格于1756年与法国舰队作战败绩。

跟荷兰船主讲妥价钱,把船直放威尼斯,哪怕这船主会像苏里南的那个一样地拐骗他,也顾不得了。

两天以后,船主准备停当,把船沿着法国海岸驶去,远远望见里斯本的时候,老实人吓得直打哆嗦。接着进了海峡,驶入地中海,终于到了威尼斯。老实人搂着玛丁叫道:"哎啊!谢谢上帝!在这儿我可以和美人居内贡相会了。我相信加刚菩跟相信我自己一样。苦尽甘来,否极泰来,不是样样都十全十美了吗?"

第二十四章
巴该德与奚罗弗莱的故事

老实人一到威尼斯,就着人到所有的酒店、咖啡馆、妓院去找加刚菩,不料影踪全无。他每天托人去打听大小船只,只是没有加刚菩的消息。他对玛丁说:"怎么的!我从苏里南到波尔多,从波尔多到巴黎,从巴黎到迪埃普,从迪埃普到朴次茅斯,绕过了葡萄牙和西班牙的海岸,穿过地中海,在威尼斯住了几个月;这么长久的时间,我的美人儿和加刚菩还没到!我非但没遇到居内贡,倒反碰上了一个女流氓和一个班里戈登神甫!她大概死了罢,那我也只有一死了事。啊!住在黄金国的乐园里好多了,不应当回到这该死的欧洲来的。亲爱的玛丁,你说得对,人生不过是些幻影和灾难。"

他郁闷不堪,既不去看时行的歌剧,也不去欣赏狂欢节的许多游艺节目,也没有一个女人使他动心。玛丁说:"你太傻了,你以为一个混血种的当差,身边带着五六百万,真会到天涯海角去把你的情妇接到威尼斯来吗？要是找到的话，他就自己消受了。要是找不到，他也会另找一个。我劝你把你的当差和你的情人居内贡，一齐丢开了罢。"玛丁的话只能教人灰心。老实人愈来愈愁闷，玛丁还再三向他证明，除了谁也去不了的黄金国，德行与快乐在世界上是很少的。

一边讨论这个大题目，一边等着居内贡，老实人忽然瞧见一个年轻的丹阿德会①修士，搀着一位姑娘在圣·马克广场上走过。修士年富力强，肥肥胖胖，身体精壮结实，眼睛很亮，神态很安详，脸色很红润，走路的姿势也很威武。那姑娘长得很俏，嘴里唱着歌，脉脉含情地瞧着修士，常常拧他的大胖脸表示亲热。老实人对玛丁道："至少你得承认，这两人是快活的了。至此为止，除了黄金国以外，地球上凡是人住的地方，我只看见苦难，但这个修士和这个姑娘，我敢打赌是挺幸福的人。"玛丁道："我打赌不是的。"老实人说："只要请他们吃饭，就可知道我有没有看错了。"

他过去招呼他们，说了一番客套话，请他们同到旅馆去吃通心粉、龙巴地鹧鸪、鲟鱼蛋，喝蒙德毕岂阿诺酒、拉克利玛－克利斯底酒、希普酒、萨摩酒。小姐红了红脸，修士却接受了邀请，女的跟着他，又惊异又慌张地瞧着老实人，甚至于含着一包眼泪。才跨进老实人的房间，她就说："怎么，老实人先生认不得巴该德了吗？"老实人原来不曾把她细看，因为一心想着居内贡，听了这话，回答道："唉！可怜的孩子，原来是你把邦葛罗斯博士弄到那般田地的？"巴该德道："唉，

---

① 丹阿德会为旧教中的一派，16世纪时由丹阿多主教创立。

先生，是呀。真奇怪你什么都知道了。我听到男爵夫人和居内贡小姐家里遭了横祸。可是我遭遇的残酷也不相上下。你从前看见我的时候，我还天真烂漫。我的忏悔师是一个芳济会修士，轻易就把我勾搭上了。结果可惨啦，你被男爵大人踢着屁股赶走以后，没几天我也不得不离开爵府。要不是一个本领高强的医生可怜我，我早死了。为了感激，我做了这医生的情妇。他老婆妒忌得厉害，天天下毒手打我，像发疯一样。医生是天底下顶丑的男人，我是天底下顶苦的女人，为了一个自己并不喜欢的男人整天挨打。先生，你知道，泼妇嫁给医生是很危险的。他受不了老婆的凶悍，有天给她医小伤风，配了一剂药，灵验无比，她吃下去抽搐打滚，好不怕人，两小时以内就送了命。太太的家属把先生告了一状，说他谋杀；他逃了，我坐了牢。倘不是我还长得俏，尽管清白无辜也救不了我的命。法官把我开脱了，条件是由他来顶医生的缺。不久，一位情敌又补了我的缺，把我赶走，一个钱也没给。我只得继续干这个该死的营生，你们男人以为是挺快活的勾当，我们女人只觉得是人间地狱。我到威尼斯来也是做买卖的。啊！先生，不管是做生意的老头儿、是律师、是修士、是船夫、是神甫，我都得赔着笑脸侍候；无论什么耻辱、什么欺侮，都得准备挨受；往往衣服都没有得穿了，借着别人的裙子走出去，让一个混账男人撩起来；从东家挣来的钱给西家偷去；衙门里的差役还要来讹诈你，前途有什么指望呢？还不是又老又病，躺在救济院里，扔在垃圾堆上！先生，你要想想这个滋味，就会承认我是天底下最苦命的女人了。"

巴该德在小房间里，当着玛丁对老实人说了这些知心话。玛丁对老实人说:"你瞧,我赌的东道已经赢了一半。"

奚罗弗莱修士坐在饭厅里,喝着酒等开饭。老实人和巴该德道:"可是我刚才碰到你,你神气多快活,多高兴,你唱着歌,对教士那么亲热,好像是出于真心的,你自己说苦得要命,我看你倒是乐得很呢。"巴该德答道:"啊!先生,那又是我们这一行的苦处呀。昨天一个军官抢了我的钱,揍了我一顿,今天就得有说有笑地讨一个修士喜欢。"

老实人不愿意再听了,他承认玛丁的话不错。他们跟巴该德和丹阿德修士一同入席。饭桌上大家还高兴,快吃完的时候,说话比较亲密了。老实人道:"神甫,我觉得你的命很不差,大可羡慕;你的脸色表示你身体康健,心中快乐;又有一个挺漂亮的姑娘陪你散心,看来你对丹阿德修士这个职业是顶满意的了。"

奚罗弗莱修士答道:"嘿,先生,我恨不得把所有的丹阿德修士都沉到海底去呢。我几次三番想把修道院一把火烧掉,去改信伊斯兰教。我十五岁的时候,爹娘逼我披上这件该死的法衣,好让一个混账的、天杀的哥哥多得一份产业。修道院里只有妒忌、倾轧、疯狂。我胡乱布几次道,挣点钱,一半给院长克扣,一半拿来养女人。但我晚上回到修道院,真想一头撞在卧房墙上,而我所有的同道都和我一样。"

玛丁转身朝着老实人,照例很冷静地说道:"喂,我赌的东道不是全赢了吗?"老实人送了两千银洋给巴该德,送了一千给奚罗弗莱修士,说道:"我担保,凭着这笔钱,他们就快乐了。"玛丁道:"我可不信,这些钱说不定把他们害得更苦呢。"老实人道:"那也管不了,可是有件事我觉得很安慰:你以为永远不会再见的人竟会再见,既然红绵羊和巴该德都遇到了，很可能也会遇到居内贡。"玛丁说："但愿她有朝一日能使你快活；可是我很怀疑。"——"你的心多冷，"老实人说。——"那是因为我事情经得多了，"玛丁回答。

老实人道："你瞧那些船夫，不是老在唱歌吗？"① 玛丁道："你没瞧见他们在家里，跟老婆和小娃娃们在一起的情形呢。执政②有执政的烦恼，船夫有船夫的烦恼。固然，通盘算起来，还是船夫的命略胜一筹，可是也相差无几，不值得计较。"

老实人道："外边传说这里有位元老，叫作波谷居朗泰，住着勃朗泰河上那所华丽的王府，招待外国人还算客气。听说他是一个从来没有烦恼的人。"玛丁说："这样少有的品种，我倒想见识见识。"老实人立即托人向波谷居朗泰大人致意，要求准许他们第二天去拜访。

第二十五章
威尼斯贵族波谷居朗泰访问记

老实人和玛丁坐着游艇，驶进勃朗泰河，到了元老波谷居朗泰的府上。花园布置得很雅，摆着美丽的白石雕像。王府建筑极其宏丽。主人年纪六十左右，家财巨万；接见两位好奇的来客颇有礼貌，可并不热烈；老实人不免有点局促，玛丁倒还觉得满意。

两个相貌漂亮，衣着大方的姑娘，先端上泡沫很多的巧克力敬客。

---

① 威尼斯游艇有名于世，舟子之善歌亦有名于世。
② 威尼斯共和城邦的政府首长，自 7 世纪末至 18 世纪末均称 Doge，原意为公爵，但易与普通的公爵相混，故暂译作"执政"。

老实人少不得把她们的姿色、风韵和才干称赞一番。元老说道:"这两个姑娘还不错,有时我让她们睡在我床上。因为我对城里的太太们,对她们的风情、脾气、妒忌、争吵、狭窄、骄傲、愚蠢,还有非给她们写不可的,或是非教人写不可的十四行诗,都厌倦透顶。可是这两个姑娘也教我起腻了。"

吃过早点,老实人在画廊中散步,看着美不胜收的画惊叹不已。他问那开头的两幅是谁的作品。主人说:"那是拉斐尔的。几年前,为了虚荣我花大价钱买了来,据说是全意大利最美的东西,我却一点不喜欢,颜色已经暗黄了,人体不够丰满,表现得不够有力,衣褶完全不像布帛。总而言之,不管别人怎么说,我觉得这两幅画不够逼真。一定要像看到实物一样的画,我才喜欢,但这种作品简直没有。我藏着不少画,早就不看了。"

饭前,波谷居朗泰教人来一支合奏曲。老实人觉得音乐美极了。波谷居朗泰道:"这种声音可以让你消遣半个钟点,再多,大家就听厌了,虽然没有一个人敢说出来。现在的音乐,不过是以难取胜的艺术,仅仅是难奏的作品,多听几遍就没人喜欢。

"我也许更爱歌剧,要不是人家异想天开,把它弄成怪模怪样的教我生气。那些谱成音乐的要不得的悲剧,一幕一幕只是没来由地插进几支可笑的歌,让女戏子卖弄嗓子:这种东西,让爱看的人去看罢。一个阉割的男人哼哼唧唧,扮演凯撒或加东,在台上愣头傻脑地踱方步:谁要愿意,谁要能够,对这种东西低徊叹赏,尽管去低徊叹赏,至于我,我久已不愿领教了。这些浅薄无聊的玩意儿,如今却成为意大利的光荣，各国的君主还不惜重金罗致呢。"老实人很婉转地，略微辩了几句。玛丁却完全赞成元老的意见。

他们吃了一餐精美的饭，走进书房。老实人瞥见一部装订极讲究的《荷马全集》，便恭维主人趣味高雅。他说："这一部是使伟大的邦葛罗斯，德国最杰出的哲学家，为之陶醉的作品。"波谷居朗泰冷冷地答道："我并不为之陶醉。从前人家硬要我相信这作品很有趣味，可是那些翻来覆去、讲个不休的大同小异的战争，那些忙忙碌碌而一事无成的神道，那战争的祸根而还够不上做一个女戏子的海伦，那老是围困而老是攻不下的特洛伊城，都教我厌烦得要死。有时候我问几位学者，是不是看了这书跟我一样发闷。凡是真诚的都承认看不下去，但书房中非有一部不可，好比一座古代的纪念碑，也好比生锈而市面上没人要的古徽章。"

老实人问："大人对维吉尔的见解不是这样罢？"波谷居朗泰答道："我承认他的《埃涅阿斯纪》①第二、第四、第六各卷都很精彩，但是那虔诚的埃涅阿斯，勇武的格劳昂德，好友阿夏德，小阿斯加尼于斯，昏君拉底奴斯，庸俗的阿玛太，无聊的拉维尼亚，却是意趣索然，令人生厌。我倒更喜欢塔索和阿里奥斯托笔下那些荒诞不经的故事②。"

老实人道："恕我冒昧，先生读贺拉斯是不是极感兴趣呢？"波谷居朗泰回答："不错，他写了些格言，对上流人物还能有点益处；而且

---

① 拉丁诗人维吉尔（公元前70—前19），著有未完成的史诗《埃涅阿斯纪》，叙述《荷马史诗》中的英雄定居意大利的故事，以埃涅阿斯为主角。全书完成的有十二卷。
② 意大利诗人塔索（1544—1595），著有史诗《耶路撒冷之解放》。诗人阿里奥斯托（1474—1533），著有长诗《愤怒的罗兰》。

是用精悍的诗句写的，比较容易记。可是他描写勃兰特的旅行，吃得挺不舒服的饭，两个粗人的口角，说什么一个人好比满口脓血，另外一个好比一嘴酸醋等，我都懒得理会。他攻击老婆子和女巫的诗，粗俗不堪，我只觉得恶心。他对他的朋友曼塞纳说，如果自己能算得一个抒情诗人，一定高傲得昂然举首，上触星辰：这等话我也看不出有什么价值。① 愚夫愚妇对于一个大名家的东西，无有不佩服的。可是我读书只为我自己，只有合我脾胃的才喜欢。"老实人所受的教育，使他从来不会用自己的眼光判断，听了主人的话不由得大为惊奇，玛丁却觉得波谷居朗泰的思想方式倒还合理。

老实人忽然叫道："噢！这儿是一部西塞罗②，这个大人物的作品，阁下想必百读不厌罢？"那威尼斯元老说："我从来不看的。他替拉皮里于斯辩护也罢，替格鲁昂丢斯辩护也罢，反正跟我不相干。我自己经手的案子已经多得很了。我比较惬意的还是他的哲学著作，但看到他事事怀疑，我觉得自己的知识跟他相差不多，也用不着别人再来把我教得愚昧无知了。"

"啊！"玛丁叫道，"这儿还有科学院出版的二十四册丛刊，也许其中有些好东西罢？"波谷居朗泰说道："哼，只要那些作家中间有一个，能发明做别针的方法，就算是好材料了，可是这些书里只有空洞的学说，连一种实用的学识都找不到。"

---

① 拉丁诗人贺拉斯（公元前65—前8）与当时皇帝奥古斯丁为友，尤受政治家曼塞纳之知遇；贺拉斯曾有名的献词中，言人各有愿望理想，己之理想则为抒情诗人。
② 西塞罗（公元前106—前43），罗马共和时代之政论家、演说家。

老实人道："这里又是多少剧本啊！有意大利文的，有西班牙文的，有法文的。"元老回答："是的，一共有三千种，精彩的还不满三打。至于这些说教的演讲，全部合起来还抵不上一页赛纳克①，还有那批卷帙浩繁的神学书，你们想必知道我是从来不翻的，不但我，而且谁也不翻的。"

玛丁看到书架上有好几格都插着英文书，便道："这些书多半写得毫无顾忌，阁下既是共和城邦的人，想必喜欢的罢？"波谷居朗泰回答说："不错，能把自己的思想写出来是件美事，也是人类独有的权利。我们全意大利的人，笔下写的却不是心里想的。凯撒与安东尼的同乡，没有得到多明我会修士的准许，就不敢自己转一个念头。启发英国作家灵感的那种自由，倘不是被党派的成见与意气，把其中一切有价值的部分糟蹋了，我一定会喜爱的。"

老实人看见一部《弥尔顿诗集》，便问在他眼里，这作家是否算得大人物。波谷居朗泰说道："谁？他吗？这野蛮人用生硬的诗句，为《创世记》第一章写了十大章注解：这个模仿希腊作家的俗物把创造世界的本事弄得面目全非。摩西明明说上帝用言语造出世界的，那俗物却教弥赛亚到天堂的柜子里，去拿一个圆规来画出世界的轮廓！②我会

---

① 赛纳克（公元前4—公元65），罗马时代哲学家，遗著除哲学论文外，尚有讽刺文集。
② 《创世记》第一章有"神说：'要有光'，就有了光"等等之语，故基督教素来认为上帝是用言语创造世界的。摩西相传为《创世记》的作者，今人考证，则谓《创世记》系犹太人于公元6世纪时得之于巴比伦传说。弥尔顿诗中（《失乐园》）则谓弥赛亚（意为神之子）以金圆规画出世界，使有边际，不致浩瀚无涯。

把他当作大人物吗？塔索笔下的魔鬼和地狱都给他糟蹋了，①吕西番一会儿变了癞蛤蟆，一会儿变了小矮子，一句话讲到上百次；还要辩论神学；阿里奥斯托说到火枪的发明，原是个笑话，他却一本正经地去模仿，教魔鬼们在天上放大炮：②这样的人我会敬重吗？不用说我，全意大利也没有人喜欢这种沉闷乏味，无理取闹的作品。什么罪恶与死亡的结合，什么罪恶生产的毒蛇，③只要口味比较文雅一些的人都会看了作呕，他描写病院的长篇大论，只配筑坟墓的工人去念。④这部晦涩、离奇、丑恶的诗集，一出世就叫人瞧不起；我现在对待他的态度，跟他同时代的本国人一样。并且，我只知道说出自己的思想，决不理会别人是否跟我一般思想。"老实人听了这话大为懊丧，他是敬重荷马，也有点喜欢弥尔顿的。他轻轻地对玛丁道："唉，我怕这家伙对我们的德国诗人也不胜鄙薄呢。"玛丁道："那又何妨？"老实人又喃喃说道："噢！了不起的人物！这波谷居朗泰竟是个大天才！他对什么都不中意。"

他们把书题过目完了，下楼到花园里去。老实人把园子的美丽极

---

① 魔鬼虽从基督教观念中来，塔索写之仍用异教徒笔法，与古代拉丁诗人同；不若弥尔顿之形容魔鬼，高踞于地狱之中，横卧于火湖之上，半沉半浮，身遭缧绁。以纯粹古典趣味之伏尔泰观之，弥尔顿与塔索之描写，自有雅俗之分。魔鬼有许多名字，吕西番为其一也。
② 阿里奥斯托在《愤怒的罗兰》（在意大利文则为《愤怒的奥朗多》）中曾谓弗列查（Friza）之王有一兵器（火枪），举世莫敌。弥尔顿于《失乐园》中称魔鬼发明枪炮以攻天堂。
③ 此为伏尔泰误忆。《失乐园》第十卷中仅言罪恶与死在地狱中等候，一知撒旦诱致亚当与夏娃堕落一事成功，即结伴同贺，并未提及结合。撒旦返地狱，自夸功绩，上帝罚之忽为蛇形，手下诸魔亦变为蛇，并非罪恶所生产。
④ 《失乐园》第十一卷，天使弥盖尔示亚当以将来世界，有病院中各种呻吟痛苦之状。

口称赞了一番。主人道："这花园恶俗不堪，只有些无聊东西；明儿我就叫人另起一所，布置得高雅一些。"

两个好奇的客人向元老告辞了，老实人对玛丁说："喂！这一回你总得承认见到了一个最快乐的人罢？因为他一无所惑，超脱一切。"玛丁道："你没看见他对自己所有的东西都厌恶吗？柏拉图早说过，这个不吃，那个不受的胃，绝不是最强健的胃。"老实人道："能批评一切，把别人认为美妙的东西找出缺点来，不也是一种乐趣吗？"玛丁回答："就是说把没有乐趣当作乐趣，是不是？"老实人叫道："啊！世界上只有我是快乐的，只要能和居内贡小姐相会。"——"能够希望总是好的，"玛丁回答。

可是几天过去了，几星期过去了，加刚菩始终不回来。老实人陷在痛苦之中；甚至巴该德和奚罗弗莱修士谢都没来谢一声，他也不以为意。

第二十六章
老实人与玛丁和六个外国人同席，外国人的身份

一天晚上，老实人和玛丁两个，正要和几个同寓的外国人吃饭，一个皮色像煤烟似的人从后面过来，抓着他的手臂，说道："请你准备停当，跟我们一起走，别错过了。"老实人掉过头来，一看是加刚菩。他惊喜交集的情绪，只比见到居内贡差一点。他几乎快乐得发疯，把朋友拥抱着叫道："啊！居内贡一定在这里了，在哪儿呢？快点带我去，让我跟她一块儿欢天喜地地快活一阵。"加刚菩道："居内贡不在这里，

她在君士坦丁堡。"——"啊！天哪！在君士坦丁堡！不过哪怕她在中国，我也要插翅飞去，咱们走罢。"加刚菩答道："我们吃过晚饭才走，现在不能多谈。我做了奴隶，主人等着我，我得侍候他用餐。别多讲话，快去吃饭，准备出发。"

老实人一半快乐一半痛苦：高兴的是遇到了他忠心的使者，奇怪的是加刚菩变了奴隶。他只想着跟情人相会，心乱得很，头脑搅昏了。当下他去吃饭，同桌的是玛丁——他看到这些事，态度是很冷静的——还有到威尼斯来过狂欢节的六个外国人。

加刚菩替内中的一个外国人管斟酒，席终走近他的主人，凑着耳朵说道："陛下随时可以动身了，船已经准备停当。"说完便出去了。同桌的人诧异之下，一声不出，彼此望了望。另外一个仆人走近他的主人，说道："陛下的包车在巴杜等着，渡船已经准备好了。"主人点点头，仆人走了。同桌的人又彼此望了望，觉得更奇怪了。第三个用人也走近第三个外国人，说道："陛下不能多留了，我现在就去准备一切。"说完也马上走了。

老实人和玛丁，以为那是狂欢节中乔装取笑的玩意儿。第四个仆人和第四个主人说："陛下随时可以动身了。"然后和别人一样，出去了。第五个用人对第五个主人也是这一套。但第六个用人，对坐在老实人旁边的第六个主人说的话大不相同："陛下，人家不肯再赊账了；今天晚上我和陛下都可能关进监狱，我现在去料理一些私事，再见罢。"

六个仆人都走了，老实人、玛丁和六个外国人，都肃静无声。最后，老实人忍不住开口道："诸位，这个取笑的玩意儿真怪，为什么这个那个，你们全是国王呢？老实说，我和玛丁两人可不是的。"

加刚菩的主人一本正经用意大利文说道："我不是开玩笑，我是阿赫美特三世，做过好几年苏丹。我篡了我哥哥的王位，我的侄儿又篡了我的王位。我的宰相都砍了头，我如今在冷宫里养老。我的侄儿穆罕默德苏丹有时让我出门疗养，这一回是到威尼斯来过狂欢节的。"

阿赫美特旁边的一个青年接着说："我叫作伊凡，从前是俄罗斯皇帝，在摇篮中就被篡位了。父母都被幽禁，我是在牢里长大的。有时我可以由看守的人陪着，出门游历。这一回是到威尼斯来过狂欢节的。"

第三个人说道："我是英王查理-爱德华。父亲把王位让给我，我奋力作战维持我的权利。人家把我手下的八百党羽挖出心来，打在他们脸上，把我下了狱。现在我要上罗马去看我的父王，他跟我和我的祖父一样是被篡位的。这回我到威尼斯来过狂欢节。"

第四个接着说："我是波拉葛①的王；因为战事失利，丢了世袭的国土。我父亲也是同样的遭遇，如今我听天由命，像阿赫美特苏丹、伊凡皇帝、英王查理-爱德华一样，但愿上帝保佑他们长寿。这回我是到威尼斯来过狂欢节的。"

第五个说："我也是波拉葛的王，丢了两次王位，但上帝给了我另外一个行业，我做的好事，超过所有萨尔玛德王在维斯丢拉河边做的全部好事。我也是听天由命。这一回是到威尼斯来过狂欢节的。"

---

① 17世纪时服役法国的波兰骑兵叫作波拉葛。

那时轮到第六个王说话了。他道："诸位，我不是像你们那样的天潢贵胄，但也做过王，像别的王一样。我叫作丹沃陶，高斯人立我为王。当初人家称我陛下，现在称我先生都很勉强。我铸过货币，如今囊无分文。有过两位国务大臣，结果只剩一个跟班。我登过宝座，后来却在伦敦坐了多年的牢，睡在草垫上。我很怕在这儿会受到同样的待遇，虽则我和诸位陛下一样，是到威尼斯来过狂欢节的。"

其余五个王听了这番话非常同情，每人送了二十金洋给丹沃陶添置内外衣服。老实人送了价值两千金洋的一枚钻石。五个王问道："这位是谁？一个平民居然拿得出一百倍于你我的钱，而且肯随便送人！"

离开饭桌的时候，旅馆里又到了四位太子殿下，也是因战事失利，丢了国家，到威尼斯来过最后几天的狂欢节的。老实人对新来的客人根本没注意。他一心只想到君士坦丁堡去见他心爱的居内贡。

第二十七章
老实人往君士坦丁堡

忠心的加刚菩，和载送阿赫美特苏丹回君士坦丁堡的船主讲妥，让老实人和玛丁搭船同行。老实人和玛丁向落难的苏丹磕过头，便出发上船。一路老实人对玛丁说："你瞧，和我们一同吃饭的竟有六个废王，内中一个还受我布施。更不幸的王侯，说不定还有许多。我啊，我不过丢了一百头绵羊，现在却是飞到居内贡怀抱中去了。亲爱的玛丁，邦葛罗斯毕竟说得不错：万事大吉。"玛丁道："但愿如此。"老实人道："可是我们在威尼斯遇到的事也真怪。六位废王在客店里吃饭，不是见所未见，闻所未闻吗？"玛丁答道："也未必比我们别的遭遇更奇。国王被篡位是常事，我们叨陪末座，和他们同席，也没什么了不起，不足挂齿。"

老实人一上船，就搂着他从前的当差，好朋友加刚菩的脖子。他说："哎，居内贡怎么啦？还是那么姿容绝世吗？照旧爱我吗？她身体怎样？你大概在君士坦丁堡替她买了一所行宫罢？"

加刚菩回答："亲爱的主人，居内贡在普罗篷提特海边洗碗，在一位并没多少碗盏的废王家里当奴隶。废王名叫拉谷斯基，每天从土耳其皇帝手里领三块钱过活。更可叹的是，居内贡变得奇丑无比了。"老实人道："啊，美也罢，丑也罢，我是君子人，我的责任是对她始终如一。但你带着五六百万，怎么她还会落到这般田地？"加刚菩道："唉，我不是先得送布宜诺斯艾利斯总督两百万，赎出居内贡吗？余下的不是全给一个海盗好不英勇地抢了去吗？那海盗不是把我们带到马塔班海角，带到弥罗，带到尼加利阿，带到萨摩斯，带到彼特拉，带到达达尼尔，带到斯康塔里吗？临了，居内贡和老婆子两人落在我刚才讲的废王手里，我做了前任苏丹的奴隶。"老实人道："哎哟，祸不单行，一连串的倒霉事儿何其多啊！幸而我还有几颗钻石，不难替居内贡赎身。可惜她人变丑了。"

他接着问玛丁："我跟阿赫美特苏丹、伊凡皇帝、英王查理－爱德华，你究竟觉得哪一个更可怜？"玛丁道："我不知道，除非我钻在你们肚里。"老实人说："啊，要是邦葛罗斯在这里，就能告诉我了。"玛丁道："我不知道你那邦葛罗斯用什么秤，称得出人的灾难和痛苦。我只相信地球上有几千几百万的人，比英王查理－爱德华、伊凡皇帝和阿赫美特苏丹不知可怜多少倍。"——"那很可能，"老实人说。

不多几天，他们进入黑海的运河。老实人花了很大的价钱赎出加刚菩，随即带着同伴改搭一条苦役船，到普罗篷提特海岸去寻访居内贡，不管她丑成怎样。

船上的桨手队里有两名苦役犯，划桨的手艺很差。船主是个小亚细亚人，不时用牛筋鞭子抽着那两个桨手的赤露的背。老实人无意中把他们特别细瞧了一会儿，不胜怜悯地走近去。他觉得他们完全破相的脸上，某些地方有点像邦葛罗斯和那不幸的耶稣会士，就是那位男爵，居内贡小姐的哥哥。这印象使他心中一动，而且很难过，把他们瞧得更仔细了。他和加刚菩道："真的，要不是我眼看邦葛罗斯被吊死，要不是我一时糊涂，亲手把男爵杀死，我竟要相信这两个划桨的就是他们了。"

听到男爵和邦葛罗斯的名字，两个苦役犯大叫一声，放下了桨，待在凳上不动了。船主奔过来，越发鞭如雨下。老实人叫道："先生，别打了，别打了，你要多少钱我都给。"一个苦役犯嚷道："怎么！是老实人！"另外一个也道："怎么！是老实人！"老实人道："我莫非做梦不成？我究竟醒着还是睡着？我是在这条船上吗？这是我杀死的男爵吗？这是我眼看被吊死的邦葛罗斯大师吗？"

两人回答："是我们啊，是我们啊。"玛丁问："怎么，那位大哲学家就在这儿？"老实人道："喂，船主，我要赎出森特－登－脱龙克男爵，日耳曼帝国最有地位的一个男爵，还有全日耳曼最深刻的玄学家邦葛罗斯先生，你要多少钱？"船主答道："狗东西的基督徒！既然这两条苦役狗是什么男爵，什么玄学大家，那一定是他们国内的大人物了，我要五万金洋！"——"行！先生，赶快送我上君士坦丁堡，越快越好，到了那里我马上付钱。啊，不，你得带我上居内贡小姐那儿。"船主听到老实人要求赎出奴隶，早已掉转船头，向君士坦丁堡进发，教手下的人划得比飞鸟还快。

老实人把男爵和邦葛罗斯拥抱了上百次。——"亲爱的男爵，怎么我没有把你杀死的？亲爱的邦葛罗斯，怎么你吊死以后还活着的？你俩又怎么都在土耳其船上做苦役的？"男爵道："我亲爱的妹妹果真在这里吗？"——"是的，"加刚菩回答。邦葛罗斯嚷道："啊，我又见到我亲爱的老实人了。"老实人把玛丁和加刚菩向他们介绍了。他们都互相拥抱，抢着说话。船飞一般地向前，已经到岸了。他们叫来一个犹太人，老实人把一颗价值十万的钻石卖了五万，犹太人还用亚伯拉罕的名字赌咒，说无论如何不能多给了。老实人立刻付了男爵和邦葛罗斯的身价。邦葛罗斯扑在地下，把恩人脚上洒满了眼泪；男爵只点点头表示谢意，答应一有机会就偿还这笔款子。他说："我的妹子可是真的在土耳其？"加刚菩答道："一点不假；她在一位德朗西未尼亚的废王家里洗碗。"他们又找来两个犹太人，老实人又卖了两颗钻，然后一齐搭着另外一条船去赎居内贡。

第二十八章
老实人、居内贡、邦葛罗斯和玛丁等的遭遇

老实人对男爵道:"对不起,男爵,对不起,神甫,请你原谅我把你一剑从前胸戳到后背。"男爵道:"别提了,我承认当时我火气大了一些;但你既然要知道我怎么会罚作苦役的,我就告诉你听:我的伤口经会里的司药修士医好之后,一队西班牙兵来偷袭,把我活捉了,下在布宜诺斯艾利斯牢里,那时我妹妹正好离开那儿。我要求遣回罗马总会。总会派我到驻君士坦丁堡的法国大使身边当随从司祭。到任不满八天,有个晚上遇到一位宫中侍从,年纪很轻,长得很美。天热得厉害;那青年想洗澡,我也借此机会洗澡。谁知一个基督徒和一个年轻的穆斯林光着身子在一起,算是犯了大罪。法官教人把我脚底打了一百板子,罚作苦役。我不信世界上还有比这个更冤枉的事。但我很想知道,为什么我妹妹替一个亡命在土耳其的,德朗西未尼亚废王当厨娘?"

老实人道:"那么你呢,亲爱的邦葛罗斯,怎么我又会见到你呢?"邦葛罗斯道:"不错,你是看我吊死的,照例我是应当烧死的。可是你记得,他们正要动手烧我,忽然下起雨来,雨势猛烈,没法点火,他们无可奈何,只得把我吊死了事。一个外科医生买了我的尸体,拿回去解剖。他先把我从肚脐到锁骨,一横一直划了两刀。我那次吊死的手续,做得再糟糕没有。执行异教裁判所救世大业的是个副司祭,烧死人的本领的确天下无双,但吊人的工作没做惯;绳子浸饱了雨水,

不大滑溜了,中间又打了结,因此我还有一口气。两刀划下来,我不禁大叫一声,那外科医生仰面朝天摔了一跤,以为解剖到一个魔鬼了,吓得掉过身子就逃,在楼梯上又栽了一个跟斗。他的女人听见叫喊,从隔壁房里跑来,看我身上划着两刀躺在桌上,比她丈夫吓得更厉害,赶紧逃走,跌在丈夫身上。等到他们惊魂略定,那女的对外科医生说:'朋友,怎么你心血来潮,会解剖一个邪教徒的?你不知道这些人老有魔鬼附身吗?让我马上去找个教士来念咒退邪。'一听这话,我急坏了,迸着最后一些气力叫救命。终于那葡萄牙理发匠①大着胆子,把我伤口缝起来,连他的女人也来照顾我了,半个月以后我下了床。理发匠帮我谋了一个差事,荐给一个玛德会修士做跟班,随他上威尼斯,但那主人付不出工钱,我就去侍候一个威尼斯商人,跟他到君士坦丁堡。

"有一天我一时高兴,走进一座清真寺。寺中只有一个老法师,还有一个年轻貌美的信女在那里念念有词。她袒着胸部,两个乳头之间缀着一个美丽的花球,其中有郁金香,有蔷薇,有白头苗,有土大黄,有风信子,有莲馨花。她一不留神,把花球掉在地下,我急忙捡起,恭恭敬敬替她放回原处。我放回原处的时间太久了些,恼了老法师,他一知道我是基督徒,就叫出人来,带我去见法官。法官着人把我脚底打了一百板子,罚作苦役。我恰好和男爵同时锁在一条船上,一条

---

① 自中古时代起,欧洲的外科手术大多操于理发匠之手。法国直至1743年,路易十五始下诏将外科医生与理发匠二业完全分离。

凳上。同船有四个马赛青年，五个拿波里教士，两个科孚岛上的修士，都说这一类的事每天都有。男爵认为他的案子比我的更冤枉。我呢，我认为替一个女人把花球放回原处，不像跟一个侍从官光着身子在一起那样有失体统。我们为此争辩不已，每天要挨二十鞭子，不料凡事皆有定数，你居然搭着我们的船，把我们赎了出来。"

老实人问他："那么，亲爱的邦葛罗斯，你被吊死、解剖、鞭打、罚作苦工的时候，是不是还认为天下事尽善尽美呢？"邦葛罗斯答道："我的信心始终不变，因为我是哲学家，不便出尔反尔。莱布尼茨的话不会错的，先天谐和的学说，跟空间皆是实体和奇妙的物质等，同样是世界上的至理名言。"①

第二十九章
老实人怎样和居内贡与老婆子相会

老实人、男爵、邦葛罗斯、玛丁和加刚菩，讲着他们的经历，谈着世界上一切偶然的或非偶然的事故，讨论着因果关系、精神痛苦与物质痛苦，自由与必然，在土耳其商船上如何自慰等，终于到了普罗篷提特海边上，德朗西未尼亚王的屋子前面。一眼望去，先就看到居内贡和老婆子在绳上晾饭巾。

男爵一见，脸就白了。多情的老实人，看到他美丽的居内贡皮肤

---

① 先天谐和（一译"豫定调和"）为德国哲学家莱布尼茨（1646—1716）解释宇宙之学说；本文中常常提到天下事尽善尽美的话，亦系莱布尼茨之说。奇妙的物质为笛卡儿解释万物动力的学说，谓宇宙间到处皆有一种液质推动万物。

变成棕色，眼中全是血筋，乳房干瘪了，满脸皱纹，通红的手臂长满鱼鳞般的硬皮，不由得毛发悚然，倒退了几步，然后为了礼貌关系，只得走近去。居内贡把老实人和她的哥哥拥抱了，大家也拥抱了老婆子。老实人把她俩都赎了出来。

附近有一块分种田，老婆子劝老实人暂且拿下，等日后大家时来运转，再作计较。居内贡不知道自己变丑了，也没有一个人向她道破：她和老实人提到当年的婚约，口气那么坚决，忠厚的老实人竟不敢拒绝。他便通知男爵，说要和他的妹子结婚了。男爵道："像她那样的下流，像你那样的狂妄，我万万不能容忍。我决不为这桩玷辱门楣的事分担责任：我妹妹的儿女将来永远不能写上德国的贵族谱。告诉你，我的妹子只能嫁给一个德国的男爵。"居内贡倒在他脚下，哭着哀求，他执意不允。老实人对他说："你疯了，我把你救出苦役，付了你的身价，付了你妹妹的身价。她在这儿替人洗碗，变得这么丑，我好心娶她为妻，你倒胆敢拒绝。逗我性子，恨不得把你再杀一次才好！"男爵道："再杀就再杀，要我活着答应你娶我的妹子，可是休想。"

第三十章

结　局

老实人其实绝无意思和居内贡结婚。但男爵的蛮横恼了他，觉得非结婚不可了。何况居内贡逼得那么紧，他也不便反悔。他跟邦葛罗斯、玛丁和忠心的加刚菩商量。邦葛罗斯写了一篇出色的论文，证明男爵绝无权利干涉妹子的事，她依照德国所有的法律，尽可嫁给老实人；玛丁主张把男爵扔在海里；加刚菩主张送还给小亚细亚船主，仍旧教他做苦工，有了便船，再送回罗马，交给他的总会会长。大家觉得这主意挺好，老婆子也赞成，便瞒着妹子，花了些钱把这件事办妥了：教一个耶稣会士吃些苦，把一个骄傲的德国男爵惩罚一下，谁都觉得高兴。

　　经过了这许多患难，老实人和情人结了婚，跟哲学家邦葛罗斯、哲学家玛丁、机灵的加刚菩和老婆子住在一起，又从古印加人那儿带了那么多钻石回来，据我们想象，老实人应当过着世界上最愉快的生活了。但他被犹太人一再拐骗，除掉那块分种田以外已经一无所有；他的女人一天丑似一天，变得性情暴戾，谁都见了头疼；老婆子本来是残废的人，那时比居内贡脾气更坏；加刚菩种着园地，挑菜上君士坦丁堡去卖，操劳过度，整天怨命；邦葛罗斯因为不能在德国什么大学里一露锋芒，苦闷不堪；玛丁认定一个人到处都是受罪，也就耐着性子。老实人、玛丁、邦葛罗斯，偶尔谈玄说理，讨论讨论道德问题。窗下常常看见一些船只，载着当地的贵族、官员、祭司，充军到来姆诺斯、米底兰纳、埃斯卢姆。又看见一些别的祭司、贵族、官员来接任，然后再受流配。也看到一些包扎得挺好的人头送往大苏丹的宫门。这些景象增加了他们辩论的题材。不辩论的时候，大家就厌烦得要死，甚至有一天老婆子问他们："我要知道，被黑人海盗强奸一百次，割掉半个屁股，被保加利亚人鞭打，在功德大会中挨板子，上吊，被解剖，在苦役船上划桨，受尽我们大家所受的苦难，跟住在这儿一无所事比起来，究竟哪一样更难受？"老实人道："嗯，这倒是个大问题。"

这一席话又引起众人新的感想：玛丁下了断语，说人天生只有两条路：不是在忧急骚动中讨生活，便是在烦闷无聊中挨日子。老实人不同意这话，但提不出别的主张。邦葛罗斯承认自己一生苦不堪言；可是一朝说过了世界上样样十全十美，只能一口咬定，坚持到底，虽则骨子里完全不信。

那时又出了一件事，使玛丁那种泄气的论调多了一个佐证，使老实人更加彷徨，邦葛罗斯更不容易自圆其说。有一天他们看见巴该德和奚罗弗莱修士狼狈不堪，走到他们的分种田上来。两人把三千银洋很快就吃完了，一会儿分手，一会儿讲和，一会儿吵架，坐牢，越狱，奚罗弗莱终于改信了伊斯兰教。巴该德到处流浪，继续做她的买卖，一个钱也挣不到了。玛丁对老实人道："我早跟你说的，你送的礼不久就会花光，他们的生活倒反更苦。你和加刚菩发过大财，有过几百万银洋，却并没比巴该德和奚罗弗莱更快活。"邦葛罗斯对巴该德说："啊，啊，可怜的孩子，你又到我们这儿来了，大概是天意吧！你知道没有，你害我损失了一个鼻尖、一只眼睛和一只耳朵？如今你也完啦！这世界真是怎么回事啊！"这件新鲜事儿，使众人对穷通祸福越发讨论不完。

附近住着一位大名鼎鼎的伊斯兰教修士，被公认为土耳其最有智慧的哲学家。他们去向他请教，由邦葛罗斯代表发言，说道："师傅，请你告诉我们，世界上为什么要生出人这样一种古怪的动物？"

修道士回答："你问这个干什么？你管它做什么？"老实人道："可是，大法师，地球上满目疮痍，到处都是灾祸啊。"修道士说："福也罢，祸也罢，有什么关系？咱们的苏丹打发一条船到埃及去，可曾关心船上的耗子舒服不舒服？"邦葛罗斯问："那么应当怎么办呢？"修道士说："闭上你的嘴。"邦葛罗斯道："我希望和你谈谈因果，谈谈十全十美的世界，罪恶的根源，灵魂的性质，先天的谐和。"修道士听了这话，把门劈面关上了。

谈话之间，听到一个消息，说君士坦丁堡绞死了两个枢密大臣、一个大司祭，他们不少朋友都受了木柱洞腹的极刑。几小时以内，这桩可怕的事沸沸扬扬，传遍各地。邦葛罗斯、老实人、玛丁，回去的路上遇到一个和善的老人，在门外橘树荫下乘凉。邦葛罗斯好奇不亚于好辩，向老人打听那绞死的大司祭叫甚名字，老人回答："我素来不知道大司祭等等姓甚名谁。你说的那件事，我根本不晓得。我认为顾问公家事情的人，有时会死于非命，这也是他们活该。我从来不打听君士坦丁堡的事，我不过把园子里种出来的果子送去卖。"他说着把这几个外乡人让进屋子：两个儿子和两个女儿端出好几种自制的果子露敬客，还有糖渍的佛手、橘子、柠檬、菠萝、花生、纯粹的莫加咖啡，不羼一点巴太维亚和中美洲群岛的坏咖啡的。穆斯林的两个女儿又替老实人、邦葛罗斯、玛丁的胡子上喷了香水。

老实人问土耳其人："想必你有一大块良田美产了？"土耳其人回答："我只有二十阿尔邦地；①我亲自和孩子们耕种，工作可以使我们免除三大害处：烦闷、纵欲、饥寒。"

老实人回到自己田庄上，把土耳其人的话深思了一番，对邦葛罗

---

① 一阿尔邦等于五十亩。

斯和玛丁说道:"那个慈祥的老头儿安排的生活,我觉得比和我们同席的六位国王好多了。"邦葛罗斯道:"根据所有哲学家的说法,荣华富贵、权势地位,都是非常危险的;摩阿布的王埃格隆被阿奥特所杀;阿布萨隆被吊着头发缢死,身上还戳了三枪;泽罗菩阿姆的儿子内达布王,死于巴萨之手;伊拉王死于萨勃利之手;奥谷齐阿斯死于奚于;阿太里亚死于约伊阿达约金,奚谷尼阿斯、赛台西阿斯诸王,都沦为奴隶。① 至于克雷絮斯、阿斯蒂阿琪、大流士、西拉叩斯的特尼、彼拉斯、班尔赛、汉尼拔、朱革塔、阿利俄维斯塔、凯撒、庞培、尼罗、奥东、维德卢维阿斯、多密喜安、② 英王理查二世、爱德华二世、亨利四世、理查三世、玛丽·斯丢阿德、查理一世、法国的三个亨利、罗马日耳曼皇帝亨利四世,他们怎样的结局,你是都知道的。你知道……"老实人说:"是的,我还知道应当种我们的园地。"邦葛罗斯道:"你说得很对:上帝把人放进伊甸园是叫他当工人,要他工作的,足见人天生不是能清闲度日的。"玛丁道:"少废话,咱们工作罢,唯有工作,日子才好过。"

那小团体里的人一致赞成这个好主意,便各人拿出本领来。小小的土地出产很多。居内贡固然奇丑无比,但变了一个做糕饼的能手;巴该德管绣作;老婆子管内衣被褥。连奚罗弗莱也没有闲着,他变了一个很能干的木匠,做人也规矩了。有时邦葛罗斯对老实人说:"在这

---

① 以上均系古希伯来族的王,见《圣经》。
② 以上均为自利提亚起至罗马帝国为止的国王、将军及皇帝。

个十全十美的世界上，所有的事情都是互相关联的，你要不是为了爱居内贡小姐，被人踢着屁股从美丽的宫堡中赶出来，要不是受到异教裁判所的刑罚，要不是徒步跋涉美洲，要不是狠狠地刺了男爵一剑，要不是把美好的黄金国的绵羊一齐丢掉，你就不能在这儿吃花生和糖渍佛手。"老实人道："说得很妙，可是种咱们的园地要紧。"